KNAUR

HERA LIND

Das letzte Versprechen

Roman nach einer
wahren Geschichte

Besuchen Sie uns im Internet:
www.knaur.de

Aus Verantwortung für die Umwelt hat sich die Verlagsgruppe
Droemer Knaur zu einer nachhaltigen Buchproduktion verpflichtet.
Der bewusste Umgang mit unseren Ressourcen, der Schutz unseres
Klimas und der Natur gehören zu unseren obersten Unternehmenszielen.
Gemeinsam mit unseren Partnern und Lieferanten setzen wir uns
für eine klimaneutrale Buchproduktion ein, die den Erwerb von
Klimazertifikaten zur Kompensation des CO_2-Ausstoßes einschließt.
Weitere Informationen finden Sie unter: www.klimaneutralerverlag.de

© 2022 Knaur Verlag
Originalausgabe November 2022
Knaur Taschenbuch
Ein Imprint der Verlagsgruppe
Droemer Knaur GmbH & Co. KG, München
Alle Rechte vorbehalten. Das Werk darf – auch teilweise –
nur mit Genehmigung des Verlags wiedergegeben werden.
Redaktion: Antje Steinhäuser
Covergestaltung: Sabine Kwauka
Coverabbildung: Collage von Sabine Kwauka mit
Motiven von Arcangle und Shutterstock.com
Satz: Daniela Schulz, Gilching
Druck und Bindung: GGP Media GmbH, Pößneck
ISBN 978-3-426-52835-8

2 4 5 3

Vorbemerkung:

Dieses Buch basiert zwar zum Teil auf wahren Begebenheiten und behandelt typisierte Personen, die es so oder so ähnlich gegeben haben könnte, einen Anspruch auf Faktizität erhebt es aber nicht.

Diese Urbilder wurden jedoch durch künstlerische Gestaltung des Stoffs und dessen Ein- und Unterordnung in den Gesamtorganismus dieses Kunstwerkes gegenüber den im Text beschriebenen Abbildern so stark verselbstständigt, dass das Individuelle, Persönlich-Intime zugunsten des Allgemeinen, Zeichenhaften der Figuren objektiviert ist.

Für alle Leser*innen erkennbar, erschöpft sich der Text nicht in einer reportagenhaften Schilderung von realen Personen und Ereignissen, sondern besitzt eine zweite Ebene hinter der realistischen Ebene. Es findet ein Spiel der Autorin mit der Verschränkung von Wahrheit und Fiktion statt. Sie lässt bewusst Grenzen verschwimmen.

ANNA

Nebenan bei den Nachbarn polterte es harsch gegen die Tür. »Was ist das?« Ängstlich hob ich den Kopf. »Das macht mir Angst!«

»Ach, die haben nur Besuch, das gilt nicht uns. Mach dir keine Sorgen, kleine Anni.«

Meine Großmutter Barbara drückte mich liebevoll an sich, mich, ihre mollige kleine Enkelin mit den blonden Zöpfen, die zusammengekuschelt auf ihrem Schoß saß. Ich war fünf Jahre alt, und nachdem meine junge hübsche Mama in traditioneller Tracht auf dem Kirchweihfest im Gasthaus bediente, ruhte ich mich nun in der Geborgenheit des großmütterlichen Schoßes aus. Auch wir hatten den reichlich bestückten Erntedank-Festzug bestaunt, bis mir zu kalt geworden war. Wie immer hatte ich meiner Großmutter fasziniert dabei zugesehen, wie sie sich das schwarze Kopftuch unter dem Kinn zusammengebunden hatte.

Das tat sie dann, wenn sie Besuch erwartete oder selbst vor die Tür ging. Warum behielt sie jetzt so eine unheimliche Ruhe?

»Schau, jetzt zeige ich dir noch, wie eine Zwickmühle geht.« Ihr Zeigefinger, der sonst so routiniert die Perlen des Rosenkranzes bewegte, zog die runden abgegriffenen Spielsteine zielbewusst über das vergilbte Spielbrett. »Siehst du? Egal, wie du den mittleren Spielstein ziehst, es ist immer eine Mühle.«

Ich gluckste vor Erstaunen, mein kleiner Kinderfinger zog begeistert den Stein hin und her.

Nebenan wurden Schreie laut; Männerstimmen befahlen etwas, eine Frau kreischte, man hörte Türen schlagen. War das nicht die nette rotwangige Bäckermeisterin, die mir immer Kuchenränder zusteckte, während sie mit Großmutter über dem täglichen Einkauf plauderte? Schon morgens um fünf zog der verführerische Duft frisch gebackenen Brotes über den benachbarten Hof in mein kleines Schlafgemach, und die Gewissheit, auch heute wieder ein köstliches Frühstück zu bekommen, ließ mich immer wieder in süße Träume versinken.

»Oma! Ich habe Angst!«

»Also los, Anni. Bau dir deine Zwickmühle!«

Meine kleine heile Kinderwelt begann in diesem Moment zu bröckeln, ohne dass ich das Ausmaß der vor mir liegenden Hölle auch nur ansatzweise erahnen konnte. Noch gelang es meiner Oma, mich auf das Spiel zu fokussieren, obwohl ich an ihrer angespannten Haltung bemerkte, dass etwas in unserem heiteren und harmonischen Leben ganz und gar nicht mehr in Ordnung war. Wie symbolisch war doch da die Zwickmühle! Egal wie ich den Stein hin und her zog; der Spielgegner wurde langsam, aber sicher ausgehungert, zerstört, erledigt. Bis er nur noch mit drei Steinen bewehrt sein armseliges Leben hüpfen konnte! Aussichtslos, wie ich mit meinem kleinen Gehirn schon bald feststellen konnte! Die gegnerischen Spielsteine lagen schon bald darauf wie Trümmer am Rande des Spielfeldes. Wie einfach, konsequent und herrlich grausam das war! Was für ein Triumph für die fünfjährige Siegerin! Ich klatschte in die Hände und strampelte mit den Beinen.

»Das muss ich unbedingt heute Abend mit der Mama spielen! Die wird Augen machen!«

»Vorsicht, du trittst der Oma gegen die Knie!« Meine Großmutter verzog schmerzlich das Gesicht. »Du weißt doch, dass ich vom vielen Bücken und Knien auf dem Feld schon Rheuma habe!«

Meine Großeltern waren die fleißigsten Menschen der Welt. Mit ihrer Hände Arbeit hatten sie nicht nur unser geräumiges

Haus und den üppigen Garten, sondern auch die Gaststätte, Ställe, Scheunen und Felder erschaffen, auf denen es im Frühling sprießte und blühte.

Jetzt im Herbst, nach der Ernte und im Winter war die Zeit der Riten und Bräuche, der traditionellen Kirchweihfeste und der Vorbereitungen für die Weihnachtsspiele.

»Entschuldige, liebe Oma.« Sofort ließ ich das Zappeln sein. »Es tut mir leid, ich wollte dir nicht wehtun.«

»Schon gut, mein kleiner Liebling.«

Die Oma pflückte mich von ihrem Schoß ab und setzte mich auf meinen Kinderstuhl, den mein geliebter Papa mir geschnitzt hatte. Ihr Gesicht war angespannt, ihr Blick starr. Denn nun polterte es auch an unserer Tür. Und zwar so heftig, dass ich fürchtete, die Tür würde zersplittern.

Ich erstarrte. »Wer kommt da?«

»Bleib ganz ruhig, ja, Anni?« Sie legte warnend den Finger auf den Mund. »Spiel weiter und versuch, dir eine Zwickmühle zu bauen!«

Die Oma knotete ihr Kopftuch noch fester unter dem Kinn zusammen und öffnete die Haustür, bevor sie von außen eingetreten werden konnte. Mehrere gefährlich aussehende Männer in deutschen Wehrmachtsuniformen polterten mit schweren Stiefeln in den Hausflur. Wir Banatdeutschen hatten die deutschen Soldaten mit unserer sprichwörtlichen Gastfreundschaft aufgenommen, und meine Großeltern hatten sie beköstigt und bewirtet und ihnen Unterkunft gegeben, wo sie doch fern von ihrer Heimat waren.

»Heil Hitler, Frau Pfeiffer. Wo sind der Jakob und der Hans?« Redeten die etwa von meinem geliebten Papa und seinem Bruder, meinem Onkel Hans?

»Unser Ältester ist wie immer in der Gastwirtschaft! Und der Hans in der Metzgerei!«

»Warum haben sie sich nicht freiwillig zur SS-Freiwilligen-Gebirgsdivision Prinz Eugen gemeldet?«

»Sie können doch nicht weg! Wir betreiben die größte Gast-wirtschaft mit angrenzender Metzgerei im Ort, das wisst ihr doch, ihr trinkt doch selber jeden Abend euer Bier bei uns und lasst euch den Rinderbraten servieren!«

»Heute sind wir in offizieller Mission hier! Bis jetzt haben sich aus Lazarfeld nur acht Schwaben freiwillig gemeldet, wie sollen wir da einen Krieg gewinnen?«

Ich hörte die Männer bellend lachen.

»Divisionsstärke kann mit einer Handvoll Soldaten wohl nicht erreicht werden!«

»Wir sollten uns doch wohl besser aus diesem Krieg heraushal-ten«, versuchte Großmutter, die aufgeregten Männer zu beruhi-gen. »Kommt lieber heute Abend auf ein Freibier und auf ein gu-tes Geselchtes, ich sage dem Jakob und dem Hans Bescheid.«

Während meine Finger andachtsvoll die Spielsteine von einer Zwickmühle zur anderen zogen, spitzte ich doch die Ohren. Eine Gänsehaut überzog mich, trotz meiner warmen Strickjacke, in die die Oma mich gesteckt hatte. Schon jetzt wurde mir die Tragweite der Situation bewusst, in der wir Lazarfelder Bürger in diesen spä-ten Kriegstagen steckten.

»Das wird noch Folgen haben, Pfeifferin, sag das deinen Söh-nen! Wir holen sie uns alle für den deutschen Endsieg!«

Die Männer verschwanden türenknallend, ich beobachtete durch den Küchentürspalt, wie uniformierte Arme mit Haken-kreuz grüßend in die Höhe schnellten.

»Heil Hitler!«

Die Oma antwortete nur mit einem schlichten »Vergelt's Gott«.

»Oma, was wollten die Männer von meinem Papa?«

Ahnungsvoll hatte ich den Kopf auf meine Hand gestützt, wie ein Blümchen, von dem sich die Sonne abgewendet hat und das ganz langsam einknickt. Es wurde nicht nur draußen Herbst, wie es schien.

»Sie wollen, dass der Papa und der Onkel Hans für die Deutschen in den Krieg ziehen.«

»Aber warum ...? Die haben doch mit keinem Menschen auf der Welt Streit!«

»Schau, Anni.« Die Oma ließ mich wieder auf ihren Schoß krabbeln, wo ich sofort begann, in alter Gewohnheit mit den Zipfeln ihres Kopftuches zu spielen. Das gab mir ein Gefühl von Geborgenheit.

»Wir Banater Schwaben leben schon seit weit über hundert Jahren friedlich Wand an Wand mit unseren Nachbarn in diesem Land. Wir haben es fruchtbar gemacht mit harter Arbeit und viel Fleiß. Hier blüht und gedeiht alles, und jeder hat seinen Platz gefunden.«

»Das weiß ich doch, Oma. Es gibt bei uns Ungarn, Rumänen, Kroaten, Slowenen, Serben, Dobrowolzen, Katholische und Evangelische ...«, zählte ich an meinen Kinderfingern auf. »Griechisch-Orthodoxe, nee, warte mal ... römisch Orthodoxe ...« Ich hatte keine Ahnung, was da der Unterschied war, aber ich zählte mal weiter auf. »Und alle kommen in unser Gasthaus und trinken Bier und essen Onkel Hansens Bratwurst.«

Die Oma musste sich ein Lachen verbeißen. »Dobrowolzen gab es nur im Ersten Weltkrieg. Das ist zum Glück lange her. Aber die anderen ...« Sie zog sich das Kopftuch ab, weil ihr plötzlich heiß zu werden schien ... »die leben schon seit Langem friedlich und freundschaftlich in diesem wunderschönen Landstrich. Und warum sollten wir Deutschen gegen unsere eigenen Nachbarn kämpfen? Das käme uns doch gar nicht in den Sinn.«

»Aber die Nazis wollen das, Oma. Ich hab es genau gehört.«

»Kind. Die Nazis leben ganz weit entfernt von uns. In Deutschland. Hier gibt es keine Nazis.«

»Warum wollen die dann, dass der Papa ins Gebirge geht, mit diesem Prinz Eugen?«

»Das ist völliger Unsinn, Anni. Im Gebirge gibt es Partisanen, die sind sehr gefährlich. Dein Papa könnte keiner Fliege was tun, dein Onkel Hans tötet nur Tiere, damit wir was zu essen haben, und deshalb sind sie in unserem Gasthaus auch am besten aufgehoben.«

Das stimmte. Ich kannte meinen heiteren und gut gelaunten Papa nur von fröhlichen Festen, wo sich die Vereine trafen, da wurde Karten gespielt und gesungen, geraucht, getanzt und gelacht. Mein lieber Opa und mein Papa und Onkel Hans waren immer mittendrin. Und meine wunderschöne blutjunge Mama, die zur Freude der Gäste dort in Landestracht die köstlichsten Gerichte servierte, zierte das Familienunternehmen.

Dafür hatte ich zu Hause meine Oma für mich allein. Denn kleine Mädchen, so war sich die ganze Familie einig, hatten in einer Gastwirtschaft nichts verloren.

Samstag, 25. November 1944

»Oma! Oma! Was ist da draußen los? Wer sind diese Männer?«

Ich stand am Fenster auf der Küchenbank, drückte meine Wange gegen die Scheibe und beobachtete mit Schrecken, was sich auf der Hauptstraße unserer Stadt abspielte. Eine Menge fremder Soldaten, die ganz andere Uniformen anhatten als mein Papa – sie hatten ihn inzwischen doch zum Krieg abgeholt –, marschierten mit Gewehren über der Schulter hinter einem grässlich aussehenden Panzer her, der knirschend den Asphalt niederwalzte, und auch alles andere, was ihm zufällig in den Weg kam! Und dann kamen noch mehr Panzer, eine ganze Menge! Sie sahen aus wie eiserne grässliche Raubtiere, und sie fraßen alles, was ihnen vor das gierige Eisenmaul kam! Eine Parkbank, eine Mülltonne und ein Kinderwagen wurden einfach platt gewalzt wie der Kuchenteig, den meine Oma gerade unter dem Nudelholz knetete und mit Mehl bestäubte!

Grauenvolles Geschrei von draußen ließ mich meine Hände auf die Ohren pressen.

Eine junge Frau rannte kreischend zu dem, was gerade noch ihr Kinderwagen gewesen war.

»Oma! Ich habe Angst!«

Schon war meine liebe Oma zur Stelle. Wie immer, wenn fremde Augen sie taxierten, hatte sie sich in Windeseile ihr schwarzes Kopftuch umgebunden.

»Bleib ganz ruhig, kleine Anni.« Behutsam zog sie mich in den Schutz des bunten Küchenvorhangs, den sie und meine Mama selbst genäht hatten. »Die Männer ziehen hier nur durch, die tun uns nichts.«

»Aber sie schreien und schießen! Und sie schlagen die Leute, schau doch nur!« Die junge Frau hatte sich über die Reste ihres Kinderwagens geworfen und hielt irgendwas in den Händen, das aussah wie ein Puppengesicht.

Tatsächlich hatten sich ihnen inzwischen einige unserer Nachbarn entgegengestellt, mit Mistgabeln, Äxten und anderen Gerätschaften, die sie in der Eile hatten greifen können, und es kam zu einer regelrechten Straßenschlacht. »Oma, sie werfen mit Steinen!«

Zu meinem Entsetzen musste ich mit ansehen, wie meine Tante Christa, die im Nachbarhaus wohnte und mit dem Bruder meines Papas, Onkel Hans, verheiratet war, von zweien dieser Soldaten an den Haaren zu Boden gerissen wurde. Was sie da mit ihr taten, war ganz unbegreiflich! Onkel Hans war aus seiner Metzgerei herbeigeeilt und versuchte, seine junge Frau aus dieser grässlichen Lage zu befreien, und prügelte mit seinem Fleischerbeil auf die russischen oder serbischen Soldaten ein. Da hatte er einen erwischt!

Doch das hätte er besser nicht getan, denn jetzt stürzten sich gleich fünf oder sechs von den fremden Männern auf meinen Onkel und verprügelten ihn. Gleichzeitig walzte der Panzer nun ganze Vorgärten und Mauern nieder, und die entsetzten Schreie der Nachbarinnen und Nachbarn gellten in meinen Ohren. Hunde und Katzen flüchteten schreiend mit aufgestellten Nackenhaaren, und Kühe und Pferde galoppierten in wilden Sprüngen über die Felder.

»Komm da weg vom Fenster, Kind!«

Meine Oma, deren eigener Sohn gerade vor ihren Augen misshandelt wurde, riss mich mit sich und rannte mit mir die Holzstiege hinauf in ihr Schlafzimmer. »Versteck dich da unter dem Bett, Anni, und rühr dich nicht!«

Zitternd am ganzen Leibe, krabbelte ich auf die kahl geschrubbten Holzdielen und hielt mir im Schutz der schweren Matratzen und ihrer eisernen Federn die Ohren zu.

Draußen schrie und tobte der Mob, und ich begriff nur eines: Meine kleine heile Welt, die ich gerade mal fünf Jahre lang gelebt und genossen hatte, schien nun endgültig zu Ende zu sein. Lange, sehr lange hatten die Großeltern und auch Mama und Papa die Stimmen gesenkt, wenn sie von den Geschehnissen draußen berichteten, und immer wieder hatten sie mich mit Spiel, Gesang und Gebet abgelenkt. Ja, das Gebet half eigentlich immer.

Lieber Gott, betete ich in meine gefalteten Hände hinein, bitte, lieber Gott, lass dem Onkel Hans und der Tante Christa nichts geschehen! Sie sind doch so liebe, lustige Leute, die immer nur singen und lachen und zu allen Menschen nett sind!

Und lass meinen lieben Papa auch heil aus dem Krieg zurückkommen! Er ist doch gar kein Nazi, wir sind zwar Deutsche, aber wir wohnen doch gar nicht in Deutschland! Wir sind doch die Donauschwaben, die vor vielen Hundert Jahren auf kleinen Schiffen auf der Donau hierher in das Banat gekommen sind, um uns hier nützlich zu machen!

Wie oft hatten meine Großeltern mir die Geschichte unseres kleinen Auswander-Völkchens erzählt! Und während ich zitternd unter dem Bett hockte, führte ich mir die überlieferten Berichte meiner Vorfahren vor Augen und verlor mich in meiner Fantasiewelt.

Vor ungefähr hundertfünfzig Jahren hatte ein reicher Mann namens Lazar bei einer Auktion in Wien einen Großgrundbesitz hier in der Region ersteigert. Damals war es eine Einöde, unfruchtbar und unbewohnbar. Kurzerhand war er mit seiner Frau und seinen vier Söhnen hierher, in dieses noch völlig unbebaute Land, umgesiedelt und hatte so ziemlich aus dem Nichts einen Acker und Felder urbar gemacht. Ich hatte Bilder gesehen von den ersten Siedlern; sie hatten ganz schön erschrocken geschaut, als sie vor verwilderten Sümpfen und vertrockneten Mooren standen! Das sollte nun ihr Land sein? Da gab es noch nicht mal eine einzige Hütte! Nur Morast und Schilf, soweit das Auge reichte! Der Familienvater mit dem fein geschneiderten Anzug und dem breitkrempigen Hut hat sich nicht lange geziert, er hat die Ärmel hochgekrempelt und mithilfe der Schilfhölzer fürs Erste eine armselige Hütte gebaut, während die Frau Blätter und Früchte gesammelt hat, damit ihre Kinder nicht verhungerten. Die vier Söhne hatten alle ganz fleißig mit angepackt, und als sie alle erwachsen waren und ihre Bräute nachgeholt hatten, da war schon nach kurzer Zeit eine ansehnliche Ansiedlung aus fünf Häusern mit einigen Familien entstanden. Obwohl sie gar keine richtigen Schwaben waren, hatte ihr Fleiß und ihr Geschick sich unter der hiesigen Bevölkerung herumgesprochen, und weil sie auf der Donau mit Holzbooten gekommen waren, wurden sie »Donauschwaben« genannt.

Aus der Familie von Lazar wurde schließlich die ansehnliche propere Siedlung Lazarfeld, in der meine Großeltern, meine Eltern und schließlich 1939 auch ich geboren waren.

Warum nun plötzlich die Russen und Serben so böse auf uns waren und behaupteten, wir hätten hier nichts verloren, konnte ich nicht begreifen. Ich wusste wohl, dass in Deutschland und eigentlich im Rest der Welt Krieg herrschte, aber das betraf doch nicht unsere Insel der Seligen …? Wir hatten doch das letzte Jahrhundert noch gar nicht so richtig abgeschlossen, so wie die Menschen hier gekleidet waren …

Endlich hörte ich meine Oma wieder die Treppe heraufeilen.

»Liebes, ist alles in Ordnung mit dir?«

»Ja, Oma. Ich habe gebetet.« Hastig krabbelte ich wieder aus meinem Versteck hervor.

»Das hast du gut gemacht, Anni.« Meine Großmutter zog ihren Rosenkranz aus der Schürzentasche, sank auf die Bettkante, nahm mich in den Arm und begann mit dem schmerzensreichen Rosenkranz.

»Am Anfang betet man immer das Vaterunser … komm her, Anni, wir beten zusammen.«

Bei »sondern erlöse uns von dem Bösen« war es mit meiner Geduld zu Ende. Ich wusste ja, dass jetzt unendlich viele »Gegrüßet seist du, Maria« kommen würden. Mindestens tausend. Und Jesus hat Blut geschwitzt, und Jesus wurde gekreuzigt und ist in den Himmel aufgefahren und all das.

»Oma, wer waren diese Soldaten? Und was ist mit Tante Christa und Onkel Hans?«

»Liebes, das war eine Vorhut der Sowjets, sagt Onkel Hans. Er und Tante Christa haben eine Menge Beulen und Striemen, die bösen Männer haben ihnen wirklich wehgetan.« Meine Oma wischte sich verstohlen mit dem Zipfel ihres Kopftuches die Tränen aus dem Augenwinkel. »Die Männer mit dem Panzer sind heute Morgen aus Krajisnik gekommen, aber jetzt sind sie wieder abgezogen. Die Lazarfelder haben sich tapfer gewehrt, und jetzt verbinden sie sich gegenseitig ihre Wunden.« Sie schluckte schwer. »Manche Wunde wird auch nicht mehr heilen … Christa war doch in guter Hoffnung …«

»Aber die Hoffnung stirbt zuletzt, sagst du doch immer!« Ich legte meine Händchen auf ihre Wangen und versuchte, sie zu trösten.

»Diese Hoffnung ist leider doch gestorben…« Das verstand ich nicht.

»Wie schade, dass der Papa nicht dabei war und Onkel Hans und Tante Christa nicht beschützen konnte.« Ich hielt meine Hände um den Rosenkranz gefaltet, so wie die Oma mir das gezeigt hatte. »Aber der liebe Gott wird uns doch beschützen? Der weicht doch nicht von unserer Seite, und wenn ich auch gehe im finstern Tal?«

Meine liebe Oma nickte und verbiss sich weitere Tränen, die sie hastig mit dem Betttuchzipfel wegwischte. Tapfere Kinder durften nicht weinen, wenn sie an Gott glaubten, das Gleiche galt ja wohl für tapfere Omas.

»Der Papa kämpft schon irgendwo gegen die Partisanen, und wir sollten beten, dass er heile wieder nach Hause kommt.«

Und das taten wir dann auch. Mindestens zehn Vaterunser, zwanzig EhreseidemVater und tausend GegrüßetseistduMaria.

Lazarfeld, Heiligabend 1944

»…und seht, was in dieser hochheiligen Nacht
der Vater im Himmel für Freude uns macht!«

Obwohl der Weihnachtsbaum in hellen Lichtern erstrahlte und darunter für mich ein paar wunderschön eingepackte Geschenke warteten, hörten sich die Stimmen der Erwachsenen ganz zittrig an, und ich spürte, dieses würde unser letztes gemeinsames Weihnachten in unserer Heimat werden.

Dabei hatte der liebe Gott doch unsere Gebete erhört! Mein

heiß geliebter Papa war wieder da! Er hatte nämlich vier ganze Tage Urlaub aus dem Krieg, und wir waren heute Mittag bereits beim Fotografen gewesen, für ein Familienfoto! Die Oma hatte mich fein gemacht und in ein selbst genähtes Kleidchen gesteckt, und auch meine Mama hatte die Landestracht angelegt, und dazu ein etwas streng wirkendes Kopftuch. Mein Papa hatte seine Uniform an, die mit den blank geputzten goldenen Knöpfen.

Die nette Fotografin hatte ihren schwarzlockigen Kopf unter ein Tuch gesteckt und gerufen: »Hier kommt gleich ein Vögelchen raus!«, während Papa in seiner Uniform und Mama in ihrer Tracht mit dem streng gebundenen Kopftuch mich in ihre Mitte genommen hatten.

Da sie gar kein bisschen lächeln wollten, hatte ich wenigstens gelächelt. Es war doch Weihnachten! Und wir waren wieder zusammen! Vielleicht kriegte ich bald ein Geschwisterchen? Bei Tante Christa war der Klapperstorch schon gewesen, aber er hatte das Baby wieder mitgenommen. Das hatte irgendwas mit den Russen zu tun, die so gemein zu ihr gewesen waren! In letzter Zeit passierten ganz schreckliche Dinge, vor denen meine liebe Oma mich nicht immer schützen konnte, sosehr sie sich bemühte!

Heute Morgen war mir nämlich schon aufgefallen, dass mein gerade mal achtundzwanzigjähriger Papa nach seinen sechs Monaten im Krieg so sehr gealtert war, dass er fast schon aussah wie mein vierundfünfzigjähriger Großvater. Seine Augen lagen in tiefen schwarzen Höhlen, und seine Kieferknochen standen kantig und scharf hervor. Er lachte gar nicht mehr, er erzählte keine Geschichten und wollte fast gar nicht mehr singen. Sein Blick war ganz traurig und leer. Papa hatte wohl nicht so viel zu essen bekommen, da, wo er im Wald gegen die Partisanen kämpfen musste. Auch meine Mama, die sonst immer so lustig war und so viel sang, schaute nur traurig und geradezu ängstlich drein.

»Bitte einmal lächeln!«, hatte die Fotografin vergeblich gerufen und mit den Fingern geschnippt, aber die Einzige, die ihr diesen Gefallen tat, war ich. Mit meinen fünfeinhalb Jahren ahnte ich ja noch nicht, was sich inzwischen in der großen weiten Welt, und leider auch in unserem kleinen beschaulichen Paradies Lazarfeld, achtzig Kilometer nördlich von Belgrad zwischen Donau und Theiß gelegen, zugetragen hatte.

Und erst recht ahnte ich unschuldiges Mädchen, das mit seinem kleinen Herzen noch ganz fest an das Christkind glaubte, nicht, was sich noch heute Abend, am Heiligen Abend 1944, in unserem Städtchen zutragen würde! Diesmal waren die Weihnachtsspiele nämlich ausgefallen, was ich ganz schade fand. Es gab keinen Umzug in der Stadt, und niemand hatte das Christkind in der Krippe aus der Kirche geholt.

»Stille Nacht, heilige Nacht«, stimmte mein Großvater gerade noch mit bebender Stimme an, als auch schon die Gewehrkolben dieser wütenden fremden Soldaten gegen unsere Haustüre donnerten. Onkel Hans und Tante Christa waren auch da, und niemand wollte so recht mit einstimmen. Ihre Blicke zuckten panisch durch den Raum und erstarrten.

»… alles schläft, einsam wacht …«, blieb mein helles Kinderstimmchen im Raume hängen, wie ein letztes vergessenes weißes Tüchlein an der Wäscheleine, von der Sturm und Regen schon alles andere abgerissen hatten.

»Aufmachen! Wir wissen, dass ihr zu Hause seid!« Russische gebellte Befehle mischten sich mit deutschen Stimmen, und hässliches Gelächter unterstrich den Hausfriedensbruch: »Am Heiligen Abend sind nämlich alle Deutschen zu Hause, da gehen sie uns alle ins Netz!«

Von den vielen Fremden, die nun in unsere geschmückte Wohnstube polterten, war mir nur der Dorfvorsteher vertraut. Er war regelmäßiger Stammgast im Gasthaus meiner Großeltern und Eltern, war gut mit ihnen bekannt und per Du. Sein Männergesangsverein probte dort immer mittwochs, und das Bier floss in Strömen. Jedenfalls früher. In den guten alten Zeiten, wie die Erwachsenen sie mittlerweile nannten.

Bevor meine Familie überhaupt nur begreifen konnte, was vor sich ging, wurde auf Russisch ein Befehl gebrüllt, der vom Dorfvorsteher übersetzt wurde.

»Alle Frauen zwischen achtzehn und fünfunddreißig haben sich unverzüglich vor dem Gasthaus Pfeiffer einzufinden!«

Obwohl mir weder der Ton noch das Benehmen der Männer gefiel, schoss mir als Erstes durch den Kopf: »Die treffen sich alle bei uns! So schlimm kann es also nicht werden!«

Doch dann wurde mir schlagartig klar, dass aus unserem Paradies die Hölle geworden war.

Meine Mama und Tante Christa wurden harsch an den Armen gepackt: »Los, wird's bald, oder braucht ihr eine Extraeinladung?!« Mama war sechsundzwanzig, Tante Christa zweiundzwanzig Jahre alt.

»Was habt ihr mit ihnen vor?« Mein Großvater stellte sich tapfer vor seine Schwiegertöchter und schaffte es sogar noch, seine Söhne Jakob und Hans daran zu hindern, mit Stuhlbeinen auf die unwillkommenen Eindringlinge einzuschlagen.

»Die Banater Schwaben sind Faschisten, Verräter und Kriegsverbrecher«, übersetzte der Dorfvorsteher die gebrüllten Wortfetzen der fremden Männer. »Die jugoslawische Volksbefreiungsarmee hat von den sowjetischen Besatzern jedwede Macht über uns erhalten. Wir sind sozusagen Freiwild, und sie können und werden nach ihrem Gutdünken mit uns verfahren! Die Frauen werden zum Arbeitseinsatz abkommandiert!«

Der Dorfvorsteher selbst war also auch nicht freiwillig hier, sondern als ihr Handlanger!

In der plötzlich entstehenden Panik wurden auch schon die Türen der Nachbarhäuser eingeschlagen oder eingetreten, und aus allen Häusern wurden junge Frauen und Mädchen herausgetrieben, gezerrt und geprügelt. Manche wurden an den Haaren herausgerissen, anderen wurden noch ganz andere schreckliche Dinge angetan, die ich mit meinen Kinderaugen noch nicht einordnen und begreifen konnte. In der eben noch friedlich verschneiten Weihnachtsnacht läuteten die Kirchenglocken, aber nicht so, wie sie Weihnachten läuten sollten, sondern in wilder Panik, in gellendem Alarm!

Kreischende, wimmernde, weinende Frauen wurden vor der Gaststätte meiner Familie zusammengetrieben, mit Knüppeln, mit Gewehrkolben, mit Fußtritten von harten Stiefeln.

Manche Frauen bluteten, wimmerten, wurden an Armen oder Beinen durch den Schnee geschleift, während ihre Kinder kreischend und schreiend neben ihnen herliefen.

»Jede Frau soll so viel warme Kleidung mitnehmen, wie sie tragen kann«, wurden Gerüchte weitergetragen und hallten wie Peitschenhiebe durch die eiskalte schwarze Nacht. Die Schreie prallten an den Hausmauern ab und knallten mir um die Ohren wie die Schüsse, die Schläge und das Weinen. Ältere Frauen klammerten sich an ihre Töchter, flehten um Gnade, fielen vor den Partisanen auf die Knie.

»Nicht meine Tochter! Sie ist doch erst siebzehn, sie geht noch zur Schule!«

»Nehmen Sie mich statt meiner Tochter! Meine Kleine ist krank und hat Fieber!«

»Und meine Tochter hat gerade ihre erste Blutung und schreckliche Bauchkrämpfe!«

Doch die Mütter der jungen Mädchen und Frauen wurden mit dem Gewehrkolben weggestoßen oder mit harten Fußtritten verscheucht.

»ALLE FRAUEN! SOFORT!«

»Jede Frau soll so viele warme Sachen anziehen, wie sie hat! Es wird eine lange Reise!«

Das Weinen und Jammern breitete sich zu einer undurchdringlichen Klangwolke aus Wehklagen und Schreien über den dunklen Himmel aus, aus dem es ununterbrochen schneite.

Während meine Oma mich an sich klammerte, schnürten meine Mama und ihre Schwägerin Christa schluchzend ihre Bündel. Großvater stopfte in ihre Bettbezüge, was er aus der Speisekammer greifen konnte: kleine Mehlsäcke, Zucker, Gläser mit Eingemachtem, Wurst und Käse, das Brot, das sie heute Morgen noch gebacken hatten, Butter und Schmalz. Die jungen Frauen knickten unter der Last schier zusammen.

»Nehmt die Federbetten mit!« Meine Oma ließ mich stehen und hastete die Holztreppe hinauf. Zitternd stand ich an der Wand neben dem Klavier und starrte tränenblind auf das Chaos.

Wohin musste meine Mami denn jetzt gehen? Mitten in der Nacht? Wann käme sie denn wieder? Was hatte sie denn Böses getan? Meine Mama hatte selbst noch ein rundes Kindergesicht und einen weichen Hals, um den sie ein kleines Kreuz am Kettchen trug. Heute hatte sie für den Kirchgang ein selbst besticktes, fast bodenlanges dunkelblaues, weit fallendes Kleid getragen, dazu Riemchenpumps mit niedrigem Absatz. Die Haare hatte sie zur Feier des Weihnachtsfestes nicht unter ein Kopftuch, sondern kunstvoll unter einen Turban drapiert, in gleichmäßigen dunklen Löckchen. Ich fand, dass sie bis eben noch wunderschön ausgesehen hatte, aber jetzt war sie in mehrere Mäntel, Mützen und Tücher gewickelt und sah aus, als hätte sie nie eine Heimat gehabt und befände sich auf der Flucht.

»Das können wir nicht tragen!«, heulten die Frauen verzweifelt, als sie versuchten, die Packstücke anzuheben.

»Doch, ihr müsst! Wenn es hier schon bitterkalt ist, wie kalt wird es da sein, wo sie euch hinbringen!«

»Oh, bitte nicht nach Sibirien, bitte nicht nach Sibirien …« Ich hatte das Wort noch nie gehört.

»So, raus hier, lange genug gejammert und gefackelt!« Die jugoslawischen Volksbefreier, wie sie sich selbst nannten, prügelten die Frauen die Stiege hinunter und aus dem Haus.

Die ganze Zeit stand ich wie eingefroren neben dem Klavier, an dem wir eben noch gesungen hatten, und starrte auf die Szenerie, in der Hoffnung, nur in einem kindlichen Albtraum gefangen zu sein. Bald würde es wie jeden Morgen nach frisch gebackenem Brot riechen, und ich könnte mich noch einmal umdrehen und weiterschlafen, in Großmutters weichem Bett, meine Puppe und das Märchenbuch auf dem Kopfkissen.

Großmutter jedoch warf mir mein Mäntelchen über und zerrte mich hinter sich her.

Die ganze Stadt war in dieser Heiligen Nacht auf den Beinen und begleitete die völlig verzweifelten jungen Frauen zum Treffpunkt und Abmarschbefehl um Mitternacht.

Die Turmuhr des Kirchturmes schlug dumpf und drohend zwölfmal.

»Abmarsch! Los! Aber im Gleichschritt!«

»Schwiegermutter!« Meine Mama stand schon in der Reihe von insgesamt hundertdreiundachtzig Frauen und Mädchen, die nun auf einen zwölf Kilometer langen Fußmarsch in die nächste Stadt getrieben wurden, um dort in Viehwaggons eingepfercht zu werden. »Bitte pass mir auf meine kleine Anni auf!«

»Das tue ich, so wahr mir Gott helfe!«

»Lass sie nie aus den Augen!«, flehte meine arme Mama, während sich der Trupp der schwer beladenen Frauen bereits langsam in Bewegung setzte. Viele weinende Angehörige liefen in dieser dunkelsten Nacht ihres Lebens mit ihnen mit, halfen ihnen schleppen, schoben sperrige Handkarren durch den tiefen Schnee, wohl wissend, dass sie die verschleppten Mädchen und Frauen wohl lange nicht wiedersehen würden, vielleicht niemals mehr.

Soldaten prügelten Eltern, Geschwister und vor allem die Kleinkinder zurück, die sich an die Beine ihrer Mamas klammerten, und manche Mütter klammerten sich so sehr an ihre Töchter, und manche Töchter so sehr an ihre Mütter, dass diese schließlich mit ins Ungewisse gehen durften.

Ein Vater riss seine zwei Töchter in unbändiger Verzweiflung plötzlich aus der Reihe und zerrte sie zurück in seine Scheune, wo kurz darauf lodernde Flammen aus dem Heuschober schlugen. Er hatte sich und seine Töchter lieber selbst verbrannt, als seine Mädchen den Russen zu überlassen!

»Schwiegermutter, lass Anni nie aus den Augen«, brüllte meine Mami über die Schulter, während sie Arm in Arm mit Schwägerin Christa durch den Schnee taumelte, schwer beladen mit den Sachen, die Großvater ihnen noch in das Betttuch geknüpft hatte. Der Handkarren war ihnen entrissen worden.

»Ich verspreche es dir, bei meinem Leben!«, rief Großmutter ihr nach.

»Mami«, schrie ich aus Leibeskräften. »Mami, geh nicht! Bleib bei mir!«

Aus der benachbarten Scheune schlugen die Flammen, und grobe Strohfitzelchen, aber auch zerrissene Kleidungsstücke flogen durch die Luft. Es stank ganz fürchterlich! Schwarzer Ruß und beißender Rauch quollen uns entgegen, nahmen uns die Luft zum Atmen.

»Mami«, schluchzte ich bitterlich. »Geh nicht weg! Bleib bei mir! Ich habe Angst!«

Meine Oma schleppte mich, während ich laut weinte, aus der Gefahrenquelle. »Ich passe auf dich auf, Anni, ich bleibe bei dir, das habe ich deiner Mami versprochen!«

Meine Mami verlor sich mit den anderen Frauen und Mädchen im nächtlichen Schneegestöber, weit hinter der tobenden und beißenden Rauchwolke. Der taumelnde Elendszug entzog sich mehr und mehr meinen Blicken. Das jämmerliche Weinen und verzweifelte Schreien der auseinandergerissenen Mütter und Töchter, das Brüllen der Babys, das Kreischen und Jammern der Kleinkinder und das schaurige Glockengeläut zum Abschied dröhnten mir noch lange in den Ohren.

Nichts war mehr, wie es vorher war. Seit dieser grausamen Nacht der Verschleppung aller jungen Frauen von Lazarfeld in das sibirische Arbeitslager erlebte ich mit meinen noch nicht sechs Jahren nun täglich, wie unter dem grausamen Regime des äußerst brutalen Kommandos der jugoslawischen Befreiungskämpfer und der russischen Befehlshaber Hausdurchsuchungen, Raub, Verhaftungen, Prügelorgien, Morde und brutale Misshandlungen zur Tagesordnung gehörten. Es waren die sogenannten Blutgerichte, die täglich wieder von Neuem vollzogen wurden, je nach Laune und Grausamkeit der oft heftig betrunkenen Soldaten, deren Willkür wir Bürger von Lazarfeld nun auf Gedeih und Verderb ausgeliefert waren.

Längst waren auch mein Papa und Onkel Hans in die kriegerischen Handlungen abgezogen worden, das Gasthaus meines Großvaters war zur Kommandozentrale der Russen und Jugoslawen geworden, und auf dem großen Platz davor spielten sich die grauenvollsten Szenen ab.

Täglich fanden öffentliche Hinrichtungen statt, regelmäßig peitschten Schüsse an der Mauer, wo Männer und Frauen einfach abgeknallt wurden. Keines meiner Märchen aus Grimms Märchenbuch war annähernd so grausam und unvorstellbar wie das, was ich mit eigenen Kinderaugen ansehen musste. Ihre Häuser, Höfe und Felder gingen in den Besitz der Partisanen über, die elternlosen Kinder konnten sich im besten Falle zu Verwandten oder Nachbarn retten, viele von ihnen wurden einfach erschossen oder totgetreten, verschleppt oder ins Feuer geworfen.

Fassungslos sah ich diesen entsetzlichen Szenen zu. Mein Kindermund verstummte, meine Schreie gellten in meinem Inneren, ich konnte es nicht begreifen und nicht fassen, was da in meiner kleinen heilen Welt geschah. Wie durch ein Wunder durfte ich noch bei meinen Großeltern im Hause leben, aber sie wussten, dass auch dieser Zustand nicht von Dauer sein würde. Meine Großeltern hatte ich immer als starke, selbstbewusste Menschen erlebt, sie waren der Mittelpunkt der kleinen Stadt gewesen, mit ihrem Gasthaus und Gastgarten, in dem sich sämtliche Familienfeiern, Chorfeste, Jagdvereinigungen und Brauchtumsfeste unter einem mächtigen Edelkastanienbaum abspielten. Im Frühling blühte er üppig weiß-gelb, im Sommer stand er im prächtigen grünen Blättergewand, im Herbst schenkte er uns Kindern die wunderschönen glänzenden Kastanien, die wir im Winter über dem Feuer rösteten. Immer waren meine Großeltern und Eltern fesch gekleidet in unseren traditionellen Trachten und waren die großzügigsten und beliebtesten Gastgeber, deren guter Ruf weit über die Puszta-Ebene verbreitet war. Mein Großvater wie auch mein Vater und Onkel Hans konnten die tollsten Witze erzählen, Großmutter, Mama und Tante Christa verstanden es zu kochen und zu backen, dass es sich in der ganzen Umgebung herumgesprochen hatte. Doch nun sah ich in meinen eigentlich noch jungen Großeltern zwei gebrochene Menschen, die ständig weinten und doch noch alles versuchten, um mich kleines Mädchen zu schützen und meine Seele möglichst unbeschadet zu lassen. Doch wie sollte das gehen? Wo sollten sie mich einsperren, dass ich die grauenvollen Szenen, die sich unmittelbar vor unserem Fenster abspielten, nicht mitbekam?

Täglich wurden vor meinen Augen unschuldige Nachbarn und Freunde mit Ochsenziemern, Gummiknüppeln oder Gewehrkolben am ganzen Körper brutal misshandelt.

»Raus aus deinem Haus, Frau«, brüllte einer der Männer,

während er eine ältere Frau auspeitschte. Mit entsetzt aufgerissenen Augen beobachtete ich diese grässliche Szene. Die Frau war unsere Nachbarin, die ehemals rotwangige Bäckermeisterin, bei der wir immer unsere Brötchen gekauft hatten! Sie und ihr Mann waren jeden Morgen um drei Uhr aufgestanden, um Brot und Kuchen zu backen, die sie mithilfe ihrer Kinder und Schwiegerkinder bis weit in den Abend hinein freundlich und hilfsbereit am Ladentisch anboten! Ich als Kind hatte oft genug einen Keks oder einen Kuchenrand zugesteckt bekommen, und die Erwachsenen hatten in aller Harmonie ein Schwätzchen gehalten, während ich die Köstlichkeiten vergnügt auf der Theke hockend verdrückte.

Diese Bäckersfrau wurde aus ihrem Laden und ihrem Haus gepeitscht, unter höhnischem Gelächter der Peiniger. »Jetzt gehört Lazarfeld wieder uns Jugoslawen!«

Und was tat die robuste Bäckerin? Obwohl sie schon blutend und gebrochen am Boden lag, hob sie ihre Hände und zeigte ihnen alle zehn Finger. »WIEDER? EUCH?«, fragte sie spöttisch lachend. »DIESE zehn Finger haben Lazarfeld zu dem gemacht, was es heute ist. Früher war es ein Sumpf, und mit euch wird es wieder ein Sumpf sein!« Viel später wurde mir bewusst, dass diese Frau recht gehabt hatte. Sie starb unter den Peitschenhieben, Tritten und Schlägen der brutalen Männer. Es sollten ihre letzten Worte gewesen sein.

Aber auch in unserem Haus passierte Grauenvolles, was ich nicht begreifen konnte. Ich kannte die Geschichte vom Wolf und den sieben Geißlein, die war schlimm genug. Aber der böse Wolf wurde doch am Ende aufgeschnitten, und die sieben Geißlein kamen gesund und munter hervorgesprungen! Ich kannte auch die Geschichte von Hänsel und Gretel, wo die böse Hexe am Ende in den Ofen gesteckt wurde, aber die hatte es ja auch verdient!

Onkel Peter, der ältere Bruder meiner Großmutter, ein stiller, lieber Geselle, war seit dem Ersten Weltkrieg behindert. Er hatte ein Bein verloren, saß aber einfach nur zufrieden in einer Ecke und nahm oft schmunzelnd am Familienleben teil. Er konnte nicht mehr arbeiten, wurde aber von allen geliebt und geehrt. Er konnte wunderbar Geschichten erzählen und machte sich oft durch handwerkliche kleine Arbeiten nützlich. Seine Holzschnitzwerke, Märchenfiguren, die er liebevoll mit der Laubsäge ausgearbeitet hatte, verzierten die Wände meines Kinderzimmers, und er konnte kunstvoll mit den Fingern Schattenspiele machen. Von ihm hörte ich ja immer diese grausamen Märchen, aber sie gingen gut aus!

Auch er war in jener letzten Weihnachtsnacht dabei gewesen, hatte sich aber gerade noch unter der Holzstiege verkriechen können, als die sowjetischen Besatzer kamen.

Denn inzwischen hatte sich herumgesprochen, dass alle arbeitsfähigen Menschen aus dem Banat in sibirische Arbeitslager verschleppt wurden, um als lebende Sühneobjekte jene Kriegsopfer zu ersetzen, die von den Nazideutschen während des Krieges getötet worden waren. Und das waren so unfassbar viele, Abermillionen, dass die bunten Kugeln an meiner Rechenmaschine nicht dafür reichten, um sie mir vorzustellen. Die arbeitsunfähigen Menschen jedoch, die ihnen nichts mehr nützten, durften liquidiert werden, auf welche Weise auch immer. Da kam die Bestie in den selbst ernannten Volksbefreiern durch. Alle Alten und Behinderten wurden aus ihren Behausungen gerissen und in der Schule auf das Grausamste zu Tode gefoltert.

Mein armer lieber Onkel Peter, kaum sechzig Jahre alt, wurde gefesselt auf den Fußboden eines Klassenzimmers gelegt, wie viele seiner Leidensgenossen auch.

Die wild gewordenen Horden sprangen mit Stiefeln und voller Montur vom Lehrerpult immer wieder auf die hilflos am Boden Liegenden, hörten ihre Rippen brechen und ihre Knochen krachen und lachten sich dabei kaputt. In einer beispiellosen Sauforgie kletterten sie immer wieder auf das Lehrerpult und sprangen so lange auf die hilflosen zerschundenen Körper, bis diese ihr letztes Leben aushauchten. Als alle tot waren und der Spaß vorbei, brüllten sie nach dem Hausmeister der Schule: »Wegtragen, die Leichen! Bevor sie zu stinken anfangen!«

Der arme Hausmeister, ein Deutscher aus unserer Siedlung, schleppte eine Leiche nach der anderen in den Keller, wo er sie unter den Befehlen der Betrunkenen auf einen Haufen warf.

Dann schliefen die Mörder in der Turnhalle auf den Matten erst mal ihren Rausch aus und pissten an die Wände, kotzten vor die Tür und benahmen sich schlimmer als Tiere.

Dem Hausmeister wurde von den grölenden Horden befohlen, die Leichen während der Nacht hinter dem Schulhof in einer selbst ausgehobenen Grube zu vergraben. Sollte am nächsten Tag noch eine Spur von einer Leiche zu finden sein, sei er der Nächste!

So schuftete der Hausmeister die ganze Nacht, lud eine Leiche nach der anderen auf seinen Schubkarren und schleifte die leblosen Körper zu ihrem Massengrab, das er vorher aus dem hart gefrorenen Boden ausgehoben hatte.

Als er bei meinem Onkel Peter angelangt war und ihn unter den Armen packte, um ihn auf seine Schubkarre zu wuchten, entrang sich dem gepeinigten Onkel ein Röcheln.

»Peter? Lebst du etwa noch?«

»Wasser«, flehte er den Hausmeister an. »Bitte ein Schluck Wasser!«

Onkel Peter hatte die ganze Nacht mitten in dem Leichenhaufen gelegen, als der Hausmeister ihn fand! Dieser eilte um Wasser und brachte es ihm.

»Peter, was soll ich nur mit dir machen?«

»Mach dir keine Sorgen, ich sterbe in der nächsten Stunde.«

»Ich kann dir beim besten Willen nicht helfen, Mann!«

»Kümmere dich zuerst um die anderen, dann will ich der Letzte sein.«

Und so geschah es auch. Bei vollem Verstand lebte mein Onkel Peter noch eine Stunde, genau wie er gesagt hatte. Und bei Morgengrauen dieses entsetzlichen Februartages im Jahr 1945 starb er einen qualvollen Tod. Der Hausmeister schüttete direkt über ihm die kalte harte Erde auf das Massengrab. Hinter dem Schulhof der katholischen Volksschule, in die ich nächstes Jahr hätte kommen sollen. Ich konnte schon meinen Namen schreiben.

Gedicht der Anna Eckardt aus dem Jahr 1976 in Bad Aibling, als sie nach vierzehn Jahren mit dem Hausbau fertig war

»DU«

Es gibt Wunden, heimliche Wunden, du,
die heilen im Leben niemals zu.
Oft gibt es Stunden, da spürt man sie nicht,
da läuft man umher mit hellem Gesicht,
spricht wie die andern mit lächelndem Mund,
und fühlt sich glücklich und wähnt sich gesund,
bis jäh einer kommt und die Wunden berührt,
und man von Neuem das Brennen verspürt,
sich wieder vergräbt in altem Gram,
der dennoch nimmer zur Ruhe kam.
Das sind Wunden, heimlich Wunden, »Du«.

Deshalb schreibe ich meine Lebensgeschichte, so wie ich sie seit vielen Jahren herumtrage, auf. Vielleicht finde ich damit meinen inneren Frieden. Es ist die wahre Geschichte eines Kindes, das in eine heile und glückliche Welt geboren wurde und nur fünfeinhalb Jahre glücklich darin leben durfte.

Eigentlich wollte mein Vater Jakob Priester werden. Er konnte so wundervoll Geschichten erzählen und singen, dass er bestimmt ein wundervoller Pfarrer geworden wäre. Die Leute wären von nah und fern herbeigeströmt, um seine Predigten zu hören. Wahrscheinlich hätten sie in der Kirche sogar gelacht. Aber meine Großeltern brauchten jede Hilfe in ihrem Gasthaus, es war auch kein Geld zum Studieren da, und so erlernte mein Vater das Koch- und Kellner-Handwerk, während ihr jüngerer Sohn Hans Metzger in der angrenzenden Metzgerei wurde. So blieb die Gastronomie in der Familie, und mein Vater konnte seine Geschichten und Lieder auch in der Gaststube an den Mann bringen. Zum Beichten kamen die Leute sowieso alle zu ihm; denn wo wird mehr geredet und getratscht, gestritten und sich wieder versöhnt als in der Gaststube des Dorfes, wo es gleichzeitig gut zu essen und viel zu trinken gibt?

Leider war dieser Traum für sie auch ausgeträumt, als Jakob und Hans zum Militär mussten, obwohl sie niemals für Nazi-Deutschland kämpfen wollten. Sie hatten noch nicht mal eine Ahnung, was sich in Deutschland und dem Rest der Welt eigentlich abgespielt hatte.

Als am Heiligen Abend des Jahres 1944 meine Mama, ihre Schwägerin Christa und mehr als hundertachtzig andere Frauen und Mädchen aus dem Dorf getrieben und zur Zwangsarbeit nach Sibirien verschleppt wurden, war mein Papa nur für vier Tage vom Kriegsdienst beurlaubt worden. Es sollte das letzte Mal sein, dass wir ihn sahen.

AMALIE

Weihnachten, 25. Dezember 1944

In Zweierreihen aufstellen und ab marsch!«
Bewaffnete russische Soldaten trieben uns hundertdreiundachtzig Frauen und Mädchen aus Lazarfeld durch das heftige
Schneetreiben. Neben mir schwankte schluchzend Christa, meine
junge Schwägerin. Wir beide schleppten je einen zentnerschwe-
ren Sack, zusammengebunden aus einem Betttuch, den unser ge-
meinsamer Schwiegervater uns in der Eile zusammengepackt hatte. Ich konnte es noch gar nicht fassen, was in den letzten vierundzwanzig Stunden geschehen war. Gestern um diese Zeit, als
ich noch in der Gaststube stand und Bier ausschenkte, kam meine
Schwiegermutter Barbara hereingestürmt, aschfahl im Gesicht,
und zog mich beiseite: »Liebes, ich habe unglaubliche Gerüchte
gehört, aber die anderen Frauen beim Einkaufen haben es schon
bestätigt. Die Russen werden kommen und alle Mädchen und
Frauen aus Lazarfeld abholen!«

Nein. Nicht jetzt. Nicht Weihnachten. Nicht, wo mein Jakob
gerade mal vier Tage Urlaub hat. Nicht vor meinem fünfjährigen
Kind. Ausgeschlossen. Mir blieb das Herz stehen. Kraftlos sank
ich auf einen Stuhl, die Biergläser glitten mir aus der Hand. Das
Blut rauschte mir in den Ohren und gefror in meinen Adern.

In der Gaststube herrschte reges Treiben, lautes Stimmenge-
wirr drang durch die Rauchschwaden, Gelächter, Kartenspiel und
lautstarke politische Diskussionen wurden von Handgreiflichkei-
ten und Flüchen durchbrochen.

»Amalie, vier Halbe noch mal an Tisch fünf!«

»Fräulein, wo bleibt mein Rinderbraten?«

»Was heißt das, abholen …?« Ich fühlte, dass mir alle Kraft aus den Gliedern gewichen war.

»Sie verschleppen euch in ein sibirisches Arbeitslager, heißt es.« Meine Schwiegermutter umfasste meine Hände. »Liebes, du solltest auf alles gefasst sein!«

»Bube, Dame, König, Ass! Gewonnen! Fräulein! Was ist mit dem Bier?«

»Aber sie nehmen doch keine Mütter mit?!« Ich fasste mir ans Herz. »Unsere Anni ist gerade mal fünf!«

»Sie nehmen alle mit, Amalie. Auch und gerade die jungen Mütter. Sie wollen die Blüte von Lazarfeld zerstören und kein junges Leben mehr wachsen lassen.«

Diese Nachricht zerschnitt mein Innerstes! Ich konnte es nicht begreifen! So etwas konnten Menschen doch nicht tun! Tiere, ja, Tiere fraßen einander, weil sie Hunger hatten, aber dieser Plan war so perfide, dass es mein Vorstellungsvermögen übertraf. Die Angst überfiel mich wie ein schwarzes Ungeheuer und verbiss sich in meinen Eingeweiden. Ich hatte schon viel Schmerz erlebt und Grausames mit ansehen müssen, und die schrecklichsten Gerüchte hatten sich verbreitet, aber das hier zog mir den Boden unter den Füßen weg!

In Jugoslawien hielten jetzt die Kommunisten die Fäden der Macht in der Hand. Wir konnten nichts für den Krieg, den die Deutschen angezettelt hatten; wir hatten damit nichts zu tun. Aber für die jetzigen Machthaber waren wir mitschuldig. Sie waren derart voller Hass auf uns Donauschwaben, weil wir Deutsche waren, dass für uns, die wir nicht mehr rechtzeitig evakuiert werden konnten, seit den Herbstmonaten 1944 ein Martyrium begonnen hatte. Viele waren wie Vieh aus ihren Häusern und Dörfern in Konzentrationslager getrieben worden, wo sie auf den Feldern und in den Wäldern arbeiten mussten. Seit Monaten war die Staatspolizei OZNA im donauschwäbischen Gebiet unterwegs und hinterließ eine Blutspur nach der anderen. Sie nannten es ethnische Säuberung, aber es war brutalster Mord an Unschuldigen, an kleinen Kindern und ihren Müttern!

Wie man hier im Gasthaus erzählt hatte, wurden am 11. November 1944 neun Männer aus Lazarfeld aufgerufen und in den Schulhof getrieben. Sie wurden mit Draht gefesselt und unter Stock- und Gewehrkolbenhieben in den acht Kilometer entfernten Nachbarort Siegmundsfeld getrieben. Das war der Ort, aus dem mein Schwiegervater kam, Annis Großvater! Hier mussten sie sich ihr Grab schaufeln, und nachher wurden sie durch eine Maschinengewehrgarbe niedergestreckt. Mehrere Roma und Sinti, wir nannten sie Zigeuner, mussten mit Beilen in den Händen kontrollieren, ob alle tot waren, und allen die Köpfe spalten. Außer den in der Gaststube genannten Personen wurden bei dieser Gelegenheit auch einige Kroaten aus der Umgebung umgebracht, wie man sich am Stammtisch erzählte. Ich musste alles mit anhören, servierte ich doch den Männern Bier und Schnaps! Am 12. November, so hieß es, wurden die übrigen Gefangenen aus der ungarischen Schule, immer je zwei, an den Handgelenken zusammengefesselt. Danach wurde jedem Einzelnen ein Seil um den Leib gebunden, und so wurden sie ins Gemeindehaus der Stadt getrieben. Unterwegs wurde der Zug von einem außer Rand und Band geratenen Pöbel beschimpft, bespuckt und misshandelt. Im Gemeindehaus wurde der Zug zunächst in zwei Gruppen geteilt. Da kam gerade ein Kurier aus der russischen Kommandantur, der frische Arbeitskräfte anforderte. Daraufhin ließ man einige am Leben und scheuchte sie auf den Lastwagen. Sie wurden nie wieder gesehen. Den restlichen Gefangenen, bestehend aus Frauen, Männern und Kindern, sagte man, dass sie jetzt nach Hause gehen dürften. Es waren über sechzig Personen, die unter Tränen um ihr Leben flehten! Doch stattdessen führte man sie zum Schinderhaus. Hier wurden sie furchtbar misshandelt und nachher alle in einen Raum getrieben. Dann warf der Serbe eine Handgranate in den Raum, die einen Teil der Leute zerriss. Die noch Lebenden wurden abgeschlachtet, einige mit dem Beil erschlagen. Und während dieser Orgie von Brutalität, Gewalt und Mord sangen die Partisanen unter der Führung eines Kommissars und einer Partisanin Partisanenlieder.

Das alles musste ich mir anhören, während ich die Gäste bediente, und mir zitterten so sehr die Hände, dass ich immer wieder Gläser und Teller fallen ließ.

Und nun sollte es auch mich treffen! Sibirien! So unvorstellbar weit weg von meinem Kind!

Meine Schwiegermutter Barbara sah mich voller Mitleid aus ihren schwarzen Augen an.

»Es tut mir so leid, Kind! Du solltest gerüstet sein! Sag der Kleinen nichts, es wird ihr letztes Weihnachten mit uns allen gemeinsam sein …«

»Sie werden doch nicht ausgerechnet Weihnachten …« Mein Mund war wie ausgedörrt. Ich konnte nicht weitersprechen. Innerlich überkamen mich kalte Panikattacken und nahmen mir die Luft zum Atmen. Doch. Sie würden. Wenn das alles stimmte, was ich gehört hatte, dann würden sie genau das tun.

»Gerade deswegen tun sie es, Amalie. Weil es unser höchstes Fest ist.«

Meine Knie zitterten dermaßen, dass ich nicht wieder aufstehen konnte. »Was sagen wir denn nur der Kleinen?« Mein einziges Kind, unser aller kleiner blonder Sonnenschein!

»Wir dürfen keine Schwäche zeigen, sie kann das doch nicht begreifen!«

Weinend lagen wir uns in den Armen. Ich schluchzte um mein Leben.

»Und Jakob? Er hat nur vier Tage Urlaub und muss doch wieder in den Krieg!«

»Ihr müsst voneinander Abschied nehmen. Nur Gott weiß, ob und wann ihr euch wiederseht.«

Meine Schwiegermutter weinte bittere Tränen in ihr Taschentuch. »Dass ich so etwas Fürchterliches noch einmal erleben muss! Wir haben doch keinem Menschen etwas Böses getan!«

»Ach, wenn es doch nur ein Gerücht wäre!«

In heißen und kalten Wellen brach erneut die glühende Panik über mir zusammen.

Wie in Trance lief ich mit der Schwiegermutter nach Hause und versuchte, ein paar Sachen zusammenzupacken, während meine kleine Anni spielend und plaudernd um mich herumwuselte. Jedes »Guck mal, Mami!« mit ihrem glockenhellen Stimmchen rammte mir einen glühenden Pfeil ins Herz. »Morgen ist Weihnachten, Mami, ich freu mich so auf das Christkind! Gell, Mami, ich war doch brav, es wird mir etwas Schönes bringen?!«

»Ja, Anni. Du bist ein sehr braves Mädchen.«

Das Einzige, was ich in diesem Schockzustand einpacken konnte, war ein kleines gerahmtes Foto von ihr, das auf meiner Schlafzimmerkommode stand. Darauf hatte sie blonde Zöpfchen und lächelte mich mit ihren Milchzähnchen ganz niedlich an.

Wie ich den restlichen Tag und die gestrige Nacht verbracht hatte, wusste ich nicht mehr.

Ich wusste nur, dass ich Anni die ganze Nacht in den Armen gehalten und geweint hatte.

Und dann gingen wir alle noch zur Kirche, deren Glocken nicht aufhören wollten zu läuten. Wir wollten Gottes Segen, wir glaubten doch so fest an ihn!

Der letzte Gottesdienst zog an mir vorbei wie ein Film. Ich sah mir selbst dabei zu, wie ich im Gebetbuch blätterte, wie ich mein Kind an mich zog und die Hand meines Mannes Jakob drückte. Wir waren beide wie eingefroren, wie Wachsfiguren, die keine Seele haben. Hilflos starrten wir einander an, die Tränen liefen uns über die Wangen, und wir blickten zum Kreuz, flehten unseren Herrgott an, uns doch zu verschonen, um unseres Kindes willen.

Doch der Herrgott war nur aus Holz.

Zu Hause versuchten wir uns für Anni an einer Bescherung, die Schwiegermutter hatte sogar noch die Kerzen am Baum angezündet. Mit zittriger Stimme hatte mein Schwiegervater ein Lied angestimmt, und der gehbehinderte Onkel Peter spielte dazu auf dem Klavier.

Dann polterte es erst bei den Nachbarn, dann bei uns an die Tür. Wir erstarrten, das Bild fror ein. Spielte er noch weiter? Sangen wir noch? Die letzten Töne tropften von den Wänden, das Stimmchen von Anni verhallte, unschuldig fragend: Warum singt keiner weiter?

Mein Schwiegervater ging gefasst zur Tür. Seine Kieferknochen mahlten. Hatte ich bis dahin noch flehentlich gebetet, dass das schreckliche Gerücht sich in weihnachtlichem Gotteswunder auflösen würde, so sah ich mich mit der grausamen Realität konfrontiert: Im Schneegestöber vor der Haustür standen zwei russische Soldaten mit aufgepflanzten Gewehren, begleitet vom Bürgermeister.

In Panik wich ich zurück, das Herz klopfte mir bis zum Halse. Genau diese Männer waren es, die in Häuser eindrangen und junge Frauen vergewaltigten, oft vor den Augen ihrer Kinder! Die Männer erschlugen sie mit der Axt, oder erschossen sie, und die Kinder …

»Grüß Gott, Amalie, guten Abend, Barbara, Jakob…« Der Bürgermeister drehte verlegen an seiner Hutkrempe. »Frohe Weihnachten zu sagen, wäre jetzt wohl nicht angebracht? Aber keine Angst, Amalie, sie tun dir nichts, das ist nur die russische Miliz.«

Was machte das für einen Unterschied? Nur die russische Miliz? Drang am Heiligen Abend in unser Wohnzimmer ein? Ich sollte keine ANGST haben? Die Angst fraß mich innerlich auf, sie brach über mir zusammen wie ein einstürzendes Gebäude, sie warf ihr eisernes Netz über mich und schmerzte in jeder Faser meiner Eingeweide wie brennende Widerhaken!

»Packt alles zusammen, was ihr tragen könnt, sowohl Essbares als auch warme Sachen. Da, wo ihr hingebracht werdet, ist es kalt!«

Das war alles, was der Bürgermeister zu uns sagte. Derselbe Mann, den ich seit meiner Heirat mit Jakob tagtäglich am Stammtisch bediente und der mit meinen Schwiegereltern Karten spielte!

Der gesamte Marktplatz vor unserem Gasthaus war auf vierhundert Meter mit Panzern und Eisengittern abgesperrt. Wie Vieh wurden wir hineingetrieben, zwischen die Absperrgitter. Niemand durfte zu uns Frauen, und wir Frauen durften nicht mehr zum Rest unserer Familie.

Mehrere Russen und Russinnen rissen uns an den Schultern, zählten uns ab und trieben uns in die Mitte des Platzes, und das alles unter höllischem Geschrei. Auch Soldatinnen waren in Mengen dabei, sie schrien uns an. Alles musste sehr schnell gehen, es war eine Nacht-und-Nebel-Aktion. Unsere Mütter und Väter flehten darum, uns noch einmal unsere Kinder reichen zu dürfen, zum Abschied, doch diese Unmenschen schienen kein Herz im Leib zu haben.

Als wir schließlich in Zweierreihen vor unserem Gasthaus auf dem großen Marktplatz standen und die Glocken nicht aufhören wollten zu läuten, da gellte plötzlich doch der Befehl über die Menschenmenge: »Jede Frau darf sich noch einmal von ihrem Kind verabschieden, aber nur eine Minute!«

Das Weinen und Wehklagen der Mütter und Kinder, aber auch der dabeistehenden Großeltern und Verwandten war unbeschreiblich. Der eiskalte Wind trug unseren Jammer über die

Felder fort. Jede Frau eilte noch einmal zu der Absperrung, um ihre Liebsten zu umarmen, wobei sie mit Gewehrkolben drangsaliert wurde.

»*Dawai, dawai!*«

»Versprich mir, dass du auf die Anni aufpasst, Schwiegermutter!«

»Ich verspreche es!«

Und dann wurden wir auch schon wie Schwerverbrecherinnen abgeführt, beladen mit unseren Lumpenbündeln, wankten wir jammernd und schluchzend durch den Schnee.

Alle weinten und schrien, sie konnten es nicht begreifen, was da geschah: Die Blüte der Stadt wurde abgemäht! Es sollte keine Nachkommen mehr geben, kein Kinderlachen, keine Mutterliebe, keine einzige heile Familie mehr! Die Alten hinter der Absperrung beteten laut um ein Wunder: »Herr, hilf, Herr, erlöse uns von dem Bösen, Herrgott, erbarme dich unser!« Aber der Herrgott, zu dem wir unser Leben lang gebetet hatten, erhörte uns nicht.

Zwischen all den Russen und Serben, die sowieso nicht an ihn glaubten, gab es keinen Herrgott mehr. Meine Schwiegereltern hatten noch meine Eltern verständigt, doch diese waren nicht mehr erschienen.

Meine Schwiegermutter Barbara, das schreiende Kind im Arm, lief noch eine Zeit lang mit unserem Zug mit, doch dann musste sie umkehren, da die Soldatinnen mit Knüppeln auf sie und meine arme kleine Anni einschlugen.

»Ich verspreche es!«, schrie Barbara noch einmal. »Ich lasse sie nicht aus den Augen!« Dann verschwand sie in der Menge.

Andere Mütter ließen sich gar nicht von ihren Töchtern trennen. Sie bestanden darauf, mit nach Sibirien zu fahren, komme, was da wolle! Trotz der Gewehrkolbenschläge klammerten sie sich an ihre Kinder und wollten sich lieber auf der Stelle totschlagen lassen, als ihre Töchter ihrem Schicksal zu überlassen. In einer Scheune brannte es lichterloh; ein Vater hatte seine beiden Töchter, siebzehn und achtzehn Jahre alt, aus dem Zug gerissen und sich mit ihnen in einem Strohhaufen angezündet. Die Mutter, die selbst noch mit nach Sibirien gewollt hatte, brach fassungslos zusammen, raufte sich die Haare und gab Töne von sich, die ich noch von keinem menschlichen Wesen gehört hatte. Die Schreie der Brennenden unterschieden sich kaum von denen, die an diesem Ort des Grauens vorbeigetrieben wurden.

»*Dawai, dawai!*« Schneller, schneller! Peitschen knallten, Pferde bäumten sich auf, aus ihren Nüstern stieg der heiße Atem, russische Militärfahrzeuge knatterten dicht hinter uns und drängten uns, schneller zu laufen.

Ganze zwölf Kilometer wurden wir in dieser Heiligen Nacht durch den Schnee getrieben, bis wir schließlich im Morgengrauen, völlig erschöpft, mit blutenden Füßen und erfrorenen Händen vom Tragen unserer Lasten, in Betschkerek angekommen waren. Betschkerek, der Ort, aus dem normalerweise die Einwohner zu uns nach Lazarfeld kamen, um unsere Weihnachtsspiele zu bestaunen! Fast alle Familien hatten schon jemanden aus Betschkerek bei sich aufgenommen, sie beköstigt, mit ihnen gefeiert, gesungen und gelacht.

Und jetzt hatte das Gegenteil zugeschlagen, wie eine Holzlatte, die einem ins Gesicht gedroschen wird. Wir alle weinten vor Erschöpfung und Verzweiflung. Die Sehnsucht nach unseren Kindern war jetzt schon unerträglich! Das letzte Bild, das ich vor meinen Augen hatte, war die kleine Anni, die mit weit aufgerissenem Mund brüllte und sich mit beiden Ärmchen um den Hals meiner Schwiegermutter klammerte. Die Bürger aus Betschkerek standen stumm und betroffen an den Absperrungen und gafften uns Frauen an, die wir kein Christuskind in der Krippe mit uns trugen und keine schönen Trachten anhatten, sondern abgekämpft, mit Pferdedecken behangen und Säcke schleppend um unser nacktes Überleben kämpften. Aber ihre Türen öffneten sich nicht. Sie durften uns nicht helfen.

Aus allen umliegenden Dörfern brachte man Frauen in großen Scharen in die Kreisstadt. Es war ein gespenstischer Anblick, wie aus allen Richtungen erschöpfte, traumatisierte und vor sich hin starrende Mädchen und Frauen, bepackt mit ihren Bündeln, auf die Schule zutaumelten. Unter Stockschlägen von serbischen und russischen Soldatinnen wurden wir in die Klassenzimmer getrieben, die mit dünnen schmutzigen Strohsäcken ausgelegt waren.

Eng aneinandergedrängt hockten wir den restlichen Tag und die weitere Nacht nebeneinander und kamen fast um vor Angst. Wir mussten auf die weiteren Transporte warten, es kamen Hunderte, vielleicht tausend junge Frauen aus der ganzen Umgebung. Was hatten sie mit uns vor? Wo brachten sie uns hin? Würden wir vorher noch einer Massenvergewaltigung zum Opfer fallen? Einige der verzweifelten jungen Frauen versuchten, aus dem Fenster zu springen, aber sie wurden auf das Brutalste von den wachhabenden Soldatinnen zurückgeknüppelt. Unten im Schulhof standen die Militärfahrzeuge wie eine undurchdringliche Mauer, und die Soldaten standen rauchend und lachend davor. In der Aula hatten sie auf die Schnelle eine Art Verwaltungsbüro eingerichtet, auf Listen hakten die Offiziere und Offizierinnen in einer für uns unleserlichen Schrift unsere Namen ab und verhandelten mit kalter Stimme, wer von uns in welches sibirische Lager geschickt werden würde. Das alles nahmen wir nur noch schemenhaft wahr, es war, als ginge es uns gar nichts mehr an. In meinen Ohren rauschte es wie in einem dunklen Wald. Die Angst hatte uns derart unter Schock gesetzt, dass wir uns innerlich ausgeknipst hatten.

Christa und ich sanken schließlich eng aneinandergelehnt auf das Strohlager, und ergaben uns in unser Schicksal wie Schlachtvieh.

Amalie als Kind, 1923

»Wisst ihr, dass in Südamerika fleißige Arbeiter gebraucht werden?« Meine Eltern saßen mit ihren Nachbarn zusammen und beratschlagten, wie sie Geld verdienen sollten. »Die Sklaverei ist dort abgeschafft worden, und es heißt, die Arbeiter aus dem Banat würden dort gut bezahlt. Es hat sich herumgesprochen, dass wir fleißige Schwaben sind!«

»Und was wäre da zu tun?«

»Baumwolle pflücken! Kaffeebohnen ernten! Zuckerrüben, was weiß denn ich! Sie zahlen gut!«

»Besser als hier im Banat?«

»Mit Sicherheit!«

»Das würde bedeuten, dass wir mit Kind und Kegel nach Südamerika gehen?«

»Ja, überlegt mal. Für zwei, drei Jahre würde es sich lohnen. Wir kämen alle mit genügend Kapital zurück, um uns hier schließlich ansiedeln zu können, denn hier werden wir ebenfalls ausgenutzt wie die Sklaven.«

Schon als Kind begriff ich, dass jeder Ansiedler im Banat von der Grundherrschaft ein Joch Land als Bauplatz bekommen hatte. Und jedem wurde freigestellt, entweder für dieses Joch Land Pacht zu zahlen oder dessen Wert durch Arbeitsstunden bei der Herrschaft abzuverdienen. Und das war eine elende Schufterei. Meine Eltern rackerten sich ab wie Tiere. Die eigenen, wenn auch noch so dringenden Arbeiten der Ansiedler, die ihre Kinder zu ernähren hatten, mussten liegen bleiben. Auch die schwangeren Frauen sollten tagtäglich für die Herrschaft aufs Feld, und wir Kinder torkelten in den Feldern herum und mussten schon im Alter von vier, fünf Jahren mit anpacken. Da kam es eben immer wieder vor, dass der eine oder andere Ansiedler dem Austrommler nicht Folge leistete und es einfach überhörte. Ja, und da erschienen früher oder später die ungarischen Gendarmen mit den schwarzen Federbüschen auf dem Helm bei dem armen Arbeiter, und brachten ihn zwangsweise auf den Dreschplatz. Und da wurde eben gedroschen, bis zum Umfallen.

Wir Kinder waren noch zu klein, um das Ausmaß ihrer Auswanderungspläne zu begreifen.

»Mir ist langweilig! Und heiß!«

»Mir auch!«

»Ich habe Durst! Laufen wir zum Brunnen!«

»Wir dürfen aber nicht weglaufen, haben die Eltern gesagt!«

So schaukelten wir zu dritt mit den Füßen die Holzwiege, in der ein Baby lag, so stark, dass die Wiege gegen die Wand krachte. Das Baby fiel in hohem Bogen heraus und landete klatschend auf dem Fußboden. Nie werde ich dieses Geräusch vergessen! Nach einer Schocksekunde, in der wir fürchteten, es könnte tot sein, begann es, fürchterlich zu schreien.

Panisch drückte ich mir die Hände vor den Mund.

»Entschuldigung, das haben wir nicht mit Absicht gemacht!«

»Oh Gott, es hat sich wehgetan!«

»Das gibt Schläge!«

Tatsächlich. Der Vater, nervös und angespannt in diese existenziellen Pläne vertieft, sprang auf, nahm einen Stock und schlug auf mich ein. Ich war vier Jahre alt, und ich kann mich noch heute an jeden einzelnen Schlag erinnern. Es war der schneidende Schmerz, aber noch viel mehr die Scham, vor den anderen Kindern und deren Eltern in die Ecke geprügelt zu werden. Die anderen Kinder wurden von ihren Vätern auch verprügelt, aber dann nahm niemand mehr Notiz von uns.

Bei einem anderen Auswandertreffen, an das ich mich erinnern konnte, rannten wir einmal alle um einen großen Tisch herum, wir waren vielleicht vier, fünf Jahre alt. Weil wir die Erwachsenen in ihrer Konzentration störten, bekam ich von meinem

Vater einen Stoß und flog mit dem Rücken gegen die Tischkante. Dabei hatte ich mir die Haut über den Rippen aufgerissen, aber niemand von den Erwachsenen nahm davon Notiz.

Die Erwachsenen redeten über nichts anderes mehr als über die Auswanderung nach Südamerika, und die Möglichkeit, dort innerhalb von drei Jahren möglichst viel Geld zu verdienen.

»Das hier im Banat ist doch eine elende Schufterei!«

»Dort werden wir aber auch schuften wie die Sklaven!«

»Aber wir werden bezahlt! Überlegt doch mal! Mit dem Grundkapital kommen wir zurück und werden selbst Landbesitzer!«

Die am meisten angebauten Früchte waren damals im Banat Zuckerrüben, Futterrüben, Wicken, Mais, Weizen und Gerste. Während wir Kinder uns selbst überlassen waren, fingen wir Wortfetzen auf und begannen, die harten Regeln für ein Überleben zu begreifen. Als Bezahlung beispielsweise für die Maisernte ging es jeweils um das zwölfte Joch. Elf Felder mussten für die Herrschaft abgearbeitet werden, die in ihren Herrenhäusern thronten, das zwölfte Feld durften die Siedler für sich und ihre Familien selbst bearbeiten. Für die Weizenernte galt eine besondere Regelung. Bei Erntebeginn wurde jeweils ausgetrommelt, dass jeder Ansiedler sich am Gemeindehaus einzufinden habe. Dann rannten unsere Eltern mit ihren Forken und Mistgabeln dorthin, um vor Ort mit einem Herrschaftsbeamten die Arbeitsbedingungen abzusprechen beziehungsweise den Arbeitsverdienst auszuhandeln. Gab es grobkörnigen Weizen, so arbeiteten die deutschen Ansiedler um das sogenannte zwölfte Kreuz. Die Herrschaft bekam elf Kreuze und die Ansiedler jeweils das zwölfte. War der Weizen jedoch feinkörnig, so glaubten meine Eltern und ihre Nachbarn, mit dem Wiegen des Weizens besser wegzukommen. Das wurde alles lautstark an solchen Abenden verhandelt, an denen wir Kinder zwar dabei waren, aber nicht stören durften. In der Regel betrug das Gewicht je nach Absprache mit dem

Herrschafts-Beamten jeweils siebzig oder achtzig Kilogramm für die Bearbeitung von je einem Joch. Bei guter Weizenernte konnten die Eltern auch bis zu einhundert Kilogramm pro Joch verdienen. Aber in Südamerika, so hieß es, würde man in drei Jahren harter Arbeit auf das Fünffache kommen! Durch das Pflücken von Baumwolle und das Ernten von Zuckerrüben! Oder durch die Kaffeebohnen-Ernte! Das hörte sich alles so exotisch und spannend an, dass die harte Schufterei im Banat immer verhasster wurde. Und so reifte der Plan mehrerer Familien, mitsamt den Kindern ein Schiff zu besteigen, um in Südamerika die Sklavenarbeit zu übernehmen, die früher Sklaven ganz ohne Lohn verrichtet hatten.

»Die Überfahrt auf dem Schiff dritter Klasse können wir uns leisten, wenn wir noch ein Jahr hart arbeiten! Wir sollten zusammenlegen! Abgemacht?!«

»Hand drauf. Wir wandern aus.«

Amalie, zwanzig Jahre später, 26. Dezember 1944

Harsche Befehle, Schüsse und lautes Türenknallen rissen uns in die Realität zurück. Weinend, betend und zitternd vor Angst hatten wir Frauen diese Schreckensnacht hinter uns gebracht. Zur Eile angetrieben, mussten wir nach fünf Minuten wieder in Zweierreihen geordnet unten stehen. Den wenigsten von uns war es gelungen, noch schnell auf die Toilette zu gehen. Schwer bewacht schritten wir unter den entsetzten oder auch schadenfrohen Blicken der hiesigen Einwohner im Morgengrauen des zweiten Weihnachtstages zum Bahnhof, wo ein Güterzug in der Morgendämmerung bereitstand. Manche der Gaffer bespuckten und bedrohten uns, anderen stand ein mitleidiges Lächeln im Gesicht.

Unter harschem Geschrei und Gezerre der Bewacherinnen und Bewacher wurden wir aussortiert und auseinandergerissen: Zu je vierzig Frauen wurden wir in die Viehwaggons gestoßen, deren Türen sofort von außen verriegelt wurden. Christa und ich klammerten uns mit eiskalten Händen aneinander, damit wir nicht getrennt würden.

Da standen wir, bitterlich frierend und mit den Zähnen klappernd, eng zusammengedrängt, in der eisigen Kälte. Der Waggon war notdürftig mit Stroh ausgelegt, aber man konnte sich nicht gleichzeitig hinsetzen oder hinlegen. Abwechselnd standen wir zwei Tage und Nächte lang frierend und zitternd in diesem Viehwaggon, bis der Zug sich endlich in Bewegung setzte. So lange dauerte es, bis aus dem ganzen donauschwäbischen Siedlungsgebiet alle jungen Frauen und Mädchen zusammengetrieben worden waren. Inzwischen waren die Ersten aus unserer Gruppe bereits zusammengebrochen. Es waren drei schwangere Frauen dabei, die sich ständig übergeben mussten. Das Zittern und Heulen verstummte nicht eine Sekunde. Viele von uns hatten Schüttelfrost. Auch Christa und ich klapperten mit den Zähnen und weinten uns die Seele aus dem Leib. Plötzlich setzte sich der Zug in Bewegung. Ein Aufheulen ging durch die Frauen, die das Gleichgewicht verloren und versuchten, sich aneinander festzuklammern. Wir fielen übereinander wie Säcke.

Der Zug fuhr erst vorwärts, dann wieder zurück. Wir konnten nicht hinaussehen, denn es war ein eiserner Güterwagen ohne Fenster. Nur durch winzige Spalte zwischen den Bohlen am Boden kam eiskalte Luft von den Gleisen herein, und das Heulen des Windes mischte sich unter das Wehklagen der Frauen. Der Zug fuhr mehrmals vor und zurück, es wurden andere Waggons angekuppelt, neue Hundertschaften von verzweifelten Frauen eingeladen.

Zwei Tage vergingen, bis der Zug in voller Fahrt davonfuhr. Wir Frauen waren auf uns allein gestellt. Niemand von uns konnte verstehen, was vor sich ging. Die Älteste von uns war siebenundzwanzig. Alle weinten nach ihrer Mutter, und viele weinten nach ihren Kindern.

Es war für uns alle unfassbar. Das Klappern der Zähne war lauter als das Rattern des Zuges!

Wir bekamen nichts zu essen und nichts zu trinken. Die Waggontüren blieben verschlossen.

Es herrschten unmögliche hygienische Zustände! Einige von uns hatten ihre Tage, andere hatten vor Angst und Aufregung längst Durchfall. Wir erledigten unsere Notdurft durch einen Spalt zwischen den Holzbohlen am Boden. Im gleichen Raum musste gegessen werden. Alle versuchten wir, unseren Proviant zu teilen und gleichzeitig sparsam mit unseren Vorräten umzugehen. Wir hatten Essen und Trinken für ungefähr fünf Tage mit, und konnten doch nicht ahnen, wie lange diese Höllenfahrt schließlich dauern würde. Abwechselnd sanken einige von uns für einen kurzen harten Schlaf auf das inzwischen völlig verschmierte und verdreckte Stroh. Manche hatten ihre mitgebrachten Bettdecken um sich gewickelt, andere zitterten trotz Mäntel, Schals und Mützen erbärmlich vor sich hin. Es wurde mit jeder Stunde kälter. Inzwischen herrschten sicherlich schon minus fünfzehn bis minus zwanzig Grad.

Als wir anhielten, verharrten wir regungslos in unserem dunklen eisigen Viehwaggon. Unsere Herzen polterten vor Angst. Wo waren wir? Noch auf dieser Welt?

»Da sind Leute draußen«, wisperte Christa, die durch ein vereistes Guckloch spähen konnte.

»Da marschiert Militär auf und ab!«

»Sind wir am Ziel?«

»Und wenn wir in der Hölle sind, ich will hier raus!«

»Hallo«, brüllte plötzlich eine von uns, »hallo! Hier sind wir! Hier drinnen!«

»Hilfe«, schwoll nun das verzweifelte Rufen an, und vierzig Fäuste hämmerten gegen das harte Eisen. »Hallo! Aufmachen! Wir brauchen Hilfe!« Auch in den anderen Waggons wurde randaliert.

Und plötzlich wurden die Waggontüren von außen aufgeschoben.

Grelles Sonnenlicht fiel herein, und wir rissen die Arme vor unsere Gesichter. Seit etlichen Tagen hatten wir kein Tageslicht gesehen!

Der Schmerz brannte ebenso unbeschreiblich in unseren Augen wie die Kälte auf unseren Gesichtern. Sie schnitt wie Messer in unsere Haut, so wie die Sonne wie Feuer in unsere Pupillen. Eine nach der anderen taumelten wir mit puddingweichen Beinen aus dem Waggon. Wir standen mitten in der Prärie in blendender Schnee-Ebene, die Welt schien keinen Horizont zu haben, es flimmerte uns vor den Augen, die eisige Luft peitschte mit tausend glühenden Nadeln in unsere verstopften Atemwege, und vor uns marschierte russisches Militär auf und ab. War das ein Truppenübungsplatz?

Plötzlich trauten wir unseren Augen nicht: Von überall her kamen russische Anwohner und brachten Wasser und Brot! Ihre von Sonne und Eis vernarbten Gesichter steckten unter Fellmützen, aber ihre Augen drückten tiefes Mitgefühl aus.

Mit vor Kälte eingefrorenen Gliedern versuchten wir, uns ein wenig zu erfrischen, und mit einem Mal herrschte totale Stille. Niemand sagte ein Wort. Alle nagten gierig an ihrem Stück Brot herum und tranken durstig das frische eiskalte Wasser.

Waren wir noch auf der Erde? Oder war dies schon ein anderer Planet?

»Wo sind wir?«, wagte schließlich eine Frau zu fragen. Die sibirischen Menschen gestikulierten und lachten, manche hatten Goldzähne, andere gar keine Zähne im Mund. Sie versuchten, uns auf Russisch etwas zu erklären, machten ausschweifende Gesten, und einer zeichnete etwas mit dem Stock in den Schnee.

Plötzlich brüllte ein russischer Soldat: »Keine Fragen! Fünf Minuten! Einmal kurz die Sonne sehen! *Dawai, dawai!*«

Der Offizier schoss ein paarmal in die Luft, und dann wurden wir schon wieder in den Waggon getrieben. Plötzlich ging alles ganz schnell. Die Waggontüren wurden quietschend zugeschoben und mit einem hässlichen Knirschen verriegelt.

Die Soldaten brüllten Befehle, die wohl den Anwohnern galten; sie sollten verschwinden, aber schnell! Es gäbe hier nichts mehr zu sehen!

Der Zug rollte weiter, einer unbekannten Zukunft entgegen.

Diese erste Begegnung mit menschlichen Wesen hatte uns ein wenig Lebenskraft zurückgegeben. Waren wir über Tage völlig verstummt und in starre Lethargie verfallen, so fingen manche wieder an zu sprechen.

»Was kannst du sehen?«

»Wo sind wir?«

»Schnee, Schnee, nichts als Schnee.«

Nach Stunden meldete eine, die am Guckloch stand: »Dahinten am Horizont sind kleine Dörfer, aber die sind ausgestorben!«

»Keine Menschenseele, weit und breit!«

Und wieder verfielen wir in Lethargie, hockten zitternd aneinandergelehnt auf den eiskalten Bohlen und ließen alles schicksalsergeben über uns ergehen.

Meine Gedanken schweiften weit weg in meine frühe Kindheit, als wir nach Südamerika auswanderten … damals saß ich zum ersten Mal in einem Zug.

Amalie, Februar 1924, Kiel

»Kommt, Kinder, alles aussteigen, wir müssen jetzt ein paar Tage auf ein Schiff warten. Lasst uns in der Stadt spazieren gehen!«

Mein Vater war aufgekratzt und hatte seinen besten Anzug an. Mit von der Partie waren mindestens noch vier, fünf andere Familien, wir waren sicher zwanzig Kinder.

Die Mütter hatten bodenlange Kleider an, in den Taillen eng geschnürt, und trugen die für den Banat typischen Kopftücher, während die modernen Frauen in Kiel in den Zwanzigerjahren nach dem Ersten Weltkrieg breitkrempige Hüte aufhatten. Man begutachtete einander gegenseitig, und ich meinte, hochnäsige Blicke der norddeutschen Bewohner aufzufangen. Ach, was sollte es, die Luft roch nach Meer, Möwen kreischten, erste Automobile und Kutschen holperten über das Kopfsteinpflaster, es ratterte und hupte, Hufe klapperten, Hunde sprangen bellend herum, Hühner gackerten auf. Wir Kinder waren aufgedreht nach der langen Zugfahrt und rannten tobend um unsere Eltern herum. Ihre Kisten und Koffer hatten sie in einer Lagerhalle in der Nähe des Bahnhofs untergebracht, und zwei von den Männern passten auf das Gepäck auf.

»Kinder, wer will eine Bratwurst?«

»Ich, ich, ich ...« Wir hopsten und schrien und balgten uns wie die Möwen um ein Stück Wurst, das unser Vater uns in ungewohnter Spendierlaune in die aufgerissenen Münder stopfte. Was auf den Boden fiel, ergatterten kreischend die riesigen weißen Vögel.

Irgendwo in einem Vorgarten stand ein Bollerwagen mit einer hölzernen Stange, die man durch Auf-und-ab-Pumpen selbst bedienen konnte, sodass der Karren losfuhr. Ich dachte mir gar nichts dabei, setzte mich übermütig in dieses Kinderfahrzeug und rollerte über eine leicht abschüssige Gasse davon. Es war dieser Freiheitsdrang und dieses alles beherrschende Reisefieber! Hurra! Wir machten etwas ganz Aufregendes, und meine Eltern schufteten nicht mit gebücktem Rücken auf den Feldern irgendwelcher Großherrschaften, sondern sie unternahmen mit uns eine aufregende Reise! Mit fliegenden Zöpfen holperte ich jauchzend über das Kopfsteinpflaster, dem grauen Meer entgegen, das sich unter Schaumkronen wälzte, bis ich hinter mir harte Schritte hörte, die in schweren Stiefeln steckten. Es war ein Schupo mit Pickelhaube, der mich am Schlafittchen packte und zu meinen Eltern zurückzerrte. Dabei schnarrte er unter seinem gezwirbelten Schnurrbart etwas von Diebstahl und Entwendung fremden Eigentums aus einem Vorgarten, und dann sah ich nur noch Sterne, als Folge von den schallenden Ohrfeigen meines Vaters.

Meine Eltern haben sich vielmals bei dem Polizisten entschuldigt, und als ich wieder bei Bewusstsein war, musste ich den Ort finden, von dem ich das Kinderfahrzeug entwendet hatte. In dem Vorgarten stand schon eine Mutter mit mehreren Kindern und hängte Wäsche auf, und es war ein Geschrei und ein Tumult, als unsere merkwürdig gekleidete Gruppe unter vielen Entschuldigungen das Gefährt zurückbrachte. Mein Vater zog mich dabei demonstrativ an den Ohren, und ich wimmerte um Entschuldigung. Die anderen Kinder bedachten mich mit einem mitleidigen, aber auch herablassenden Blick. Die Schmerzen durch die Bestrafung waren das eine, aber die Scham, öffentlich geschlagen worden zu sein, die Demütigung und die Schmach, von meinen eigenen Eltern verraten worden zu sein, setzten mein Bewusstsein für Stunden oder sogar Tage in Schockstarre.

Meine Erinnerung setzte wieder ein, als wir nach langem Schlangestehen endlich an Bord eines Schiffes waren, das nach Paraguay fahren sollte! Mit den anderen Kindern tobte ich aufgeregt auf dem Deck herum, während unsere Eltern irgendwo tief unten im Bauch des Schiffes in einem hölzernen Gemeinschaftsraum Quartier bezogen. Unter ohrenbetäubendem Tuten legte das Schiff ab, und wir kletterten auf die Reling und ließen uns den eiskalten Wind um die Nasen wehen. Mit ausgebreiteten Armen standen wir da und rissen die Münder auf, um den Geschmack von Salzwasser zu schmecken und das Prickeln der Gischt im

Gesicht zu spüren. Auch diese köstliche Minute des Freiheitsgefühls und Abenteuers endete abrupt: Starke Männerarme packten mich, zerrten mich von der Reling und rissen mich zu Boden. Dann spürte ich nur noch Schläge auf meinem Rücken, mit einem Gürtel oder Kofferriemen, und als ich wieder zu mir kam, lag ich mit den anderen eng aneinandergepresst auf dem Holzboden der dritten Klasse, weit unter Deck. Meine Mutter war schwanger und musste sich ständig übergeben. Und ich übte mich wieder im Mich-selbst-Ausknipsen. Die meiste Zeit verbrachte Mutter im Schiffslazarett. Wie immer war ich als Kind mir selbst überlassen. Und wenn ich keine Dummheiten machte, sondern mich nur unsichtbar stellte, hatte ich auch selten mit Schlägen zu rechnen.

Die Überfahrt nach Paraguay dauerte drei Wochen. Mein Vater führte unsere Truppe an; meine Mutter schleppte sich krank und blass durch die ungewohnte Hitze, die uns dort entgegenschlug. Ein Vorarbeiter mit dunkelbrauner Haut brachte uns mit einer Kutsche, auf der wir auf der Ladefläche hockten und uns an unsere Kisten und Koffer klammerten, durch die staubige Luft in einen Vorort namens Altamonte, wo sich eine schäbige Baracke an die nächste reihte. Ich starrte fassungslos durch die flirrende Luft und den unglaublich blauen Himmel, von dem die Sonne unbarmherzig blendete, in die heiße, feuchte Luft. Ein paar schmutzige Palmen säumten den holprigen Weg, bis wir an unserer Baracke angekommen waren. Hier bezogen meine Eltern und ich eine Fläche von ungefähr vier Quadratmetern, die früher von Sklaven bewohnt worden waren. In den Nachbarkojen konnte man alles hören, was dort vor sich ging, und das war für meine unbedarften Kinderohren schon eine Menge. In der Nacht surrten die Zikaden, und auch ganz fremdartige Vögel stießen klagende Laute aus. Gleich am nächsten Morgen gingen wir alle ganz früh auf die Kaffeeplantage, wo meine Eltern eingewiesen wurden, wie man Kaffeebohnen pflückt. In dem dichten Urwald von pikenden

Sträuchern und zurückschnellenden Ästen drückten sich viele andere Kinder herum, die meisten von ihnen mit dunkler Haut und ganz schwarzen Augen. Die starrten mich an, als wäre ich ein Gespenst, und dann lachten sie und zeigten auf mich. Zuerst wollten sie mich ärgern und hänselten mich, indem sie mir die biegsamen Zweige entgegenschnellen ließen, das tat ganz schön weh auf der heißen Haut, die die Sonne nicht gewohnt war, und brannte wie Feuer. Viele Striemen zierten schon bald meine bloßen Arme und Beine. Aber ich weinte nicht, und ich petzte natürlich auch nicht, denn von meinen Eltern bekam ich immer nur Haue obendrein. So merkten diese dunkelhäutigen Kinder schon bald, dass man gut mit mir spielen konnte, und nach einiger Zeit hockten wir gemeinsam in sandigen Mulden und ließen Murmeln hineingleiten, oder wir bewarfen uns gegenseitig mit Steinen oder Kaffeebohnenzweigen und rannten dann lachend weg.

Meine Eltern hatten nach einigen Wochen ganz entzündete Augen von der blendenden Sonne, und die Moskitos hatten uns alle zerstochen. Meine schwangere Mama hatte auch ganz schreckliche Zahnschmerzen. Mir selbst fielen nach einiger Zeit die Zehennägel ab: Beim Spielen hatten sich die Sandflöhe darunter eingenistet und ihre Eier gelegt. Die ausgeschlüpften Würmer haben unter meinen Fußnägeln so lange gebohrt, bis sie mir abgefallen waren.

Der kleine Sohn von unseren Freunden war gestorben, er war beim Spielen vor eine Pferdekutsche gelaufen. Die südamerikanischen Vorarbeiter rasten mit höllischem Tempo durch die Plantagen, um die Arbeiter zu mehr Tempo anzutreiben, und so war der fünfjährige Helmut unter die wirbelnden Pferdehufe gekommen, ohne dass der Kutschenlenker es überhaupt bemerkt hätte! Unsere Mütter haben schrecklich geweint und den armen kleinen Helmut auf einem Tisch in der Baracke aufgebahrt. Aber dann mussten sie ja wieder zur Arbeit, da half kein Wimmern und kein

Klagen. Zehn Stunden jeden Tag mussten sie in den Kaffeeplantagen schuften, bei flirrender Hitze, und die Vorarbeiter haben sie nicht gerade zimperlich angefasst. Die hatten ja vorher die Sklaven angetrieben, mit ihren Peitschen und Stöcken. Am Abend, als die Eltern von der Arbeit in die Baracke zurückkamen, da hatten die Ameisen den kleinen Helmut bereits aufgefressen.

Daraufhin hatten unsere Eltern beschlossen: Wir reisen weiter nach Uruguay.

Amalie, im Zug nach Sibirien, zwanzig Jahre später, 1945

»Ich sehe Bohrtürme, die in den grauen Himmel ragen!« Ich erwachte aus meinen Kindheitserinnerungen und brauchte eine Weile, um am anderen Ende der Welt anzukommen. Das Bild des kleinen Helmut verblasste, und ich rieb mir die Augen.

Es war die trostloseste Gegend, die man sich vorstellen konnte, und die unvorstellbare Kälte war in jede einzelne Nervenzelle unseres Gemütes gekrochen. In der Hölle selbst konnte es nicht seelenloser sein. Wieder waren wir endlose Tage unterwegs gewesen, und ich hatte mich in meinen Kindheitserinnerungen verloren, die nicht minder grausam waren.

Inzwischen waren zwei der jungen Frauen bereits erfroren. Die Waggontür wurde von außen aufgeschoben, und wir reichten die starren Leichen heraus. Sie wurden achtlos in den Schnee geworfen. Die Russen steckten sich ungerührt eine Zigarette dabei an.

Wir anderen durften kurz aussteigen. Wieder rieb ich mir die schmerzenden Augen, von der fahlen Helligkeit geblendet. Der Schmerz bohrte sich in meine Pupillen wie glühende Feuerzangen. Ich war überzeugt, auf der Stelle zu erblinden! Den anderen ging es ebenso. Minutenlang hielten sie sich schützend die Arme auf die Augen, bis es ihnen schließlich gelang, unter ihren Lidern hervorzublinzeln. Das ganze Land war flach und eben, kein Hügel, kein Strauch, kein Baum, bis zum im Nebelgrau verschwimmenden Horizont. Es herrschte derart unvorstellbare Kälte, dass ich das Gefühl hatte, in einem riesigen Nadelkissen aus Eiszapfen zu stehen. Sosehr ich auch versuchte, mich in die Hitze Paraguays zurückzuträumen: Plötzlich gaben meine Beine nach, und ich sackte in den Knien zusammen. Wie die abgemähten Blümchen sank eine nach der anderen in den meterhohen Schnee.

Unsere Gesichter waren völlig entstellt vom Weinen, die Wangenknochen standen hohl hervor, der Horror und die Kälte standen in den Augen der jungen Frauen.

Die russischen Bewacher erlaubten denen, die noch aufstehen konnten, das alte Stroh aus dem Viehwaggon zu räumen und den Fußboden mit Schnee zu säubern. Ganze Berge von Kot und Blut, Urin und Erbrochenem quollen heraus und dampften in der Kälte. Es stank unbeschreiblich.

Ein Wagen mit frischem Stroh fuhr vor. Sie hatten unsere Ankunft also schon vorbereitet.

Ich rappelte mich auf und half mit, das Stroh in unserem Waggon auszubreiten. Es war ein ungeahnter Genuss, frisches Stroh unter den Füßen zu spüren!

Nach etwa einer Viertelstunde schossen die Soldaten dreimal in die Luft, das hieß: »Einsteigen!« Mit letzter Kraft krochen wir wieder in den Wagen und ließen uns auf dem sauberen Stroh nieder wie auf einem Himmelbett! Das Stroh wärmte sogar ein bisschen, und wir verbliebenen Frauen und Mädchen schmiegten uns eng aneinander. Wir mussten doch nun bald am Ziel sein! So endlos weit konnte es bis Sibirien doch gar nicht sein! Nach wieder einigen Tagen wurde die Situation immer unerträglicher. Nun waren auch zwei der Schwangeren erfroren, und im Stillen dachte ich mir, dass es so besser für sie und ihre ungeborenen Kinder war.

Die Leichen lagen noch lange zwischen uns. In unserer Not nahmen wir sogar noch ihre Jacken und Mützen, ihre Handschuhe und Schals an uns! Gott mochte uns verzeihen, wenn es ihn gab! Auch die letzten Essensreste waren nun aufgebraucht. Wir plünderten noch die tiefgefrorenen Vorräte der Toten und verteilten sie an die Schwächsten, die schon kaum noch röchelten. An einem tiefgefrorenen Stück Brot lutschte man schon mehrere Stunden.

Wir mussten doch irgendwann am Ziel sein! Ausgestorbene Dörfer wechselten sich mit verschneiter Einöde ab. Nach weiteren Tagen und Nächten in dieser dunklen Eishölle tauchte eine Bahnstation auf, aber der Zug fuhr einfach durch sie hindurch.

Wir dämmerten nur noch vor uns hin, dem Tode nahe, als eine von uns meldete: »Allmählich hat sich die Landschaft ein wenig verändert!« Immer wieder versank ich in meinen Kindheitserinnerungen, die mich über ganze Tage und Nächte brachten.

Amalie, Oktober 1924, Uruguay, in der Nähe von Montevideo

Plötzlich war es gar nicht mehr heiß. Nach einer zehntägigen Schiffsreise, die wir wieder unter Deck verbracht hatten, gingen wir in einem schmutzigen kalten Hafen an Land. Wir hatten nicht mehr so viel Gepäck wie vorher, weil Vater für das Schiffsticket einige Kisten und Koffer verkauft hatte. Meine Mama war inzwischen hochschwanger und quälte sich bereits unter Schmerzen. Sie schrie und klagte, dass es jetzt losgehen würde! Eilig wurden wir zu einer kleinen Hütte geführt, wo wir aus Blechtassen heißen Matetee bekamen. Als Erstes verbrannte ich mir ganz schrecklich die Zunge mit dem kochend heißen Gebräu, das auch noch widerlich schmeckte. Mir schossen die Tränen in die Augen, aber ich weinte nicht.

Meine Zunge war tagelang wie von Insekten zerfressen, ich spürte diesen widerlichen Schmerz mitsamt dem bitteren Geschmack noch lange. Eine untersetzte dunkelhäutige Frau, die in viele Wolldecken gewickelt war, lachte mich zahnlos an. Als ich so verschreckt in der Hütte saß und mich selbst wieder einmal ausgeknipst hatte, zog sie mit ihren Fingern, die in abgeschnittenen Wollhandschuhen steckten, neugierig an meinen blonden Zöpfen. Dann schenkte sie mir dicke zähflüssige Milch in meinen Tee, der daraufhin gar nicht mehr so bitter schmeckte, und erweckte mich so wieder zum Leben. Ich weiß gar nicht, ob ich damals noch leben wollte. Hier war es nicht mehr heiß, sondern bitterkalt, und die Luft roch nach Eisen. Wir wärmten uns an einer Blechtonne, in der ein Feuer brannte. Aus einem verrosteten Ofenrohr quoll schwarzer scharfer Rauch. Und auf einmal legte meine Mutter sich wimmernd neben diesen Ofen, und die Frau mit der sonnengegerbten Haut griff ihr unter die Röcke, mein Vater stapfte hinaus aus der Hütte, aber ich hockte unbemerkt in der Ecke, weil ich ja wieder unsichtbar war, und beobachtete, wie die Frau ein blutverschmiertes Bündel unter meiner Mutter hervorzog, das zappelte und an einer dicken blauen Schnur hing. Es waren weiße, glitschige kleine Füße, die die Frau mit ihrer dunklen Hand hochhielt, und dann gab sie mit der anderen Hand dem Bündel ein paar Klapse auf den Po, und daraufhin schrie das Bündel, und die Frau lachte zahnlos, woraufhin sich die tausend Falten in ihrem Gesicht zu einer faszinierenden Vulkanlandschaft verwandelten, und meine Mama auf dem Boden lachte und weinte gleich mit. Daraufhin kam mein Papa wieder rein in die Hütte und lachte auch und sagte was von einem Stammhalter.

Es war mein Bruder Reinhardt, der an diesem Tag in der Hütte geboren wurde. Da ich ihn auch einmal halten wollte, versetzte er mir einen Stoß mit dem Fuß, und ich krachte gegen den Ofen.

Meine Erinnerung setzte erst wieder ein, als wir auf einer

Hazienda in der Nähe von Caravadoza waren. Wir wohnten in einer Waschküche, wo eine dicke schwarze ehemalige Sklavin das Sagen hatte. Sie war freiwillig dageblieben, weil sie nicht wusste, wohin sie gehen sollte, nachdem sie frei war. Frei sein, das kannte sie nicht, das fühlte sich für sie gefährlich an. Und so schliefen wir mit dieser Frau in der Waschküche. Nachts leuchtete nur das Weiße in ihren Augen, wenn sie mich betrachtete. Ein blondes kleines Mädchen, das hatte sie noch nie gesehen. Leider waren meine Zöpfe inzwischen so verfilzt und von Läusen befallen, dass meine Mama sie mir kurzerhand mit dem Küchenmesser abschnitt. Mein Vater schob einmal mit der Rasierklinge hinterher, bis ich eine Spiegelglatze hatte. Die dicke Waschfrau lachte so schallend, dass ihr Busen auf und ab wogte wie ein Gebirge bei Erdbeben. Am Anfang war es ungewohnt, einen kahlen Kopf zu haben, und ich fror immer besonders an den Ohren. Daraufhin stülpte die freundliche Waschfrau mir eine Art Zipfelmütze über den Kopf. Es war ein Wäscherest, den sie für mich zusammengenäht hatte.

Meine Mama, die zu schwach war, um im Steinbruch zu arbeiten, sollte der Wäscherin zur Hand gehen, und ich saß die meiste Zeit mit meinem kleinen Bruder in der Ecke. Wir waren beide glatzköpfig und hungrig, aber nur mein kleiner Bruder schrie. Ich hatte mir das Weinen schon lange abgewöhnt und hatte mich wieder einmal ausgeknipst. Es war ein kalter Winter, und ich wärmte mich an dem heißen Bottich, in dem meine Mama mit einem großen Holzstab herumstocherte, um die verdreckten Sachen der Arbeiter einzuweichen. Mein Vater arbeitete mit den uruguayischen Arbeitern in einem Steinbruch und kam erst spätabends todmüde und verdreckt in die Waschküche. So verbrachten wir wohl ein bis zwei Jahre, denn meine Erinnerungen setzten erst wieder ein, als mein kleiner Bruder Reinhardt schon krabbeln konnte. Es war draußen warm geworden, die Sonne schien, und meine Mama und die schwarze dicke Frau, die Pina hieß, waren dabei, draußen auf großen Leinen die Wäsche der Arbeiter aufzuhängen. Pina hatte eine raue, weiche Stimme, mit der sie wunderschöne traurige Lieder sang. Ich starrte sie verzückt an und versuchte, die klagenden Laute und das Schluchzen in ihrer Stimme nachzuahmen. Sie riefen mich, ich sollte den nächsten Korb Wäsche bringen, und so ließ ich meinen kleinen Bruder, den ich hütete wie meinen Augapfel, einen Moment allein. Gehorsam packte ich die nasse Wäsche in den Korb, der immer schwerer wurde. Ich stolperte noch in eine Lehmpfütze, die sich draußen vor dem Waschhaus gebildet hatte, und rannte, so schnell ich konnte, mit dem Wäschekorb auf der Hüfte zu den beiden Frauen, die mich zur Eile antrieben. Die Wäsche wurde ausgeschlagen, die großen Stücke zu zweit, ich musste auch mit anpacken, und ich erinnere mich noch an das Ziehen in meinem Bauch, als ich an meinen kleinen Bruder dachte, der jetzt ganz allein im Waschhaus herumkrabbelte. Die Frauen wuchteten die schweren nassen Stücke über die Leinen, wo sie im Wind knatterten, und meine Sicht auf das Waschhaus war verdeckt. Obwohl Mama es mir noch nicht erlaubt hatte, rannte ich schnell zurück, um zu schauen, was der kleine Racker wohl angestellt hatte. Aber es war zu spät. Er lag mit dem Gesicht nach unten in der Lehmpfütze und rührte sich nicht mehr.

Amalie, auf dem Weg nach Sibirien, zwanzig Jahre später, 1945

Frustriert und ohne jede Hoffnung lagen wir auf dem längst wieder verschmutzten Stroh, der Hunger krallte sich in unsere Eingeweide, die Kälte hatte uns taub und empfindungslos gemacht. Dennoch weinten manche Mädchen immer noch. Meine Tränen waren auch noch nicht versiegt; die Sehnsucht nach meiner kleinen Anni und die Sorge um ihr Wohlergehen ließen mich innerlich verzweifeln. Bilder von meinem kleinen toten Bruder zuckten vor meinen Augen auf und vermischten sich mit dem Gesicht meiner Tochter.

Immer weiter und weiter fuhr unser Zug, das gleichmäßige Rattern versetzte uns in dauerhafte Schockstarre, keine von uns hatte noch die Kraft, daran zu glauben, diesen Zug lebend verlassen zu können. Es war, als hätte man uns über Wochen in eine Gefriertruhe gesperrt und den Deckel über uns zugemacht.

Nach zahllosen Tagen hielt der Zug an einem Bahnhof ohne Namen. Keine Menschenseele war zu sehen. Es war ein Werksbahnhof oder einfach nur ein Güterumschlagplatz. Hier durften wir ein drittes Mal aussteigen, die meisten schafften es schon gar nicht mehr. Wieder wurden einige Leichen aus dem Zug gezerrt, von diesen seelenlosen Menschen in Uniform, die draußen standen und Befehle brüllten. Mit steif gefrorenen Gliedern und Frostbeulen an Händen und Füßen quälten wir uns aus dem Zug. Wir verbliebenen Frauen mussten uns in Zweierreihen auf dem Bahnsteig aufstellen. Bewaffnete Uniformierte brüllten uns an, dass wir losmarschieren sollten, und zwar *dawai, dawai!* Viele von uns schafften es nicht mehr, sie wurden in die Mitte genommen und mitgeschleift. Wir hatten keine Ahnung, was mit uns geschehen würde. Ging es jetzt zu einem Erschießungskommando? Wir hätten uns nicht mehr dagegen aufgelehnt. Was hatte ich denn bisher für ein Leben gehabt?

Nur die fünf Jahre Ehe mit Jakob waren schön gewesen, und mein Leben in der Familie der Pfeiffers. Obwohl ich auch hier hart gearbeitet hatte, wurde ich doch geliebt und wertgeschätzt.

Nach einer halben Stunde Fußmarsch durch ödes Werksgelände mit verfallenen Fabrikgebäuden, abgestellten Zementwägen, Güterloren auf verrosteten Gleisen, Rohren und Steinbrüchen, aus denen gelbliches Wasser in stinkende Pfützen rann, standen wir schließlich vor einem hässlichen verfallenen Gebäude, in das wir hineingetrieben wurden.

»*Dawai, dawai!*« Die modrige Dunkelheit zwischen rostigen Rohren und Schimmel an den Wänden erschlug uns fast. Eine eiserne Treppe hinauf wurden wir gescheucht.

Im ersten Stock gab es riesige Duschräume. Sie waren scheußlich und alt, aus verrosteten Rohren tropfte es, und die eisige Kälte lud nicht gerade zum Verweilen ein. Aber es wurde uns befohlen, uns auszuziehen und zu duschen. Unter eiskaltem Wasser konnten wir uns zum ersten Mal seit drei Wochen wieder waschen. Unsere Kleider und die Wäsche waren dermaßen verdreckt, dass wir sie kaum vom Körper bekamen. Inzwischen hatten wir alle unsere Periode gehabt! Mit großer Überwindung schafften wir es, unter die eiskalte Dusche zu steigen, und reinigten uns weinend und beschämt, so gut wir konnten. Dabei klapperten wir mit den Zähnen und zitterten wie Espenlaub. Handtücher gab es nicht, wir rieben uns mit unseren Kleidern notdürftig trocken.

Nach dieser Prozedur wurden wir in Zweierreihen wieder zurück zum Zug geführt. Wieder hieß es einsteigen, und wieder ratterte der Zug einem unbekannten Ziel entgegen.

Amalie, Starlowo Orlobirsk, Sibirien, 22. Januar 1945

»Aussteigen! *Dawai, dawai!*«

Wir hatten jedes Zeitgefühl verloren, als wir erneut mit Schüssen in die Luft und Stockschlägen auf das kalte Eisen aus dem Viehwaggon getrieben wurden.

»In Zweierreihen aufstellen!«

Wir waren in dem Zug ungefähr noch hundertzwanzig lebende

Frauen, die total erschöpft bei minus 40 Grad in der Einöde im Nirgendwo unseren Fußmarsch zu dem sibirischen Arbeitslager antreten mussten.

Nach fast vier Wochen eng gedrängt im Viehwaggon auf der Erde sitzend eingepfercht, schafften das viele nicht mehr. Mit gegenseitiger Hilfe torkelten wir armen Frauen die Straße entlang. Der Schneesturm peitschte uns ins Gesicht, unsere erfrorenen Füße wollten uns nicht mehr tragen. Innerlich war ich einfach schockgefroren, tot, es war kein menschliches Gefühl mehr in mir, außer der brennenden Sehnsucht nach meiner kleinen Tochter und der nagenden Angst, dass auch sie nicht mehr am Leben sein könnte.

Meine Schwägerin Christa schleppte sich neben mir her, wir spürten zwar unsere Gliedmaßen nicht mehr, aber gleichzeitig waren unsere geschundenen, ausgezehrten und erfrorenen Körper ein einziger riesiger Schmerz.

Nach einem längeren Fußmarsch erreichten wir vollkommen erschöpft das Lager, und es sah furchterregend aus. Eine völlig heruntergekommene Kaserne im Nirgendwo der Hölle! Die Fenster waren undicht, der eisige Wind heulte und pfiff durch den kahlen Raum, in den sie uns stießen.

Dies mochte für irgendwelche russischen Soldaten der Aufenthaltsraum gewesen sein, die unverputzten rauen Wände waren beschmiert, Holzbänke und Tische zerkratzt, kaputt, verrostet. Alte Aschenbecher standen noch auf dem Fußboden, vertrocknete Exkremente, Blut von Schlägereien, gefrorenes Erbrochenes, Scherben von Flaschen, verschütteter Alkohol. Es war unvorstellbar, in diesem Raum nun fünf Jahre leben zu müssen! Wir Frauen standen da, starrten in das Grauen, das uns umfing wie ein grässlicher Albtraum, und konnten es nicht begreifen, dass dieser Raum nach achtundzwanzig Tagen in diesem Viehwaggon nun unser Ziel sein sollte!

Ein gusseiserner Ofen spendete keine Wärme. Die eisige Kälte, die hier herrschte, unterschied sich kaum von der unfassbar grausamen Eiswüste draußen.

Einer der russischen Soldaten, der etwas Deutsch konnte, erklärte uns fast bedauernd, dass es leider noch nicht sehr gemütlich sei, weil das Holz erst geliefert werden musste.

Selbst diesem hartgesottenen Burschen war das Entsetzen ins Gesicht geschrieben.

Drei junge Mädchen, Frieda, Berta und Wilma, alle gerade erst siebzehn, bekamen Angst- und Schrei-Attacken, wie wir sie während der ganzen Fahrt noch nicht erlebt hatten.

Ihr gellendes Kreischen wollte über Stunden nicht verebben. Es waren Schmerzenslaute, die ich noch von keinem menschlichen Wesen gehört hatte. »Mamaaa! Ich will zu meiner Mama!«, schluchzten sie, bis sie keine Stimme mehr hatten. »Mama, hol mich hier raus! Rette mich! Ich halte das nicht aus, ich halte das nicht aus!«

Die beiden Mütter, die freiwillig mitgekommen waren, bemühten sich trotz ihrer Erschöpfung, die armen Dinger noch in den Arm zu nehmen und zu trösten. Dabei waren die Töchter der einen Frau unterwegs längst gestorben. Sie war ganz umsonst mitgekommen!

Doch nun hatte sie eine andere Aufgabe: die fremden Mädchen unter ihre Fittiche zu nehmen.

Christa und ich schleppten uns inzwischen die steinernen Treppen hinauf in den Schlafsaal.

Eisige, grün angelaufene Holzkojen in Dreierkisten übereinander standen in der verkommenen Dunkelheit. Durch schmale Luken ganz oben drang nur wenig dämmriges Licht. Auch hier peitschte der eisige Wind durch alle Ritzen. Auf jeder Holzpritsche lagen dünne versiffte Strohsäcke, die kaum Stroh beinhalteten, und je eine grobe graue Militärdecke, ebenfalls verdreckt, zerlöchert und steinhart gefroren. Selbst das Ungeziefer, das darin einmal gehaust haben musste, war erfroren.

Bevor wir das Ausmaß dieses ganzen Elends begriffen hatten, wurde von unten der Befehl gebrüllt, dass wir uns alle in einer Reihe aufzustellen hätten zum »Essen fassen«.

Wie Zombies krochen wir aus allen Ecken zusammen und stellten uns hintereinander vor eine Luke, aus der jeder von uns ein Stück trockenes Brot und eine Blechtasse mit einem schwärzlichen Gebräu gereicht wurde, das immerhin dampfte. Es sollte wohl Tee sein. Es war das erste heiße Getränk seit einem Monat, und der Moment, als die bittere warme Flüssigkeit den Magen erreichte, erinnerte mich bitterhart an den Moment in der Hütte in Argentinien, als Mama meinen kleinen Bruder geboren hatte. Und wieder schob sich das Gesicht meines kleinen Bruders innerlich über das Gesicht meiner kleinen Anni, und dann sah ich mich selbst mit meinen verfilzten blonden Zöpfen in dieser Waschküche sitzen …

Hatte ich denn gar keinen Platz auf dieser Welt verdient?

Schweigend verzehrten wir unseren harten Kanten Brot, und die unzähligen Tränen, die darauf fielen, weichten so manche Kruste ein.

»Fertig machen zur Bettruhe!«, brüllte der Offizier, der nun offensichtlich für uns zuständig war. Er konnte etwas Deutsch. »Morgen früh beginnt eure Arbeit im Bergwerk!«

Was sollten wir fertig machen? Wir kramten unsere Zahnbürsten hervor und reihten uns vor den vier eiskalten Wasserhähnen ein, die oben im Flur vor den Schlafräumen aus der Wand ragten. Ein paar eiskalte Tropfen Wasser auf der blau gefrorenen Haut reichten, um uns zähneklappernd zurückzuziehen. Wir zogen alle Sachen übereinander an, die wir noch bei uns hatten, doch nichts konnte unsere einsamen und angstvollen Herzen wärmen.

Dann schleppten wir uns alle gemeinsam in einen Schlafraum und kuschelten uns mit mehreren Frauen in eine Koje, um uns gegenseitig zu wärmen. Die noch jungen Mädchen wurden in die Mitte genommen, und die Mütter begannen zu beten: »Vater unser, der du bist im Himmel … erlöse uns von dem Bösen. Amen. So wurde es ein sehr trauriges Einschlafen, für unsere erste Nacht. Wir konnten noch nicht ermessen, wie viele Nächte die folgenden fünf Jahre haben und wie viel vergebliche Vaterunser wir noch beten würden.

Gedicht der Amalie,
geschrieben im sibirischen Lager Starlowo

1944 ist es gescheh'n,
da kam der Feind und trieb uns fort,
verschleppte uns an einen Höllen-Ort.
Dumpf die Weihnachtsglocken läuten,
als wir stumm zum Dorf rausgeh'n.
Und die Väter, Mütter winkten
weinend ein »Auf Wiederseh'n«.
Man trieb uns fort, nach »Betschkerek«,
dort sperrt' man uns in Viehwaggonen
und zwang uns aus der Heimat fort.
Ins Lager, stets bewacht,
hat man uns Banatfrauen hingebracht.
Unsere Herzen traurig und schwer,
Heimat, du fehlst uns doch so sehr.
Für uns gibt es nur noch Arbeit,
wenn wir in der Grube sind.
Kennen nur noch Müh und Plage,
niemals eine Herzensfreud,
tragen Not und Sorgen schweigend,

Krankheit, Hunger, bitt'res Leid.
Die Gedanken aber eilen
nach der Heimat immerdar,
wo wir unsre Lieben haben,
wo es schön und friedlich war.
Wenn wir nachts von ihnen sprechen,
von den Kindern, unserem Glück,
unsre kranken Herzen brechen:
Sehnen uns nach Haus zurück!

ANNA

Lazarfeld, 3. Oktober 1945

Seit dem 18. April hausten meine Großeltern und ich mit vielen anderen Bewohnern der Stadt nun schon in der Schule von Lazarfeld, die zu einem Sammellager umfunktioniert worden war. Die ersten Monate nach Mamas Verschwinden war es uns noch gestattet gewesen, in unserem Haus wohnen zu bleiben, aber dann mussten wir raus.

Die Häuser, Höfe und Geschäfte waren inzwischen alle enteignet und in den Besitz der jugoslawischen und russischen Besatzer übergegangen. Tausende von Bewohnern waren erschossen, aufgehängt, zu Tode gefoltert oder vertrieben worden, die ganz Alten, nicht mehr arbeitsfähigen Menschen und die Kinder, die noch nicht arbeiten konnten, sollten nun auch ihrer letzten Bestimmung zugeführt werden. Die Schule diente als Sammellager. Der Krieg war längst aus, aber nicht für uns, die wir nur noch die unschuldigen Opfer waren.

Den Sommer über hatten wir uns auf Stroh- und Mattenlagern irgendwie arrangiert, beherzte Großmütter hatten unter großen Gefahren Essbares vom Feld organisiert und jeden Tag eine Mahlzeit in der Suppenküche gekocht, die alten Männer hatten provisorische Lager errichtet, die Heizung repariert, Wasser beschafft, und die Kinder hatten zwischen all dem Ungeziefer, dem Schmutz und dem Hunger versucht, zu spielen und einfach weiterzuleben. In einem dieser Klassenzimmer hatten sie meinen Onkel Peter zu Tode gefoltert.

Mich faszinierte trotz des unvorstellbaren Grauens, trotz Elend, Hunger und Not die große Schiefertafel, die nach wie vor im

Klassenzimmer an der Wand hing, und nachdem die letzten Krei-
dereste aufgebraucht waren, schrieb ich immer wieder mit Spucke
auf dem Finger meinen Namen »Anni« an die Tafel, bis mich die
Größeren vertrieben.

Meine Großmutter hatte das Mühle-Spiel gerettet und wurde
nicht müde, mit mir dieses Brettspiel zu spielen, mir Geschichten
von früher zu erzählen oder mir die Lieder beizubringen, die zu
unseren Wurzeln gehörten.

Gerade hatte sich wieder ein großer Kreis von Kindern um
Großmutter und mich gebildet, und wir sangen »Ein Männlein
steht im Walde, ganz still und stumm. Es hat aus lauter Purpur ein
Mäntlein um …«, als wieder einmal ein russisches Kommando
uns alle auf den Schulhof befahl.

»In Zweierreihen aufstellen, *dawai, dawai,* und dann: stillge-
standen!«

Zerrissene und ausgemergelte Gestalten standen gehorsam in
der prallen Sonne. Darunter auch meine Großeltern mütterlicherseits, die viel älter waren als die von meinem Vater. Sie hatten früher eine Landwirtschaft besessen. Meine Großeltern mütterlicherseits waren nicht so herzlich und kinderlieb wie die anderen, deshalb hatten wir nicht so engen Kontakt. Meine Mama
hatte keine so gute Kindheit wie ich gehabt, und später würde sie
mir noch viel davon erzählen. Als meine Mama so alt gewesen
war wie ich, waren ihre Eltern mit ihr erst nach Paraguay und
dann nach Uruguay ausgewandert, wo sie ebenfalls Schreckliches
erlebt hatten. Die Eltern von meiner Mama verziehen ihr wohl
nie, dass sie ihren kleinen Bruder in einer Lehmpfütze hatte er-
trinken lassen, als er gerade krabbeln konnte. Und diese Großeltern, vor denen ich mich immer ein bisschen fürchtete, waren
nun auch hier in der Schule untergebracht.

Längst wussten wir, dass wir uns alle an die Spielregeln halten mussten, um nicht bittere Schläge oder sogar Peitschenhiebe

einzustecken. Die alten Männer standen links in Zweierreihen, die Frauen rechts, und die Horde von etwa dreihundert Kindern, bis hin zu Kleinkindern, die noch kaum stehen konnten, hatte sich in der Mitte aufzureihen. Wer zappelte oder weinte, wurde harsch an den Armen gerissen oder bekam gleich ein paar schallende Ohrfeigen. Selbst die Kleinsten verhielten sich angstvoll ruhig.

Babys, soweit sie noch lebten, wurden von den Großmüttern still gehalten.

»Folgendes wird verkündet!« Ein Offizier hatte sich auf seinen Militärlastwagen gestellt und brüllte in sein Megafon.

»Die Männer und Frauen, die noch arbeitsfähig sind, melden sich zum sofortigen Arbeitseinsatz auf dem Feld! Die Ernte muss hereingebracht werden! Auch Waldarbeiter werden eingeteilt, Fabrikarbeiter und Müllkutscher! Die Stadt verkommt zu einem Dreckshaufen, und ihr habt das zu verhindern! Frauen, die noch arbeitsfähig sind, haben sich ebenfalls hier aufzustellen! Euch werden mit sofortiger Wirkung Arbeiten gegeben, aber ihr schlaft weiterhin in dieser Schule, denn eure Häuser gehören längst den rechtmäßigen Besitzern.«

Schweigend trotteten die alten Leute auf die ihnen angewiesenen Plätze. Die Frauen senkten die Köpfe, um den frechen und bösen jungen Männern nicht in die Augen schauen zu müssen. Auch die alten Männer wehrten sich schon lange nicht mehr.

Mit wachsendem Entsetzen beobachtete ich, wie sich meine Großeltern in die Gruppe der noch arbeitsfähigen Leute einreihten, die Köpfe gesenkt, die Schultern hochgezogen. Beide hatten schon viele Schläge und Tritte einstecken müssen und hatten Striemen und blaue Flecke am ganzen Körper.

»Die ganz Alten kommen in ein Lager namens Rudolfsgnad!« Das betraf meine Großeltern mütterlicherseits.

Was für ein seltsamer Name, schoss es mir durch den Kopf. Das klang nach Gnadenbrot! So etwas bekamen bei uns die alten klapprigen Pferde, die schon zu alt und zäh für den Pferdemetzger waren! Ich stellte mir wirklich vor, dass meine Großeltern mütterlicherseits zahnlos auf altem hartem Brot herumkauen sollten! Und schon wurden sie brutal zusammengetrieben und weggeschafft. Sie waren zu alt und zu schwach, um auf ihren eigenen Feldern für die Jugos zu arbeiten. Verwirrt schaute ich ihnen nach, wie sie im flirrenden Spätsommerlicht davontrotteten. Meine blonden Locken waren längst keine lieblichen Zöpfchen mehr, sondern hingen mir verfilzt vor den Augen, und Ungeziefer tummelte sich darin.

»So. Die Kinder alle ab zum Bahnhof! Die Großen laufen, die Kleinen kommen hier auf die Ladefläche. Aber schnell und ohne Geschrei!«

Und ehe ich noch begreifen konnte, was nun geschah, wurden schon die Kleinkinder und Babys ihren Großmüttern aus den Armen gerissen und unsanft auf die Ladefläche des Lastwagens verfrachtet. Sie flogen wie Pakete von Soldatenarmen hochgerissen auf das kalte Eisen, zwischen die Stiefel der Männer, die sie dort nicht gerade zärtlich entgegennahmen. Die kleinen Kinderkörper wurden regelrecht auf einen Haufen geworfen, ganz egal, wie weh ihnen das tat!

Wieder gellte das panische und verzweifelte Geschrei derer, die in diesem Augenblick brutal auseinandergerissen wurden, in meinen Ohren, und vor meinen Augen tanzten grelle Sterne.

Panisch schaute ich mich um, umkreist von Fliegen und anderem Ungeziefer, das sich hier auf den Exkrementen in Schwärmen aufhielt. Wieder hatten Große und Kleine sich vor Angst in die Hose gemacht.

»Oma! Geh nicht weg von mir!«

»Schnauze halten! Wie alt bist du?«

»Fünf!«

»Dann kannst du laufen! Aber hopp!« Eine Sekunde später schoss mir der scharfe Schmerz in das Gesäß, hatte doch der große böse Mann mir seinen harten Stiefel in den Po getreten!

Wir Kinder wurden wie Vieh auf die Straße und in Richtung des Bahnhofs getrieben. Inzwischen hatte Lazarfeld eine eigene Bahnanbindung erhalten, sodass wir nicht mehr, wie unsere Mütter vor neun Monaten, zwölf Kilometer in die nächste Stadt laufen mussten. Die Abtransporte der Menschen, die hier über Jahrhunderte gelebt hatten, waren erstaunlich gut organisiert.

Weinend vor Schmerzen, vor Scham und vor Entsetzen lief ich, mit nichts als meinen zerrissenen Kleidern auf dem Leib, hinter den anderen Kindern her, die angebrüllt, bedroht und geschlagen wurden, wenn es nicht schnell genug ging.

»Omaaaaaa!«

Aus dem Augenwinkel sah ich genau, dass meine geliebte Großmutter mit dem Mut der Verzweiflung aus ihrer Arbeitskolonne ausgebrochen war!

Unser jämmerlicher Kinderzug wurde begleitet von weinenden, schreienden und um sich schlagenden Frauen, jene Großmütter, die ihren Töchtern oder Schwiegertöchtern versprochen hatten, ihre Kinder nicht aus den Augen zu lassen. Doch die bösen Männer mit den Gewehren und Stöcken schlugen sie in den Straßengraben oder schleuderten sie zu Boden, wo sie auf sie eintraten.

»Die Kinder kommen weg! Findet euch damit ab! Deutsches Dreckspack!«

»Anni! Ich komme! Ich lasse dich nicht im Stich!« Das war eindeutig die Stimme meiner geliebten Oma! Mit zerrissenen Röcken hatte sie sich aufgerafft und rannte weiter hinter mir her, die nach ihr schlagenden, tretenden und fluchenden Soldaten missachtend.

Tränenblind stolperte ich mit den anderen Kindern mit, gerissen und gezerrt von russischen Frauen und Aufpasserinnen, die uns anschrien und mit Stöcken zusammentrieben wie blökende Schäfchen. Wir verstanden ihre Worte nicht, außer »*dawai!*«, das schrien sie dauernd, das hatte ich schon gelernt, das hieß: »Schneller!«

Am Bahnhof angekommen, stand da eine schwarze Lok, die bereits riesige Wolken von schwarzem und weißem Dampf ausstieß, und daran angekoppelt waren vier oder fünf Viehwaggons, deren Eisentüren offen standen.

»Los! Klettert da rein! *Dawai, dawai!*«

Die größeren Kinder mussten als Erste hineinklettern und dann die Kleineren hereinziehen.

Unsanft wurde ich von hinten gepackt und von vorne an den Armen gezerrt. Hilflos baumelte mein kleiner Körper zwischen den Gleisen.

»Omaaaaaaa!«, gellte mein verzweifelter Schrei.

»Ich komme, Anni, ich komme!«

Wieder sah ich aus tränenverschleiertem Blick, wie meine tapfere Oma versuchte, mit dem Kinderschwarm mitzukommen. Wie eine Biene, die über einem Ameisenhaufen fliegt und sich nicht verscheuchen lässt. Während wir Kleineren wie Pakete gegriffen und in den Viehwaggon hineingeschleudert wurden, entschwand sie meinem Blick. Ich fand mich unsanft auf dem harten kalten Fußboden des schmutzigen Viehwaggons wieder, in einem Pulk von brüllenden, schreienden und weinenden Kindern, die sich ihre zerschlagenen Arme und aufgeschürften Beinchen hielten.

»Omaaaaaaa!«

»Anni, ich komme, ich lass dich nicht im Stich!«

Inzwischen wurden auch ein paar alte Großmütter und Tattergreise in den Waggon gehievt, die in den anderen Waggons keinen Platz mehr gefunden hatten. Aber sie hätten sich auch nicht um mich gekümmert.

Jemand hielt mich fest, es waren alte, magere Hände, die von blauen Adern durchzogen und von braunen Flecken übersät waren.

»Still, Mädchen, sei doch still! Sie schlagen uns doch nur zusammen!«

»OOOOOMAAAAAAAA!«

Ich schrie um mein Leben, minutenlang, vielleicht stundenlang. In der brütenden Mittagshitze war es kaum noch auszuhalten! Kein Schluck Wasser, nur entsetzlicher Gestank, Fliegen, Ungeziefer, und panisches Geschrei aus traumatisierten Kinderkehlen durchschnitt die Luft.

Irgendwie fühlte ich, dass meine Oma in der Nähe war, dass es ihr jedoch nicht gelang, in meinen Viehwaggon zu kommen.

Sie war ja noch arbeitstauglich, man würde sie nicht mit mir fahren lassen!

Tatsächlich kämpfte meine Großmutter mit aller Kraft gegen die brutalen Soldaten, die sie immer wieder von der Böschung stießen, sodass sie sich mit blutenden Händen und aufgeschürften Knien wieder über die spitzen Steine zu dem Gleis zurückarbeitete.

»Anni! Weine nicht! Ich komme!«, stieß sie keuchend zwischen den Zähnen hervor.

Durch einen winzigen Spalt in den Holzgittern konnte ich sie sehen, meine tapfere Großmutter, wie sie sich in ihrem langen Rock, der Schürze und dem Kopftuch mit bloßen Händen wieder die Böschung über die Schottersteine in meine Richtung emporzog.

»Anni! Ich komme! Nicht weinen, Liebes, die Oma ist da!«

Inzwischen waren sicherlich fünfzig bis sechzig Kinder und Alte in diesem Wagen, sie lagen übereinander, versuchten, sich zu entwirren, Kinder schrien sich die Seele aus dem Leib, die Alten und Schwachen zitterten am ganzen Körper, viele von uns hatten blutige Striemen und pulsierende Wunden.

Plötzlich setzte sich der Zug ruckelnd in Bewegung, es quietschte und rumpelte, und wir purzelten durcheinander. Mein kleines Herz raste wie eine Dampflok, und ich sah meine kleine Welt untergehen. Ohne meine Oma wäre ich verloren!

»Omaaaaaaaa!«, schrie ich gellend. »Oma!«

»Anni! Ich komme!«

Der Zug nahm an Fahrt auf, die panischen Verzweiflungsschreie der Kinder zerrissen die Luft.

Draußen standen weinend jene Großeltern, die es bis hierher geschafft hatten. Durch den Spalt zwischen den Brettern konnte ich sie schemenhaft erkennen, wie sie die Hände reckten nach ihren Schutzbefohlenen, nach den Kleinen, die sie nun nicht mehr retten konnten. Die Aufpasser schlugen mit den Gewehrkolben oder traten mit Stiefeln auf sie ein, auch wenn sie schon wie ein Häufchen Elend am Boden lagen. Liebende tapfere Großeltern!

Plötzlich sah ich, wie mehrere Hände ein Paar Frauenarme in den schon fahrenden Zug zerrten. Ein schreckliches Schleifgeräusch, wie ihre Füße über die Gleise schlitterten, das Aufsplittern von Steinen, das Reißen ihres Kleides, das Schaben ihres Körpers über den eisernen Boden; da lag sie, mit aufgeschürften Wangen, blutenden Händen und blutdurchtränkten Strümpfen, das Kleid zerfetzt und die Schürze schwarz vor Dreck: meine Großmutter.

Sie hatte es geschafft.

HERA und ANNA

Möchten Sie noch Kaffee?« Die grauhaarige alte Dame mit den kleinen Locken steht mit der bauchigen Kanne neben mir und lächelt mich aufmunternd an. »Während Sie in meinem Tagebuch gelesen haben, habe ich schnell noch einen aufgebrüht. Kuchen habe ich auch noch da.«

Kuchen? Kaffee? Wie benebelt starre ich sie an, wie sie da in ihren beigen Freizeithosen und dem bedruckten T-Shirt vor mir steht, in ihrem Wintergarten, in dem es genauso duftet und blüht wie draußen, auf ihrer Terrasse, an diesem geradezu kitschig strahlenden Frühlingstag. Sie war nicht vorbereitet auf meinen Besuch, ich wollte sie unbedingt so antreffen, wie sie im Alltag lebt. Tatsächlich bin ich gerade auf der Rückfahrt von Köln, wo vor wenigen Tagen mein zweites Enkelkind, ein entzückendes gesundes Mädchen, zur Welt gekommen ist. Mein Enkelsohn ist zweieinhalb, und als Großmutter habe ich meine Schwiegertochter und meinen Sohn während der letzten Wochen ein wenig unterstützt. Ein Vergleich mit der Großmutter von Anni beschämt mich! Es gab eine eingerichtete Wohnung, jede Menge Spielzeug, reichlich zu essen und jeden Abend ein Schaumbad für den bisherigen Kronprinzen. Während ich seine weichen Ärmchen und seinen runden kleinen Körper beim Planschen betrachtete, ging mir die Geschichte von dem fünfjährigen Mädchen Anni und ihrer Großmutter nicht aus dem Kopf. Sollte in der heutigen Zeit, wo die Pandemie sämtliche Köpfe beherrscht und scheinbar das wichtigste Gesprächsthema ist, nicht dringend die Geschichte von Anni und ihrer Großmutter erzählt werden? Lange schlummerte das handgeschriebene, golden eingefasste Tagebuch in meiner Schublade.

Wann, wenn nicht jetzt, sollte diese Geschichte jemals ans Tageslicht? Und die Geschichte von Amalie?

Ich habe es mir lange nicht zugetraut, eine so entsetzliche Geschichte aufzuschreiben.

Doch ist das nicht genau meine Aufgabe? Meine Zeitzeugin ist einundachtzig Jahre alt und hat keine öffentliche Stimme. Wie sie mir erzählt, hat sie für jeden Menschen, der ihr nahesteht, ein eigenes, golden eingefasstes Tagebuch geschrieben, für ihren Enkel, ihre Nichten, ihre Patenkinder. Eines dieser Patenkinder, eine fünfzigjährige Frau, die heute in Kanada lebt, hat mir damals ihr golden eingefasstes Tagebuch geschickt. »Frau Lind, dies ist die Geschichte meiner Tante Anni …« Ich las es damals auf einer Zugfahrt und war so schockiert, dass ich nur noch apathisch aus dem Fenster starren konnte. Meine Zugfahrt fand auf weichen, gepolsterten Sitzen statt, und die Landschaft, die an mir vorbeizog, waren liebliche Berge und Seen des Salzkammergutes. Ich konnte es damals nicht aufschreiben. Ich bedankte mich telefonisch bei dieser Einsenderin und wünschte ihr alles Gute. Aber heute …? Wenn nicht jetzt, wann denn dann? Diese Gedanken schossen mir durch den Kopf, als ich von Köln aus, diesmal mit dem Auto, wieder Richtung Salzburg fuhr. HIER, in Bad Aibling, wohnt sie und ist jetzt über zweiundachtzig!

Bevor ich wieder über die zurzeit wegen Corona noch streng bewachte Grenze zurück nach Österreich fahre, habe ich kurz entschlossen bei der Autobahnausfahrt Bad Aibling den Blinker gesetzt. Nur zehn Minuten Zeit lagen zwischen meinem Anruf und meinem Erscheinen, und die alte Dame meistert ihre Überraschung souverän.

Zunächst einmal war ich total erleichtert, dass sie überhaupt noch lebte!

»Schauen Sie, ich zittere immer noch, aber nicht mehr so arg wie vorhin!« Ihre Mundart ist so bayrisch, dass ich schmunzeln muss.

Wegen des frischen Aprilwindes sitzen wir drinnen, ich in einem Korbstuhl, der mit selbst gestickten Deckchen und Kissen ausgestattet ist, und sie, die rüstige Anna, sitzt eigentlich nicht, sie springt immer wieder auf, erklärt mir ihre Einrichtung, die gemütlich barock und gleichzeitig so herrlich Siebzigerjahre ist, und zeigt auf ihr Fitnessfahrrad mit Blick auf die verzuckerten bayrischen Alpen: »Da drauf strampele ich jeden Tag! Morgens zweihundertfünfzig Meter, und nachmittags noch mal! Anfangs bin ich gleich mal fünfhundert Meter am Stück geradelt, aber das habe ich in den Knochen gespürt! Der Nadine habe ich gesagt, was für einen Muskelkater ich habe, und sie meinte, Tante Anni, du musst dein Trainingspensum langsam steigern!« Sie lacht, und in ihrem freundlichen Gesicht, in das sich tausend Lachfältchen eingegraben haben, entdecke ich zum ersten Mal das immer noch vorhandene runde Kindergesicht der damals Fünfjährigen, die in einem Viehwaggon ins Ungewisse geschickt wurde. Das mir bekannte Foto schiebt sich über ihr heutiges Aussehen.

Wer ist denn Nadine? Leicht überfordert versuche ich, ihrem Redeschwall zu folgen.

»Ach, die Nadine, das ist eine ganz andere Geschichte, die erzähle ich Ihnen auch noch!«

Nadine war damals nicht an den Geschehnissen beteiligt, wie die redefreudige Anna mir auf Nachfrage bestätigt. »Naa, die Nadine, die kam in den Siebzigerjahren in mein Leben.« Also zeitgleich mit diesem Haus.

Patenkind, Nichte, Findelkind, Enkelkind, Pflegekind … Anna sprüht vor Überraschungen.

Dann also der Reihe nach. Ich greife wieder zur Lesebrille und sauge mich an den bildschönen, gleichmäßig geschwungenen Buchstaben in einem der goldenen Notizbücher fest.

»Das ist die schönste Handschrift, die ich je gesehen habe! Wie gestochen und gleichmäßig!« Insgeheim frage ich mich, wie jemand, der solches Grauen erlebt hat, so wunderschön kunstvoll und liebevoll schreiben kann! Und dazu noch jede Seite mit bunt ausgemalten Blumenranken verschönert! Erst recht, wenn es um solch grauenhafte Inhalte geht.

»Ach, was meinen Sie denn, ich habe ja erst mit elf Jahren schreiben gelernt!«

Anna Eckardt lacht. »Mit elf Jahren kam ich hier in Bayern in die Schule, und weil ich so geweint habe, hat der Lehrer mich gleich ins dritte Schuljahr gesteckt, damit ich nicht bei den i-Dötzchen sitzen muss! Das war ja schon hier, genau in diesem Dorf!« Sie zeigt aus dem Fenster, und ich bemühe mich, das ehemalige Schulhaus zu erkennen, das heute eher ein moderner Zweckbau ist.

Gleichzeitig faszinieren mich die Schwarz-Weiß-Fotos, die zwischen den beschriebenen Seiten kleben: Amalie Pfeiffer, geboren 1917 in Lazarfeld, Banat: Annas Mutter, die selbst Furchtbares erlebt hat. Dieses Foto stammt aus dem Sommer 1935. Als ihre Welt gerade mal in Ordnung war. Sie war verheiratet mit Jakob, Annis Vater, und gehörte zur Familie Pfeiffer.

Auf einem anderen Foto blickt mir die junge Frau aus fast kindlichem Schmollgesicht, unter einem Baum stehend, entgegen. Sie ist eher unmodisch gekleidet. Das Kleid hängt ihr fast sackartig vom noch rundlichen Mädchenkörper herab, in der Hand trägt sie einen Blütenzweig. Altmodische schwere Ketten und Rüschen zieren ihren Halsausschnitt, eine bestickte Borte, die schon fast über den Knien hängt, soll wohl den Gürtel ersetzen. Als ich nachrechne, wird mir klar: Die damals Anfang Zwanzigjährige ist gerade mit Anni schwanger.

Daneben dieselbe Frau, etliche Jahre später. »In Orlobirsk 1947 IN RUSSLAND.« Das Gesicht von Amalie ist schmal, die Haare streng nach hinten gekämmt. Der Blick versteinert, die schwarze Bluse hochgeschlossen. Die Frau trägt Arbeitshosen und ist auf einen Spaten gestützt. Umringt ist sie von weiteren jungen Frauen, alle mit Arbeitshosen, Schürzen, Kopftuch und schwerem Arbeitsgerät. Alle Gesichter sind schmal und spitz, auch die der drei jungen Männer, die die Mädchengruppe flankieren. Ihre russischen Aufpasser? Oder ebenfalls strafgefangene Vorarbeiter? Sie blinzeln angestrengt gegen die Sonne. Im Hintergrund der Grubeneingang. Holzpflöcke und Eisenstangen umrahmen das schwarze Loch, in das sie gleich wieder kriechen werden. Ich schlage die Seite um.

AMALIE

Starlowo Orlobirsk, Sibirien, Sommer 1945

Seit einem halben Jahr waren wir nun in diesem Arbeitslager und hatten den ersten entsetzlichen Winter, ohne wattierte Kleidung, die erst später nachgeliefert wurde, überlebt.

Christa und ich hatten uns geschworen, zusammenzubleiben und uns gegenseitig zu helfen und zu stützen, komme, was da wolle. Christa war inzwischen dreiundzwanzig, ich siebenundzwanzig Jahre alt.

Gleich zu Beginn bei der Arbeitseinteilung in dem grässlichen Aufenthaltsraum, in dem uns auch das erste Frühstück in Form eines Stückes hartem Brot und einer Blechtasse mit Tee durch eine Luke gereicht worden war, hatten wir uns aneinandergeklammert, als die russischen Offiziere uns in verschiedene Arbeitskommandos einteilen wollten.

Es gab unter den Strafarbeitslagern die Möglichkeit, draußen im Freien zu arbeiten, nämlich Kohlen auf bereitstehende Loren zu schaufeln, bei minus vierzig Grad, oder tausend Meter unter Tage beim Kohleabbau zu schuften.

TAUSEND! METER! UNTER! TAGE!

Jeder, der einmal auf einen tausend Meter hohen Berg gestiegen ist, weiß, was diese Höhenmeter dem Körper abverlangen. Besonders das steile Bergabgehen lässt die Beine zittern und beschert einem noch Tage und Wochen danach schrecklichen Muskelkater. Und das sollte erst der tägliche Weg zur eigentlichen Arbeit sein! Diese betrug zehn Stunden pro Tag. Plus dann wieder den Rückweg über eine schmale dunkle Stiege, tausend Meter wieder steil bergauf.

»Wir gehen beide freiwillig ins Kohlebergwerk!«, beteuerten wir, nur damit sie uns nicht trennen würden.

Christa und ich ahnten noch nicht, was das de facto bedeuten würde. Aber das Wichtigste war für uns nun einmal, um jeden Preis zusammenzubleiben, und wenn wir sterben sollten.

»Dann kommt hier rüber, zu mir!«

Der Schichtführer, ein ausgemergelter Russe mit wettergegerbtem Gesicht, stand schon vor dem Grubeneingang, eine Grubenlampe auf der Stirn. Es war ein furchterregend aussehender dunkler Schacht, aus dem unheimliche Gerüche strömten.

Er hieß Andrej Schiwilgo, wie er sich uns auf recht höfliche Weise vorstellte.

Später sollten wir erfahren, dass unser Vorarbeiter selbst Vater von fünf Kindern war und seine Familie auf diese Weise zu ernähren hatte.

»Wattierte Kleidung leider noch nicht da.«

Wir fünfzig Frauen, die wir für diese erste Schicht eingeteilt waren, standen bibbernd und vor Angst schlotternd morgens um sechs in der eisigen Kälte.

»Muss auch so gehen, für den Anfang.«

Er zählte uns noch einmal durch, knipste seine Grubenlampe auf der Stirn an und begann schweigend, eine eisige steile Rampe hinunterzugehen. Wir folgten ihm zagend und bange in das schwarze kalte Höllenloch.

Vorher waren wir ebenfalls mit Stirnlampen ausgestattet worden, die uns eng am Kopf saßen und heftig an den Schläfen drückten. Außerdem waren wir mit einem langen Seil aneinandergekettet. Stolpernd tasteten wir uns in die Untiefen des stinkenden Schlundes vor, aus dem der Wind heulte wie ein hungriger Wolf. Eiszapfen hingen wie kunstvolle Gebilde an den schwarzen Wänden des Bergwerkes.

Dieser erste Abstieg dauerte fast drei Stunden. Immer wieder rutschte eine von uns aus, fiel hin, stöhnte und jammerte vor Angst und Schmerz. Die anderen mussten dann auch stehen bleiben und warten, bis sich die Gestrauchelte wieder aufgerichtet hatte.

Andrej war die Ruhe selbst, innerlich selbst ein gebrochenes Arbeitstier. Nie hörte man von ihm ein gebrülltes Wort oder einen herrischen Befehl wie von den anderen.

Die Frauen, die zum Außendienst abkommandiert worden waren, mussten zwar nicht in die Grube, aber sie hatten das Pech, unmenschlichen Vorarbeitern ausgeliefert zu sein, die sie nicht nur schikanierten und in der eisigen Kälte die Loren mit Kohle vollschaufeln ließen, sondern auch regelmäßig schlugen und misshandelten.

Das Bergwerk war schon sehr ausgebeutet. Um noch Kohle von den mit Brettern gesicherten Grubenwänden zu schlagen, mussten wir, angeleint an die verrosteten kalten Stangen, sehr weit unter die Abstützungen klettern. Zitternd und erschöpft standen wir nach dem langen Abstieg unten. Der Muskelkater, den wir alle in der ersten Zeit hatten, ließ uns vor Schmerzen fast in Ohnmacht fallen. Das ungewohnte steile Bergabgehen war die Hölle. Immer wieder wurde einigen von uns schlecht, sie brachen zusammen, und alle mussten warten, bis sie sich übergeben oder ihre Hustenattacke überwunden hatten. Wir spuckten rabenschwarze Tinte aus. Es herrschte ein entsetzlicher Kohlestaub bei unfassbaren zweistelligen Minusgraden. Unsere Lungen platzten fast unter der verseuchten Luft, die wir während der zehnstündigen Arbeit einatmeten. Mit Beilen und Pickeln versehen, hämmerten wir die bröckeligen Wände und Decken ab, eingehüllt in schwarze Rußwolken, die uns den Atem nahmen, und von denen wir uns die Lunge aus dem Leib husteten. Bis hier unten hin führte eine schmale Gleisleitung, auf der die Loren standen, die wir beladen mussten. Pferde, die ich normalerweise bemitleidet hätte, zogen dann die mit Kohlebrocken voll beladenen Wagen wieder hoch, wobei sie auf dem eisigen Boden ständig ausrutschten.

Gearbeitet wurde Tag und Nacht in Zehn-Stunden-Schichten, ohne Unterbrechung.

Es galt die Regelung: zehn Stunden Arbeit, acht Stunden frei. Für den jeweiligen Auf- und Abstieg wurden drei Stunden berechnet und auch gebraucht! So kam der Tag auf vierundzwanzig Stunden. Es gab keinen Sonntag und keinen Feiertag. Wie die Tiere wurden wir geknechtet.

Das Schlimmste war die Gefahr durch die Loren, die von alten klapprigen Pferden gezogen wurden. Da die Gleisstrecken sehr steil waren, passierte es immer wieder, dass die Kaltblüter die Last nicht schafften und, selbst mit Schaum vor dem Maul, wiehernd vor Panik wieder meterlang zurückglitten. Wenn dann eine von uns in der Nähe war und nicht rechtzeitig zur Seite springen konnte, passierten die schlimmsten Verletzungen. Doch weit und breit war kein Sanitäter, kein Rettungsdienst, noch nicht mal Verbandszeug war vorhanden. Die Frauen, denen Quetschungen, Brüche und sogar der Verlust von Fingern oder Zehen passiert waren, mussten, sobald sie wieder bei Besinnung waren, weiterarbeiten.

Meine Aufgabe war es bald, die Waggons mit einer fünf Kilogramm schweren Kupplung aneinanderzukuppeln. Die Waggons fuhren steil rauf und runter, und es oblag meiner Verantwortung, das Gewicht der zu beladenden Loren genau einzuschätzen, damit die Pferde nicht ins Rutschen kamen. Nach einigen Monaten hatte ich ein perfektes Augenmaß dafür entwickelt. Während der fünf Jahre unserer Zwangsarbeit unter Tage sind dennoch zwei Frauen durch die zurückrollenden Loren schwer verletzt worden und gestorben. Einer jungen Frau wurden vor meinen Augen beide Beine abrasiert, sie verblutete wenig später an Ort und Stelle. Die andere, hochschwanger, erlitt nach dem Aufprall einer überfüllten Lore gegen ihren Leib eine Totgeburt und überlebte ebenfalls nicht. Ihre Leiche und die des Babys wurden einfach mit dem Kohlewagen nach oben geschafft, wo wir sie nach Schichtende in steinharter Erde hinter unserer Baracke vergruben.

Die Arbeit unter Tage war sehr schwer und gefährlich. Durch das schlechte Essen, nämlich täglich Krautsuppe mit Brot, waren wir Frauen geschwächt, unterernährt und litten an Durchfall.

Unserer Arbeitsgruppe wurden, nachdem einige von uns ausgefallen waren, weibliche russische Strafgefangene zugeteilt, die oft wegen Nichtigkeiten wie Kohleklau oder Diebstahl von Mais oder Äpfeln zu drakonischen Strafen verurteilt worden waren. Darunter waren noch richtige Kinder! Diese Mädchen brachten von zu Hause Sonnenblumenkerne mit, für uns eine unfassbare Köstlichkeit, die auch Vitamine enthielt! Wir tauschten unsere letzten kleinen Andenken aus der Heimat, etwa handgestickte Tüchlein oder einen Bleistift, einen kleinen Bilderrahmen oder einen Notizblock gegen diese Sonnenblumenkerne, um wieder einen weiteren Tag lang zu überleben.

Der Gedanke, einfach aufzugeben und mich von einer Lore überrollen zu lassen, kam mir oft.

Doch dann sah ich immer das kleine runde Gesicht meiner Tochter Anni vor Augen, ihre blonden Zöpfe und ihre blassblauen Augen, ihre Milchzähnchen, wenn sie lachte, und die Hoffnung, sie eines Tages wiederzusehen und in die Arme schließen zu können, ließ mich weiterleben. So erging es auch den anderen jungen Müttern, und Christa sehnte sich unendlich nach ihrem Mann Hans, mit dem sie ja erst frisch verheiratet war. Auch ich sehnte mich nach meinem Mann Jakob und wusste nicht, ob er noch lebte. In der Familie Pfeiffer hatte ich erstmals in meinem Leben Halt, Geborgenheit und ein Zuhause gefunden.

Der Sommer neigte sich dem Ende zu, es reifte der Mais. Auf dem Rückweg vom Kohlebergwerk schleppten wir uns entweder abends oder nach der Nachtschicht, morgens bei Sonnenaufgang, völlig ausgehungert und erschöpft an den Maisfeldern vorbei. Wie gern hätte ich einmal in eine reife Ähre gegriffen und mir einen Maiskolben abgepflückt! Als Kind bereits hatte ich bei der Maisernte geholfen und war noch geübt in diesen Griffen.

Wer jedoch bei einem solchen Diebstahl erwischt wurde, wurde hart mit Schlägen bestraft. Ich musste es immer wieder mit ansehen, wie die armen Frauen und Mädchen, die vor Hunger schon halluzinierten und sich rohe Maiskörner in die verrußten Münder stopften, an Ort und Stelle mit Pferdepeitschen bis zur Bewusstlosigkeit geschlagen wurden.

Die ersten drei Jahre haben wir ausschließlich von Krautsuppe und Brot überlebt.

Im Bergwerk wurden auch Kohlenflöße freigesprengt. Die Sprengarbeiten mit Dynamit erledigten junge Russinnen. Gesprengt wurde beim Ausbau von Stollen zu Strecken, wenn nötig, auch Gestein. Das war immer sehr gefährlich, und wir jungen Arbeiterinnen hatten oft kaum Zeit, uns in Sicherheit zu bringen. Unsere russischen Sprengerinnen waren so abgebrüht und wahrscheinlich so lebensmüde, dass sie ohne jede Angst das Dynamit zündeten, vielleicht wollten sie gar auf diese Weise ihrem jämmerlichen Leben ein Ende setzen. Es gelang ihnen aber immer wie durch ein Wunder, das perfekte Sprengmaß zu erreichen, sodass unser ganzes Arbeitskommando die vorgegebene Arbeitsnorm erreichte. Wenn die Sprengerinnen gut waren, konnte umso mehr Kohle gefördert werden. Die Kohle wurde unter Tage angefeuchtet. Der Kohlestaub legte sich schwer auf die Atemwege und Lunge. Stunden nach der Schicht unter Tage spuckten wir Frauen noch tintenschwarz aus.

»Das nicht gefährlich«, lachte dann Andrej, unser Vorarbeiter mit dem Goldzahn. »Ich auch noch lebe! Und sogar noch Kinder zeuge! Unter Tage gibt es keine Bazillen!«

ANNA

Oktober 1945

Aus dem Tagebuch von Anna Eckardt,
Lazarfeld, 3. Oktober 1945

An diesem Tag war ein unheimliches Schreien und Weinen über dem ganzen Dorf zu hören. Großmütter, die ihren Töchtern versprochen hatten, deren Kinder nicht allein zu lassen, wurden von ihnen gerissen. Unbeschreiblich und grausam war das Leid, das man diesen Menschen antat.

Meine Großeltern väterlicherseits, die ja noch arbeitsfähig und rüstig waren, sollten ebenfalls nicht mit diesem Transport fahren. Ein Partisan riss mich von der Großmutter los und zerrte mich in einen der Waggons. Meine Großmutter hörte mich schreien. Sie hatte nur den einen Gedanken: »Ich darf mein Enkelkind nicht im Stich lassen.« Sie durchbrach die Absperrung und wollte um jeden Preis durch, soll kommen, was mag. Ein Partisan stieß Großmutter mit dem Gewehr zurück. Dreimal versuchte sie es. Mit letzter Kraft ein viertes Mal. Der Partisan gab ihr mit dem Gewehrkolben einen so heftigen Stoß, dass sie in einen Graben stürzte. Auf den harten Schottersteinen der Bahn blieb sie einige Zeit liegen. Ich schrie immer noch verzweifelt nach den Großeltern. Großmutter wartete einen Augenblick. Als sie sich wieder etwas erholt hatte und ein Durcheinander vor sich ging, da ja alle um ihre Lieben weinten und schrien, kroch sie die Böschung hoch, und keiner kümmerte sich um Großmutter. Sie fing an zu laufen, so gut es ging, keiner kümmerte sich um sie. Mit allerletzter Kraft kam

*Großmutter an den Waggon, in dem sie mich noch immer
schreien hörte. Der Zug setzte sich schon langsam in Bewegung. Da zogen alte Frauen Großmutter an den Händen in
den Viehwaggon. Ich klammerte mich an meine allerliebste
Oma, bis der Zug sich schneller in Bewegung setzte. Es ging
einer ungewissen Zukunft entgegen.*

»Oma, wohin bringen sie uns?«

»Das weiß ich nicht, mein Kind, das weiß hier niemand!«

Meine Großmutter hielt mich seit Stunden fest im Arm, wir
hockten mit den anderen Gefangenen im Viehwaggon, und niemand hatte etwas zu essen oder zu trinken dabei. Die Gewissheit,
dass meine Oma es geschafft hatte, in meiner Nähe zu bleiben,
tröstete mich, und ich hörte langsam auf zu schluchzen.

»Versprichst du mir, dass du immer bei mir bleibst?« Vertrauensvoll reckte ich mein tränenüberströmtes Gesicht dem meiner
Großmutter entgegen.

Ihr Blick war ernst und gefasst.

»Ich verspreche dir, dass ich alles tun werde, um in deiner Nähe
zu bleiben. Aber es kann sein, dass sie versuchen werden, uns zu
trennen.«

Schon wieder brach ich in verzweifelte Tränen aus. »Das dürfen
sie aber nicht!«

»Weißt du, kleine Anni, sie glauben, dass sie das dürfen, und
wir müssen sie einfach nur überlisten. Denk doch an die Zwickmühle, die ich dir beigebracht habe. Wir spielen ihr Spiel einfach
mit, und wenn sie es nicht merken, dann tricksen wir sie aus.«

Großmutter drückte mich fest an sich und putzte mir die Nase
mit ihrem Schürzenzipfel.

»Schau, Kleines. Wenn wir ganz gehorsam und brav sind, dann
achten sie nicht so sehr auf uns, und dann wird es uns gelingen, ein Schlupfloch zu finden, wie ein kleines Mäuschen!« Sie

krabbelte spielerisch mit den Fingern auf meinen zuckenden Schultern herum: »Das Mäuschen verhält sich ganz brav, sodass die Katze denkt, es ist leicht zu fangen. Aber wenn die Katze sich einmal umdreht und nicht hinschaut, dann büxt das Mäuschen aus …« Ihre Finger krabbelten wieselschnell über meinen Hals hinauf in mein Gesicht, und so ließ ich mich ablenken und musste fast lachen.

»He, das kitzelt!«

»Siehst du, kleine Maus, wir lachen schon wieder. Denk dran, und da musst du mir jetzt ganz gut zuhören: Ich komme immer wieder, auch wenn du mich eine Zeit lang nicht siehst. Du musst ganz fest daran glauben: Deine Oma ist nicht verschwunden, sie ist immer in der Nähe. Und wenn du gar nicht damit rechnest, dann steht sie plötzlich vor dir. Und jetzt gebe ich dir etwas, an dem du dich immer festhalten kannst, wenn dich mal der Mut verlässt.«

Mit offenem Mund starrte ich sie an. Mit Bedacht und Entschlossenheit nahm Großmutter ihre kleine Halskette ab, an dem das mir so vertraute Kreuz in schlichter Silberfassung hing, und legte sie mir sorgsam um den Hals.

»Die darfst du nie verlieren, Anni. Der liebe Gott ist jetzt bei dir und wird dich beschützen.«

Ich schluckte. »Aber dann ist er ja nicht mehr bei dir!«

Sie zog ihren Rosenkranz aus der Schürzentasche und ließ ihn durch die Finger gleiten. »Und was ist das? Eine Riesenportion lieber Gott, oder etwa nicht?!«

»Ja, das ist noch viel mehr lieber Gott als das hier.« Meine Finger glitten andachtsvoll an meinen Hals, wo nun silberschwer das Kreuz meiner Oma baumelte.

»Der liebe Gott ist bei dir und bei mir. Du kannst immer mit ihm sprechen, und dann werde auch ich innerlich bei dir sein und dich hören.«

»Und meine Mami?«

»Die hört dich auch. Du darfst nie aufhören, sie ganz feste lieb zu haben.«

»Aber sie hat uns nie geschrieben, und der Papa auch nicht!«

»Sei sicher, dass sie beide ganz fest an dich denken. In jedem Moment, in dem du Atem holst.«

Fragend sah ich meine Oma an. Dann pumpte ich meine kleinen Lungenflügel konzentriert mit Luft voll, hielt sie an und stieß sie wieder aus.

»Jetzt auch?«

»Ja. Und wenn du das nächste Mal Luft holst, schon wieder.«

Ich blähte mich erneut auf wie ein Maikäfer.

»Jetzt?«

»Ja.«

»Und jetzt?« Ich ließ die Luft wieder aus mir rausweichen wie aus einem Luftballon.

»Und jetzt auch wieder.«

»Puh, das ist aber anstrengend.«

»Aber das musst du immer wieder tun, wenn du einsam bist und Heimweh hast! Und wenn sie dir das Kreuz wegnehmen, ist der liebe Gott trotzdem immer noch bei dir.«

»Ist gut, Oma.«

Getröstet presste ich meine Stupsnase an die vergitterten schmutzigen Fenster.

»Wann sind wir da?«

»Früh genug, mein Kind. Früh genug.«

Rudolfsgnad also. Ein Barackenlager, zwischen zwei Flüssen liegend, in sumpfigem Gebiet, sodass niemand flüchten konnte. Und auch von außen würden wohl kaum zufällig vorbeireisende Menschen einen Blick auf unser Elend erhaschen können.

Die Menschen, die selbst einmal hier in den vereinzelten Gehöften und runtergekommenen Häusern gewohnt hatten, waren vertrieben worden, denn hier sollte ein Todeslager entstehen für die Deutschen in Jugoslawien, die nicht mehr arbeitsfähig waren.

Das Gelände war mit Stacheldraht mehrfach eingezäunt, und es gab Wachtürme an allen Ecken und Enden. Männer mit scharfen Hunden umkreisten die scheußlichen Baracken, und wenn jemand es gewagt hätte, auszubrechen, hätten sie ihn im Handumdrehen wieder eingeholt.

Meine Oma zog mich schweigend mit in die ihr zugeteilte Baracke, in der fünfzig Menschen auf wenigen Quadratmetern hausen mussten. Man konnte sich nur abwechselnd auf den Boden legen; die anderen mussten stehen oder draußen vor der Baracke im Dreck sitzen.

Aus allen Richtungen brachten die serbischen Partisanen hilflose, zerlumpte deutsche Menschen, deren einzige Schuld es war, im Banat gelebt zu haben, in dieses Vernichtungslager, und jeden Tag wurden die Baracken voller und voller. Es stank grauenvoll, denn niemand konnte sich waschen, alle trugen ihre inzwischen verlumpten, zerrissenen Kleider am Leibe, und die alten Menschen wurden dünner und dünner, gebrechlicher und gebrechlicher, bis sie irgendwann einfach als Häufchen Elend irgendwo liegen blieben.

Großmutter versuchte, mir diesen Anblick zu ersparen, doch wo sollte ich hinschauen, wenn nicht auf das organisierte Sterben?

Die Tage und Nächte vergingen quälend langsam, der Hunger fraß sich in meine Eingeweide wie giftige Schlangen. Er wühlte sich schmerzhaft in meinen kleinen Magen und ließ mich verstummen und kraftlos in mich zusammensinken. Die Erinnerung an meine Mama verblasste täglich mehr und mehr, und irgendwann vergaß ich, wie sie ausgesehen hatte.

Meine Oma versuchte alles, um ein paar Gräser oder Blätter für mich zu ergattern, sie ging in den Nachbarbaracken betteln und bot ihre Dienste bei den Alten und Schwachen an.

»Hat noch jemand einen Kanten Brot für meine kleine Enkelin?«

Manchmal ergatterte sie für mich einen Brocken steinhartes altes Brot, manchmal gelang es ihr, aus ein paar Erbsenschoten mit Wasser für mich einen Brei zu machen, auf dem die schwarzen Fliegen schwammen. Überall waren schwarze Fliegen, denn überall lagen übel stinkende Exkremente herum. Toiletten gab es nicht. Wasser zum Waschen auch nicht. Nur etwas Trinkwasser für jeden, der noch zum Brunnen laufen konnte. Wir sollten hier alle elendiglich und menschenunwürdig verrecken.

»Vergiss es doch, Barbara, wir sind hier alle zum Sterben hergebracht, und auch dein kleines Mädchen hat keine Chance mehr zu überleben!«

So wurde es ihr immer wieder gesagt von den Alten und Kranken, die mit ihren offenen Wunden und ihren chronischen Krankheiten vor sich hin siechten, und die meine Oma zu pflegen versuchte. Mein Opa war zu einem Arbeitseinsatz in Lazarfeld abkommandiert worden und hauste wohl immer noch in der Schule. Was musste er über seine tapfere Frau denken, die, ohne zu überlegen, mit dem Kind ins Ungewisse gefahren war?

Täglich fuhr in den frühen Morgenstunden ein Viehtransporter an den Baracken vorbei, um die Leichen aufzuladen. Aus jeder Behausung wurden die toten Menschen herausgezogen, oft nackt, denn die Lumpen, die sie angehabt hatten, konnte jemand anderer vielleicht noch gebrauchen.

Sie wurden wie totes Vieh übereinandergeworfen, bis der Wagen voll war.

Die Massengräber, die unsere alten Männer noch selber graben mussten, zogen sich bald zwischen den beiden Flüssen in kilometerlangen Reihen hin und her.

Sosehr meine liebe Oma sich auch bemühte, mich traumatisiertes und tief verletztes Kind zu beschützen, so wenig gelang es ihr.

Sie betete mit mir Tag und Nacht, und manchmal erzählte sie von früher, aus der guten alten Zeit.

Wie Lazarfeld und Siegmundsfeld, die beiden Nachbargemeinden, es zu blühendem Reichtum gebracht hatten, und wie sie und Großvater einander auf einem Kirchweihfest beim Tanz begegnet waren. Beide heitere Menschen, die gerne sangen und gastfreundlich waren, die leicht Kontakte zu anderen Menschen knüpfen konnten und die mit Gottes Segen zwei Söhne bekamen. Jakob, meinen Papa, und Onkel Hans, seinen jüngeren Bruder.

Dann erzählte die Oma mir, wie zuerst der Papa meine Mama Amalie geheiratet hatte und dann der Onkel Hans die Tante Christa. Und wie sie alle miteinander glücklich wurden. Aber an dieser Stelle war die schöne Geschichte vorbei.

Wir wenigen Kinder, denen es gelungen war, bei ihren Großeltern zu bleiben, wurden eines Tages wieder brutal von ihnen getrennt. Mehrere dunkelhäutige Männer mit Knüppeln schlugen an unsere Barackentür, rissen mich von meiner Großmutter weg und warfen mich mit anderen Kleinkindern einfach auf eine Lastwagenladefläche. Soviel wir auch schrien und unsere Ärmchen nach unseren Großeltern ausstreckten, sie rumpelten einfach mit uns über den hart gefrorenen Acker davon.

Im Kinderlager, März 1946

Das Kinderheim, in das man uns brachte, war eine ehemalige Schule, ein in einem umzäunten Hof stehendes flaches Gebäude mit gewölbtem, verzinktem Blechdach. Der frühere Turnsaal hatte große vergitterte Fenster und war fast quadratisch, in meinen Augen riesig groß. Wohin man auch schaute, es lagen unzählige Strohreihen in käfigartigen Holzverstrebungen von Wand zu Wand, in der Saalmitte war ein Quergang. Es roch muffig und schimmelig, alles war dunkel, feucht und unheimlich. Als man mich über die Schwelle zerrte, hörte ich ein monotones Summen, die höheren Töne wurden von den tiefen eingebunden.

»Oma! Wo bist du?«

Verzweifelt blickte ich mich um, doch meine liebe Oma war nicht mitgekommen. Mehrere Soldaten hatten sie ganz festgehalten, als man mich gepackt und auf den Lastwagen geschmissen hatte. Sogar die deutschen alten Bewohner der Baracke hatten sie festgehalten!

»Barbara, es hat doch keinen Zweck mehr! Die Kleine verhungert uns hier, und vielleicht geht es ihr in dem Kinderheim ein bisschen besser!«

»Ich finde dich«, hatte die Oma verzweifelt hinter mir hergeschrien. »Denk an dein Kettchen! Der liebe Gott ist immer bei dir!«

Aber das war ganz und gar nicht der Fall. Hier gab es keinen lieben Gott. Dieser Raum war einfach nur riesig, und es gab kein einziges Möbelstück mehr, wie einen Tisch oder Stuhl, oder gar ein Bett. Ich hatte schon Viehställe gesehen, und die Kälbchen bei meinen Großeltern mütterlicherseits standen gemütlicher beisammen als hier die Kinder. Außerdem durften sie bei ihren Mutterkühen sein und ab und zu bei ihnen trinken. Hier durfte man gar nichts, außer sterben.

Die anderen Kinder warfen sich einfach nur auf den ihnen zugeteilten Strohballen in den hölzernen Verschlägen hin und her oder starrten ins Leere, andere weinten bitterlich, den Kleineren lief erbärmlich die Nase. Es stank anders als in der Baracke, wo die Alten waren, aber auch zum Ersticken grauenvoll. Fast alle Kinder saßen in ihren eigenen Exkrementen, die an den Strohballen klebten oder als Durchfall bereits ins Innere des Strohlagers eingedrungen waren. Tausende von schwarzen Fliegen umkreisten uns und summten ihr Höllenlied, Tag und Nacht.

Meine Finger fest um das Kreuz gelegt, atmete ich trotz des Gestankes ein paarmal fest ein und aus. Jetzt denken meine Eltern und meine Oma an mich, und jetzt ... und jetzt ... und jetzt ...

Dieses Spiel wurde allerdings schon bald unmöglich, denn das Atmen dieser giftigen Luft glich einem geplanten Selbstmord, und der Hunger nagte an meinem kleinen Magen wie ein wildes Tier, und ich hatte keinen Tropfen Blut mehr im Leib, den ich in Energie hätte umwandeln können.

Hatten in der Schule in Lazarfeld und sogar in den Baracken noch die lieben Großeltern für uns gesorgt, so war hier weit und breit niemand, der sich meiner annahm. So weinte ich bitterlich. Und wie ich weinte! Es gab nichts zu spielen, keine Ablenkung, nichts zu essen, kaum Wasser, und außer Hunderten von verzweifelten Kindern niemanden, an den ich mich wenden konnte.

Eine deutsche Kinderschwester hastete durch die Reihen und versuchte, uns zu trösten.

Sie war selbst genauso eingesperrt und verschleppt worden wie wir! Es war ihr befohlen, uns still zu halten und für Ruhe und Ordnung zu sorgen.

Wobei von Ruhe und Ordnung keine Rede sein konnte!

Wir weinten so lange, bis wir keine Tränen und keine Kraft mehr hatten, und schon nach einigen Tagen lagen wir nur noch apathisch auf unseren Strohhaufen. Die Kinder über dreizehn wurden von den bösen Männern mit den Stöcken jedoch herausgeprügelt, weil sie arbeiten sollten!

Ich war inzwischen sechs Jahre alt, zu jung zum Arbeiten, aber doch alt genug, um zu begreifen, was uns Kindern angetan wurde. Warum waren diese Männer hier in Jugoslawien so böse auf uns? Was hatten wir ihnen getan? Ich hatte schon begriffen, dass wir Deutschen in ihrem Land wohnten, aber wir hatten ihnen doch nichts weggenommen oder kaputt gemacht! Im Gegenteil! Nirgends waren die Häuser so sauber, die Gärten so gepflegt, die

Felder so fruchtbar und die Äcker so gut bestellt wie in den deutschen Siedlungen, und wir hatten Tür an Tür mit allen anderssprachigen oder andersgläubigen Nachbarn gelebt, zusammen gefeiert, gesungen, Lebensmittel geteilt, einander eingeladen. Wir waren doch die Guten!

Nur diese langhaarigen wilden Männer mit den bösen Augen wollten das nicht glauben.

Im Kinderlager, Sommer 1946

So verbrachte ich qualvolle Monate in diesem Kinder-Sterbelager, in dem ursprünglich tausendfünfhundert deutsche Kinder unter vierzehn untergebracht waren. Später waren über die Hälfte gestorben. Die liebe deutsche Schwester, die täglich die Kinderleichen in Sacktücher einnähen und morgens durch das Fenster herausreichen musste, hatte mir zwei kleine Mädchen gebracht, die in meinem Alter waren: Rosi und Emmi, ebenfalls aus Lazarfeld. Bereits in der Schule hatten wir uns angefreundet, damals waren wir noch kindlich rund und zuversichtlich, dass dies hier alles nur ein vorübergehendes Abenteuer sein würde. Rosi war acht und Emmi knapp sechs, während ich wohl inzwischen irgendwann meinen siebten Geburtstag gehabt haben musste. Jeden Morgen, ganz früh gegen Morgengrauen, wenn wir auf unseren stinkenden und kratzenden Strohballen aufgewacht waren, hockten wir dicht aneinandergeschmiegt am vergitterten Fenster, geweckt von dem rumpelnden Geräusch des Kinderleichenwagens, der unter jedem Fenster stehen blieb. Ein großer Leiterwagen mit riesigen knirschenden Eisenrädern klapperte ganz laut über den Hof, der mit mehrfachem Stacheldraht umzäunt war. Die zwei schwarzen Kaltblüter, die ihn zogen, schnaubten mit weißem Schaum vor dem Maul und rissen vor jedem Fenster ihre Köpfe hoch, als wollten sie sagen: Und morgen holen wir dich. Der Kutscher knallte mit seiner Peitsche, und sie nickten mit ihren wuchtigen Köpfen, als würden sie verstehen, dass sie unter jedem Fenster halten mussten: Denn auch hier waren heute Nacht wieder Kinder gestorben. Wir drei kleinen Mädchen sahen jeden Morgen, wie nach jedem Anhalten nackte, tote, verhungerte Kinder darauf geschmissen wurden. Magere kleine Arme und Beine hingen zwischen den Latten hindurch, kleine Köpfe mit weit aufgerissenen Augen und Mündern fielen nach hinten. Das klatschende Geräusch von Kinderkörpern, die auf Kinderkörper geworfen wurden, brannte sich in mir ein. Wie das Vieh, das einer Epidemie zum Opfer gefallen war, so wurden die armen toten deutschen Kinder zum Massengrab gekarrt. Rosi, Emmi und ich klammerten uns aneinander und weinten leise vor uns hin. Den Kopf an die Gitterstäbe gelehnt, schauten wir diesem unvorstellbaren Grauen zu. Wir konnten nicht wegschauen. Es war das Einzige, was passierte!

Wenn der Leichenwagen weg war, begannen wir, uns gegenseitig die Läuse von den kahl geschorenen Köpfen zu klauben. Wir saßen im Schneidersitz hintereinander auf unseren verfaulten Strohballen, in denen das Ungeziefer krabbelte, und versuchten, uns Milderung zu verschaffen durch leichtes Kratzen oder Streicheln der verschorften, zerstochenen und zerbissenen Haut. Meine Ärmchen und Beinchen waren voller verkrusteter Eiterbeulen. Die Schmerzen waren oft so schlimm, dass wir sie nur noch durch Aufkratzen bis zum Blut lindern konnten.

»Anni, du hast die Krätze.« Rosi und Emmi besahen sich meine Arme und Hände mit erschreckend erwachsenem Kennerblick. »Da ist nichts mehr zu machen.«

»Muss ich jetzt sterben?«

»Ganz bestimmt.«

Von den Fingerspitzen bis zu den Ellbogen war alles voller gelblich vereitertem Ausschlag.

Hilflos fing ich an zu weinen. »Ich will zu meiner Großmutter ... bitte, lieber Gott, lass mich doch zu meiner lieben Oma, wenn ich sterben muss, dann will ich bei ihr sein ...«

Die Kinderschwester, die gerade das letzte eingenähte tote Bündel durch das Fenster gereicht hatte, wandte sich mir zu. »Oje, du Armes, das sieht aber gar nicht gut aus ... tut es weh? Ich kann dir leider gar nicht helfen, Liebes, dafür braucht es Heilsalbe oder so was, die haben wir hier nicht.«

»Ich will zu meiner Großmutter!«, flehte ich. »Dann höre ich auch sofort auf zu weinen!«

»Weißt du denn, wo deine Großmutter ist?«

»Ja!« Tapfer wischte ich die Tränen weg und nickte heftig. »Ich weiß, wo sie ist! In einer Baracke in Rudolfsgnad!«

Die Krankenschwester schluckte. »Ist sie denn schon so alt?«

»Meine Oma ist irgendwas mit fünfzig!«

»Die Oma von Anni ist nämlich mitgekommen, genau wie unsere Oma auch«, bekräftigten meine beiden Freundinnen. »Die kennen sich von Lazarfeld!«

»Warte mal, Anni.« Die Schwester legte ihre Hand auf meine Schulter. »Ich frage einfach bei der Lagerkommandantur. Mehr als Nein sagen können sie ja nicht.« Und im Davoneilen murmelte sie vor sich hin: »Die kommen mit den Kinderleichen ja gar nicht mehr hinterher ... so viele Gräber müssen erst mal geschaufelt werden ...«

Hoffnungsvoll schauten wir Mädchen uns an. »Vielleicht erlauben sie es ...?«

Wir hielten einander an den Händen und pressten die Augen zu. »Kommt, wir beten!«

Und mit dem letzten Rest Hoffnung murmelten wir unser Vaterunser, an das wir uns klammerten, weil wir sonst nichts mehr hatten. Bei »sondern erlöse uns von dem Bösen« stand die Kinderschwester Almut wieder vor uns.

»Anni, ich habe gute Nachrichten. Du darfst einmal in der Woche zu deiner Oma ins Lager Rudolfsgnad, um dir die Hände von Eiter und Kruste säubern zu lassen. Jede Woche eine Stunde.«

Ich starrte sie an. Waren das gute Nachrichten? Aber in meiner kindlichen Verzweiflung bedankte ich mich sehr bei ihr!

»Wann darf ich denn …« Schon wollte ich aufspringen, aber die Schwester drückte mich auf den Strohballen zurück.

»Heute ist Dienstag, es ist acht Uhr früh, und du darfst am Sonntagnachmittag um vier.«

»Ist das noch lange?«

»Nicht mehr so lange. Nur noch fünfmal schlafen.«

Das Lächeln, das sie mir schenkte, war so voller Trauer und Mitleid, dass ich begriff: Fünfmal schlafen war noch sehr lange.

Doch dann war es so weit: Überglücklich, meine Schmerzen kaum bemerkend, kam ich an jenem Sonntag zum ersten Mal wieder mit meiner Großmutter zusammen! Sie stand ganz grau und ausgemergelt vor dem Stacheldrahtzaun, vor den mich Schwester Almut führte.

»Aber nur eine Stunde, sonst bekomme ich persönlich Ärger!«

»Ja. Danke, Schwester Almut!«

Weinend vor Glück und Dankbarkeit fiel ich meiner geliebten Großmutter in die Arme. Wir hatten einander fast ein Jahr lang nicht mehr gesehen! Sie war so alt geworden, so schmal und so gebrechlich!

»Anni, mein Schatz, so hat der liebe Gott meine Gebete doch erhört!«

»Und meine erst!« Ich wäre am liebsten neben ihr hergehüpft über die breite, von Stacheldrahtzäunen umrahmte Schotterstraße, die vom Kinderheim zu den Baracken der Alten führte, aber ich hatte keine Kraft mehr dazu.

»Wie ist es dir ergangen, Kleines?« Großmutter hielt mich fest umschlungen, während wir uns unter den Argusaugen der

Bewacher mit Gewehren in ihren Türmen die etwa zwei Kilometer zu ihrem Lager schleppten. »Jemand hat Heilkräuter für dich gesammelt und wartet schon auf dich …«

»Jemand? Meine Mama?« Mit brennenden Augen starrte ich sie an.

»Nein, mein Herz. Deine Mama ist in Russland, das ist ganz weit weg. Aber sie denkt immer an dich und hat dich sehr lieb, das weißt du ja, nicht wahr?«

Die erste Enttäuschung verblasste sofort, als ich ahnte, wer da vor der Baracke stand und auf mich wartete: »Großvater!«

Wie gern wäre ich ihm entgegengelaufen, aber meine Beinchen trugen mich nicht mehr.

Auch Großvater war so erschreckend gealtert, dass ich erst zweimal hinschauen musste.

»Großvater, du bist ja auch hier!«

»Ja, kleine Anni, sie konnten mich nicht mehr brauchen. Zum Arbeiten war ich dann doch zu schwach.« Mein Großvater war damals Mitte fünfzig, aber vor mir stand ein weißhaariger Greis, der keine Zähne mehr hatte und sich auf einen Stock stützte.

Ihren entsetzten Blick, als sie meine von Krätze und Läusen zerfressene Haut sahen, werde ich nie vergessen. »Anni, du unser kleiner Schatz! Wir sind so froh, dass du noch lebst …«

Liebevoll betupften meine Großeltern meine Ärmchen und Hände mit kühlenden Kamilleblättern.

Eine ganze Stunde lang schmiegte ich mich vertrauensvoll an sie, sog ihren Geruch ein, obwohl er sehr herb und bitter war, und fühlte mich geborgen.

»Du bist ja schon sieben Jahre alt, und so tapfer!« Obwohl es brannte wie Feuer, ließ ich mir nichts anmerken. Durch das, was ich bis jetzt gesehen und erlebt hatte, verstand ich die Situation recht gut.

Die Stunde bei meinen geliebten Großeltern war viel zu schnell vorbei. Eilig brachte mich die Großmutter wieder zum »Kinderheim« zurück. Jedoch zog sie mich mit Verschwörermiene über die Felder, sodass wir an der rückwärtigen Seite des Gebäudes wieder ankamen.

»Warum gehen wir nicht wieder über die Straße?« Das Rennen über die Stoppelfelder mit den abgemähten kratzenden Schilfhalmen war ganz und gar nicht angenehm! Ich hatte doch schon lange keine Schuhe mehr an den Füßen!

»Mein Schatz, hier ist es kürzer, wir sind schon spät dran.«

Zu diesem Zeitpunkt wusste ich noch nicht, dass meine Großmutter mir einen Fluchtweg einprägen wollte. Stattdessen lenkte sie mich ab, mit einem von Großvater selbst verfassten Gedicht:

An der Theiß, da liegt ein Dörflein, Rudolfsgnad wird es genannt,
wo so viele Frauen und Kinder in das Lager sind verbannt.
Wir beten stündlich täglich um ein frohes Wiederseh'n.
Ist's auf Erden auch nicht möglich, werden wir uns oben seh'n.

AMALIE

Starlowo Orlobirsk, Sibirien, 1946

Hunger, Kälte, Heimweh und Sehnsucht nach meinem Kind waren zum Alltag geworden, und das Jahr 1946 neigte sich dem Ende zu. Ich wusste nicht, ob mein Kind noch lebte, ob es noch bei meinen Schwiegereltern war, ob es überhaupt noch ein Zuhause gab. Niemand von uns hatte die geringste Ahnung, denn wir hatten keinen Zugang zu Zeitungen oder Radio. Wir wussten noch nicht mal, ob der Krieg inzwischen zu Ende war, denn hier in der Hölle war immer Krieg. Unser Vorarbeiter Andrej Schiwilgo war ein ruhiger, anständiger Mann, der mit sachlicher Konsequenz unsere Arbeitsschichten begleitete. Von unserer ursprünglichen Gruppe von damals zweihundertfünfzig Frauen waren wir noch hundertsechzig, die es bis hierher überlebt hatten. Die Verhältnisse im nun dritten Winter hatten sich kaum geändert, außer dass wir inzwischen komplett abgetragene, zerrissene und durchlöcherte Arbeitsbekleidung besaßen, die vor Dreck stand. Einzig die Ernährung war inzwischen etwas aufgebessert: zu Krautsuppe und Brot kam ab und zu grober Getreidebrei dazu.

Eines Tages kam eine Kommission aus Offizieren mit einem Arzt in unser Lager.

»In Zweierreihen aufstellen, ausziehen!«, lautete das Kommando.

Viele von uns vegetierten nur noch zum Skelett abgemagert auf ihren verschmutzten Strohsäcken, von Ungeziefer zerbissen, von Ratten angenagt. Sie waren kaum noch ansprechbar, geschweige denn arbeitsfähig.

Christa und ich gehörten zu den wenigen, die immer noch jeden Tag ins Kohlebergwerk hinunterstiegen und zehn Stunden dort unten, tausend Meter unter dem Tageslicht, schufteten. Mich trieb die Sehnsucht nach meiner kleinen Anni, und Christa trieb die Sehnsucht nach Hans. Es heißt ja immer: Die Hoffnung stirbt zuletzt, und wer noch einen Funken Hoffnung hatte, war noch nicht bereit zu sterben.

Nachdem der Arzt seine Runde gemacht und alle Frauen untersucht hatte, wurden die Strohsäcke mit frischem Stroh gefüllt, und wir durften die nasskalten, schimmelnden Wände mit frischer Farbe anstreichen. Was für ein Fest war das für uns!

Gleichzeitig brachte die Kommission des Arztes uns die ersten Nachrichten nach zwei Jahren, wie es im Rest der Welt aussah.

»Der Krieg ist schon seit Mai 1945 vorbei, aber Deutschland liegt in Trümmern.«

Wir rissen uns um die paar Zeitungsfetzen, die zwar in russischer Schrift, aber mit eindeutigen Fotos versehen waren. Deutschlands Städte lagen in Schutt und Asche!

Man sah Bilder von Trümmerfrauen, die in langen Schlangen auf den Schuttbergen standen und Eimer mit Steinen weiterreichten. Manche lachten sogar dabei! Sie sahen trotz allem noch halbwegs wohlgenährt aus, im Gegensatz zu uns, die wir nur noch aus Haut und Knochen bestanden. Wussten diese deutschen Menschen überhaupt von unserer Existenz? Kümmerte es die Politiker? Interessierte sie unser Schicksal? Wer trat dort drüben für uns ein, und was war aus unserer geliebten Heimat, dem Banat geworden?

Über Wochen und Monate versuchten wir, an Informationen zu gelangen, und eines Tages erfuhren wir von einer russischen Volksarmistin, die etwas Deutsch konnte, dass wir keine Heimat mehr hatten.

»Es gibt keine einzige deutsche Siedlung mehr im Banat, alles ist unter jugoslawischer, kommunistischer Herrschaft. Wenn ihr jemals von hier freigelassen werdet, so könnt ihr nicht dahin zurück.«

»Aber wo sollen wir denn sonst hin? Wir waren doch noch nie in diesem Deutschland, das für unser aller Elend und Schicksal verantwortlich ist mit seinem Hitler und seinem Krieg!«

Ja, das konnte uns keiner sagen. Wir waren heimatlos! Es gab den Banat nicht mehr!

Noch einmal keimte entsetzliche Verzweiflung auf, und der kleine Schimmer Hoffnung, der einige von uns am Leben erhalten hatte, starb unter unseren Fingern. Wo sollte denn für uns noch eine Zukunft sein? Wo sollten wir jemals unsere Familien finden? Wo mochte meine kleine Anni sein, wenn sie denn überhaupt noch lebte?

ANNA

Rudolfsgnad, Serbien, Sommer 1946

So hatte ich, die siebenjährige Anni, mit der Krätze, jede Woche ein Ziel vor Augen: Die Oma würde verlässlich an dem Stacheldrahtzaun stehen, wohin Schwester Almut mich sonntags nachmittags um kurz vor vier Uhr brachte.

Solange ich die Krätze hatte, das hatte die Oma mir eingeprägt, würde diese Ausnahmegenehmigung ihre Geltung haben.

»Und wenn ich wieder gesund bin?«

Ahnungsvoll schaute ich meine Oma an, die wieder einmal mit mir vor ihrer Baracke saß und mir die eiternden Wunden säuberte.

»Mach dir keine Sorgen, kleine Anni. Hier wird niemand wieder gesund.«

»Aber wenn die Krätze weg ist ...?«

»Dann machen wir sie eben ganz langsam wieder weg.«

Tatsächlich wurde es allmählich immer besser mit meinem Ausschlag, und instinktiv spürte ich, dass eine endgültige Heilung auch das endgültige Aus für unsere sonntäglichen Treffen sein würde. Die Großeltern sammelten nämlich während der ganzen Woche für mich und die beiden anderen kleinen Mädchen, Rosi und Emmi, kleine Essensreste und nähten sie mir in meinen Kleidersaum ein. Die Großmutter von Rosi und Emmi lebte auch hier im Lager, und sie tauschten regelmäßig Informationen aus. Sobald es Frühjahr und das Wetter wieder besser wurde, gingen die Omas miteinander zur Feldarbeit hinaus. Dabei fanden sie junge, nahrhafte Gräser, die ihr Lageressen aufzubessern halfen. Morgens mussten alle Frauen, die noch stehen konnten, vor der Lagerleitung antreten, wo sie zur Feldarbeit eingeteilt wurden.

Der Großvater hingegen ließ sich als Tagelöhner anstellen, wann immer das möglich war. Das musste er tun, wenn er nicht vor Hunger sterben wollte. Und er wollte ja auch für Oma und mich sorgen! Morgens erschienen immer öfter arme Bauern aus den umliegenden serbischen Dörfern vor dem Lager, um sich gegen ein geringes Entgelt billige und willige Arbeitskräfte auszuleihen. Sie wählten zunächst immer nur die Kräftigsten aus, wie Opa erzählte. Zu seiner Überraschung wurde eines Tages aber auch er, der zahnlose Greis Mitte fünfzig, aufgerufen, weil er wohl immer noch besser aussah als die anderen alten Männer im Lager. Als er auf den serbischen Bauernwagen kletterte, waren dort schon acht bis zehn Männer, darunter auch ein fünfzehnjähriger und ein dreizehnjähriger Bursche aus Lazarfeld, die der Opa noch kannte. Die beiden hatten so starken Durchfall, dass der Bauer immer wieder anhalten musste. Schließlich wollte der Bauer die Jungen ins Lager zurückbringen, aber die beiden haben geweint und gebettelt, er möge sie doch mitnehmen, denn sie müssten etwas verdienen, sonst würde ihre ganze Familie verhungern. Sie hatten auch kleine Geschwister im Kinderheim! Der Serbe hatte viel Mitgefühl, so erzählte es der Opa, es gab wirklich auch liebe Menschen dort. Er ließ die beiden Jungen im Wald, wo sie sich »ausscheißen« sollten, aber auf dem Rückweg war der eine schon tot. Den anderen hat der serbische Bauer dann wieder ins Lager gebracht, wo er als Einziger nichts bei der Wache zu verheimlichen hatte. Der ist dann aber kurz darauf auch gestorben. Der Opa war zäh und unglaublich fleißig, und so hat er es geschafft, für mich und die anderen beiden Mädchen, Rosi und Emmi, pro Woche immer etwas Essbares zu organisieren. Im Sommer manchmal sogar einen verschrumpelten Apfel oder eine Mohrrübe. Das gab ihm wieder Lebenswillen. Aber er musste es heimlich tun, denn es war verboten, Lebensmittel mit ins Lager zu bringen. Die Leute sollten ja verhungern! Beim

Eingang zurück ins Lager war eine Wachstube, dort sind alle durchsucht worden, die von der Arbeit zurückkamen. Was sie draußen zu essen bekamen, sollten sie auch draußen essen. Wenn die Wächter doch etwas gefunden haben, da haben sie dem Opa und den anderen Männern sofort mit dem Gewehr auf die Köpfe geschlagen. Das dauerte jeden Abend bis zu zwei Stunden, so erzählte es der Opa. Wenn die hinten gesehen haben, dass die Vorderen durchsucht werden, so haben die Hinteren ganz schnell die Taschen leer gemacht. Die Omas standen schon bereit und haben ganz schnell ihre Tücher aufgehalten, die sie dann zusammengeknotet und in ihren Schürzen versteckt haben. Manchmal haben sie für uns heimlich Kartoffeln oder einen Kohl gekocht, und ganz selten gab es sogar mal ein Stück Fleisch. So haben die Großeltern über Monate und Jahre die Rosi, die Emmi und mich vor dem Hungertod gerettet.

Rudolfsgnad, Serbien,
an einem Sonntagnachmittag im Sommer 1946

»Hör mal, Anni, deine Wunden sind jetzt fast wieder gut, und du bist auch ein Stückchen gewachsen. Ich bin sehr stolz auf dich, du tapferes großes Mädchen!«

Meine Großmutter sah mich so kummervoll an, als wären das nicht eigentlich sehr gute Nachrichten. »Kaum zu glauben, dass du sieben Jahre alt bist.«

»Ja, ich bin schon ein großes Mädchen.« Innerlich reckte ich mich ein bisschen vor Stolz. »Und wann komme ich endlich in die Schule?«

»Das weiß nur der liebe Gott, kleine Anni.« Die Großmutter blinzelte ein paar Tränen weg. »Ich möchte, dass du mir jetzt ganz gut zuhörst, hast du mich verstanden?«

111

Ihr Griff an meinen wieder abgeheilten Arm war energischer und fester als sonst. Fast kam es mir vor, als würde sie mich sogar ein bisschen schütteln! Als ich in ihre kummervollen Augen sah, bemerkte ich mehr als die übliche Besorgnis. Darin glomm ein Funken Panik!

»Du musst mir jetzt ganz gut zuhören. Das, was ich dir jetzt sage, ist so wichtig wie dein Leben.«

»Ja …?«

»Wenn du ein Kettchen mit deinem Namen um den Hals gehängt bekommst, dann musst du unbedingt aus dem Heim weglaufen!«

Automatisch griff ich mir an das Kettchen mit dem Kreuz. »Aber ich habe doch schon ein Kettchen! Meinst du, sie schenken mir auch eines, zum Geburtstag? Dann hätte ich ja zwei! Da könnte ich doch eines der Rosi oder der Emmi schenken!«

Meinem Opa, der im Hintergrund an der Baracke lehnte, wo er irgendetwas schnitzte, entfuhr ein Schnauben.

»Die Rosi und die Emmi werden auch so ein Kettchen mit ihrem Namen und ihrem Geburtsdatum darauf bekommen.« Die Oma schüttelte mich wieder so komisch am Arm, und nachdem ich mich zu meinem Opa umgedreht hatte, um zu sehen, warum er so schnaubte, griff sie mit zwei Fingern energisch unter mein Kinn und zwang mich, sie anzusehen. »Die Serben verschleppen dich, und wir sehen uns nie mehr wieder!«

Augenblicklich begannen meine Knie zu zittern. »Oma! Nein! Bitte mach, dass sie das nicht tun! Ich will bei dir bleiben!«

»Hör zu, Anni. Du bist jetzt sieben Jahre alt und schon groß und vernünftig. Die Oma von Rosi und Emmi und wir, wir haben etwas erfahren, was sehr, sehr wichtig ist: Die Kinder, die ein Kettchen mit ihrem vollständigen Namen und Geburtsdatum um den Hals bekommen, werden am nächsten Tag mitgenommen!«

»Aber wohin denn …?« Mit Tränen in den Augen starrte ich meine Großmutter an.

»Ich kann doch meinen Namen noch gar nicht lesen! Ich weiß doch gar nicht, ob das mein Name und mein Geburtsdatum ist …«

Der Opa konnte nicht mehr an sich halten. Plötzlich brach es aus ihm heraus: »Sie bringen euch in ein anderes Kinderheim, ganz weit weg von hier, und da bleibt ihr dann so lange, bis ihr die serbische Sprache sprecht und uns vergessen habt. Danach bringen sie euch in serbische Familien, wo ihr schwer arbeiten müsst, im Haushalt und auf dem Feld. Im besten Fall integrieren sie euch später als gute jugoslawische Staatsbürger, und ihr dürft einen serbischen Bauern heiraten. So einen wie den da!« Er zeigte mit dem Arm irgendwohin, wo ein Mann mit einem armseligen Handpflug sich auf einem Acker zu schaffen machte.

Die Oma winkte ihm mit der Hand, er möge ruhig sein, und drehte mich an den Schultern zu sich herum. Sie redete ernsthaft auf mich ein: »Anni, wir sind doch jetzt schon so oft den Weg von den Baracken zurück ins Kinderheim über die Felder gelaufen.«

»Ja …?«

»Jetzt kennst du den Weg. Wir sind ihn oft gegangen. Im Winter sogar im Dunkeln, erinnerst du dich? Sobald ihr Mädchen das Kettchen um den Hals habt, müsst ihr noch in derselben Nacht weglaufen!«

»Ja, aber der Stacheldraht …?«

»Ihr müsst euch darunter hindurchgraben, ihr müsst mit euren Händen graben, so schnell und so tief ihr könnt!« Sie rüttelte mich wieder am Arm. »Alle drei müsst ihr graben, wie die Mäuschen, schnell und leise, ohne ein Wort, und ohne zu weinen! Und zwar auf der Rückseite des Gebäudes, da wo keine Wachtürme und Männer mit Hunden sind!«

»Oma, ich habe Angst!« Mein Herz schlug so heftig und laut, dass mir die Ohren dröhnten. Ich presste meine Fäuste auf die

Ohren, aber die Oma nahm mich bei der Hand. »Sag dem Opa Auf Wiedersehen.«

Der Opa drückte mich an sich, und ich sah, dass er weinte. »Leb wohl, kleine Anni!«

»Wir müssen nun zurück, Anni, unsere Stunde ist vorbei. Wenn du nicht willst, dass es unsere letzte Stunde war, dann musst du genau das tun!« Schon hatte mich die Oma gegriffen, und wir hetzten bei glühender Sommerhitze über die strohigen Felder mit den dicken Halmen. Längst spürte ich unter den nackten Fußsohlen keinen Schmerz mehr.

»Ich warte dann auf dich, egal wann du kommst, es muss nur in der Nacht sein! Aber KEIN Wort zu den anderen Kindern, hörst du, Anni? Du musst es mir versprechen! Merk dir diese Scheune, sie liegt an der Weggabelung!«

Im Anblick der alten verfallenen Scheune, an der wir sonst auch immer vorbeihetzten, sah ich ihr fest in die Augen.

»Ich verspreche es dir, Oma.«

»Das einzige Kettchen, was dir hilft, ist dieses hier.« Die Oma legte meine Finger um das Kruzifix und drückte sie ganz fest daran. »Der liebe Gott hilft dir, wenn du dir selber hilfst!«

Aus dem Tagebuch von Anna Eckardt,
geschrieben 1975 in Bad Aibling

Meine Großmutter

Das schwarze Tuch um ihren Kopf gebunden,
den Rosenkranz in ihrer Hand,
war eine Insel, wo ich Halt gefunden.
Ich seh sie heut noch, wie sie ihr Kopftuch band.
Sie liebte mich, wir spielten Mühle,
die gute Suppe kochte auf dem Herd,

ich ahnte in Geborgenheit beim Spiele
der Erde schöpferischen Wert.
Ich saß auf ihrem Schoß, voll Übermut, voll Ruhe,
sie gab mir Liebe, bot mir Festigkeit.
Ich schlüpfte gern in ihre alten Schuhe,
sie trugen mich zur Kinderzeit.
Abends oft im Schneegestöber
mit der Wetterlampe in der Hand,
kam sie zu uns und saß im Kreise der Familie,
ich seh sie noch, wie sie ihr Kopftuch band.
Sie war mir das, was ich so liebte,
ich tauchte ein in ihre Welt,
und sah durch sie die bunten Wiesen,
die Äcker und das grüne Feld.
Ich saß vor ihr und wusste mich geborgen.
Auch wenn das Zeitrad sich jetzt dreht,
so bleibt das Bild aus meinen Kindertagen.
Sie liebte mich bei Spiel und im Gebet.

Inzwischen wollte man das donauschwäbische Volk ausrotten.
Das Todeslager war voller deutscher Menschen. Was man
sonst Leben nennt, war für diese Menschen nur noch ein grau-
envolles Vegetieren. Ein langsames, elendes Verhungern. Allein
das Jahr 1946 brachte etwa 13 000 Tote auf die »Teletschka«,
wie die Serben die Rudolfsgnader Hutweide, ein mooriges Ge-
biet zwischen den Flüssen, nannten.
Ein unendlich langer und etwa zwei Meter langer Graben
wurde für die donauschwäbischen Menschen die letzte Ruhe-
stätte. Diese Massengräber sollten Mahnung und Anklage an
die Welt sein, dennoch konnte keiner etwas dagegen tun. Heu-
te ist es schon von allen vergessen.

Eines Tages ahnte ich Schreckliches. Wir wurden untersucht. Die kranken Kinder wurden weggebracht. Jedes Kind bekam ein Kettchen mit seinem vollen Namen und Geburtsdatum angehängt. Wir konnten es ja nicht einmal lesen.

Ich kann es selbst heute nach so langer Zeit nicht beschreiben, was in mir vorging, da ich diese schreckliche Zeit in meinem Innersten noch mittrage. Ich hoffe sehr, dass es mir nach diesem Buch besser geht und ich meine innere Ruhe wiederfinde. Was wird damals wohl in meinem kleinen Gehirn alles vor sich gegangen sein ...

ANNA

P sst! Rosi, Emmi! Seid ihr noch wach?«
»Ja, Anni!«

»Wir müssen heute Nacht zu unseren Omas, sonst sehen wir
sie nie wieder!«

Mit rasendem Herzklopfen rüttelte ich meine Freundinnen.
Ihre kleinen mageren Körper schossen von ihren Strohballen
hoch wie Federn, und trotz der Dunkelheit konnte ich ihre Augen
angstvoll blitzen sehen. Auch sie hatten nach dieser Kettchen-Ver-
teilung keine Minute geschlafen, so sehr hatte sich die Warnung
meiner Oma bei uns eingebrannt.

»Emmi, du darfst auf keinen Fall weinen!« Wir beiden Älteren
knieten vor dem sechsjährigen Mädchen, das sich panisch an ihre
ältere Schwester klammerte.

»Wir haben es ja schon besprochen! Sobald wir das Kettchen
haben, müssen wir weglaufen!«

»Wie sollen wir das schaffen, Anni? Draußen gehen die bösen
Männer mit den Hunden herum!«

»Wir müssen über den hinteren Flur und durch das Kellerfens-
ter nach draußen in den Hof schleichen!« Warnend legte ich den
Zeigefinger auf den Mund. »Was war das? Es hat geknackt!«

Wir lauschten in die Dunkelheit. Die mehreren Hundert Kinder, die immer noch hier in ihren Holzkäfigen vor sich hinvege-
tierten, schliefen, der ein oder andere röchelte oder schluchzte im
Schlaf. Mehr als zwei Drittel der ehemals tausendfünfhundert
Kinder waren schon weggebracht worden, entweder tot oder ster-
benskrank. Aber auf die verbliebenen etwa fünfhundert Kinder,

die dem Tod bisher getrotzt hatten, wartete das Schicksal, für immer in serbische Familien verschleppt und politisch umerzogen zu werden.

»Das waren nur Mäuse.«

Plötzlich schob sich der Mond vor eines der vergitterten Fenster und tauchte den Schlafsaal in gespenstisches Licht. Hier und da ragte ein kahl geschorener Kinderkopf aus dem Stroh, langsam gewöhnten sich meine Augen an den fahlen Schein, und gewahrten ein Gewirr aus Armen und Beinen, die sich unruhig im Schlaf bewegten und unter Albträumen zuckten.

Wir verharrten minutenlang bewegungslos, bis sich alles beruhigt hatte. Unsere Herzen klopften laut. Schwester Almut schlief am anderen Ende der großen Scheune, sie rührte sich nicht. Wollte sie nicht oder hatte sie uns tatsächlich nicht gesehen?

Ganz sacht erhob sich Rosi, nahm Emmi an die Hand, und auf Zehenspitzen schlichen die beiden Mädchen aus dem Saal. Ich wartete noch eine kleine Weile, doch als sich weder drinnen noch draußen etwas rührte, pirschte ich mit angehaltenem Atem hinter meinen kleinen Freundinnen her.

Es dauerte eine Ewigkeit, bis wir mit geballter Kraft die Hoftür geöffnet hatten, ohne dass sie in den Angeln quietschte. Unsere drei kleinen Herzen schlugen lauter als das Knarren der Tür. Die Scheinwerfer der Wachtürme erreichten diese Stelle im Hinterhof nicht.

Dann standen wir im Hof, und der gute alte Mond leuchtete.

Ganz automatisch huschte ich zu der Stelle am hohen Stacheldraht, an die meine Oma mich Sonntag für Sonntag gebracht hatte. Sie hatte mich immer wieder zu dieser Stelle geführt, bevor sie umkehrte und zu ihrem Barackenlager zurückeilte. Und diese Stelle war es nun, an der wir drei kleinen Mädchen uns hinhockten und anfingen, mit den bloßen Händen zu graben. Hatten die Oma und der Opa hier vielleicht schon etwas vorbereitet?

Es war Hochsommer, und die Erde lag hier lockerer als an anderen Stellen.

Emsig kratzten wir mit den Händchen die Erde weg. So lange, bis sich eine kleine Mulde gebildet hatte. Angst und Panik schüttelten unsere kleinen Körper.

Getrieben von dem einen Gedanken: »Ich sehe meine Großeltern nicht wieder, wenn ich hierbleibe!«, gaben wir nicht auf und buddelten um unser Leben.

»Wir müssen so lange graben, bis wir durchkriechen können!«

»Das schaffen wir nie!«

»Wir müssen!«

»Und wenn es vorher hell wird?«

»Wir müssen eben schneller graben!«

»Und wenn sie uns erwischen?«

»Daran dürfen wir gar nicht erst denken!« Angetrieben von der nackten Angst, gruben wir weiter; sechs kleine Kinderhände, im Schein des Mondlichtes, das uns mild beschien, fast als würde der liebe Gott für uns die Laterne halten.

Die Oma hatte es mir immer wieder gesagt: »Der liebe Gott ist bei dir und wird dich beschützen.«

»Emmi, versuch du es jetzt!«

Das Loch unter dem Stacheldrahtzaun war inzwischen vielleicht groß genug für ein Kaninchen.

Schluchzend quetschte sich die kleine Emmi in die Mulde, und Rosi und ich stemmten mit aller Kraft den Stacheldraht nach oben. Unsere kleinen Halsschlagadern wummerten.

»Es geht nicht, ich komm nicht durch!«

Wir schoben und traten die arme kleine Emmi wie einen sperrigen Sack, ohne Rücksicht auf Verluste, immer wieder, bis wir ihr Köpfchen durch das grässliche Eisen gedrückt hatten.

Ihr Gesicht war ganz blutig und zerkratzt.

Sie wimmerte und schluchzte, aber schließlich war sie drüben, über und über mit Dreck und Erde verschmiert. »Au, das tut weh, ich habe mich überall aufgeratscht!«

»Still, Emmi, du musst weitergraben! Du von drüben und wir von hier!«

Wieder buddelten wir und vergrößerten so das Loch, bis schließlich Rosi meinte: »So, jetzt du, Anni.«

Mit aller Kraft stemmte sie das sperrige Stacheldrahtgitter hoch, und ich zwängte mich bäuchlings hindurch. Die Nase und die Augen in feuchter Erde, so musste es sich also anfühlen, begraben zu sein! Die spitzen Eisen bohrten sich in meinen Hinterkopf und Nacken, aber die Angst trieb mich weiter. Schließlich war ich drüben und richtete mich zitternd auf. Mit vereinten Kräften hoben Emmi und ich schließlich von der anderen Seite den Maschendraht hoch, sodass auch noch die Älteste von uns, die achtjährige Rosi, die vielleicht zweihundert Gramm mehr wog als wir, hindurchkriechen konnte.

Auf der anderen Seite des Stacheldrahtes fielen wir uns um den Hals, dann ließen wir uns kraftlos auf den Boden fallen. Wir waren über und über mit blutigen Striemen bedeckt und von Dreck verkrustet, Augen, Nase und Mund voller schwarzer Erde, aber wir waren jenseits des Zauns! Das hatte vor uns noch niemand geschafft! Drei kleine Mädchen hatten dem grausamen serbischen Regime getrotzt!

Wir weinten leise und zitterten vor Angst. Auf der anderen Seite des Gebäudes hörten wir Hunde bellen. Ob sie Witterung von uns aufgenommen hatten?

»Los! Wir müssen weg hier!«

Wir nahmen die Kleine in die Mitte, fassten uns an den Händen und liefen im Mondschein über die Felder in Richtung des Lagers.

Der Weg war mir bekannt. Die Oma war ihn wieder und wieder mit mir gelaufen!

Da vorn stand der einsame Schuppen, an dem sie mich verabschiedet hatte. Das war die Weggabelung, hier mussten wir nach links!

Der Mond zeigte uns den Weg. Wir liefen so lange, bis das Kinderheim aus unseren Blicken verschwunden war. Jetzt erst legten wir eine Pause ein. An die morsche Schuppenwand gelehnt, saßen wir keuchend auf dem Stoppelfeld.

»Wohin jetzt?«

Die beiden anderen Mädchen waren ja noch nie draußen gewesen; meine Krätze hatte mir als Einziger diese Freiheit eingebracht.

»Ich weiß, wo die Oma ist, und die weiß, wo eure Oma ist!«

Nachdem wir uns etwas erholt hatten, rappelten wir uns wieder auf. Jetzt mussten wir nicht mehr rennen, im Gegenteil, wir wollten nicht die Wärter des Lagers auf uns aufmerksam machen! So pirschten wir uns langsam heran an das Lager Rudolfsgnad.

»Der Opa hat gesagt, wir sollen nicht an den Haupteingang gehen, da werden die Leute kontrolliert!«

Also schlichen wir uns um den großen Zaun herum und an die hinteren Lagerhäuser. Elende Baracken mit kaputten Fenstern rosteten dort in der Einöde vor sich hin. Rosi als die Größte von uns spähte hinein. Inzwischen stahl sich schon das erste Morgenrot am Horizont herauf.

»Da liegen ein paar alte Männer, aber die sind vielleicht tot.«

»Klopf ganz leise an die Scheibe!«

Mit den Fingerspitzen kratzte Rosi über den Rost, und dieses ungewohnte Geräusch schien die Männer zu wecken.

»Kinder! Es sind Kinder!«, rief einer.

Die Holztür öffnete sich knarrend, und ein zahnloser magerer Greis kroch uns entgegen.

»Wer seid ihr denn, um Himmels willen?«

»Wir gehören zur Barbara Pfeiffer, das ist meine Oma!«

»Könnt ihr das glauben? Es gibt doch noch einen Gott! Geh, lauf und hol die Pfeifferin!«

Ein größerer Junge, der bis jetzt wie ein Stein geschlafen hatte, wurde wach gerüttelt.

»Aber schnell und unauffällig, die Kinder dürfen nicht gesehen werden! Und du hast sie auch nicht gesehen, hast du verstanden?« Der Junge sprang auf und rannte zwischen den Baracken davon.

Hastig wurden wir in die Elendshütte auf ein Lager gezogen, und jemand warf uns eine alte Pferdedecke über.

Keine fünf Minuten später standen unsere Omas vor der Hütte! Sie hatten kaum noch Kraft zu weinen. Überwältigt sanken sie auf das schmutzige Strohlager und schlossen uns fest in die Arme.

»Gott sei Dank! Das habt ihr großartig gemacht!«

»Was seid ihr für tapfere kleine Mädchen!«

»Aber sie dürfen hier im Lager nicht gefunden werden!« Der bärtige Alte kratzte sich am Kopf. »Wenn die Serben im Kinderheim bemerken, dass sie fehlen, werden sie hier als Erstes nach ihnen suchen, und dann gnade uns Gott!«

»Sollte jemand nach uns fragen, ihr habt mich nicht gesehen und die Kinder auch nicht.«

Mit diesen Worten nahm die andere Großmutter die beiden Mädchen an die Hand und verschwand mit ihnen um ein paar Häuserecken. Ich sollte sie nie wiedersehen.

»Anni, wir müssen auch von hier verschwinden!«

Meine Oma nahm mich an die Hand und zog mich hinter sich her, in eine Richtung, die ich noch nicht kannte.

»Gehen wir denn nicht zur Scheune?«

»Da werden sie als Erstes nach uns suchen!«

Die Großmutter zog sich ihr Kopftuch tiefer ins Gesicht und lief, so schnell sie konnte, und ich hastete neben ihr her, heilfroh, ihre Hand wieder halten zu dürfen.

»Ich weiß in der Nähe einen Pferdestall, da hat der Opa mal

ausmisten geholfen, kannst du noch laufen? Es sind ungefähr noch zwei Kilometer!«

Ich war so selig, meine Oma wiederzuhaben, dass ich mit ihr bis ans Ende der Welt gelaufen wäre. Auch wenn jeder Schritt schmerzte, ich biss die Zähne zusammen und rannte um mein Leben.

Und bevor es richtig hell war, hatten wir den verlassenen alten Pferdestall erreicht.

Wir schlüpften zwischen zwei morschen Zaunlatten hindurch und krochen unter die Futterkrippe. »Hier kannst du dich ausruhen, Anni. Wir müssen mucksmäuschenstill sein, denn sie werden jetzt ganz sicher nach uns suchen!«

Zwei ganze Tage und eine Nacht blieben wir dort und rührten uns nicht. Nur eine kleine Flasche Wasser hatte die Oma mitgenommen. Wir hatten keinen Bissen zu essen.

Ich musste wohl tief und fest geschlafen haben, in den Armen meiner Großmutter, unter der Futterkrippe. Die Erschöpfung hatte mich überwältigt.

Am Abend des zweiten Tages, nachdem alles ruhig geblieben war, wagten wir uns aus dem Versteck heraus und pirschten uns vorsichtig wieder an das Lager heran.

Aus dem Tagebuch von Anna Eckardt

Endlos war der Schmerz. Großmutter, mich fest in den Armen haltend und weinend, und ich hörten, was geschah. Fünfhundert noch transportfähigen Kindern brachte dieser erste Juli 1946 Schrecken und Leid in die Kinderherzen. Unvergesslich, so berichteten Augenzeugen, war das Weinen und Schluchzen dieser armen Wesen, die im Schmerz den Namen eines ihrer Lieben riefen, denen sie nun endgültig und unbarmherzig entrissen wurden.

Auf Befehl eines Partisanenkommandos wurden diese Kinder in verschiedenen Orten bei serbischen Familien untergebracht. Als nun dies alles geschehen war: Keiner stand irgendwo auf einer Liste, niemand wurde registriert, es kümmerte sich kein Mensch, wer noch zurückblieb. In der Eile wurde ein Junge unter dem Bett gefunden, der sich dorthin aus Angst verkroch und schließlich glücklich in die Arme seiner Großmutter fiel. Denn am frühen Morgen, als alle Lagerinsassen von den grausamen Geschehnissen hörten, liefen verzweifelte Großmütter hinüber ins Heim und suchten ihre Enkelkinder. Doch die waren alle schon weg.

Erst viel später wurden nur noch wenige von diesen Kindern durch das Rote Kreuz zu ihren Eltern zurückgebracht. Nur wenige wussten noch ihren richtigen Namen. Wer das Kettchen nicht mehr hatte, war verloren.

Rudolfsgnad, Herbst 1946

»Oma, wo sind die anderen Kinder, Rosi und Emmi?«

»Ich weiß es nicht, mein Schatz. Ihre Oma ist mit ihnen weggelaufen, und wir können nur beten, dass sie liebe Menschen gefunden haben, die sie bei sich aufgenommen haben.«

Ins Lager waren sie nämlich nicht zurückgekehrt. Wie unwahrscheinlich das war, sagte mir meine liebe Oma natürlich nicht. Viel wahrscheinlicher war es, dass sie aufgegriffen worden waren, denn wie überlebt man mit zwei Kindern eine Flucht in der Fremde, ohne die Sprache zu sprechen, als gehetzte Deutsche, die auf der Abschussliste steht?

Mein Opa konnte zum Glück recht gut Serbisch. In seiner Gaststätte in Lazarfeld hatten schon immer Serben verkehrt, und er hatte einen freundschaftlichen Umgang mit ihnen gepflegt. Er konnte sogar Witze auf Serbisch erzählen, und das brachte ihm bei seinen Gelegenheitsarbeiten sogar Sympathien ein. Bis jetzt wurde er immer wieder für Tagelöhner-Arbeiten ausgesucht, und weil er so fleißig war, brachte er fast jeden Abend etwas Essbares für uns mit. Er musste es nur am Eingang an besagter Kontrolle vorbeischmuggeln, aber da waren meine Großeltern schon ein eingespieltes Team.

Die anderen alten Leute, mit denen meine Großeltern die Baracke teilten, kümmerte es wenig, ob da noch ein kleines Mädchen mitaß. Die meisten reagierten gar nicht mehr auf mich, sondern starrten nur noch aus leeren Augen vor sich hin. Ich sah vielen über Tage und Wochen beim Sterben zu.

Die liebe Oma und ich pflückten jedes junge Gras, das zwischen den Steinen hervorschaute, und machten, wie die anderen Lagerinsassen, irgendeine Suppe daraus. Ich kaute oft, von Hunger geplagt, auf Blättern herum. Mit ein wenig Maismehl, das wir auf einem Stein mahlen konnten, bereitete Großmutter unsere Mahlzeiten vor.

»Hier, Anni, das kannst du auch noch verwerten.« Oma legte mir gerade etwas Undefinierbares hin, das irgendwie noch krabbelte. Aber längst war ich daran gewöhnt, alles zu essen, was auch Tiere aßen.

»Schau, da kommt der Opa zurück! Vielleicht hat er ja noch eine Kartoffel für uns …?«

»Das auch, sogar zwei, und eine interessante Nachricht vom Nachbarlager!« Der Opa schüttete seine Habseligkeiten in Omas Schürze.

Neugierig richtete ich mich auf. Oma nahm die kleinen, halb verfaulten Kartoffeln entgegen und rieb sie an ihrer Schürze sauber, bevor sie sie mitsamt Schale in die Wassersuppe warf.

»Was für eine Nachricht, Wilhelm?«

Der Opa flüsterte etwas mit der Oma, und ich sah, dass er mich dabei heimlich anschaute.

»Ach, wirklich? Seit wann denn?« Die Oma sah mich besorgt an.

»Sollen wir es ihr sagen?«

»In welchem Zustand sind sie denn?«

Opas Blick sprach Bände. »Ihr solltet sie einfach besuchen!«

Von wem war denn nur die Rede? Ratlos schaute ich von einem zum anderen. Irgendwie ging es ja wohl um mich.

Die Großeltern setzten sich auf die morsche Holzbank ohne Lehne, die vor unserer Baracke stand, und nahmen mich zwischen sich auf den Schoß.

»Weißt du, Anni, der Opa hat erfahren, dass deine anderen Großeltern auch hier sind. In einem anderen Lager, nicht weit von unserem.«

Zuerst wusste ich gar nicht, von wem die Rede war. Die Eltern meiner Mutter hatte ich seit Jahren nicht mehr gesehen.

»Möchtest du sie noch einmal treffen?«

Schüchtern nickte ich. Ich hatte keine Ahnung, was da auf mich zukommen würde.

Immer war mein Kontakt zu den Eltern meines Vaters viel enger gewesen als zu denen meiner Mutter. Das lag einmal daran, dass wir unter einem Dach gelebt hatten, als sie noch die Gastwirtschaft hatten, und natürlich, dass sie viel jünger waren und viel mehr Zeit mit mir verbrachten. Zum anderen hatte meine Mutter wohl selbst keine schöne Kindheit gehabt und war mehr oder weniger vor ihren Eltern geflüchtet, als sie meinen Vater mit zweiundzwanzig Jahren heiratete. Obwohl sie in der Wirtschaft viel mithelfen musste, war sie aber im Kreis dieser Familie aufgeblüht und hatte ihre Arbeit gern getan. Wenn auch nur wenige Jahre.

Am nächsten Morgen wagten wir uns zum ersten Mal seit meiner Flucht wieder auf die Straße. Der Kindertransport war schon lange weg, und niemand suchte mehr nach mir.

Hand in Hand wanderten die Oma und ich, inzwischen sehr geschwächt, zwischen den Barackensiedlungen umher, auf der Suche nach meiner anderen Oma.

Schließlich hatten wir sie gefunden. Sie war in einem Frauenlager untergebracht, wie uns eine hilfsbereite alte Frau erklärte. »Männer und Frauen, die später angekommen sind, wurden getrennt.«

Aus der dunklen Baracke, die wir zögerlich betraten, kam uns fürchterlicher Gestank entgegen. Wir hatten uns ja schon lange an menschliche Ausdünstungen hungernder und verwahrloster Menschen gewöhnt, aber dieser Geruch war selbst mir fremd. So roch der Verfaulungsprozess.

Nachdem sich unsere Augen an die Dunkelheit gewöhnt hatten, gewahrten wir ein kaum noch atmendes Bündel Mensch, das dort in der Ecke am Boden lag. Es versuchte, seinen Arm zu heben, war aber zu kraftlos dazu.

Das konnte doch nicht meine Großmutter sein?

Aus dem Tagebuch von Anna Eckardt

Meine Großmutter lag bis zum Skelett abgemagert da, sie schaute uns mit flehenden Augen an. »Lasst mich sterben«, flüsterte sie leise. Wir konnten nicht helfen. Kaum selbst Kraft zum Weinen, sprach die Mutter meines Vaters meiner anderen Großmutter gut zu. Es selbst für unglaublich haltend, gab sie ihr Mut, doch noch Lebenswillen zu haben! Wir wussten, es dauert nicht mehr lange, denn der Tod war Erlösung und Friede für sie. Fünf Tage lag Großmutter im Sterben, und sie kämpfte verzweifelt mit dem Tod. Endlich, so furchtbar es klingen mag, konnte meine Großmutter sterben. In eine Decke eingenäht wurde sie, wie so viele Tausend auf einen Wagen gelegt und zu dem Massengrab gefahren. Für den Vater meiner

Mutter, der im ganzen Dorf als stolzer Landwirt und fleißiger Mann bekannt war, das Schicksal nun auch ihn traf nun doch zu groß und er resignieren musste. Als wir ihn ein paar Tage nach Großmutters Tod besuchten, saß er jämmerlich bekleidet an einem Strohhaufen. Er sagte kein Wort, weinte erst mal leise vor sich hin. Großvater richtete sich mühselig auf und sagte: »So ist aus dem stolzen Volk, das einst durch Fleiß und Können alles geschaffen hatte, was man Freude, Glück und Zufriedenheit nannte, ein Volk geworden, das von Läusen, Wanzen und Flöhen, und vor allem dem Hunger heimgesucht wird. Man will das donauschwäbische Volk ausrotten. Das wird niemandem gelingen. Wenn man fragt, warum, kann uns keiner eine Antwort darauf geben, wofür das alles geschieht. Es wird keiner jemals die Erklärung dafür finden, dass Zehntausende donauschwäbische Menschen die Hölle auf Erden erleben müssen.«

Rudolfsgnad, Herbst 1946

»Jakob, Kopf hoch«, sprach meine Großmutter ihm Mut zu. »Schau, gegen den Hunger haben wir dir etwas Polenta aus Maismehl mitgebracht!«

Der Vater meiner Mutter, der schon ein ganz alter Mann war, versuchte, sich aufzurichten, sank dann aber wieder in sich zusammen.

»Mein Magen schafft das nicht mehr!«

»Ach bitte, versuch es doch, nur einen kleinen Happen! Schau, das Kind ist doch dabei, du darfst dich nicht aufgeben!« Großmutter kniete bereits vor ihm und packte ihre kleine Blechschüssel, eingewickelt in ein Taschentuch, mitsamt einem Holzlöffel aus der Schürzentasche.

»Ich kann nicht.« Der Großvater rückte ein Stück zur Seite, und nun konnte auch ich sehen, dass er in einer schwarzen Lache von flüssigem Durchfall lag, die durch seine Kleidung gesickert war. »Was ich oben reinstecke, rinnt unten sofort wieder raus.«

»Probiere es, um des Kindes willen!« Großmutter fütterte ihn wie ein Vögelchen, und der zahnlose alte Mann sperrte artig den Mund auf. Mit fasziniertem Grauen beobachtete ich ihn dabei, wie er kurz das Gesicht zu einem seligen Lächeln verzog, als er zum ersten Mal seit Tagen wieder etwas Essbares auf der ausgedörrten Zunge schmeckte.

»Man merkt dir die Gaststube immer noch an«, versuchte er ein Kompliment, doch in dem Moment krümmte er sich schon unter Krämpfen. »Mein Magen ist schon zu sehr ausgehungert.« Er unterdrückte ein Schluchzen. »Ach Gott, ich werde auch bald sterben…« Damit spuckte er den Bissen wieder aus.

»Aber Jakob!« Meine Oma strich ihm über die wächsern kalte Stirn. »So darfst du nicht reden! Wir wollen doch unser Enkelkind noch ihrer Mutter überbringen! Nun ist sie schon zwei Jahre weg, und fast die Hälfte ihrer Zwangsarbeitszeit ist schon vorbei.«

Doch der Großvater schloss nur die Augen wie ein kranker Vogel und sank zitternd in sich zusammen. Auf weitere Ansprache reagierte er nicht mehr.

Bevor wir das Essen bei ihm stehen ließen, packten wir es wieder ein. Denn mein Hunger war so groß, dass ich sogar den Bissen, den der Opa schon im Mund gehabt hatte, noch gegessen hätte.

»Nein, Kind, lass das, rühr das nicht an, die heimtückische Ruhr ist hoch ansteckend!«

Erschrocken riss mich die Oma zurück. »Wir müssen gleich versuchen, uns irgendwo die Hände zu waschen!«

»Kind, lass dich noch einmal in die Arme nehmen…« Der Großvater hob zitternd die Hand. Und obwohl die Oma mich davor gewarnt hatte, schmiegte ich mich noch einmal an ihn. Ich war doch sein einziges Enkelkind! Er tat mir so schrecklich leid! Leise weinend drückte ich dem alten, bis zum Skelett abgemagerten Großvater, den ich als stolzen Landwirt in Erinnerung hatte, noch ein Küsschen auf die stoppelig eingefallene, schon ganz kalte Wange.

Mein Großvater nahm mich in die Arme und wollte mich trösten, aber er selbst ahnte wohl am besten, es würde nicht mehr allzu lange bei ihm dauern.

»Mach dir keine Sorgen, kleine Anni. Ich werde bald von den Qualen dieser grausamen Welt erlöst sein, und wenn ich im Himmel bin, dann schicke ich dir einen Schutzengel.«

»Ich hab dich lieb, Großvater«, war alles, was mir zur Antwort einfiel.

»Gott segne dich, mein Kind...«, hauchte er mit letzter Kraft, und dann fiel er kraftlos auf sein Sterbelager zurück.

»Komm, Anni.« Meine Oma zog mich endgültig von ihm weg. Wir weinten beide, als wir Hand in Hand zurück in unsere armselige Behausung gingen. In meiner kleinen Hand hatte ich das Blechgeschirr an mich gepresst und fühlte mich schrecklich elend bei der Vorstellung, gleich das Essen meines Großvaters aufzuessen. Besonders, weil mir bereits auf dem Weg das Wasser im Munde zusammenlief.

Gleich am nächsten Morgen brachten Bewohner der Männerbaracken vom anderen Lager meinen Großeltern die Nachricht, dass der Großvater in der Nacht an der Ruhr verstorben sei. Er habe nicht mehr lange leiden müssen, nach unserem Abschied sei er nicht mehr aufgewacht.

»Ihr solltet nicht noch mal hingehen, er war hoch ansteckend«, warnten sie uns.

Doch Großmutter sprang schon auf, obwohl sie selbst nur noch achtundvierzig Kilo wog.

»Ich werde nicht zulassen, dass sie den Jakob nackt auf den Leichenwagen werfen. Er soll in eine Decke eingenäht werden, diese letzte Würde schulde ich ihm.«

Und so raffte sie noch die letzte Decke, die sie schon mit meinem Opa teilte, an sich, nahm Nadel und Faden und eilte noch einmal zu meinem toten Großvater.

Der Opa blieb bei mir.

»Wir müssen jetzt ganz stark aufpassen, dass wir nicht auch an der Ruhr erkranken.«

Weinend und schockiert saß ich auf seinem Schoß. »Ihr dürft nicht auch noch sterben, was wird denn dann aus mir?«

»Wir lassen dich nicht im Stich, Anni, das haben wir deiner Mutter versprochen.«

Und nachdem die Oma, schmal wie ein Strich, mit zusammengepressten Lippen wieder zurückgekommen war, raffte sich der Opa auf.

»Ich werde mich heute Nacht aus dem Lager schleichen, um im nächstgelegenen Dorf betteln zu gehen.«

»Aber das ist strengstens verboten, Wilhelm!«

»Barbara, wir haben der Amalie versprochen, dass wir ihr das Kind heil wieder überbringen!«

»Wenn sie dich erwischen, schlagen sie dich tot!«

»Es gibt nur zwei Möglichkeiten, Barbara: uns aufgeben und sterben, oder für Anni leben.«

»So sei es.« Die Oma sank auf das hölzerne Bänkchen und zog mich an sich. »Für Anni werden wir kämpfen bis zum letzten Atemzug. Wir haben es Amalie versprochen.«

BETTELGÄNGE – DER GEFAHR ZUM TROTZ

Auszug aus dem Leidensweg eines Deutschen im kommunistischen Jugoslawien. Donauschwäbische Kulturstiftung (Hg.) Band III.- München/Sindelfingen 1995. S.736-738

In keinem der Lager war die Verpflegung ausreichend, um einen Menschen auf Dauer am Leben zu erhalten. Die Tendenz zur Ausrottung durch Hunger war klar und unverkennbar. Viele Lagerinsassen konnten sich nur vor dem Hungertod retten, indem sie die Möglichkeit erhielten, außerhalb des Lagers zu arbeiten, wo sie an Essbares herankommen konnten. Dies war in Rudolfsgnad besonders wichtig für die Zeit, in der jede Lebensmittelzufuhr strengstens verboten war. Während der Arbeiten auf den Maisfeldern wurde der Mais, um den Hunger etwas zu stillen, roh gegessen. Der Hunger trieb auch so manchen Lagerinsassen trotz Verbots aus dem Lager hinaus, um Lebensmittel zu erbetteln.

Ein Heiminsasse berichtet, dass im Winter 1946 das Essen immer weniger wurde und auch die Kälte unerträglich war, weil kein Heizmaterial zugeteilt wurde. In der Not verbrannten sie alles, was brennbar war. Zunächst kamen die Zäune dran. Als das Essen dann roh verteilt wurde, mussten sie das Brennmaterial gar sehr einteilen, um überhaupt etwas kochen zu können. Es ließ ihm keine Ruhe, er musste für seine Frau und seine Enkelin, die immer schwächer wurde, etwas besorgen, denn er hatte große Angst, dass sie nacheinander sterben würden. Doch wer von dem Posten erwischt wurde, kam selten mit dem Leben davon. Waren es mehrere Menschen, so wurden sie gefangen genommen und in den Keller – den Bunker gesperrt, wo sie fast nichts zu essen, dafür aber umso mehr Prügel bekamen, besonders mit dem Gewehrkolben. Dabei holten sich manche den Tod.

Aus dem Lager hinauszukommen, gelang den Lagerinsassen nur nachts bei Dunkelheit. Tagsüber hielten sich die Leute in den Nachbardörfern bei Andersnationalen auf, um zu betteln oder, wenn jemand noch etwas Wertvolles besaß, dies umzutauschen. Jeder von ihnen wusste nur zu gut, welcher Gefahr er sich aussetzte, wenn er wieder einmal versuchen sollte, aus dem Lager zu kommen. Doch der Hunger tut weh. Und wenn man kein Salz hat, ist er besonders schlimm zu ertragen. Für alte Menschen und Kinder gab es außer diesem Schrot nichts mehr, denn der Kommandant hatte sich vorgenommen, sie alle in ganz kurzer Zeit verhungern zu lassen.

Nachdem sie mehrere Tage nichts zu essen bekommen hatten, starben so viele Menschen, dass es für die anderen viel Platz gab. Was sich in dieser Zeit in Rudolfsgnad abspielte, ist kaum zu glauben oder zu verstehen. Es herrschte Hungertyphus. Menschen wurden blind oder wahnsinnig vor Hunger, oder sie legten sich auf

ihr Lager, dösten einige Tage dahin, bis sie
für immer einschliefen.

Am schlimmsten waren diejenigen dran, die vor
Hunger wahnsinnig wurden. Sie schrien Tag und
Nacht auf ihrem Lager, andere fanden nicht mehr
heim und starben auf der Straße. Was Menschen
alles essen, wenn sie Hunger haben, ist unvorstellbar. Herumstreunende Hunde und Katzen
wurden abgeschlachtet und mit Heißhunger gegessen. Aus ihrem Teillager waren zwei Männer
beauftragt, für alle das Essen zu holen. Täglich gingen sie mit ihrem Wägelchen zur Küche.
Noch bevor diese Menschen weggingen, standen
die Leute schon vor dem Haus und warteten, bis
sie zurückkehrten. Jedes Mal hofften sie, Essen zu bekommen, die Essenholer kamen aber einen Tag nach dem anderen, ohne etwas mitzubrin-
gen. Manchmal kamen sie drei, vier, fünf und
sechs Tage nacheinander und sagten, dass sie
kein Essen bekommen hätten. Das waren dann Augenblicke, wo sich jeder, der nur einigermaßen
konnte, sagte: Du musst jetzt hinaus, um etwas
zu erbetteln, denn sonst gehen alle zugrunde.

Als er eines Tages einen Wintermantel von
einem Mann bekam, der verstorben war, reinigte er ihn von dem Ungeziefer, um ihn gegen
Lebensmittel einzutauschen. Am Heiligen Abend
des Jahres 1946 schlich er sich dann in der
Dunkelheit aus dem Lager hinaus und begab sich
in das Nachbardorf. Als gleich am Eingang des
Dorfes ein Serbe aus einem Haus herauskam,

hielt er sofort den Mantel hin. Der Serbe nahm den Mantel an sich und sagte: »Komm schnell mit!« In seinem Haus gab er ihm Kartoffeln, Zwiebeln, ein Stück Speck und auch Maismehl, aber ein viel besseres als das im Lager in geringen Mengen verabreichte, das mit den Kolben gemahlen wurde und daher rau wie Spreu und kaum genießbar war. Als es ihm dann auch noch gelang, in der Dunkelheit unbemerkt an den Wachen vorbei in das Lager zurückzukehren, war die Freude bei seinen Lieben riesengroß über das, was er mitgebracht hatte.

Am allerschlimmsten in dieser Zeit war es aber für die Kinder, die noch nicht begreifen konnten, was in der Welt vor sich ging und warum ihre Großeltern ihnen nichts zu essen gaben, und sie daher Tag und Nacht vor Hunger weinen mussten.

Der nächste Bettelgang endete allerdings verhängnisvoll. Gerade als er zurück ins Lager wollte, krachte unmittelbar neben ihm ein Schuss, und er hörte ein gebelltes: »Stehen bleiben!« Er hatte große Angst, dass jetzt sein letzter Atemzug aus ihm herausgeprügelt würde, doch er wurde sofort weitergetrieben zu einem Platz, wo sich bereits mehrere Frauen befanden. Nach einer Weile fragten die Partisanenposten, welche der Frauen bereit seien, mit ihnen zu schlafen, diese dürften dann wieder unbehelligt in das Lager zurückkehren. Es war einer der schönsten Augenblicke seines Lebens, als er sah, dass sich keine Einzige der Frauen auf diesen Vorschlag einließ.

Der deutsche Abgeordnete Dr. Wilhelm Neuner, der meinem Großvater persönlich bekannt war, fühlte sich für das Schicksal seiner Leidensgenossen verantwortlich. Er verlangte schriftlich in Rudolfsgnad in der Verwaltung, dass dem ständigen Morden und systematischen Verhungern Einhalt geboten werde!

»Es kann nicht sein, dass das neue Jugoslawien das Recht erhalten hat, mit seinen Deutschen so unmenschlich grausam zu verfahren! Man hat verkündet, wir seien vogelfrei«, schrieb er auf seinen Beschwerdebrief. »Doch wir sind Menschen wie sie auch, und nicht verantwortlich für Hitlers Taten und die seiner Nazischergen! Wir beziehen uns auf die internationalen Menschenrechte und das Abkommen in Jalta! Aussiedlung heißt nicht Ausrottung!«

Dr. Neuner wurde am 8. August 1946 abgeholt, und nach kurzem Verhör in Anwesenheit der Lagerverwaltung wurde sein Todesurteil verkündet.

Es sollte nicht durch Erschießen, sondern in der Weise vollzogen werden, dass Dr. Neuner so lange in einen Keller gesperrt wurde ohne Wasser und Nahrung, bis er verhungert war. Er sollte, so die Begründung des Urteils, genau das Schicksal erleiden, das er unrechtmäßigerweise angeprangert und öffentlich gemacht hatte.

Dr. Neuner wurde nach elf Tagen im Keller, die er auf unfassbar tapfere Weise überlebte, in das Gefängnis OZNA nach Belgrad gebracht. Von dort ist er spurlos verschwunden.

Das Gefühl der Hilflosigkeit, der Willkür und Grausamkeit der Serben ausgeliefert zu sein, lastete schwer auf den Lagerinsassen, besonders nachdem der mutige und kluge Dr. Neuner nicht mehr unter ihnen weilte.

Nach diesem Vorfall trieb es viele Menschen in die Donau.

Meine Großeltern jedoch sagten: »Wir halten durch. Wir haben es Amalie versprochen. Gott hat uns das Leben gegeben, und Gott wird es uns wieder nehmen.«

Und so ging mein Großvater weiter unter Lebensgefahr nachts heimlich betteln.

Aus dem Tagebuch von Anna Eckardt, 1947

Ein langer und ungewisser Tag folgte der kommenden Nacht. Endlich hörten wir seine Schritte, und Großvater stand erschöpft, aber voll bepackt mit Lebensmitteln da. Es kam uns vor wie ein Geschenk des Himmels. Wir teilten etwas an die Zimmermitbewohner aus. Wir lebten ja mit 15 Menschen in einem Raum von etwa zweiundzwanzig Quadratmetern. Die restlichen Lebensmittel teilten wir auf, damit wir mehrere Tage oder vielleicht sogar Wochen davon leben können würden. Wir mussten ja wenig essen, denn; einen so ausgehungerten Magen zu füllen, wäre unser Tod gewesen. Großvater ging nun öfter in die Dörfer betteln. Er konnte gut Serbisch, und die Leute mochten ihn. Eines Tages sagte auch er, es geht nicht mehr. Sollte es hier nicht besser werden, müssen auch wir verhungern. Er hatte die letzten Monate viele Kilometer zurückgelegt und hatte keine Nägel mehr an den Zehen. Er zeigte uns seine Füße. Wir weinten alle drei. Großvater tat uns unendlich leid, und mag nun kommen, was kommt: Wir bleiben zusammen.
Ende 1947 war das größte Elend überstanden. Etwa 6000 Menschen lebten noch. Es gab von einer Großküche, die errichtet wurde, jeden Tag eine Mahlzeit. Mit Wasser in einem Kessel wurden Erbsen gekocht, darin sah es ganz schwarz aus vor lauter kleinen Fliegen. Es machte uns nichts aus. Vom Hunger geplagt, schöpften wir das Ungeziefer, ohne zu murren, ab und aßen die Suppe. Von Tag zu Tag wurde das Essen besser, und es war wieder etwas Hoffnung in den Menschen.
Viele, die ihre Lieben verloren hatten, sprachen einander Mut zu.

Im Januar 1948 hieß es, wir kommen alle in ein anderes Lager. Es seien schon Baracken in einem Ried, den man »Jabutschki Ried« nannte, aufgestellt, und dorthin werden die Menschen gebracht. Es ist etwa fünfundvierzig Kilometer östlich von Belgrad entfernt, und es wird uns dort besser gehen.

Es wurde wahr. Diesen Tag vergesse ich wohl nie, denn es war das Überleben und Weiterleben nach einer grauenvollen Vergangenheit, die man versuchte zu vergessen. Die Menschen lebten auf, und es gab nur noch ein Vorwärtsstreben.

Im Mai 1948 wurden wir, wieder unter serbischer Bewachung, in den Jabutschki Ried gebracht. Baracken, die dort schon bereitstanden, wurden notdürftig mit Betten ausgestattet. Die zusammengenagelten Bretter, jeweils in langen Reihen, wurden mit Strohsäcken ausgestattet wie Etagen-Betten. Jeder bekam seinen Schlafplatz, der sogleich der Wohnplatz sein sollte. Man hörte von diesen deutschen Menschen kein Jammern oder Klagen. Jeder zufrieden und heilfroh, der Rudolfsgnader Hölle entkommen zu sein.

Auf seinem Holzbett sitzend, verfasste der Großvater folgendes Gedicht:

Du kannst die Heimat tausendmal verlassen
und kehrst doch immer nur zu ihr zurück.
Sie ist mit Kirchen, Türmen, Gassen
dein unverlierbar letztes Glück.
Sie birgt der Jugend reinste Träume,
sie schließt dich ein wie Mutterschoß,
sie dehnt sich über alle Räume,
und nimmer kommst du von ihr los.
So weit kannst du ja gar nicht gehen,
dass du sie einmal ganz vergisst.
Ihr Bild wird dir vor Augen stehen,

wo du auch immer weilst und bist.
So sehr kannst du ihr nicht entgleiten,
dass dieses letzte Bild zerreißt.
Denn wo auch immer du magst schreiten:
ein Pfeil steht, der zur Heimat weist.

AMALIE

*Im Lager Starlowo Orlobirsk, Sibirien,
Weihnachten 1948*

*Gedicht der Schwägerin Christa, mit dem letzten Bleistift-
stummel auf eine Streichholzschachtel geschrieben*

Fern in Russland liegt ein Städtchen
Starlowo Orlobirsk heißt die Stadt,
und daneben steht ein Lager,
das so hohe Mauern hat.
Manchmal fragen sich die Leute,
was darin verborgen sei,
und die Antwort darauf lautet:
Hier sperrt man deutsche Frauen ein.
Auf vier Türmen stehen Posten
mit Gewehren, halten Wacht,
behandeln uns wie Schwerverbrecher,
patrouillieren Tag und Nacht.
Möchte wie ein Vogel fliegen
fort zu meinem Elternhaus!
Möchte alle wiedersehen,
die da gehen ein und aus.
In der Heimat steht ein Häuschen,
das so friedlich ist und rein,
drinnen wohnen Vater, Mutter,
Kind und die Geschwister mein.
Manchmal fragen sich die Kleinen:
Wo mag wohl unsere Schwester sein?

Und die Mutter sagt dann weinend:

»Die sperrt man in Russland ein.«

Am Heiligen Abend war unsere Verschleppung auf den Tag genau vier Jahre her.

Wir saßen dicht aneinandergeschmiegt im eiskalten Aufenthaltsraum, eingehüllt in alte Decken, der kleine alte Ofen spendete etwas Wärme, und sangen mit tränenerstickten Stimmen jene Weihnachtslieder, die wir auch damals gesungen hatten: »Stille Nacht, heilige Nacht …« Es war keine unter uns, der nicht die Tränen über die Wangen liefen, während wir mit eiskalten Fingern die Briefe umklammerten, die wir an diesem Tage bekommen hatten!

Briefe, die schon jahrelang an uns unterwegs gewesen waren!

»Meine Eltern schreiben, dass sie in ein Lager namens Rudolfsgnad gebracht wurden, aber das ist über dreieinhalb Jahre her!«

Fassungslos schaute ich auf den Absender und das Datum am oberen rechten Briefrand.

Mit zittriger Handschrift hatte mein Vater in seiner förmlichen Art an mich geschrieben:

Liebe Tochter,

wir wissen nicht, wohin sie dich verbracht haben, und es war uns nicht möglich, zu deinem Abschied noch einmal auf den Rathausplatz zu kommen. Deine Schwiegereltern hatten uns am Heiligen Abend noch informiert, aber wir mussten unsere Tiere retten, die von wild gewordenem Volk aus den brennenden Ställen getrieben wurden! Auch den Hof haben sie uns angezündet und uns aus dem Haus gejagt. Wir sind in einer Schule untergebracht, und der Postmeister, der ebenfalls hier ist, hat uns verraten, wo sie dich hingebracht haben!

Nach Sibirien, so unendlich weit weg! Mutter geht es sehr schlecht, sie ist ja schon so alt! Nun müssen auch wir unsere geliebte Heimat verlassen, es heißt, in ein Lager namens Rudolfsgnad. Gerüchten zufolge ist auch deine kleine Anni dort, wie es heißt, in der Obhut ihrer anderen Großeltern. Wilhelm hat uns eine Nachricht zukommen lassen, dass Anni dort in einem Kinderheim ist. Wir sollen dir ausrichten, dass Barbara ihr Versprechen bis jetzt halten konnte!

Nun kann ich nur noch Abschied von dir nehmen, Amalie, unsere einzige Tochter, mit der Bitte, dass du uns verzeihst. Wir waren strenge Eltern, die nun an dir nichts mehr gutmachen können.

Gott segne dich.
Vater

Immer wieder musste ich weinen, wenn ich auf die vergilbten Briefseiten und die gestochene Sütterlin-Handschrift meines Vaters sah, die dreieinhalb Jahre zu mir unterwegs gewesen waren!

Auch die anderen Frauen hatten zum Teil Post von ihren Eltern bekommen, die vermutlich gar nicht mehr lebten. In allen Briefen stand, dass es keine einzige deutsche Stadt im Banat mehr gab, dass alles von den Jugoslawen beschlagnahmt und zum Teil zerstört, verbrannt und geplündert wurde. Ein Zuhause gab es nicht mehr!

Wenn unsere Zeit im Straflager eines Tages zu Ende sein würde, dann wusste keine von uns, wohin sie gehen sollte. Hatten wir uns vier Jahre lang daran geklammert, unsere Heimat eines Tages wiederzusehen, so war auch dieser Traum nun geplatzt.

»Lasst uns beten, dass wir eines Tages wieder in Freiheit und Frieden leben werden, in diesem Deutschland, irgendwo, wo es ein Plätzchen für uns geben wird!«

Weinend sanken wir auf die Knie. Wer würde uns denn aufnehmen, falls wir jemals aus dieser Hölle entkommen wären?

Wenn nicht heute, am Heiligen Abend, wann denn sonst würde Gott unsere Gebete erhören? Vater unser, der du bist im Himmel … vergib uns unsere Schuld, wie auch wir vergeben unseren Schuldigern! Und führe uns nicht in Versuchung, sondern erlöse uns von dem Bösen.

Lieber Gott, lass meine kleine Anni noch am Leben sein, flehte ich innerlich. Ich will ihr eine viel bessere Mutter sein, als meine Eltern es waren, nur liebevoll und voller Verständnis.

Was auch immer mein armes Kind durchgemacht hat, lass mich ihr Schutz und Geborgenheit geben und gib mir die Chance, die Jahre nachzuholen, die wir nicht zusammen sein durften. Lass sie sich noch an mich erinnern, lass sie mich noch nicht vergessen haben. Ich flehe dich an, lieber Gott, so will ich auch das letzte Jahr noch tapfer die harte Arbeit, den Hunger und die Kälte durchstehen.

Bitte, lieber Gott, lass mich meine Anni eines Tages wieder in die Arme schließen. Amen.

ANNA

Bereits über ein Jahr wohnten wir nun hier in diesen etwas besseren Baracken, und jeder hatte ein Holzbett mit einer Pferdedecke und einer Strohmatratze für sich. Meine Großeltern wurden tagsüber zur Arbeit eingeteilt, und ich war ja neun Jahre alt und kam mit den anderen verbliebenen Kindern unserer Siedlung in eine serbische Schule. Das war sehr merkwürdig, denn ich konnte ja kein Wort Serbisch und verstand auch gar nicht, was da unterrichtet wurde: Pionier-Arbeit für den Staat! War ich jetzt also doch schon eine kleine Serbin? Rechnen und schreiben lernte ich dort jedenfalls nicht, und ich verträumte die merkwürdigen Unterrichtsstunden. Die letzten Jahre hatten mich dermaßen traumatisiert, dass ich dem Unterricht in keiner Weise folgen konnte. Da niemand von den Lehrern, die vorne mit einem Stock fuchtelnd herumschrien und die Kinder Parolen brüllen ließen, uns weiter Beachtung schenkte, versank ich einfach in einem Delirium der Schockstarre.

Im Lager, das ja jetzt schon ein viel besseres war als das in Rudolfsgnad, weil wir nicht mehr verhungern mussten und jeder ein eigenes Bett hatte, kehrte ein einigermaßen erträgliches Leben ein. Natürlich gab es immer noch Wanzen, Flöhe und Läuse, und die Menschen kämpften mit allen Mitteln dagegen an. Auch die Ratten, die nachts durch unseren Schlafsaal trappelten und uns Kinder annagten, waren ein Grauen.

»Großvater, hier gibt es doch keinen Stacheldraht mehr, und du und Großmutter, ihr habt doch jetzt ein bisschen Geld verdient. Warum gehen wir denn nicht einfach wieder nach Hause?«

»Ach, mein Kind, wie soll ich dir das erklären?«

Großvater zog mich auf sein Schlaflager, das gleichzeitig sein ganzer Wohnraum war.

»Eine Rückkehr in die Heimat ist unmöglich!«

»Aber du könntest doch das Geld für eine Zugfahrkarte verdienen?«

Großvater entfuhr ein herbes, bitteres Lachen.

»Unmöglich, kleine Anni! Weil wir Deutsche sind und uns niemand in Jugoslawien mehr haben möchte, können wir nicht zurück nach Lazarfeld, wo deine Wiege stand!«

»Lazarfeld und die vielen anderen schönen Städte gehören doch alle zu Deutschland?«

»Jetzt nicht mehr, Anni. Nichts gehört uns mehr. Inzwischen haben Scharen von Dieben alles, was nicht niet- und nagelfest war, aus den Häusern gestohlen, und sie leben selbst längst in unseren Häusern.«

»Auch in unserer Gaststube?«

»Ja, die werden sie sich als Erstes unter den Nagel gerissen haben.«

Der Großvater verschwieg mir ja die grausamsten Sachen!

Längst hatten wild gewordene Horden von Partisanen alles zerstört, verbrannt und geplündert, und wie es den restlichen Menschen ergangen war, die sie dort noch gefunden hatten, das konnte sich mein kleines Kinderhirn beim besten Willen nicht vorstellen. Sie waren auf das Grausamste zu Tode gefoltert worden. Es gab kaum noch deutsche Menschen dort.

Unter diesen Umständen wäre eine Heimkehr glatter Selbstmord gewesen. Die Donauschwaben hätten wohl das schreckliche Schicksal der hunderttausend Kroaten, Muslime und Serben teilen müssen, die man an das Tito-Regime ausgeliefert hatte. Das »Massaker von Bleiburg« oder die brutalen Sühnemärsche ins Landesinnere forderten zwischen fünfundvierzig- und fünfundfünfzigtausend

Opfer. General Tito »säuberte« das neue Jugoslawien. Jetzt bestimmten die Kommunisten, wer dieses Land noch als Heimat bezeichnen durfte. Über Menschenrechte wollte man später reden, jetzt sprach man über Rache und Vergeltung, Verrat und Loyalität, Treue und Untreue, Leben oder Tod, Blut oder Brot. Tito wollte keine deutsche Volksgruppe mehr im Land haben, weshalb ein Überschreiten der heimatlichen Grenzen auch nicht mehr möglich war. Und wo hätten die Donauschwaben denn die Grenzen überschreiten sollen? Der Weg über Ungarn war ebenso versperrt wie der über slowenisches Gebiet. Für die Donauschwaben war in der Heimat kein Platz mehr. In ihren Häusern waren die Lieder verstummt, das Surren der Spinnräder verklungen, die Kirchen verriegelt, die Kruzifixe aus den Wänden gerissen und die Ställe leer geräumt. So erzählte es mir der Großvater unter Tränen, denn er hatte Zugang zu serbischen Zeitungen, und da stand das alles drin.

Wohin sollten wir also mit unseren letzten Habseligkeiten gehen?

Es blieb uns nur, über weitere Jahre im Jabutschki Ried auszuharren.

Meine Großeltern waren inzwischen beide fast sechzig Jahre alt.

AMALIE

Der letzte Winter in Russland kostete uns Frauen den letzten Rest Kraft, denn die Hoffnung auf ein Wiedersehen der Heimat war nun endgültig gestorben. Bei minus vierzig Grad Tag und Nacht, drinnen wie draußen, mussten wir auch diese herbe Enttäuschung noch hinnehmen. Es gab nichts mehr, wofür es sich zu kämpfen lohnte!

Es gab keine Heimat mehr. Lebte denn mein Kind? Ich wusste es nicht! Es gab kein Lebenszeichen von Barbara und Wilhelm, meinen Schwiegereltern, und auch keines von Jakob, meinem Mann.

Die letzten Lebenskräfte schwanden. Wofür sollten wir noch kämpfen?

Durch die Unterernährung hatte sich bei fast allen Frauen, so auch bei mir, Wasser im Körper angesammelt, wir hatten einen Hungerbauch, der hart gespannt wie eine Trommel war und unendlich schmerzte. Der Körper bekam nun schon über vier Jahre viel zu wenig Kalorien, keine Vitamine oder Mineralstoffe und war entsprechend geschwächt und anfällig für Krankheiten. Eine nach der anderen schaffte es morgens nicht mehr, von dem eiskalten Strohlager aufzustehen und sich auf das Gemeinschafts-Plumpsklo zu schleppen, sondern siechte in modriger Kälte auf dem feuchten Holz in nasskalten Lumpen vor sich hin. Unsere Augen waren entzündet, die Haut an allen Stellen von Frostbeulen überzogen oder aufgeschürft von der Krätze. Die mit Absicht herbeigeführte, von unseren Peinigern erwünschte Schwächung des Immunsystems brachte extrem hohe Anfälligkeit für

Krankheiten, erhöhtes Todesrisiko mit sich. Jede Woche mussten wir mindestens eine Freundin in festgefrorener Erde begraben. Sie hungerten uns aus, sie ließen uns langsam und grausam in eisiger Kälte krepieren. Und die Härtesten von uns, die Widerstandsfähigsten, die immer noch nicht aufgeben wollten: Wir ehemals jungen, fruchtbaren Frauen im gebärfähigen Alter, die ehemalige Blüte von Lazarfeld, waren um Jahrzehnte gealtert, die Haare grau geworden, die Zähne verfault und ausgefallen. Wir sahen älter aus als unsere Mütter, als wir sie zum letzten Mal gesehen hatten.

Etliche Frauen starben an Fieberinfekten, Erkältungen und Durchfall, weil es ihnen an Abwehrkräften und angemessener medizinischer Versorgung fehlte. Und ausgerechnet wir, die wir von chronischem Hunger betroffen waren, mussten tagein, tagaus der erdrückenden Realität mehr Mut und Entschlossenheit entgegensetzen, als menschenmöglich war.

Inzwischen waren es nur noch ein paar Dutzend Frauen, die trotz dieser Zustände weiter unter Tage arbeiteten, so auch Christa und ich. Tag für Tag taumelten wir die steile Rampe in die kalte Schwärze hinunter, klopften Kohle von den Wänden, beluden die eisernen Loren, hockten unter Lebensgefahr bei Sprengungen in steinernen Höhlen oder Schächten, bückten uns nach jedem Brocken Kohle, und wenn wir vor Rückenschmerzen und Hunger nicht mehr stehen konnten, schleppten wir uns die steile Eisenrampe drei Stunden lang wieder ans Tageslicht hinauf. Der armselige Trupp, der nach einem solchen Arbeitstag nach Hause trottete, glich eher Vogelscheuchen als lebendigen Wesen.

In der Kaserne gab es eine Kelle lauwarmer Kohlsuppe und das übliche harte trockene Brot mit Tee, bevor es uns erlaubt war, in die eiskalten Holzkojen zu kriechen. So verging auch noch der letzte Hungerwinter.

»Alle mal herhören!«

Wir Frauen waren aufgefordert worden, uns in Reihen vor unserem Lager aufzustellen.

Russische Offiziere waren mit einem Jeep vorgefahren und ließen uns draußen strammstehen.

»Sind das alle Frauen, oder sind noch welche in den Schlafräumen?«

»Es sind noch Frauen in den Schlafräumen. Sie sind zu krank zum Aufstehen!«

»Sie sollen alle herausgeholt werden!«

Es dauerte einen halben Tag, bis die letzten leidenden Frauen, zum Teil ohne Bewusstsein, in den Hof heraustransportiert worden waren.

Mit schnarrender Stimme wurden von einem Offizier unsere Namen vorgelesen.

Wir noch Aufrechten ließen uns unserer Würde nicht berauben. Wir hatten mithilfe unserer russischen Mitgefangenen von hier und da ein Blümchen gesammelt, Gardinen genäht und trugen zum Empfang der hohen russischen Brigade sogar selbst genähte weiße Schürzen, die wir in der Sonne gebleicht hatten.

»Das Lager wird im August/September 1949 aufgelöst!« Der Offizier, der dies verkündet hatte, schaute uns Frauen durchaus freundlich an. »Im Namen des russischen Volkes bedanke ich mich für Ihre fleißige und gute Arbeit.« Einer von den hohen Herren in Uniform trat hervor und rief uns zu, dass es der russischen Bevölkerung während der letzten Jahre auch nicht viel besser gegangen sei als uns!

»Wir haben den Krieg nicht begonnen! Das war HHÄRR CHITLÄR!«

Ein Raunen ging durch den Hof, alle schauten auf den Boden,

nur Christa und ich wechselten einen verstohlenen Blick, in dem ein winziger Hoffnungsschimmer glomm. Sollte unser Martyrium bald zu Ende sein?

»Kommen Sie, ja, Sie da, kommen Sie hervor.«

Meinte er Christa? Oh Gott, hatte er uns tuscheln sehen?

»Hiermit reiche ich dieser Frau stellvertretend für alle Frauen die Hand und bedanke mich noch einmal für die großartige Arbeit, die Sie alle geleistet haben. Ich wünsche allen Frauen und Mädchen, dass sie ihre Familien wiederfinden!«

Mir schossen die Tränen ein. Der hatte ja ein menschliches Herz!

Mit strengem Blick und ohne das geringste Lächeln schnarrte er weiter:

»Ich fordere Sie auf, wenn Sie wieder in Deutschland sind, nur die Wahrheit zu sagen darüber, wie Sie hier behandelt worden sind! Bitte erzählen Sie, dass es auch gute Menschen unter den Russen gibt!«

Ja, die gab es. Unser Vorarbeiter Andrej war ein guter Mensch, und auch die russischen Mitgefangenen, die uns Sonnenblumenkerne gebracht und ihr Leben als Sprengmeisterinnen aufs Spiel gesetzt hatten, waren gute Menschen. Es gab sie, und zwischen manchen von ihnen und uns waren inzwischen Freundschaften entstanden.

»Alle Frauen, die noch transportfähig sind, werden ab dem kommenden Sommer nach Deutschland in die russische Zone deportiert!«

Russische Zone? Wo war die? In Deutschland? Wir hatten keine Ahnung, dass Deutschland seit Kriegsende in vier Zonen eingeteilt war.

Deutschland! Das war für uns ein fremdes Land, das noch keine von uns je betreten hatte.

Deutschland, das war das Land, das für unser Martyrium verantwortlich war. Von hier aus war der fürchterliche Krieg losgegangen, für den man uns schließlich mitverantwortlich gemacht und so bitterlich bestraft hatte. Aus welchem Grund, und mit welchem Hass?

Unsere Heimat gab es nicht mehr – würde es eine neue Heimat in Deutschland für uns geben?

In dieser Nacht beteten und weinten wir noch Lebenden um unsere Freundinnen und Kameradinnen, die in den letzten Jahren vor Hunger und Kälte hier im Grauen des Arbeitslagers gestorben waren. Jede hatte ihre Geschichte, jede ihre Familie zurückgelassen. Jede hatte noch in der Todesstunde das zerknitterte Bild ihres Kindes in den Händen gehalten, und wir hatten jede von ihnen so würdevoll wie möglich in der russischen Erde begraben.

Gedicht der Amalie, im Lager in Russland

Ich bin so einsam und verlassen
und kann hier nicht heraus
darum, lieber Vogel,
flieg zu meinem Elternhaus
am Rande des Dorfes, ein weißes Haus,
dort richte meine Grüße aus!
Sag, dass ich sie innig liebe,
bei ihnen weilet stets mein Sinn
dass ich sie im Herzen trage
auch wenn ich gefangen bin.
So vergehen Tage, Wochen,
Monate, fünf ganze Jahr.
Kummer, Hunger und die Sorgen,
bleichen bald mein dunkles Haar.
Sollte ich im Lager sterben
fern in Russland, ganz allein,

pflanzt mir bitte eine Rose
und vergesst zu Haus nicht mein.
Auf den Gräbern keine Rosen
schmückt kein Kreuz und auch kein Strauch
von den vielen Namenlosen
bleibt ein Häuflein Kohlestaub

ANNA

Anni, kannst du ein Geheimnis für dich behalten?«
Großmutter kletterte von der Ladefläche und eilte mir entgegen, es war später Nachmittag, und der Laster mit den müden Tagelöhnern rumpelte weiter die unbefestigte Straße entlang. Ich war ihr entgegengelaufen, wie jeden späten Nachmittag, und hatte schon sehnsüchtig auf meine liebe Oma gewartet. Oft hatte sie ein paar Kartoffeln dabei, ein Stück Brot vielleicht oder sogar eine Speckschwarte, die ich ablecken durfte.

»Was ist es denn?« Ich biss mir in die Fäuste vor Spannung und trippelte von einem Bein auf das andere.

»Es wird ein Pfarrer in unser Lager kommen. Und er wird dich und die anderen Kinder auf die erste heilige Kommunion vorbereiten!«

Ich hatte schon begriffen, dass in der serbischen Schule so etwas weder vorkam noch erwünscht war. Doch meine Kinderaugen leuchteten mit der Frühlingssonne um die Wette.

Hatten doch meine Großeltern nie aufgehört, mit mir zu beten: »… erlöse uns von dem Bösen. Amen.« Auch von Jesus und seinen Wundern wusste ich schon eine Menge, und vom letzten Abendmahl.

Wie oft hatten die Großeltern mir mit Tränen in den Augen erzählt, dass Jesus in der heiligen Messe mit jenen, die fest an ihn glaubten, das heilige Abendmahl teilte. Dass er von den Toten auferstanden war. Und jetzt im Himmel war, wo er alle Menschen im Auge hatte, die an ihn glaubten. Und uns hatte er ganz besonders im Auge, wo er uns doch solch harte Prüfungen auferlegt hatte! Wir durften ihm im Leiden ähnlich sein!

Ein ungeheures Glücksgefühl durchströmte mich. Ich durfte von nun an Jesus nahe sein, zu ihm gehören, und seinen heiligen Leib empfangen.

»Du darfst es aber auf keinen Fall außerhalb des Lagers zu jemandem sagen, Anni! Auch nicht deinen Freundinnen in der Schule.«

»Ich habe keine Freundinnen in der Schule.«

»Dann ist es ja gut.«

Großmutter zog mich in unsere Baracke, öffnete die Fenster und scheuchte die Fliegen und das Ungeziefer hinaus, um dann beherzt zum Wischmopp zu greifen: »Bring mir Wasser vom Brunnen, Anni, denn wenn der liebe Gott zu uns kommt, soll nicht nur die Seele rein sein, sondern auch das Zimmer.«

Und so bereiteten sie, Großvater und der Pfarrer, der unter größter Gefahr zu uns ins Lager kam, mich und die anderen acht Kinder auf die erste heilige Kommunion vor.

Wir hockten in einer Baracke und erfuhren, dass wir zuerst die heilige Beichte ablegen sollten, damit unsere Seelen auch ganz rein wären, wenn der Herr zu uns käme.

Hatte ich Sünden zu beichten? Und wenn, was bekam ich zur Buße auf? Wie viele Gebete hatten die Großeltern und ich im Laufe der letzten Jahre zum Himmel gesandt? Der Pfarrer nahm meine Hände: »Anni, der liebe Gott hat dir schon große Prüfungen auferlegt, jetzt wird er dich nur noch reich belohnen!«

Und als dann das Paket aus Deutschland kam, war mein Glück nicht mehr zu steigern!

Den Großeltern liefen ununterbrochen die Tränen, als sie vorsichtig das weiße Kleid, den Schleier, das Kränzchen und die feinen schwarzen Schuhe auspackten: »Schau doch nur, Anni, das hat deine Mutti für dich geschickt!«

Meine Mutti.

Ich war fünf Jahre alt gewesen, als die Partisanen mich ihr aus den Armen gerissen hatten. Und jetzt war ich zehn. Ich hatte beim besten Willen keine Erinnerung mehr an sie. War sie denn schon in Deutschland? Und nicht mehr in Sibirien? Ich hatte keine Vorstellung, weder von dem einen noch von dem anderen. Die Großeltern redeten nur ständig vom Roten Kreuz, das wohl dafür zuständig war, dass verlorene Familienmitglieder einander wiederfanden.

»Deine Mama schreibt, sie ist in Bayern bei einer Familie Thaler untergekommen, und deren Enkeltochter heißt auch Amalie, wie die Mama! Sie ist schon vor Langem zur ersten heiligen Kommunion gegangen und braucht das Kleid nicht mehr. Ist das nicht fast ein Wunder?«

Ich konnte nicht ermessen, ob das ein Wunder war. Hatte Jesus es vollbracht?

Aber das Kleid war herrlich leicht und duftig! Ich durfte es nur mit frisch gewaschenen Händen ganz kurz anfassen und daran fühlen, und ich musste einfach meine Nase da hineinstecken: Es duftete ganz schwach nach Veilchen! Oder roch es nach meiner Mama? War da irgendeine Resterinnerung in meinem kindlichen Unterbewusstsein? Ich wusste es nicht.

Der 16. Juni 1950 muss für viele Kinder der schönste Tag ihres bisherigen Lebens gewesen sein, jedenfalls ganz sicher für mich! Feierlich gekleidet wie eine kleine Braut, schritt ich unendlich stolz und glücklich zwischen meinen Großeltern den weiten Fußmarsch zur katholischen Kirche Jabuka, die vom Krieg noch fast völlig zerstört war. Eine Bombe hatte sie getroffen. Da hier kein Christentum mehr herrschte, wurde sie auch nicht wieder aufgebaut. Wir mussten über kaputte Bänke und Säulen, herabgefallene Altarbilder und Orgelpfeifen steigen, um zum Altar zu gelangen.

Aber dort knieten wir Kinder feierlich im Halbkreis, und unsere Augen strahlten mit unseren Kerzen um die Wette. Der Pfarrer hielt eine sehr schöne und eindrucksvolle Rede, und den Großeltern liefen die Tränen über die Wangen.

Auch er stammte aus Lazarfeld, und er nahm uns mit in seine Erinnerungen an die Heimat.

Auf rührende Weise versuchte er, uns Kindern unser ehemaliges Land nahezubringen.

Unsere Vorfahren seien bereits im 17. Jahrhundert von Ulm aus auf Flussschiffen, den sogenannten »Ulmer Schachteln«, auf der Donau nach Wien gerudert! Dort wurden sie mit Saatgut versehen und in Richtung Donaudelta weitergeschickt. Sie wurden ihrem Schicksal überlassen. Durch ihren Fleiß und ihr Können schafften sie in einem damals schon von Kriegen verwüsteten Land blühende Städte mit großen Plätzen, Kirchen, Schulen, Alleen, Parks, Kultur und gesellschaftlichem Leben.

Er hielt bedächtig inne und ließ den alten Leuten Zeit, ihre Taschentücher hervorzuholen.

»Tüchtige Bauersleute, das waren unsere Vorfahren. Durch zähen Fleiß machten sie das Land Banat zu einem blühenden und ertragreichen Land. Ja, sie waren wohlhabende und stolze Menschen, die ihren Kindern und Kindeskindern eine reiche Heimat bieten konnten. Über zwei Jahrhunderte bewohnten etwa fünfhunderttausend donauschwäbische Menschen das blühende Banat. Das sind eine halbe Million Menschen, so viele, wie Sternlein am Himmel stehen. Sie freuten sich des Lebens, glücklich mit ihren rumänischen, serbischen, ungarischen und slawischen Nachbarn, in Frieden und Eintracht. Sie trugen gern an Sonn- und Feiertagen ihre schöne Tracht, die die Frauen und Mädchen selbst genäht und kunstvoll bestickt hatten. Schön wurde es, sobald auf den Feldern die Sonnenblumen blühten. Es wiegten sich auch schon die Weizenhalme im Wind. Auf den Feldern reiften Hafer und Gerste. Das ganze Jahr über wurde mit alter Weisheit und bäuerlicher Erfahrung angebaut und geerntet, ganz im Einklang mit der göttlichen Natur. Gottes wunderbare Gaben wurden liebevoll gepflegt und dankbar geschätzt. Im Frühjahr ging es schon fleißig los, im Herbst kam der Lohn.

Der Mais stand hoch und gesund in den Himmel. Zuckerrüben und Mais mussten gut gehackt werden und vom Unkraut befreit! Mein Vater war auch ein Bauer, genau wie eure Großeltern!«

Er unterbrach seine freundliche Ansprache und ließ den Großeltern Zeit, sich mit ihren Taschentüchern die Tränen abzuwischen. Die Männer schluchzten genauso hemmungslos wie die Frauen. Was muss in ihren Köpfen wohl vor sich gegangen sein, als sie unsere Augen und die anderen Kinder im Lichterglanz strahlen sahen? Wir Kinder konnten uns ja an nichts mehr erinnern aus diesem gelobten Land, von dem sie ständig schwärmten, aber die Alten nickten und schluchzten fortwährend und prusteten geräuschvoll in ihre Taschentücher.

»Wir haben sogar in unserer Freizeit Hanf verarbeitet«, fuhr der Pfarrer fort, und in manche Gesichter der Alten schlich sich ein wissendes Lächeln. »Während der Wintermonate wurde der Hanf, besonders von den Frauen, zu Fäden gesponnen. Ich sehe noch meine eigene Großmutter am Spinnrad sitzen und mir als Bub dabei Geschichten erzählen. Meine Großmutter erzählte mir schon damals vom lieben Gott, und dass er alle Fäden in seinen Händen hält, auch wenn wir Menschen das oft nicht begreifen können. Und so wie die Fäden des Spinnrads meiner Oma durch die Arbeit des Webers zu Leinen verarbeitet wurden, so wird auch der liebe Gott aus den wirren Fäden, die unser armseliges Leben in letzter Zeit ausmachten, am Ende ein wundervolles reines Leintuch machen, das so schön ist wie dieses weiße Altartuch oder die Kleider von euch Mädchen hier! Am Ende macht alles seinen Sinn.«

Wir Kinder bestaunten das fein bestickte Tuch und stellten uns vor, dass jeder von uns einer der Fäden darin sei. »Durch Gottes Hand wird alles zusammengefügt, was zusammengehört«, sprach der Pfarrer weiter. »So geordnet und respektvoll vor allem, was Gott uns schenkte, verlief der Alltag der Donauschwaben. Sie waren fröhliche und gesellige Menschen, feierten Kirchenfeste, Hochzeiten und Taufen. Die Dorfkapelle spielte erst in der Kirche feierlich die heilige Messe und anschließend auf dem Tanzboden bei Pfeiffers im Gasthaus zum Tanz auf.« Er zwinkerte meinen Großeltern zu, und ich fühlte Stolz in mir aufwallen.

An dieser Stelle lachten die alten Leute und schauten auf meine Großeltern, und die Oma wurde unter ihrem streng gebundenen schwarzen Kopftuch sogar ein bisschen rot.

»So lasst uns jetzt gemeinsam beten, dass auch wir alle, und besonders ihr Kinder, die ihr ab heute richtige kleine Gotteskinder seid, wieder gesund nach Hause kommt, auch wenn wir alle heute noch nicht wissen, wo das sein wird. Aber Gott hat die Fäden in der Hand und wird euch den rechten Pfad weisen. Und ob ich auch wandele in finsterer Nacht, der Herr ist mein Hirte, er wird mich laben auf grüner Au …«

Damit beendete der Pfarrer seine kindgerechte Predigt und segnete uns alle.

Die Großen sangen mit bebender Stimme: »Ein feste Burg ist unser Gott«, und wir Kinder stimmten feierlich mit ein.

Die Predigt des Pfarrers hatte mich nachdenklich gestimmt. Auf dem Rückweg, zwischen meinen Großeltern Hand in Hand mit ihnen, den Kranz mit dem Schleier immer noch auf dem Kopf, begann es zwischen meinen Schläfen zu arbeiten. Bis jetzt hatte ich mein kindliches Schicksal einfach so hingenommen, ich kannte es ja nicht anders. In der Schule hatte ich noch nichts gelernt, denn dem serbischen Propaganda-Drill konnte ich nicht folgen.

Aber jetzt wollte ich den Zusammenhang erkennen: Wenn doch früher alles so wunderschön und paradiesisch war in unserer viel gepriesenen Heimat, wie hatte denn alles angefangen?

»Großvater, du liest doch immer die Zeitung. Und du kannst doch Serbisch.« Vertrauensvoll blickte ich zu meinem Großvater auf, der in seinem weißen Hemd und seinem Anzug, den er sich irgendwo besorgt haben musste, ganz ungewohnt steif und feierlich aussah.

Auch die Großmutter in ihrem schwarzen Kleid und dem tief ins Gesicht gezogenen schwarzen Kopftuch wirkte heute fast fremd auf mich. Und ich selber fühlte mich schon ein bisschen erwachsen, nachdem ich die heilige Kommunion empfangen hatte!

»Mit welchem Recht haben uns denn die Serben so behandelt?«

Die Großeltern wechselten einen bedeutungsvollen Blick.

»Der Schrecken kam über Nacht«, sagte Großmutter. »Es war der 27. März 1941, da warst du noch nicht mal zwei Jahre alt.«

»Zwei Tage nach Abschluss des Pakts zwischen Deutschland und Jugoslawien in Wien«, übernahm Großvater das Erklären, »gingen die Serben auf die Straße, um gegen den Pakt, der besprochen worden war, zu demonstrieren.«

»Was war das für ein Pakt?«

»Es ging darum, dass Hitler die Erlaubnis haben wollte, durch Jugoslawien mit den deutschen Truppen zu gehen, und er versprach dafür den Jugoslawen eine Stadt. Aber er hat sein Versprechen nicht gehalten, und als die Truppen dann durchmarschierten, um Griechenland anzugreifen, da gingen die Bewohner auf die Straßen und schrien voller Wut:«

Der Opa blieb stehen, machte aus seinen Händen einen Trichter und rief etwas auf Serbisch.

»Was bedeutet das?«

»Weg mit den Deutschen, weg mit den Schwabos, besser Krieg als Pakt!«

»Darauf folgten sorgenvolle Tage für uns, denn wir Menschen im Banat hatten ja mit Hitlers falschen Versprechen nichts zu tun«, nahm die Oma den Faden wieder auf. »Wir hofften einfach nur, dass es uns weiterhin möglich sein würde, so friedlich mit den Menschen hier weiter zusammenzuleben.«

»Aber im Morgengrauen des 6. April 1941, es war Palmsonntag, fielen die ersten Bomben auf Belgrad«, berichtete der Opa. »Ohne Kriegserklärung hatte die Deutsche Wehrmacht die Feindseligkeiten gegen Jugoslawien eröffnet. Und wir Banatdeutschen bekamen natürlich den Hass gegen alles, was deutsch war, zu spüren, da machten die Jugoslawen keinen Unterschied.«

Mein Kopf ging von einem zum anderen hin und her. Es war das erste Mal, dass meine Großeltern versuchten, mir die Zusammenhänge zu erklären, und ich fühlte mich ernst genommen und gar nicht mehr wie ein kleines Kind.

»An diesem Tag nahm die jugoslawische Polizei in allen deutschen Gemeinden Jugoslawiens Geiseln fest.«

»Auch aus Lazarfeld?«

»Sieben Frauen und elf Männer.«

»Diese Menschen hatte man bereits früher für den Fall eines Krieges deportiert«, versuchte der Opa, mir das Unfassbare zu erklären. Mit offenem Mund lauschte ich ihnen, und der steinige Weg zurück in unsere Baracken erschien mir nun gar nicht mehr so lang.

»Wo war Jesus denn, als das alles passierte?«

»Der war nicht da.«

»Vielleicht musste er gegen den Teufel kämpfen, der Hitler hieß, aber der Teufel war stärker ...«

»Verwirre das Kind jetzt nicht, Wilhelm.«

»Es hieß, alles, was deutsch ist, ist kollektiv und schuldig«, sagte die Oma.

»Na ja, Barbara, du musst das dem Kind so erklären«, unterbrach sie der Opa. »Am 14. April 1941 begann von Rumänien aus der Aufmarsch motorisierter Truppen, es war die Deutsche Wehrmacht, die aus Richtung Temeschwar, Modosch, Stephansfeld kamen. Sie setzten ihre Fahrt nach Betschkerek fort, und die deutsche Bevölkerung von Lazarfeld stand mit offenen Armen, winkend und Fähnchen schwenkend, vor ihren Häusern und bereiteten den deutschen Soldaten einen herzlichen Empfang.«

»Ja, was hätten wir denn sonst tun sollen«, entrüstete sich die Oma. »Wir haben Säcke voller Schinken, Speck und Brot in der Eile den deutschen jungen Männern übergeben! Die hatten doch einen langen Marsch hinter sich, und wir wollten einfach nur gastfreundlich sein!«

»Die Soldaten waren total erstaunt, hier in der Fremde so viele Deutsche anzutreffen«, erzählte der Opa weiter. »Die haben sich natürlich gefreut, und Hunger hatten sie auch!«

»Ja, und dann saßen ein paar von ihnen bei uns im Gasthaus und meinten, während sie mit vollen Backen kauten, wir sollten doch ganz schnell unser Dorf verlassen, da käme noch was auf uns zu.«

»Das konnten wir nicht glauben«, unterbrach ihn die Oma. »Wir hatten doch nichts Böses getan, und nichts Böses im Sinn! Es glaubte doch kein Mensch an so ein schreckliches Ende!«

»Aber die Deutschen waren einmarschiert und hatten Serbien besetzt.« Der Opa blieb stehen, nahm den Hut vom Kopf und wischte sich den Schweiß von der Stirn. »Man hätte uns von oberster Stelle aus warnen müssen, doch die Machthaber retteten erst einmal ihren eigenen Arsch.«

»Opa! Wir kommen gerade aus der Kirche!«

»Ihr eigenes Leben. Uns, die Landbevölkerung, ließ man über die Brisanz der Lage im Unklaren.«

Ich versuchte, den Erzählungen meiner Großeltern zu folgen. Das Wort Brisanz hatte ich noch nie gehört, wagte sie aber gerade nicht mit Fragen zu unterbrechen.

»Erinnerst du dich, Wilhelm, wie begeistert die deutschen Soldaten von unserer Gastfreundschaft waren?« Die Oma hatte richtig Glanz in den Augen. »Wir haben den Tanzboden voll gehabt, unsere Kapelle spielte, unsere jungen Frauen hatten ihre schönste Tracht angelegt, und die Soldaten waren ganz hingerissen von ihnen! Deine Mama Amalie war auch dabei, Anni, aber sie war ja schon mit unserem Jakob verheiratet.«

»Das stimmt. Sie hat noch nicht mal ein bisschen geflirtet.«

»Ja, aber warum war dann plötzlich Krieg?« So ganz konnte mein Kinderhirn die Entwicklungen von damals nicht nachvollziehen.

Die Oma schüttelte vehement den Kopf.

»Es dachte zu der Zeit in diesem schönen Frühling kein Mensch an ein solches brutales Morden der Serben, Anni. Es war, wie wenn plötzlich ein schreckliches Gewitter losbricht, wo eben noch ganz herrlich die Sonne geschienen hat!«

»Und was war mit meinem Papa?«

»Das ist ja das Perfide!« Der Opa nahm schon wieder seinen Hut ab und wischte sich mit dem Taschentuch über die Stirn. »Unser Sohn, dein Papa, und auch sein jüngerer Bruder Hans, die wurden nicht vergessen! Die mussten noch in letzter Minute für die Deutschen in den Krieg ziehen und für Hitler kämpfen!«

»Aber waren die denn Soldaten?« In meinem Kinderhirn waren mein Papa und Onkel Hans doch Gastwirt und Metzger gewesen, wo sollten die denn das Schießen gelernt haben?

»Die wurden mit Ausbildern aus Nazi-Deutschland in irgendwelchen Kasernen in sechswöchigen Blitzkursen gedrillt, in verschiedene Divisionen eingeteilt, und dann mussten sie im eigenen Land gegen die serbischen Partisanen kämpfen.«

»Obwohl das Land ja noch voll von Deutschen war«, entrüstete sich die Oma.

»Also sie sollten quasi ihren eigenen Nachbarn die Birne einschlagen?«

»Anni! Wir kommen gerade aus der Kirche!«

»Ja, aber so begreift es doch das Kind!« Der Opa setzte seinen Hut wieder auf.

»Natürlich vertieften solche Angriffe den Hass der Serben! Im eigenen Land, von den eigenen Mitbewohnern so hinterhältig angegriffen zu werden? Da waren auf einmal *alle* Deutschen ihre Todfeinde, egal, ob sie letzte Woche noch ihr Fleisch und ihr Bier bei uns gekauft hatten!«

So langsam begriff ich die Entwicklungen.

»Die Kämpfe gingen weiter, und unsere Söhne wurden jetzt als deutsche Soldaten in andere Länder versetzt. Dein Papa musste nach Italien, Onkel Hans kämpfte in Frankreich …«

»Der Krieg wütete nun vollends über dem Land. Unvorstellbares Leid fügte man den Menschen im Banat zu. Unser Heimatort wurde zum Kampfgebiet.«

Inzwischen waren wir zu unserer Baracke zurückgekehrt, und zum ersten Mal hatte ich begriffen, wie alles begonnen hatte. Die schöne Predigt des Pfarrers vom blühenden Paradies stand im krassen Gegensatz zu dem, was ich selbst am eigenen Leib erlebt hatte.

Erschöpft ließen wir uns auf die hölzerne Bank fallen, die vor unserer Baracke stand.

»Am 30. September 1944, da warst du gerade mal fünf Jahre alt, Anni, traf von Stephansfeld kommend ein Vorposten der Russen ein, etwa fünfundzwanzig Mann mit einem Offizier an der Spitze. Die russischen Soldaten ließen sich zum Gemeindehaus fahren und von dort zur Post. Wir haben es mit eigenen Augen gesehen, Kind. Sie rissen Telefonleitungen raus, schauten sich in den

Räumen um und holten sämtliche Akten und verbrannten alles, was ihnen unter die Finger kam.«

»Plötzlich bekamen sie einen Befehl, und so schnell, wie sie gekommen waren, verschwanden sie wieder.« Die Großmutter nahm ihr Kopftuch ab und reichte dem Opa und mir ein Glas Wasser. »Die Menschen im Dorf waren ratlos und hatten Angst, was sollte das alles bedeuten?«

»Und was habt ihr gemacht?« Ich hatte immer noch mein wunderschönes weißes Kommunionskleid an und wollte auch den Schleier und das Kränzchen noch nicht ablegen. Vorsichtig trank ich einen Schluck Wasser.

»Wir wussten auch nicht, was wir tun sollten. Und dann kamen die Russen am nächsten Tag wieder, mit ihren Jeeps und Pferdewagen. Auf Befehl mussten alle Frauen Brot backen.«

»Als genug gebacken war, packten die Russen Säcke voller Brot und verschwanden wieder.«

Atemlos lauschte ich dieser Geschichte, die immer spannender wurde. »Und dann …?«

»Am 20. Oktober 1944 kamen Tito-Partisanen, verbreiteten Angst im Dorf, stürmten in verschiedene Häuser und holten schließlich insgesamt zweiundvierzig Menschen, nach welchen Kriterien, wusste niemand.«

»Wo haben sie die hingebracht?«

»Das weiß niemand, Anni. Sie sind nie wieder aufgetaucht!«

»Wir sollten hier das Kind nicht weiter belasten.« Die Oma nahm uns die leer getrunkenen Gläser wieder ab und stellte sie auf das Fensterbrett. »Es war alles so unvorstellbar schrecklich, besonders, wie sie schließlich deine Mama, Tante Christa und die anderen Frauen am Heiligen Abend abgeholt haben. Mamas Cousine Elisabeth war auch dabei, sie war erst neunzehn Jahre alt. Kannst du dich daran noch erinnern?«

»Ja, das weiß ich noch. Ihr habt alle geschrien und geweint, und die vielen Frauen zogen mit ihren schweren Bündeln so jämmerlich weinend ab, da standen viele Männer mit Gewehren und haben so hämisch gelacht ...« Es war erstaunlich, wie klar diese Erinnerungen plötzlich vor meinen Augen standen. »Die Frauen, die ihre Kinder nicht loslassen wollten, bekamen Schläge mit dem Gewehr, und die Kinder wurden auch von ihnen weggeprügelt ...«

»Anni, wir haben versucht, dir das alles zu erklären, weil du uns danach gefragt hast.« Der Großvater hatte seine Hand auf meine gelegt. »Heute haben wir aber auch eine gute Nachricht für dich: Deine Mama ist heil in Bayern angekommen und lebt bei einer netten Familie.«

»Warum kommt sie nicht her und holt uns ab ...?«

»Das geht nicht, Anni.« Die Augen der Großeltern wurden wieder feucht. »Deine Mama möchte, dass du zu ihr kommst.«

AMALIE

Starlowo Orlobirsk, Sibirien, Oktober 1949

Der erste Krankentransport mit Frauen aus russischer Gefangenschaft wurde angeordnet, und Christa und ich durften dabei sein. Wir galten noch als transportfähig, waren aber so ausgezehrt und schwach, dass auch wir den schweren Weg ins Bergwerk nicht mehr schafften. Wir durften mit den anderen noch Lebenden, die mit uns im Schacht viereinhalb Jahre schwerste Arbeit verrichtet hatten, den Zug in das für uns unbekannte Deutschland besteigen. Unsere Körper waren aufgeschwemmt und prall, sie hatten uns geknechtet und gequält, bis wir letzten Arbeitsfähigen nicht mehr in der Lage gewesen waren, uns auf zwei Beinen vom Schacht in die Baracken zurückzuschleppen. Wir waren auf dem Rückweg eine nach der anderen zusammengebrochen und mussten von Lastwagen eingesammelt werden.

Die Arbeitskraft war aus uns herausgesaugt wie aus einem ausgewrungenen Schwamm. Wir waren nicht mehr die Erde wert, in der sie uns hätten begraben können. Und so ließen sie uns auf einmal gehen! Die Entlassungspapiere waren so plötzlich von dem russischen Kommandanten unterschrieben worden, dass wir es gar nicht begreifen konnten. Am Tor standen unsere russischen Arbeitskolleginnen in langen Reihen, wir waren Hunderte gewesen, die tagein, tagaus in das Bergwerk getrieben worden waren! Sie weinten und wünschten uns deutschen Frauen Glück.

»Auf dass ihr eure Familien findet!«

»Auf dass ihr eine neue Heimat findet!«

»Es wird kein Wiedersehen mehr geben!«

Wie viele russische Frauen und Mädchen hatten inzwischen das Bild von meiner Anni gesehen, welches ich immer bei mir trug. Wie viele raue Finger hatten mitleidig darüber gestrichen, wie viele Tränen waren darauf getropft.

Noch ein letztes Mal beteten wir an den Gräbern der vielen Toten, die wir hier zurücklassen mussten, dann wankten wir mit unseren kargen Bündeln zum Bahnhof nach Starlowo, eskortiert von Russen, die uns aber nichts mehr zuleide taten. Sie schauten eher betroffen zu Boden. Am Sonntag früh wurden wir nach Dschetschkahowa geführt, wo wir darauf warten mussten, dass auch die anderen kriegsgefangenen Frauen aus anderen Lagern herbeigeführt wurden.

Als ich durch das Tor des Lagers ging, hatte ich auf einmal das Gefühl: »Jetzt bist du endlich frei.« Tage und Nächte, über viereinhalb Jahre lang, waren alle so verzweifelt gewesen, dass keine von uns mehr wirklich daran geglaubt hatte, dieses Lager jemals wieder zu verlassen.

Am Bahnhof brach dann auf einmal Hektik aus. Hunderte von Frauen saßen matt und krank auf den Rampen, und ständig kamen neue dazu. Der Anblick von so viel Leid muss selbst unseren Bewachern schwer auf das Gewissen gedrückt haben. Endlich fuhr ein Zug ein, und wir rissen die Augen auf: Es war ein Personenzug! Mit Sitzen und Fenstern!

Kaum noch eine von uns konnte aufstehen und ihn selbst besteigen. Geduldig warteten wir, bis die Russen einen Plan hatten. Noch immer wurden Tote aussortiert. Schließlich wurden wir von schreienden Soldaten in die verschiedenen Waggons verladen. Sie hakten Listen ab, riefen sich etwas zu, brachten jene, die nicht mehr laufen konnten, auf Handkarren oder Schubkarren. Was würde uns erwarten in diesem Deutschland, das wir noch nicht kannten? Wir gingen schweigend auf diesen letzten Weg von der langen Verladerampe zum Personenbahnsteig, jede hing ihren Gedanken nach. Auf dem Bahnsteig angekommen, bestiegen wir, fassungslos vor Staunen, den langen Personenzug, der mit Holzsitzen und Fenstern ausgestattet war. Diesmal fuhr der Zug los, ohne tagelang hin und her zu rangieren.

Wir waren darauf gefasst, erneut wochenlang auf dem Rückweg zu sein, und starrten einfach nur apathisch in die Weiten dieses trostlosen, schmucklosen Landes.

Der lange Transportzug ratterte durch die winterliche Landschaft, erreichte die Ukraine, in Richtung der neuen, unbekannten Heimat, nach Westen. Damals, auf der Hinfahrt, hatte die Fahrt über vier Wochen gedauert. Immer wieder hatte der Zug angehalten auf freier Strecke, tagelang und nächtelang hatte er in bitterer Kälte irgendwo im Nirgendwo gestanden, dann war er vor und zurück rangiert, ohne dass wir erfahren hätten, was das bedeuten sollte. Heute ratterte der Zug zielstrebig und unermüdlich Richtung Westen. Wir alle waren ausgestattet mit Essenspaketen, die wir ehrfürchtig auf dem Schoß hielten. Waren wir wieder Menschen?

Fast fünf Jahre teilten wir Frauen das unsägliche Leid, das Heimweh, die Sehnsucht, die Kälte und den Hunger, wir hielten zusammen wie Pech und Schwefel und teilten auch die kleinen Freuden, wenn eine für alle Sonnenblumenkerne von den Russinnen mitbrachte, in einem kleinen Säckchen, das ihr heimlich zugesteckt worden war. Wie oft hatten wir jene, die nicht mehr konnten, mit so einer Beruhigung für den hungrigen Magen wieder auf die Beine gebracht, wie oft hatten wir heimlich unten im Schacht die Arbeit für eine andere übernommen. Unser russischer Aufseher Andrej schaute oft genug weg, er tat so, als könne er uns gar nicht auseinanderhalten; alle waren wir pechschwarz im Gesicht und hatten die gleiche verdreckte Arbeitskleidung an. Immer waren wir eine für die andere eingestanden. Und nun saßen wir Frauen, die noch übrig waren, schweigend in diesem Holzabteil, raus aus der Hölle Sibiriens. Worauf sollten wir uns freuen? Wir hatten kein Vorstellungsvermögen. Wo würden wir hingebracht? Sicher würde uns dort in der Fremde nichts Gutes erwarten.

Hatte sich doch in den letzten fünf Jahren auch niemand um unser Schicksal gekümmert!

Und wen von unserer Familie würden wir noch lebend antreffen? Vielleicht niemanden mehr! Auf das Schlimmste gefasst, ratterten wir durch die endlosen Weiten. Kaum nahmen wir wahr, dass wir nun durch das zerstörte Polen fuhren, und schon nach drei oder vier Tagen war die deutsche Grenze erreicht. Hier wurden wir schließlich aus dem Zug ausgeladen, um entlaust zu werden. Viele von uns konnten nicht mehr selber aussteigen, sie wurden wie Lumpenbündel herausgereicht, auf einen Holzkarren gelegt und in das Entlausungszentrum gerumpelt. Manche bekamen diese Prozedur gar nicht mehr mit. Jene, die diese Säuberung noch bei Sinnen vollzogen hatten, bekamen an Ort und Stelle etwas zu essen; etwas Suppe aus einem Blechnapf, ein Stück Brot und etwas Tee. Nur vier Tage später kamen wir in Frankfurt an der Oder an. Wir waren erstmalig wieder auf deutschem Boden! Wer noch in der Lage war, durfte in einem nahe liegenden Krankenhaus ein Bad nehmen, und wurde dann flüchtig untersucht. Wir alle hatten aufgeschwemmte Bäuche, daran konnten die Ärzte auch nichts ändern. Mit tief betroffenen Gesichtern machten sie sich Notizen, dann durften wir wieder einsteigen.

Im Gegensatz zu der Herfahrt vor knapp fünf Jahren, die fast einen Monat gedauert hatte, und bei der sich kein Mensch um uns gekümmert hatte, war dies fast eine Erholungsreise! Immer wieder dachte ich an meine kleine Tochter, Anni, und hielt ihr Bild in den Händen. Ob sie noch lebte? Würde ich sie je wiedersehen? Und wenn, was war dann aus ihr geworden? Sie müsste jetzt zehn Jahre alt sein! Ob sie sich noch an mich erinnerte? Und würde sie überhaupt noch mit mir zusammenleben wollen? Das war meine größte Angst, dass ein fremdes Kind vor mir stehen würde, das mich nicht mehr erkannte.

Wieder schob sich das kleine Puppengesicht von Anni über das meines verstorbenen kleinen Bruders, und Schuldgefühle quälten mich. Meine Eltern hatten mir seinen Tod nie verziehen, und ich mir auch nicht. Auch auf meine Anni hatte ich nicht aufpassen können …

Hallo? Was war das? Auf dem Bahnsteig draußen standen Menschen mit Blumen?

Aus einem Dämmerschlaf heraus nahm ich wahr, dass wir in Leipzig waren. Meinten die uns?

Viele Frauen konnten nach der langen Fahrt nicht mehr alleine aussteigen. Das Rote Kreuz erwartete uns kriegsgefangene Frauen mit Tragen und Wolldecken, Tee und Butterbroten. Wir starrten diese Menschen da draußen an und konnten es nicht glauben, dass dieser Empfang uns gelten sollte? Die Menschen auf dem Bahnsteig begrüßten uns mit Blumen und kleinen Geschenken! Wir waren überwältigt! So eine Ehre hatten wir seit fünf Jahren nicht mehr erlebt! Fassungslos rieb ich mir die Augen, und Christa und mir kamen die Tränen.

»Kommen Sie, wir haben für Sie eine Notunterkunft vorbereitet!« Stützende Arme halfen mir, jemand nahm mein Bündel Gepäck, andere trugen mich auf eine Liege, weil mir die Beine immer wieder einknickten. Auch Christa und die anderen Frauen wurden rührend und liebevoll umsorgt.

»Woher wusstet ihr von unserer Ankunft?« Es war so ungewohnt, mit Fremden plötzlich wieder Deutsch zu sprechen!

»Es kam im Radio«, kam die Antwort in sächsischem Akzent. »Aus Frankfurt an der Oder haben sie hier angerufen, die Ärzte waren erschüttert. Sie haben es im Rundfunk gebracht, dass ihr Frauen fünf Jahre in Kohlegruben arbeiten musstet, und haben dazu aufgerufen, mit Essen und Kleidung zum Bahnhof zu kommen! Wir haben ja im Krieg schon Schlimmes gesehen und erlebt, aber so was übersteigt unser Vorstellungsvermögen!«

»Sie haben auch in den Nachrichten gesagt, dass ihr im Banat geboren seid, wir wussten gar nicht, dass es so etwas gab, das haben wir erst mal im Atlas nachgeschlagen. Nu!«

Gutmütige Stimmen prasselten auf mich ein, jemand hielt meine Hände, als ich auf meiner rollbaren Liege in einen Rot-Kreuz-Wagen geschoben wurde und panisch um mich griff.

»Christa!«

»Hier bin ich, Amalie!«

Wir ließen einander nicht los.

»Ihre Cousine ist auch mit diesem Transport gekommen, soll ich Ihnen ausrichten!«

»Meine Cousine Elisabeth? Lebt sie noch?« Ich versuchte, den Kopf zu heben.

»Ja, sie war im Küchendienst in einem anderen Lager! Keine Sorge, wir bringen Sie ins Notaufnahmelager Hof-Moschendorf«, informierte mich eine rundliche ältere Dame, die unaufhörlich meine eingefallene Wange tätschelte. »Dort werden Sie Ihre Cousine finden.«

»Nicht zu glauben, so was habe ich noch nie gesehen«, murmelte sie fassungslos. »Dass die überhaupt noch leben …« Und dann brach sie in Tränen aus.

Während der Fahrt schwanden mir kurz die Sinne, das gleichmäßige Rattern und die Abgase dieses knatternden DDR-Fahrzeugs schläferten mich ein. Als ich wieder zu mir kam, lag ich in einem Krankenhausbett in einem Saal mit etwa dreißig anderen Frauen, die alle ebenfalls in diesem Zug gewesen waren. Christa lag neben mir. Wir hatten einander einfach nicht losgelassen.

Als Erstes vernahm ich das leise Sprechen von Ärzten, die uns begutachteten.

»Diagnose Kohlenstaublunge, oder Kohlearbeiter-Pneumokoniose!« Es hatten sich mehrere Ärzte aus den umliegenden Krankenhäusern hier versammelt, denn auch sie waren durch das Radio von unserer Ankunft informiert und aufgefordert worden, sich unverzüglich im Aufnahmelager in der Krankenstation einzufinden.

»Die Patientinnen haben sich durch Einatmen von Kohlenstaub oder Grafit über einen längeren Zeitraum irreparable Lungenschäden zugezogen«, hörte ich sie entsetzt murmeln. »Kohlenstaub ist zwar relativ inert und löst kaum Reaktionen aus, verteilt sich aber in der ganzen Lunge und ist in Form winziger Flecken auf Röntgenaufnahmen zu sehen. Schauen Sie hier, Herr Kollege! Alles schwarz! Der Kohlenstaub hat bei dieser Patientin fast die Atemwege verschlossen. Sie wäre langsam und qualvoll erstickt.« Redeten die von mir? Ihre betroffenen Gesichter waren über mich gebeugt. »Patientin, Anfang dreißig. Kaum zu glauben …«

Mir schwanden zwar immer wieder die Sinne, und ich hustete schwarzes Blut in eine Schale, die eine Schwester mir hielt, aber eines fühlte ich im Unterbewusstsein: Mein Martyrium in Sibirien war beendet. Egal, ob ich hier lebend herauskommen würde: Ich war in Deutschland bei lieben Menschen, die mir helfen würden, gesund zu werden.

Nun waren sie über Christa gebeugt. »Diese hier ist noch nicht mal dreißig!« Jemand reichte den Ärzten eine dünne Akte.

»Schauen Sie sich die Bronchiolen an«, hörte ich den Oberarzt zu seinem Assistenten sagen. »Das ist eine progressive massive Lungenfibrose, die Patientin hat schon ausgedehnte Vernarbungen mit mindestens 1,3 Zentimetern Durchmesser in der Lunge gebildet!«

175

»Hat sie eine Chance auf Heilung?«, flüsterte der junge Arzt. »Wenn sie in bessere Luft kommt?«

»Diese progressive massive Fibrose kann sich auch dann noch verschlimmern, wenn kein Kohlenstaub mehr eingeatmet wird. Die Vernarbungen können das Lungengewebe und die Blutgefäße in der Lunge zerstören!«

Meine Schwägerin Christa hatte das »Caplan-Syndrom«, wie die Ärzte feststellten. »Als hätte die junge Patientin zwanzig Jahre lang ununterbrochen geraucht!«

Wir alle, die wir da lagen, litten massiv unter Husten und Atemnot, durch die Jahre in der Eiseskälte kamen chronische Bronchitis und ein Lungenemphysem hinzu. Es gab keine Intensivstation, aber Lungenfunktionsprüfungen und Messungen des Sauerstoffgehalts im Blut wurden zur Überwachung der Erkrankung bei uns allen regelmäßig durchgeführt. Außerdem wurde mir noch Wochen nach meiner Ankunft in Hof-Moschendorf regelmäßig mit großen Spritzen Wasser aus dem Körper gezogen. Das war nicht nur sehr schmerzhaft, sondern brachte auch meinen Kreislauf regelmäßig dazu, zu kollabieren.

Ganze drei Monate lang lag ich mehr tot als lebendig dort in der Krankenstation, genau wie Christa. Meine Schwägerin war inzwischen siebenundzwanzig und ich zweiunddreißig Jahre alt. Wir wurden rührend und liebevoll von den Krankenschwestern umsorgt. Immer wieder mussten wir weinen, weil wir so viel Zuwendung, Mitgefühl und menschliche Berührungen nicht mehr gewohnt waren.

Auch Elisabeth, meine Cousine, wurde schließlich in unser Zimmer verlegt. Sie war die Jüngste von uns allen und hatte durch ihre Arbeit im Küchendienst am wenigsten Schaden davongetragen.

Elisabeth hatte inzwischen über das Rote Kreuz ihre Mutter und ihre Schwester in der Nähe von Heidelberg gefunden, und eines Tages war sie weg.

Christa jedoch wich nicht von meiner Seite, auch wenn es ihr bald schon deutlich besser ging als mir.

»Ich lasse dich doch jetzt nicht allein, wo wir uns fünf Jahre lang nicht von der Seite gewichen sind!«

»Christa, ich habe solche Angst, dass unsere Männer nicht mehr leben!«

»Deswegen bleibe ich auch bei dir, Amalie.«

»Was ist, wenn mein Kind verschollen bleibt?«

»Amalie, unsere Schwiegereltern haben versprochen, sie nicht aus den Augen zu lassen.«

»Und wenn sie selbst längst tot sind?« Dieser Gedanke war derart unerträglich, dass ich wieder tagelang apathisch im Bett lag. Sollte diese ganze Qual in Sibirien umsonst gewesen sein?

Christa hielt fest meine Hand. »Wir müssen an das Gute glauben! Du wirst sehen, dein Kind lebt, und du wirst es wieder in die Arme schließen!«

Ich beneidete Christa so sehr, dass sie schneller wieder auf den Beinen war als ich und auch schon ein Lebenszeichen von ihren Lieben hatte! Sie saß tagelang an meinem Bett, hielt mir die Spuckschale und flößte mir nach und nach flüssige Vitamine und Mineralstoffe ein, wie es ihr die Schwester erklärt hatte. Immer mehr Frauen aus den Krankensälen konnten aufstehen und die Suche nach ihren Verwandten antreten, doch ich fühlte mich wie eine Greisin.

»Du schaffst das, Amalie, ich bleibe bei dir, bis du auf deinen eigenen Beinen hier wieder rausgehst!«, machte Christa mir Mut.

Und dann platzte sie eines Tages mit hochroten Wangen in den Krankensaal und sank weinend auf meinen Bettrand: »Amalie! Hans lebt! Er ist in Bayern!«

Sie hielt meine Hand, an deren Handgelenk immer noch ein Zugang steckte, weil ich noch am Tropf hing. »Die netten Leute vom Roten Kreuz haben es mir gesagt! Hans schreibt, dass du und ich bei ihm wohnen können, sobald du hier entlassen wirst!«

»Du wirst jetzt auf schnellstem Wege zu ihm wollen?«

»Ich fahre nicht ohne dich! Du musst schnell gesund werden!«

Ich sank zurück und starrte an die Decke. Bayern. Hans. Aber was war mit Jakob?

»Von Jakob habe ich bis jetzt noch keine Nachricht.« Christa streichelte mir mit zwei Fingern zart die Wange. »Sie sagen, sie dürfen mir über ihn keine Auskunft geben. Auch über unsere Schwiegereltern konnte ich noch nichts erfahren…«

»Und somit auch nichts über Anni…«, hauchte ich mit tränenerstickter Stimme.

»Du musst ganz schnell gesund werden, Amalie.« Christa küsste mich auf die Stirn. »Es gibt sicher Nachrichten von ihnen, aber die sagen sie dir nur persönlich.«

Das gab mir so viel Antrieb, dass ich schon wenige Tage später aufstehen konnte. Meinen Tropf schob ich an einem Rollständer mit, und Christa zeigte mir den Weg zu der Amtsstube, in der das Rote Kreuz den Suchdienst betrieb. An den Wänden hingen überall Fotos und Namen von Menschen, die vermisst waren. Hunderte von Kleinkindern und Kindern! Tausende von Männern und Frauen! Der ganze Gang und das Treppenhaus waren voll mit Schwarz-Weiß-Fotos von Gesichtern! Darunter standen die Namen und Datum und der Ort, an dem sie zuletzt gesehen worden waren. Dieses Büro hier konzentrierte sich ausschließlich auf die Menschen aus dem Banat. Es waren Dutzende von Mitarbeitern hier beschäftigt, und ununterbrochen klingelte das Telefon. Mit sorgenvollen Gesichtern machten sich die Mitarbeiter Notizen, hefteten Zettel zusammen, schoben Akten herum, rauchten wie die Schlote. Lange Schlangen hatten sich vor jedem Büro gebildet, und wir saßen stundenlang geduldig vor einer Tür. Mein Herz zuckte wie ein halb zertretener Käfer, der sich immer noch ein bisschen weiterschleppt. Als ich eintrat, drückten sie hastig ihre Zigaretten aus.

»Wie geht es Ihnen, Frau Pfeiffer? Bitte nehmen Sie hier Platz.« Eine freundliche Dame wies mir einen Stuhl zu, auf den ich kraftlos sank. Mir zitterten dermaßen die Knie, dass ich jeden Moment zusammenbrechen würde. Vor meinen Augen tanzten grelle Punkte.

»Sagen Sie es mir, wie es mir geht …?« Mit feuchten Händen klammerte ich mich an Christa, die nicht von meiner Seite wich. Anni, hämmerte es mir in der Brust. Anni, Anni, Anni.

Wenn sie jetzt sagt, dass Anni tot ist, will ich auch sofort tot sein.

»Frau Pfeiffer.« Die Dame blickte mich mitfühlend an. »Wir kennen ja Ihre Schwägerin schon, und auch für Sie haben wir zuerst einmal eine gute Nachricht: Ihre Tochter Anni lebt noch in Jugoslawien, wir wissen bis jetzt nur noch nicht, wo.« Mein Herz machte einen dumpfen Schlag. Sie lebte! Anni! Mein Kind! Sofort brach ich in bittere Tränen aus. »Anni«, schluchzte ich haltlos. »Anni, mein armes, liebes Kind …« Ich sank in Christas Arme, die sofort mit mir weinte.

Wo bist du, mein Kind? Lebst du schon bei anderen Leuten, die dich bei einem anderen Namen nennen, sprichst du schon Serbisch und hast mich und deine Muttersprache vergessen?

Christa umarmte mich fest. »Sie werden sie finden, Amalie, nur Mut. Du kriegst dein Kind zurück!«

»Die zweite gute Nachricht ist, dass wir auch Ihre Schwiegereltern gefunden haben. Nu!« Die freundliche Dame mit dem sächsischen Akzent lächelte uns beide aufmunternd an und blätterte in ihren Akten. »Ihrer beider Schwiegereltern, Barbara und Wilhelm Pfeiffer, leben in einem Lager namens Jabutschki Ried, und wir gehen davon aus, dass dort auch Ihre kleine Tochter lebt, Frau Pfeiffer!«

Fassungslos starrte ich vor mich hin, meine Halsschlagader pochte wie verrückt.

Mein Kind lebte! Anni war wahrscheinlich bei ihren Großeltern!

Sie hatten ihr Versprechen also gehalten! Oh Gott, was musste mein Kind alles durchgemacht und mit angesehen haben! Christa und ich, wir beide weinten Rotz und Wasser.

»Ihre Schwiegereltern konnten Ihr Kind höchstwahrscheinlich aus dem Kinderheim retten«, las die Schwester aus ihren Akten weiter vor, »nur ist das Kind bei keiner Stelle gemeldet! Wir denken aber, dass die Großeltern die kleine Anni aus Angst nicht gemeldet haben, damit sie nicht noch einmal verschleppt wird. Andere Kinder wurden nämlich in serbische Familien verbracht.«

Noch immer hämmerte mein Herz und schlug mir bis zum Hals, und ich klammerte meine Hand in die von Christa. Ein heftiger Schwindel hatte mich erfasst, denn ich spürte genau, dass jetzt noch Schlimmes kommen würde. Ich sah es an den Augen der Frau.

»Leider haben wir auch schlechte Nachrichten für Sie, Frau Pfeiffer.« Die Dame nahm ihre Brille ab und wischte sich über die Augen. Sicher hatte sie schon viele Schicksalsnachrichten weitergeben müssen, gute wie schlechte. Aber diese Mitteilung fiel ihr ganz besonders schwer. »Ihr Mann ist schon am 11. Januar 1945 in den Bergen von Bologna Florenz gefallen. Der Ort hieß Loiano, wie hier steht.«

»Dann ist mein Jakob schon seit fast fünf Jahren tot …« Ich fühlte, wie mir das Blut aus den Adern wich. Innerlich versteinerte ich, mein schwaches Herz konnte diese Nachricht nicht mehr verarbeiten. Fast fünf Jahre lang hatte ich jeden Moment an ihn gedacht und im Stillen mit ihm geredet, und er lag schon lange in italienischer Erde, namenlos irgendwo verscharrt, ohne

Grabstein, ohne Kreuz, ohne irgendein Merkmal, mit dessen Hilfe ich ihn je finden könnte ...

Mir schwanden die Sinne. Grelle Punkte tanzten vor meinen Augen, in meinen Ohren schrillte ein hässlicher greller Dauerton, der zu einem Rauschen anschwoll. So konnte ich auch ihre letzten Worte gar nicht mehr vernehmen: »Leider habe ich noch eine schlechte Nachricht, Frau Pfeiffer. Ihre Eltern sind im Lager Rudolfsgnad kurz hintereinander verhungert.«

Nach dieser Nachricht lag ich wieder tagelang apathisch auf der Krankenstation.

ANNA

Jabutschki Ried, 1950

Kind, du hast Post von deiner Mama!« Mit zitternden Fingern öffnete meine Großmutter vorsichtig den dünnen Umschlag, den sie vom Postamt des Dorfes mitgebracht hatte, wo sie täglich auf dem Feld arbeitete. In Ermangelung einer Brille kniff sie die Augen zusammen und hielt den einseitigen handgeschriebenen Brief mit ausgestrecktem Arm von sich weg. Ich selbst konnte ja immer noch nicht lesen, obwohl ich fast elf Jahre alt war. Großmutter las mit gebrochener Stimme vor.

Mein liebes Anni-Kind,

Hoffentlich erinnerst du dich noch an mich, deine liebe Mama. Ich war fünf Jahre lang in Russland, zusammen mit deiner Tante Christa, und wir haben fest zusammengehalten, sodass wir heute beide in Bayern sind, bei deinem Onkel Hans, der damals im Banat dein Taufpate war. Er ist der jüngere Bruder deines Vaters Jakob, der leider im Krieg gefallen ist. Das alles habe auch ich erst in Deutschland erfahren, und es ging mir danach lange sehr schlecht. Wir haben Fürchterliches durchgemacht, aber wir leben! Dein Onkel Hans ist 1948 mit dem Roten Kreuz schwer verwundet aus dem Lazarett von Frankreich nach Bayern gekommen, wo er von einem Bauern und seiner Frau wie der eigene Sohn auf dem Bauernhof in Dettendorf aufgenommen worden ist. Als gelernter Metzger hat er dort bald Arbeit gefunden und darf dort in einem Zimmer wohnen. Die Bauersleute haben sich rührend um ihn gekümmert, und nach Monaten konnte er wieder gehen. Ja, und das war auch unser großes Glück, liebe Anni! Tante Christa und ich durften nachkommen, und so leben wir nun zu dritt bei den netten Bauersleuten! Du hast doch sicher das schöne Kommunionskleid bekommen, das diese lieben Menschen mir für dich geschenkt haben. Stell dir vor, ihre Enkeltochter heißt auch Amalie, und sie habe ich gleich ins Herz geschlossen. Ich darf auf dem Sofa schlafen, und darauf ist auch noch ein Plätzchen frei für mein Kind! Denn meine Anni gehört zu ihrer Mama! Ich habe solche Sehnsucht nach dir! Nun komme ich zu meiner großen Bitte: Sag deinen Großeltern, sie sollen dich zu mir schicken, Anni! Ich habe alles in Bewegung gesetzt, damit du die Ausreisepapiere erhältst. Ich möchte nicht mehr länger ohne dich sein! Es wird Zeit, dass wir beide wieder zusammen sind. Ich warte sehnsüchtig auf dich, mein Kind. Du musst ja auch dringend in die Schule!

Deine dich liebende Mami

PS: Deutschland quillt über vor Flüchtlingen, wir können noch keine eigene Wohnung nachweisen, aber sobald uns das gelungen ist, holen wir natürlich die lieben Großeltern nach!

Großmutter wischte sich die Tränen aus den Augenwinkeln. »Möchtest du zu deiner Mama, Liebes?«

Ich hockte auf dem Fußbänkchen zu ihren Füßen und hatte die Arme um meine Knie geschlungen. Ganz klein wollte ich mich machen, denn dieser Brief überforderte mich komplett. Ich sollte zu meiner Mutter fahren, in ein fremdes Land, und dort bei fremden Leuten leben? Ich erinnerte mich auch nicht

an Tante Christa und Onkel Hans! Ohne meine über alles geliebten Großeltern wollte ich nirgendwo hingehen! Ohne meine
geliebte Oma, die mich unter Einsatz ihres Lebens überallhin
begleitet und mir das Leben gerettet hatte? Die sich seit Jahren
jedes Stückchen Brot vom Munde absparte, um es für mich auf-
zuheben? Die für mich aus Lumpenresten Kleider nähte, weil
ich so schnell wuchs? Die alles tat, um mir mein Leben hier
halbwegs schön zu gestalten? Und Opa, der für mich Spielzeug
schnitzte und mich mit in den Wald nahm, um mir die Schönheit der Natur zu erklären? Der mir jeden Tag von dem Banat
erzählte, um in mir die Erinnerung an meine Heimat wachzu-
halten? Das wäre mir nicht nur wie Verrat vorgekommen, sondern ich hing wie eine Klette an ihnen! Ich hatte doch nur diese
beiden Menschen!

»Oma, ohne euch fahre ich auf keinen Fall.« Trotzig schüttelte
ich den Kopf, dass meine inzwischen wieder langen blonden Zöpfe nur so flogen.

»Aber du gehörst zu deiner Mama, Kind.« Omas Augen standen in Tränen. »Ich habe ihr in die Hand versprochen, dass ich
dich ihr heil wiederbringe!«

Mein Herz hüpfte wie ein bockiges Fohlen in wilden Sprüngen
hin und her.

Natürlich wollte ich meine Mama sehen! Aber nicht ohne meine Großeltern!

Nein! Auf keinen Fall! Eher wollte ich sterben!

»Oma, bitte tu mir das nicht an, ich fürchte mich viel zu sehr!
Nie und nimmer steige ich ohne euch in einen Zug!« Panisch
fing ich an zu weinen und umklammerte meine dünne zerbrech-
liche Großmutter mit so einer Heftigkeit, dass sie fast erdrückt
wurde.

»Bitte, bitte lass mich bei euch bleiben, ich will auch immer
artig sein …«

185

»Liebes. Bitte beruhige dich. Natürlich stecken wir dich nicht alleine in einen Zug. Nach allem, was du durchgemacht hast. Das wird deine Mama verstehen.«

Sorgfältig strich sie das Papier des Briefes glatt und las ihn wieder und wieder halblaut murmelnd vor. Dann machte sie sich daran, eine Antwort zu formulieren. Inzwischen war auch der Opa von seinem Waldarbeiter-Dienst heim in unsere Baracke gekommen, und bedächtig saßen die beiden alten Leute mit ihrem Bleistiftstummel vor dem Schreibblock, auf den der Opa normalerweise immer seine Gedichte über den Banat schrieb.

»Wir müssen sehr genau überlegen, was wir schreiben, Wilhelm.«

»Ja, natürlich, Barbara. Wir dürfen die arme Amalie nicht kränken.«

»Wie sehr muss sie sich nach ihrem Kinde sehnen!«

»Aber wir können ihr das Kind zum jetzigen Zeitpunkt noch nicht überlassen.«

Ich sprang von dem Holzhöckerchen auf, das mein Platz in dieser Behausung war, und verfolgte mit Angst und Herzklopfen ihre Unterhaltung.

»Opa, lies bitte vor, was du geschrieben hast!« Ich konnte ja noch kein Wort lesen!

Der Opa schrieb mit seiner akkuraten steilen Schrift. Dass es noch Sütterlin-Schrift war, konnte ich nicht erkennen, aber später, als ich lesen konnte, begriff ich den Unterschied.

Liebe Amalie,

Wie froh sind wir, dass du und Christa, unsere geliebten Schwiegertöchter, lebend aus der Hölle Sibiriens zurückgekehrt seid. Wie schwer muss euer junges Leben gewesen sein, wir können es nicht ermessen. Wir sind überglücklich zu erfahren, dass wenigstens unser Hans lebend aus dem Krieg zurückgekehrt ist, wenn wir auch mit dir sehr um unseren geliebten Jakob trauern. Dass er schon fünf Jahre lang in italienischer Erde ruht, ist ganz unfassbar für uns und hat uns unzählige Nächte weinen lassen.

An dieser Stelle tropften seine und Großmutters Tränen auf die Zeilen, die das Geschriebene verwischen ließen. Schüchtern streichelte ich seine und ihre Schultern. »Und jetzt was Schönes, Opa. Bitte!« Er lächelte mich schwach unter seinem zitternden Schnurrbart an und straffte sich tapfer.

Zu deiner Freude können wir dir berichten, dass deine Anni, inzwischen zehnjährig, die Schrecken und Grauen des Hungerlagers Rudolfsgnad mit Gottes Hilfe überstanden hat und inzwischen wächst und gedeiht. Sie macht uns viel Freude und durfte im letzten Jahr mit den anderen Kindern aus Jabutschki Ried die erste heilige Kommunion empfangen. Anni dankt dir von Herzen für das wunderschöne Kleid, den Kranz, den Schleier und die Schuhe. Sie war wohl das glücklichste Kind der Welt, als sie so strahlend rein zum Tisch des Herrn gehen durfte.
Liebe Amalie, wir hoffen so sehr auf dein Verständnis, aber wir können Anni nicht allein nach Deutschland schicken. Sie kennt nur uns, und sie vertraut uns. Sie würde sich nie alleine auf Reisen zurechtfinden, sie kann nicht lesen, und sie fleht uns an, bei uns bleiben zu dürfen. Wir warten geduldig und zuversichtlich darauf, dass du von Deutschland aus alles in Bewegung setzt, um eine Wohnung nachweisen zu können, sodass auch uns die Ausreise eines Tages bewilligt werden wird. Wir lassen Anni keine Sekunde aus den Augen. Das ha-

ben wir dir versprochen, und daran halten wir uns. Mach dir keine Sorgen um sie, sie ist ein wundervolles, fröhliches und lebensbejahendes Kind, das uns und den anderen Lagerinsassen hier viel Freude macht. Lass uns unseren Sonnenschein noch ein bisschen!
Wir grüßen dich, Christa und Hans von liebendem Herzen!

Deine Barbara und Wilhelm Pfeiffer

AMALIE

Rosenheim, 1. Mai 1950

Habt ihr es geschafft?« Atemlos und mit Herzklopfen stand ich an der Bushaltestelle des kleinen bayrischen Dorfes, als mein Schwager Hans und seine geliebte Christa aus dem Postbus kletterten. Die satten Wiesen blühten bereits in voller Pracht, rosa Kirschblüten und Magnolien wiegten sich im Frühlingswind, und der blaue Himmel ließ diese unwirkliche Schönheit umso märchenhafter wirken. Dass die Welt wieder in Farbe war! Fast fünf Jahre lang hatte die Welt nur in einem eintönigen Grau drückend und quälend auf meinem Gemüt gelegen wie eine alte graue Decke. Und nun ähnelte sie einer bauschigen leichten Gardine! Doch all das Schöne, Prächtige, dieser Überschwang an Farben und Düften, an Vogelgezwitscher und Wärme auf der Haut konnten mein Herz nicht erreichen. Ich wollte mein Kind! Es war jetzt das sechste Jahr, das ich ohne meine Anni verbrachte, und es brach mir das Herz! Wie konnte ich es ertragen, dass meine Tochter weiterhin mit den Großeltern im verfeindeten Jugoslawien in einem Lager lebte und sich jeden Tag innerlich mehr und mehr von mir entfernte. Jeder weitere Tag, den sie uns nahmen, saugte mir einen weiteren Tropfen Lebensmut aus den Adern. Ich würde noch wahnsinnig werden! Auch wenn ich es nach und nach begriff, dass wir frei waren; mein Kind war nicht bei mir! Und deshalb setzten wir Himmel und Hölle in Bewegung, um für alle einen Wohnsitz nachweisen zu können.

Christa sprang vom Trittbrett des Busses und mir direkt um den Hals.

»Amalie, du darfst wieder hoffen! Wir haben es gepachtet!«

Hans schnappte mich Leichtgewicht und drehte mich übermütig im Kreis. Der Busfahrer ließ die Tür wieder zuschnappen und fuhr kopfschüttelnd davon. Diese Spätheimkehrer, arme Schweine.

»Not macht bekanntlich erfinderisch! Wir haben einen bescheidenen Bauernhof gepachtet, in Hetzenbichl, da, wo Fuchs und Hase sich Gute Nacht sagen, aber wir haben eine Bleibe!«

»Das heißt, wir haben eine Adresse?«

»Ja, die haben wir, und jetzt laufen wir zum Bürgermeister Köllmeier, der soll uns helfen, dass die Ausreise der Eltern und deiner Anni aus dem jugoslawischen Lager beschleunigt wird!«
Tausende und Abertausende von Ausreisewilligen hatten ihre Anträge nach Deutschland geschickt, die Büros quollen über, die Mitarbeiter waren völlig überfordert. Wieso sollten sie ausgerechnet uns bevorzugen, die wir nichts waren und nichts hatten?

In unseren wadenlangen Röcken, die uns mitleidige Bauersfrauen geschenkt hatten, rannten wir, so schnell wir konnten, in das Dorf, wo gerade auf dem Tanzboden ein Maibaum aufgestellt wurde. Mit riesigem Hallo und »Hau ruck!« wurde der mächtige Stamm, dessen Krone mit einem Blütenkranz geschmückt war, von den jungen Männern Stück für Stück aufgerichtet.

Wie symbolisch war dieser prächtige Maibaum für das Wiederaufstellen meines Lebens!

Noch hing der Maibaum in den Seilen, die Männer schwitzten und brauchten eine Pause. Lachend tranken sie Bier aus riesigen Krügen, und die Dorfkapelle spielte. Ihren Akzent konnte ich überhaupt nicht verstehen, er war so derb und deftig wie ihr Essen, das ich nicht vertragen konnte. Aber sie konnten mich auch nicht verstehen. Würde ich hier je leben können?

»Komm, lieber Mai, und mache die Bäume wieder grün«, schunkelten die Leute auf ihren Bierbänken.

Der Bürgermeister, ein herzlicher und hilfsbereiter Mann um die fünfzig in zünftigen Lederhosen, sprang sofort auf, als er uns kommen sah. Er war uns Flüchtlingen gegenüber sehr positiv eingestellt und half, wo er nur konnte. »Wir brauchen noch zwei starke Männerarme!«, rief er Hans auf Bayrisch zu. »Kimm omoi her und pack mit oo!«

Das ließ Hans sich nicht zweimal sagen. Er hatte uns immer wieder begeistert davon erzählt, wie herzlich er in diesem Dorf aufgenommen worden war, als er versehrt und zerrissen, wie ein Bündel Lumpen, vom Roten Kreuz hierhergebracht worden war. Monatelang musste er erst gesund gepflegt werden, bevor er sich überhaupt nützlich machen konnte. Im Gegensatz zu vielen anderen Deutschen, die »Aussiedlern« eher skeptisch und abweisend gegenüberstanden, oft mit einer Prise verächtlichem Mitleid versehen, hatte dieses Dorf die »Spätheimkehrer« mit offenen Armen aufgenommen. Wobei das Wort »Heimkehrer« ja eigentlich nicht zutraf! Wir kamen alle nicht »heim«, wir kamen in die Fremde! Vielen anderen Aussiedlern aus dem Banat mag es nicht so gut gegangen sein wie uns, die wir auf offene Türen stießen. Zwar hatten auch diese Bauersleute unmittelbar nach dem Krieg nichts zu verschenken, aber sie hatten ein Herz und überließen Hans und später auch Christa und mir ein Zimmer. Sie beschenkten uns mit Kleidung, Essen und Zuwendung. Inzwischen hatten wir auch einen Arbeitsplatz, indem wir uns auf dem Feld nützlich machten, und die neueste Errungenschaft war nun der eigene gepachtete Bauernhof!

Das alles musste uns jetzt nur noch schriftlich bescheinigt werden, dann musste dieses Papier auf schnellstem Wege nach Jugoslawien gelangen, und dann mussten die Großeltern mir endlich meine Anni bringen! Vor Ungeduld konnte ich keine Sekunde mehr still sitzen.

»Hau ruck!«, brüllten die bayrischen Männer, die mit hochge-krempelten Ärmeln unter viel Gelächter mit roten Köpfen vom Bier und der Hitze den Maibaum schließlich komplett aufgerich-tet hatten. Die Dorfkapelle spielte einen Tusch, und die Menschen drehten sich ausgelassen zum Tanz. Ich bewunderte die schönen Trachten, farbenfrohe Dirndl bei den Mädchen und Frauen, oft mit kunstvoll bestickten Schürzen und Tüchern kombiniert. Die Männer trugen Lederhosen und selbst gestrickte grobe Strümpfe zu Schnürschuhen und rot-weiß karierten Hemden. Innerlich verschwamm dieses Bild mit unseren eigenen Kirchweihfesten, damals in Lazarfeld, und es schien mir aus einem anderen Leben zu sein. Hier waren wir geduldete Flüchtlinge, mit denen man Mitleid hatte. Dort waren wir zu Hause gewesen, in dem, was wir uns über Jahrhunderte selbst erarbeitet hatten!

Mit vor Sehnsucht brennenden Augen beobachtete ich die Dorfkinder, die nun begeistert versuchten, an diesem Maibaum hinaufzuklettern, denn oben im bunten Blütenkranz hingen Le-ckereien wie Würste, Brezeln und Schokolade.

Die flinken Jungen kletterten barfuß den Stamm hinauf, pflück-ten die Köstlichkeiten ab und warfen sie hinunter zu den anderen Kindern. Vor meinem inneren Auge sah ich meine Anni mit glän-zenden Augen unter ihnen stehen, ihre Ärmchen ausstrecken und sich die Bäckchen vollstopfen! Aber sie war nicht dabei. Sie harrte irgendwo in einem scheußlichen Lager aus, abgelegen von der Welt, ohne Lesen und Schreiben zu können, ohne sich wie die anderen Kinder hier entwickeln zu dürfen, ohne Spaß zu haben! Und sie hatte mich bestimmt längst vergessen! Wäre sie hier unter ihnen, sie würde mich gar nicht mehr erkennen. Sie würde zu ih-rer Oma laufen, um ihr ihre Schätze zu zeigen, nicht zu mir. Der innere Schmerz nahm mir die Luft zum Atmen.

Christa und Hans drehten scheu auf dem Tanzboden ihre Runden, trotz Hans' schlimmem Bein bemühten sie sich auf diese Weise um Integration, doch wie hätte ich tanzen können? Noch immer war ich in Trauer um meinen Jakob, der zwar schon über fünf Jahre tot war, aber um den ich erst so kurze Zeit trauern konnte. Wie beneidete ich Christa um ihren Hans, der eine solche Ähnlichkeit mit meinem Jakob hatte! Ein schlanker, dunkelhaariger Mann mit tiefbraunen Augen, der sie jetzt im Kreis drehte, dass ihr Rock ihr um die Beine schwang.

Würde ich je wieder einen Mann lieben können? Und wer würde mich denn noch wollen? Ich war eine verblühte Frau mit grauen Haaren und verschlossenem Blick, die nicht mehr lieben und lachen konnte. Man hatte mich mitsamt meinen Wurzeln aus meiner Heimaterde gerissen und in sibirischer Kälte verwelken lassen. Meine Erinnerung war ein einziges tiefes Trauma, dessen sich niemand annahm.

Es gab keine Psychologen oder Therapeuten, jeder musste mit seinem Schicksal selbst fertigwerden. Jammern und Weinen wurde nicht geduldet, Selbstmitleid war tabu.

Der Spruch: »Jeder muss sein Packerl tragen«, war der Leitspruch der Überlebenden.

Entweder man spuckte in die Hände und kehrte den Schutt seines Lebens zusammen, oder man war mit seinem Kummer und Elend, seinen traumatischen Erfahrungen und seiner Trauer allein. Und das war ich. Mein Herz war wie zugeschnürt, meine innere Bitterkeit schmeckte wie Galle.

Wen hatte ich denn noch? Je länger wir hier in Bayern waren, wo für die anderen bereits Normalität einkehrte, umso schmerzlicher wurde mir bewusst, dass ich mein Kind an die Schwiegereltern verloren hatte.

»Horch zu, Herr Bürgermeister«, sprudelte es derweil aus Hans heraus, der atemlos von der Tanzfläche kam. »Du musst uns bitte schön noch einmal helfen!«

Und dann schilderte er dem Bürgermeister das soeben gepachtete Bauernhaus und zeigte ihm stolz die noch feuchte Unterschrift auf dem Pachtvertrag.

»Jetzt können wir endlich meine Eltern nachholen, und die kleine Anni!«

Mit einem Seitenblick auf mich, die ich kraftlos am Rand saß und ins Leere starrte, verwickelte er den Bürgermeister in sein Anliegen.

Mein Herz schrie vor Schmerzen. Ich hatte mein Kind seit über fünf Jahren nun nicht mehr gesehen, inzwischen war sie fast elf!

Über meinen Kopf hinweg flogen die bayrischen Gesprächsfetzen.

»Na, da stellen wir gleich morgen in der Fria an Antrag zur Ausreise aus Jugoslawien, kimmt's zu mir ins Rathaus! I hab an guten Draht zum Roten Kreuz dort! Und jetzt heißt's derweil amal Prost, auf an gsundes Wiedersehen!«

Würde sie überhaupt noch bei mir leben wollen?

Ich musste unbedingt eine eigene Bleibe finden!

In mir reifte der Gedanke, sie keinen Tag länger bei ihren Großeltern zu lassen, wenn sie erst einmal hier war.

ANNA

Habt ihr alles?«
Einige alte Leute, in Schwarz gekleidet, standen winkend vor der Baracke, als wir mit unseren wenigen Habseligkeiten in den klapprigen Bus stiegen, der uns nach Belgrad bringen sollte.

»Was wir nicht dabeihaben, überlassen wir gerne euch! Vergesst uns nicht!«

Die Oma kletterte mühsam in den Bus, drehte sich noch einmal um und winkte ihren Freundinnen und Freunden, die über Jahre das schwere Schicksal mit ihnen geteilt hatten. Sie hatten uns noch einen Korb mit Essbarem zugesteckt, sogar selbst gebackenen Kuchen und eingewreckte Pflaumen, und die Kinder hatten mir Geschenke gebastelt und Bilder gemalt.

»Wir werden uns wohl in diesem Leben nicht mehr wiedersehen …«

Auch der Opa sank mit versteinertem Blick auf den hölzernen Sitz, nachdem er sein Pappköfferchen im Gepäcknetz über seinem Kopf verstaut hatte, und rieb sich die Tränen aus den Augenwinkeln. Ich selbst stand völlig aufgelöst am Fenster und winkte manisch den anderen Kindern des Lagers. Es waren doch meine Freunde geworden, wir hatten mit dem wenigen zusammen gespielt, was ein jedes Kind besaß: eine selbst genähte Puppe, mit Stroh ausgestopft, einen Ball aus Lumpen, ein selbst geschnitztes Holzspielzeug. Die meiste Zeit hatten wir zwischen den Baracken herumgetobt, hatten Fangen und Verstecken gespielt, mit Kohlestücken Hüpfsteine bemalt oder mit der Peitsche einen Holzkreisel angetrieben. Nun verschwand meine armselige Kinderwelt vor meinen Augen. Ich kannte doch nichts anderes, und nun sollte es in ein unbekanntes Land gehen, zu meiner Mutter, einer fremden Frau! Ich freute mich auf sie, und gleichzeitig hatte ich Angst vor ihr. Endlich kam ich dazu, mich umzusehen. Im Bus saßen zusammengequetscht lauter arme Bäuerlein, Hühner flatterten in Käfigen herum, Enten waren in Holzkisten unter den Sitzen verstaut, Gänse kreischten flügelschlagend in engen Verliesen um ihr Leben. Sie wurden zum Wochenmarkt nach Belgrad gebracht. Einige alte Hutzelweiblein hatten Kastanien in Säcken dabei, andere ein paar verschrumpelte Äpfelchen, Kohlköpfe oder selbst gemachten Honig. Sie alle hofften auf einen kargen Lohn für ihre mühsame Arbeit. Dieses Bild war ich so gewohnt, dass es meine Welt war! Hier herrschte die pure Armut, und man kämpfte tagein, tagaus ums nackte Überleben, für sich und seine Lieben.

Wir weinten die ganze Fahrt über, denn wir verloren ja gerade zum zweiten Mal unsere Heimat. Trotz allem Grausamen, was wir erlebt hatten, kannte doch zumindest ich es nicht anders, hatte mich hier in den Baracken geborgen und beschützt gefühlt. In meinem Herzen trug ich ja die blühende Heimat Banat mit all ihren Sitten und Bräuchen, mit ihrem Reichtum und ihrer langjährigen Geschichte, denn die Großeltern waren nicht müde geworden, mir davon zu erzählen. Was würde nun auf uns zukommen? Vor lauter Aufregung bekam ich einen Schluckauf. Die Großmutter nahm mich in den Arm und klopfte mir beruhigend auf den Rücken. »Stell dir vor, mein Kind! Morgen um diese Zeit wirst du deine Mutter sehen!«

Ich war so aufgeregt, dass mir schlecht wurde. Einerseits sehnte ich mich nach niemandem mehr als nach meiner Mutter. Sie war die Mutter aus den Erzählungen meiner Großeltern: eine wunderschöne junge Frau, fleißig und tüchtig, die genau wie mein Vater immer zu Scherzen aufgelegt war. Andererseits hatte ich ganz fürchterliche Angst vor ihr: Sie hatte die Hölle durchgemacht, das war auch mir nicht verborgen geblieben, sosehr die Großeltern versucht hatten, mich zu verschonen! Sie hatte fünf Jahre lang schrecklich gehungert und gefroren, sie hatte unter unvorstellbar schweren Bedingungen härteste Männerarbeit geleistet, unfassbar tief in einem schwarzen Kohlebergwerk, sie war sehr, sehr krank geworden und unendlich traurig. Eigentlich war sie ein Wrack.

Wie würde sie aussehen, meine Mutter? Immer wieder malte ich mir den Moment aus, wo sie morgen um diese Zeit am Bahnhof stehen würde. Würde sie mich in die Arme nehmen? Wie würde sich das anfühlen? Ich fürchtete mich vor dieser traurigen, gebrochenen Frau!

Nervös und mit schmalen Lippen hasteten die Großeltern mit mir durch den riesigen, lauten und stinkenden Bahnhof in Belgrad, der noch heftige Spuren des Krieges trug. Überall waren Löcher in den Wänden und nur wenige Gleise wieder instand gesetzt. Die Leute vom Roten Kreuz hatten ihnen aufgeschrieben, von welchem Bahnsteig der Zug in Richtung Salzburg abfahren würde, und hier mussten wir umsteigen nach München. Nach jahrelanger Entmündigung waren meine armen Großeltern kaum in der Lage, sich noch selbstständig im Alltagsleben zurechtzufinden! Ich selbst konnte zwar nicht lesen, rief aber immer wieder »Hier müssen wir lang!« oder »Da steht doch unser Zug!« dazwischen, was die Großeltern noch mehr aus dem Gleichgewicht brachte.

Mein Opa, der ja Serbisch konnte, bat einen Mann mit blauer Uniform und roter Mütze, uns zu helfen, und dieser setzte uns schließlich in den richtigen Zug. Die Großmutter presste die drei braunen Fahrkarten aus harter Pappe an sich, der Großvater umschlang seine ärmliche braune Tasche, in der die Ausreisepapiere und die Kontaktadresse in Rosenheim steckten. Die Panik stand ihm ins Gesicht geschrieben. Als alter Mann von inzwischen

Anfang sechzig sollte er irgendwo in einem ihm fremden Land von vorne anfangen! Genauso zittrig und unsicher fühlte sich die Großmutter! Wo würde für sie ein Plätzchen sein, an dem sie in Ruhe und Würde ihren Lebensabend würde verbringen können?

Und mit welchem Gefühl fuhr sie wohl jetzt ihrer Schwiegertochter entgegen, der sie vor fast sechs Jahren versprochen hatte, nicht von ihrem Kind zu weichen?

Das gleichmäßige Rattern des Zuges und die dahinfliegende Landschaft steigerten unsere Aufregung noch. Als der Schaffner kam, um unsere Fahrkarten zu kontrollieren, reagierten wir alle mit gewohnter Panik und Angst vor einer fremden Autorität, die uns anschreien, schlagen und auseinanderreißen konnte. Der Opa hielt schützend seine Arme vor mich, und ich klammerte mich an meine Oma, deren Hände so zitterten, dass sie die Fahrkarten kaum vorzeigen konnte. Der Schaffner knipste achselzuckend die Fahrkarten ab und wünschte uns eine gute Fahrt. Dann ging er einfach weiter – er tat uns nichts! Bis wir begriffen, dass wir keine Lagerinsassen, keine Gefangenen und keine Opfer fremder Willkür mehr waren, sollten noch Jahre vergehen.

Auch in München irrten wir hektisch über den chaotischen Bahnhof, bis wir schließlich den Anschlusszug erreicht hatten. Der Opa kaufte mir am Kiosk etwas zu trinken, was gelb war und süßlich schmeckte, und wovon ich ganz doll aufstoßen musste: Es hieß »Sinalco« und war unfassbar teuer. Aber diesen Geschmack würde ich nie vergessen. Was war das für ein buntes, fröhliches und lautes Land hier? Und wie die Leute sprachen, man verstand ja kein Wort! Die Schaffnerin zwickte mich freundlich in die Wange, und ein wildfremder Mann schenkte mir ein Bonbon.

Und dann, am nächsten Tag, erreichte der inzwischen dritte Zug, in den wir gestiegen waren, die Stadt Rosenheim! Mit unsagbarem Herzklopfen und wackeligen Beinen standen wir an der Tür, und unsere Augen suchten den Bahnsteig ab. Mein Opa schluckte trocken, sein magerer Kehlkopf hüpfte über dem hochgeschlossenen Hemdkragen auf und ab. Die Finger meiner Oma klammerten sich an meiner Schulter fest, als hätte sie Angst, dass ich davonfliegen könnte. Mein Mund war wie ausgedörrt, und ich hatte einen riesigen Kloß im Hals: Nun würde ich in wenigen Augenblicken meine Mutter sehen! Mein Herz raste in wilden bockigen Sprüngen wie ein junges Fohlen. Ich wollte bei meinen Großeltern bleiben!

Die wenigen Gestalten, die um diese frühe Morgenstunde auf dem Bahnsteig standen, flogen an unseren Augen vorbei. Ich kannte niemanden von ihnen.

Doch mitten in das jämmerliche Quietschen der Bremsen hinein entrang sich dem Opa ein Aufschrei: »Der Hans! Unser Junge! Da steht er!«

Der hilfreiche Schaffner musste uns helfen, die schwere sperrige Tür zu öffnen, und dann stiegen wir mit puddingweichen Knien auf den Bahnsteig herunter. Es roch nach heißen Steinen, nach Abenteuer und nach Freiheit! Aber auch fremd und Furcht einflößend!

»Rosenheim, hier Rosenheim, Gleis drei, Sie haben Anschluss zum Nahverkehrszug nach Prien am Chiemsee, nach Waging am See und nach Traunstein …«

Die ratternde Stimme aus dem knarrenden Lautsprecher mit dem herben bayrischen Akzent erschlug mich fast. Es schnürte mir den Hals zu, als ich mich bange hinter der Großmutter versteckte, die inzwischen fast dünner war als ich. Hier wollte ich nicht sein! Es war fremd und bedrohlich, allein der Blick auf die hohen Berge hatte mich komplett eingeschüchtert. Steinerne Felsklüfte, deren Spitzen bedrohlich wie scharfe Waffen in den Himmel ragten.

Ein hagerer Mann kam meinen Großeltern entgegengelaufen und stürzte sich laut weinend in ihre Arme. Das Schluchzen, das meine Großmutter erschütterte, ging direkt auf meinen Kinderkörper über. Minutenlang standen sie dicht umschlungen da und weinten einfach nur, tief erschüttert über ihren gegenseitigen Anblick. Und ich Schäfchen stand ratlos dabei.

Meine Augen irrten suchend über die Menschen, die sich zum Teil schon wieder zerstreuten: Wo war meine Mutter? War es die da, die sich nun allmählich näherte? Eine schmale Frau mit grau durchzogenen, kurz geschnittenen Haaren in schwarzer Kleidung kam zögerlich auf uns zu. Ich starrte sie an, immer noch hinter meiner Großmutter Schutz suchend. War das etwa meine Mama? Nein, bitte, lieber Gott, mach, dass sie es nicht ist!

»Christa!« Die Großeltern umarmten nun auch sie, und wieder weinten alle laut und erschüttert.

»Du warst ein blühendes junges Mädchen, als wir dich zum letzten Mal sahen! Wie alt warst du damals? Zweiundzwanzig?« Diese Frau sah in meinen Augen aus wie Mitte vierzig. Aber sie war nicht meine Mutter! Erleichterung machte sich in mir breit, und gleichzeitig überfiel mich die panische Angst, meine Mama könnte noch älter und noch grauer aussehen als diese Frau.

»Wo ist Amalie?« Inzwischen stand niemand sonst mehr auf dem Bahnsteig.

Nachdem Hans und Christa auch mich begutachtet und fassungslos darüber den Kopf geschüttelt hatten, wie groß ich doch geworden sei, standen sie etwas verlegen da.

»Sie ist nicht mitgekommen.«

Mein Herz setzte auf einen Schlag aus. Sie war nicht mitgekommen? War ich ihr nicht wichtig genug? Hatte sie Besseres zu tun, als mich zu sehen? Die Enttäuschung erschlug mich wie ein schwerer Stein, der da oben aus den Felsklüften auf meinen Kopf gefallen war.

»Sie hat es nicht übers Herz gebracht, ihr Kind mitten in so einem Getümmel das erste Mal zu sehen.«

»Sie braucht noch Zeit, es geht ihr schlecht.«

»Ja, aber wie kann sie denn …«

»Mutter, versteh doch, sie will ihr Kind für sich alleine haben …«

»Es ist ihr Augenblick, versteht ihr? Auf den sie fast sechs Jahre gewartet hat!«

In meiner Verwirrung konnte ich gar nicht recht verstehen, was die anderen durcheinanderredeten. Hans nahm die armselige Pappschachtel des Großvaters, in dem all unsere Habseligkeiten steckten, und Christa hakte sich bei Großmutter ein, die nach den Strapazen der Fahrt kaum noch einen Fuß vor den anderen setzen konnte.

»Komm, Kind, wir nehmen den Bus nach Hetzenbichel!«

Ich wurde an die Hand genommen und mitgezogen. Die Eindrücke der bayrischen Umgebung erschlugen mich fast. Diese riesigen schroffen Berge! Ich war ja nur die platte Ebene gewohnt, in der man an guten Tagen bis zum Horizont blicken konnte. Aber auch die vielen Autos, Lastwagen und Mopeds, die hier in der morgendlichen Hektik herumknatterten! Onkel Hans, von dem mir immer wieder gesagt wurde, er sei mein Taufpate gewesen, rief in den Lärm hinein, das sei der morgendliche Berufsverkehr. »Sie kommen aus ihren Dörfern und gehen hier in ihre Büros«, verkündete er nicht ohne Stolz. Meine Augen saugten sich an elegant gekleideten Damen in schwingenden Röcken oder kniekurzen Kostümen fest, die mit toupierten Haartürmen und Handtäschchen über den Asphalt stöckelten und in Banken und Geschäfte eilten.

Vor einem Bäckerladen standen die Leute Schlange; ein unvorstellbar köstlicher Duft nach frischem Gebäck quoll mir entgegen. So etwas hatte meine kindlichen Nasenflügel noch nie erreicht.

»Kaufen wir dem Kind a Breezn!« Eifrige Hände legten hart erarbeitetes Kleingeld zusammen.

A ... bitte, was? Kurz darauf biss ich in etwas lauwarm Krosses, das mit Salz bestreut war, und musste die Augen schließen vor Wonne. So etwas Köstliches hatte ich in meinem ganzen Leben noch nicht gegessen! Die Enttäuschung darüber, dass meine Mutter nicht mitgekommen war, schmolz kurzfristig unter dem weichen Hefeteig, der sich tröstlich in meinem Mund ausbreitete und vielleicht besser schmeckte als der Kuss meiner Mama.

»Deine Mama wartet zu Hause, sie fühlte sich zu schwach, um mitzukommen«, tröstete mich Tante Christa etwas rau, aber herzlich. »Sie will dich unter vier Augen wiedersehen.«

Vier Augen? Das verstand ich nicht. Ich wusste nur, dass ich meinen geliebten Großeltern nicht von der Seite weichen wollte! Hilflos und überfordert klammerte ich mich an die Hand meiner Großmutter. Die Angst und gleichzeitig die Hoffnung, jeden Moment meine Mama wiederzusehen, ließ mir die Brezel im Halse stecken bleiben.

Doch endlich in Hetzenbichel bei Achenmühle in einem kleinen Bauerngehöft angekommen, war auch hier weit und breit keine Mama zu sehen.

In all der Aufregung und dem Erzählen, dem Kuchenessen und Kaffeetrinken saß ich einsam zwischen den Erwachsenen an einer bunten Wachstischdecke mit Blumenmuster und ließ meine vor Enttäuschung brennenden Augen in der kargen Stube umherschweifen. Wo war sie denn? Was hatte sie denn Besseres zu tun, als mich, ihr Kind, in der neuen Heimat zu begrüßen?

An der Wand hing ein Kreuz, die kleinen Fenster waren mit rot-weiß karierten Vorhängen versehen, draußen beschien die Spätsommersonne ein kleines Grundstück, das mir nach sechs Jahren im trostlosen Lager aber vergleichsweise prächtig vorkam. Im Stall gab es eine Kuh und ein Kälbchen, das am Euter seiner Mutter trank. In diesem Moment zog ein stechender Schmerz in mein Herz: Ich beneidete dieses flauschige zerzauste Kälbchen, das so dicht bei seiner Mutter stehen durfte! Warum war meine Mutter nicht da?

War ich ihr denn gar nichts mehr wert?

»Ach Kind, nun heul doch nicht, du bist doch schon ein großes Mädchen, da musst du doch vernünftig sein!« Tante Christa rüttelte mich unsanft am Arm. »Morgen bringe ich dich zu deiner Mutter, die hat inzwischen ein eigenes Zimmer in einem anderen Dorf, das heißt Berbling.«

»Aber ich will bei meinen Großeltern bleiben«, heulte ich Rotz und Wasser. »Oma und Opa, ich will nicht von euch weg!«

Auf einmal schienen alle begriffen zu haben, was der Plan war: Ich sollte ganz alleine meine Mutter treffen, ohne großen Bahnhof ringsherum, und von nun auch ganz alleine mit ihr leben!

Nein, das war doch nicht ihr Ernst! Wie grausam konnten denn die Erwachsenen sein? Wollte denn niemand ein bisschen nachempfinden, wie es mir ging in meiner Not?

Oma und Opa weinten nun auch bitterlich. »Wir haben sechs Jahre auf sie aufgepasst, sie nicht aus den Augen gelassen, unter Einsatz unseres Lebens haben wir sie beschützt …«

Großmutter erzählte unter Tränen, wie sie sich nicht hatte wegstoßen lassen damals auf dem Bahnhof von Lazarfeld, als die Partisanen alle elternlosen Kinder in einen Viehwaggon stießen und sie verschleppten nach Jugoslawien, in ein grauenvolles Kinder-Sterbe-Heim!

»Mit dem Gewehrkolben hat ein Partisan mich immer wieder weggedroschen von dem Gleis, aber ich habe die Anni schreien gehört und habe mich nicht vertreiben lassen«, weinte sie in ihr Taschentuch. »Ich hatte es der Amalie versprochen, bei meinem Leben!«

Mit weit aufgerissenen Augen lauschte ich dem Tränenausbruch meiner Großmutter, die sich sonst immer zusammengerissen hatte, aber jetzt brach es aus ihr heraus:

»An den Händen und Knien habe ich schon geblutet, aber ich habe es dreimal geschafft, wieder die Böschung hinaufzukriechen, um mich herum war ein entsetzliches Geschrei und Gemetzel, man riss die Kleinkinder aus den Armen ihrer Großmütter und drosch sie mit dem Gewehrkolben auseinander, man warf die Kleinkinder wie Pakete in den Waggon, die anderen Großmütter sind zusammengedroschen worden, aber ich habe nicht aufgegeben und bin immer wieder über die spitzen Steine hinaufgekrochen, ich habe die Anni schreien gehört, diese gellende Stimme aus Hunderten von anderen Kinderschreien herausgehört, und habe gekeucht: ›Anni, ich komme!‹ Und dann habe ich es beim dritten Mal geschafft, unbemerkt hinaufzukommen, die Partisanen haben gerade nicht zu mir hergeschaut, der Zug hat sich schon in Bewegung gesetzt, die Anni hat so panisch geschrien: ›Ooomaaaaa!‹ Und dann haben sich mir helfende Hände entgegengestreckt, irgendwelche anderen Frauen haben mich hochgezogen, ich bin noch mit den Beinen über die Gleise geschleift, und schließlich haben sie mich in den Zug gekriegt …«

Wie ein Wasserfall brach es aus meiner Großmutter heraus, und ich warf mich weinend in ihre Arme, wie damals. »Oma! Verlass mich nicht!«

Die Oma erzählte noch weiter, wie sie mich nachts am Fenster des Kinderheims besucht hatte: »Anni, verzweifle nicht, die Oma ist hier!« Dann hatte sie ihre Hand durch ein zerborstenes Loch in der vergitterten Scheibe geschoben und mir ein Stück Brot oder eine vom Feld geklaute Rübe oder einen halb angefaulten Apfel hindurchgeschoben, mir, der Sechsjährigen, die hungernd und weinend zwischen sterbenden Kindern auf ihrem Lager saß.

Inzwischen weinten alle Anwesenden bitterlich. »So ein unvorstellbares Leid, die ganze Welt hat uns vergessen …«

Die Erwachsenen kamen nun auf die Politiker zu sprechen, die eher ihre eigene Weste reingewaschen hatten, als sich um das

Schicksal von einer halben Million Banatdeutscher zu kümmern, und ich verstand davon nichts und klammerte mich nur an meine Oma.

Draußen flatterten und gackerten und scharrten ein paar Hühner herum, die genauso aufgeregt waren wie wir hier drinnen.

»Mutter, wir wissen, was du für Anni getan hast.«

»Ich habe es auch für Amalie getan, ich habe es ihr versprochen …«

»Und genau deshalb muss das Kind jetzt wieder zu seiner Mutter! Ihr müsst vergeben und vergessen, das sagt auch der Pfarrer jeden Sonntag in der Predigt …«

»Wie können wir das alles je vergeben und vergessen?«

Wieder drehte sich alles um jene Politiker, die uns Banatdeutsche ihrem Schicksal überlassen hatten. »Die haben doch gewusst, dass es uns gab, immerhin haben sie euch noch in den Krieg eingezogen, aber Hilfe … nein, Hilfe bekamen wir über all die Jahre nicht!«

»Vater, Mutter, nun seid doch vernünftig!« Onkel Hans hatte sich vor ihnen aufgebaut und die Hände in den Hosentaschen vergraben. »Wir haben alles mit Amalie besprochen. Sie hat ein Recht auf ihr Kind, und ein langes Hin und Her macht alles nur noch schlimmer!«

»Ich will bei euch bleiben«, flehte ich unter Tränen. »Oma und Opa, ich will nicht weg von euch!«

»Kind, du musst jetzt vernünftig sein, du bist doch schon ein großes Mädchen. Mit elf Jahren heult man doch nicht mehr! Wir meinen es alle doch nur gut mit dir!« Tante Christa rüttelte mich am Arm. »Du kommst jetzt hier in die Schule!«

Und ein Wort ergab das andere. »Wir haben es auch nicht leicht gehabt! Jeder von uns hat gehungert und gefroren! Schämst du dich nicht, zu heulen wie ein Baby?«

Niemand von den Erwachsenen schien begreifen zu wollen, dass erneut eine Welt in mir zusammenbrach! Sie behandelten mich wie eine Elfjährige, aber sie schienen meine Vorgeschichte vergessen zu haben! Das, was man mir seit meinem fünften Lebensjahr zugefügt hatte, an das dachte keiner! Ich war ein hochgradig traumatisiertes Kind mit schweren seelischen Schäden und einer tief in meiner Seele sitzenden Verlustangst, die dringend psychotherapeutischer Behandlung bedurft hätte. Heutzutage würde man eine solche Familienzusammenführung behutsam mit professioneller Hilfe einleiten und das Kind achtsam dabei begleiten. In den frühen Fünfzigerjahren hatte niemand Zeit oder ein Herz für solche Mätzchen. Jedem Einzelnen war Schlimmstes widerfahren, und jeder hatte eine dicke Schutzschicht aus Bitterkeit und Härte um seine Seele gepackt.

»Jetzt hörst du aber auf zu heulen!« Onkel Hans' Kieferknochen mahlten. »Das ist ja wirklich enttäuschend, dass ein so großes Mädchen hier so eine Szene macht!« Und zu den Großeltern gewandt, fügte er etwas kleinlaut hinzu: »Ich kann es halt nicht so mit Kindern.«

»Hans, lass das Kind doch erst einmal zu sich kommen …«, setzte sich die Oma etwas halbherzig für mich ein. Es war doch klar, dass sie jetzt mit ihrem Sohn reden wollte, den sie so lange nicht mehr gesehen hatte. »Jetzt reden die Erwachsenen!«

Und während sie am Tisch saßen und Kaffee tranken, einander erzählten, was sie in den letzten sechs Jahren erlebt und erlitten hatten, und dabei selbst immer wieder weinten, beachteten sie mich einfach nicht mehr. Ich fühlte mich hilflos und allein gelassen, fremd und nicht mehr geliebt. Weinen durfte ich nicht, aber zu den Erwachsenen gehörte ich auch noch nicht. An diesem Abend lag ich dicht an meine Großmutter geschmiegt auf der »Besucherritze« zwischen meinen Großeltern und konnte nicht aufhören zu weinen. So wie mich in der Weihnachtsnacht 1944 meine Mutter nicht loslassen konnte, so konnte ich nun meine Großmutter nicht loslassen. Was hatte der grausige Krieg nur aus uns Menschen gemacht?

Am nächsten Morgen, die Großeltern hatten sich inzwischen hier häuslich eingerichtet, die Männer bereits auf dem Feld, nahm meine geliebte Großmutter Abschied von mir.

»Du musst jetzt schön brav sein, Anni. Tante Christa bringt dich zu deiner Mutter.«

Weinend klammerte ich mich an sie. »Komm doch bitte mit, liebe Oma! Bitte komm doch mit!«

»Nein, das geht nicht, Anni. Du musst jetzt vernünftig sein. Du gehörst zu deiner Mutter!«

Wie bitter mag es auch für meine Oma gewesen sein, mich nicht auf diesem schweren Gang begleiten zu dürfen! Meine Mutter wollte sich und mir diese schmerzvollen Szenen ersparen. Doch ich konnte das nicht begreifen.

»Komm jetzt, Anni! Der Bus kommt jeden Moment unten auf der Landstraße, den wollen wir doch nicht verpassen!« Tante Christa zerrte mich entnervt hinter sich her, den Hügel herab, während ich mich widerstrebend und heulend immer wieder nach meiner Oma umdrehte. Die hagere alte Frau stand ebenfalls bitterlich weinend an dem ihr völlig fremden Hof und schnäuzte sich in ihr übergroßes Taschentuch, während ein paar Hühner sie umscharten. Von Christa hatte sie den Auftrag, sie gleich zu füttern und die Eier einzusammeln. »Hier muss sich jeder nützlich machen!«

AMALIE

In der Krankenstation Moschendorf,
ein Jahr zuvor, Herbst 1949

Amalie, so wachen Sie doch auf! Ihre Tochter lebt!«
Fremde Hände tätschelten auf meinen Wangen herum und klopften mich energisch wach.

»Sie dürfen sich nicht aufgeben, Frau Pfeiffer!«

Immer wieder war ich in erlösenden Dämmerschlaf gefallen, nachdem ich erfahren hatte, dass mein Jakob gefallen und meine Eltern verhungert waren. Ich hatte durch die jahrelange Unterernährung und die Kälte schlicht keine Kraft mehr.

»Wir haben die Frau wieder«, hörte ich einen Arzt sagen. »Machen Sie mal weiter, Schwester.«

»Sie müssen stark sein für Ihre Tochter! Die Frauen aus dem Arbeitslager Starlowo Orlobirsk sind vergleichsweise noch besser dran als die Frauen aus anderen russischen Lagern«, teilte mir die Schwester mit, die mit einem Teller Suppe vor mir saß. »Sie können das schaffen!«

Und nach Wochen in diesem Krankenlager schöpfte ich mit jedem Löffel Suppe, den die unermüdliche Frau mir einflößte, wieder Lebenswillen.

Ich bekam einen Mantel, ein Paar Schuhe und neunzig Mark.

Und damit trat ich meine Reise an nach Bayern, wo Christa und ihr Mann Hans inzwischen eine Bleibe bei Bauersleuten in Blindenried gefunden hatten.

Dort holte mich Hans vom Bahnhof ab. Ich sah auch meinen Schwager nach so vielen Jahren zum ersten Mal wieder. Er ähnelte meinem Mann Jakob, und er hinkte stark. Es sollte noch

Jahre dauern, bis er wieder ohne Schmerzen halbwegs laufen konnte.

»Du kannst die erste Zeit bei uns im Zimmer wohnen, Christa richtet dir gerade das Sofa her.« Er humpelte vor mir her. »Gepäck hast du keines?«

»Nein.«

Ich hatte nichts, nur den Mantel und die Schuhe, die man mir geschenkt hatte.

Dettendorf, März 1950

Nach einem halben Jahr ging ich zur Gemeinde Dettendorf, um nach einer eigenen Bleibe zu fragen. Denn in diesem Zustand war es unmöglich, mein Kind nachzuholen. Wir hausten zu dritt auf sechzehn Quadratmetern, und ich benutzte meinen Mantel als Zudecke. Das war noch einmal ein sehr harter Winter, aber ich hatte nun wieder ein wenig Lebenswillen: Ich musste doch für mein Kind stark sein!

»Gehen Sie den Hügel hinauf, zwei Kilometer hinter Berbling, da kommt ein Wald, keine Angst, da müssen Sie etwa eine halbe Stunde hindurch, es gibt nur einen Weg, der ist zwar nicht ausgeschildert, aber Sie können sich eigentlich nicht verlaufen«, erklärte mir die Frau im Gemeindeamt mit stark bayrischem Akzent. Ich musste mich sehr konzentrieren, um sie zu verstehen. »Wenn Sie aus dem Wald herauskommen, stoßen Sie auf eine Lichtung.

Da stehen zwei vereinzelte Häuser. Das linke, hintere, ist bewohnt von einem gewissen Ehepaar Thaler. Diese Leute haben ein Zimmer frei.«

Ich nickte und machte mich auf, um dieses Haus zu suchen.

Bei aller Liebe zu meiner Schwägerin Christa und Hans: Die beiden brauchten ihre Privatsphäre, denn sie wünschten sich doch noch ein eigenes Kind! Und auch ich brauchte eigene vier Wände. Denn wenn ich die vorweisen konnte, hätte ich eine Chance auf mein Kind.

Wie in Trance wanderte ich den Hügel hinauf und erreichte den Wald. Ohne zu zögern oder zurückzublicken, ging ich hinein, es war kurz vor Ostern 1950, und die Bäume waren noch kahl. Ich zog meinen Mantel enger um mich und setzte einen Fuß vor den anderen.

Meine Gedanken wanderten zu meinem Kind, zu meiner Anni. Es würde furchtbar schwer für sie sein, in dieser Einsamkeit mit mir zu leben, und sie tat mir in der Seele leid. Sicher hing sie inzwischen schrecklich an ihren Großeltern, besonders vermutlich an meiner Schwiegermutter, aber ICH war ihre Mama, ICH! Der Schmerz bohrte sich in meine Seele wie ein spitzer Stachel. Es MUSSTE sein, ich musste sie losreißen von ihren geliebten vertrauten Menschen, wenn ich sie jemals zurückgewinnen wollte! Es würde ihr bitterlich wehtun, diesem armen Kind, ich würde sie wieder brutal von ihren Liebsten wegreißen, wie es schon damals die Partisanen getan hatten. Ein unfassbarer Schmerz fuhr mir in die Brust. Durfte ich das tun? Stoisch setzte ich einen Fuß vor den anderen, durch matschige Pfützen, durch verharschte Schneereste, die hier oben noch von keinem Sonnenstrahl berührt worden waren.

Genauso vereist und verhärtet war aber auch mein Herz. Nirgendwo in meinem Inneren war noch so viel Wärme, dass ein kleines Blümchen des Verstehens und des Verzichts hätte blühen können! Mein Kind war der einzige Grund, warum ich überlebt hatte. »Sie müssen für Ihr Kind weiterleben, Frau Pfeiffer!« Mein Blick war zu Boden gerichtet, und ich gewahrte kaum die Schneeglöckchen und Krokusse, die hier und da im Waldboden vor sich hin zitterten.

Ja, das hatte ich getan. Wochenlang, monatelang, jahrelang hatte ich für mein Kind weitergelebt. Und jetzt wollte ich es auch haben.

Als ich aus dem Wald heraustrat, sah ich zwei vereinzelte Häuser in der Frühlingssonne stehen. Zielgerichtet ging ich auf das linke zu.

Eine gebückte Frau stand im Vorgarten und rupfte Unkraut aus. Auf ihren Spaten gestützt, sah sie mir entgegen.

»Kommst du vom Gemeindeamt?« Ihr derbes Bayrisch war kaum zu verstehen.

»Ja.«

»Wir haben nur ein kleines, leeres Zimmer.«

»Das macht nichts, ich brauche nur ein bisschen Stroh auf dem Fußboden.«

»Hast du eine Decke?«

»Mein Mantel tut's auch.«

»Ja mei, und wann holst du deine Möbel?« Sie sagte etwas von Glumpert.

»Ich habe gar keine.«

Frau Thaler starrte mich an. »Das kann doch nicht wahr sein?«, prasselte es in tiefstem Bayrisch aus ihr heraus. »Geh, Ernst, schau doch mal, wer hier ist!«

Ihr Mann kam um das Haus herum, er schob eine Schubkarre.

»Wir haben ja schon viel Elend gesehen, aber so eine nackte Armut ...« Die Frau stützte die Hände in die Hüften. »Was wollen Sie denn hier alleine?«

»Ich komme aus Russland, und meine Tochter ist im Banat in Jugoslawien in einem Lager.«

Ich biss mir auf die Lippen, mein Mantel und mein Kopftuch flatterten im Wind.

»Wenn ich ein Zimmer hab, kann ich sie zu mir holen, ich hab mein Kind seit sechs Jahren nicht mehr gesehen.«

»Ja, gibt's denn so was?« Frau Thaler schlug die Hände über dem Kopf zusammen.

»Geh, Vater, was stehst denn hier so herum? Geh, hol das alte Bett aus der Scheune, und a Nachtkasterl müsst doch auch noch dabei sein! Und an Strohsack bringst a mit!«

Der Vater schob sich die Mütze in den Nacken und stiefelte mit seinem Schubkarren davon.

»Ja, sag, wie heißt denn?«, fragte sie mich.

»Ach, ich habe keinen schönen Namen, ich heiße Amalie.«

»Ah geh, das ist doch ein schöner Name, mir ham in der Familie a eine Amalie, schau, da bringt der Vater schon der Amalie ihr Bett, wenn das kein gutes Omen ist!«

Und schon war das Eis gebrochen.

Der hilfsbereite Ernst richtete mir auf die Schnelle ein nettes Zimmer ein, mit Bett, Stuhl, einem Tisch, dem besagten Nachtkasterl und sogar einem kleinen Ofen. Denn es war ja noch vor Ostern, und auf die Ankunft meiner Tochter Anni sollte ich noch weitere sechs Monate warten.

ANNA

Berbling, 8. September 1950

Schluchzend saß ich an diesem Morgen neben der mir fremden Tante Christa im Postbus, in dem sehr viele Schulkinder waren. Sie stießen sich gegenseitig in die Rippen und deuteten auf mich: »Schau mal, wie die heult!« – »Und was die anhat!« – »Das ist bestimmt ein Aussiedlerkind!«

»Und reden tut's, das kann man ja gar nicht verstehen!«

Ich verstand diese lauten Kinder in ihren komischen Dirndln und Lederhosen auch nicht, und ich wollte sie auch gar nicht verstehen! Ich wollte zurück in mein vertrautes Barackenlager, wo ich acht enge Freundinnen und mir vertraute Buben zurückgelassen hatte!

»So, jetzt reiß dich zusammen, wir sind gleich da.«

Tante Christa zog mich aus dem Bus, unter dem Kichern und Naserümpfen der Schulkinder.

Doch sosehr mein Herz auch klopfte und polterte, und so schweißnass ich meine Hände an meinem fadenscheinigen Mäntelchen abrieb: Auch hier an der Bushaltestelle stand meine Mutter nicht.

Wir gingen also den Berg hinauf, ich stapfte schluchzend, übernächtigt und verängstigt hinter meiner Tante her, die ziemlich übellaunig meinen alten Lederranzen trug, den Onkel Hans mir hergerichtet hatte. »Du wirst dich hier schon eingewöhnen! Wir haben alle hier als Fremde angefangen! Jetzt komm schon, ich muss wieder zurück!«

Weit und breit war keine Mama zu sehen, und die vereinzelten Gehöfte verloren sich, je steiler der Hügel wurde. Dort oben war ein Wald. »Müssen wir da etwa rein?« Inzwischen spielte sich in meiner kindlichen Fantasie eine Szene aus Hänsel und Gretel ab, und ich sah schon eine Hexe vor einem Lebkuchenhäuschen stehen und mich in einen Käfig stecken!

»Es ist nicht mehr weit, nur noch eine halbe Stunde.« Tante Christa zog mich in den Wald, und ich stolperte tränenblind vor Angst hinter ihr her. »Merk dir den Weg gut, das wird dann bald dein Schulweg sein!«

Nein, schrie es innerlich in mir. Nie und nimmer will ich jeden Morgen durch diesen Wald hinunter zur Bushaltestelle stapfen! Ich sehnte mich mit jeder Faser meines Kinderherzens zurück zu den schäbigen Baracken und dem Dreck, in dem wir Kinder gespielt hatten.

Endlich lichtete sich der dichte Tannenwald, und zwei einsame Häuser duckten sich vor dem nächsten Waldstück.

»Da wohnt deine Mutter.«

Durch einen Obstgarten kam uns zögerlich eine Frau entgegen.

»Schau, Anni, da kommt deine Mama. Du kannst ihr entgegenlaufen!«

Unsicher und langsam ging ich auf die fremde Frau zu. Eine schmale, gebeugte, blasse Frau mit streng nach hinten gekämmten grauen Haaren, einem langen Faltenrock und einer grauen Bluse. Sie hatte unendlich traurige Augen. Und DAS sollte jetzt meine Mama sein?

Sie eilte auf mich zu und riss mich in ihre Arme. Sie roch ganz fremd und fühlte sich knochig und kalt an. »Mein Kind«, schluchzte sie, »mein Kind, mein Kind!« Sonst gar nichts. Nur immer wieder: »Mein Kind! Oh Gott, mein Kind!« Sie bückte sich zu mir herunter, nahm mein rundes Kindergesicht zwischen ihre rissigen Hände, bestaunte mich wie ein seltenes Insekt und weinte: »Mein Kind, mein Kind!«, und bedeckte mich mit kalten Küssen.

Ich wünschte mir in diesem Moment ein tiefes Loch, in das ich mich hätte verkriechen können. Mein Herz war ganz tot und ganz ohne Gefühle. Ich fühlte mich wie eine Schildkröte, die sich unter ihrem Panzer verkriecht, weil jemand Fremdes darauf herumklopft. Aber ich hatte keinen Panzer! Dabei sehnte ich mich ganz fürchterlich nach meinen Großeltern! Ich sah die Oma vor mir, wie sie etwa eine Busstunde entfernt an dem Gehöft stand und in ihr großes weißes Taschentuch weinte. Die sehnte sich doch genauso nach mir wie ich mich nach ihr! Warum tat man uns das hier an?!

Davon würde doch meine Liebe zu meiner Mutter nicht von den Toten auferstehen? Das konnte man doch nicht erzwingen! Doch die Erwachsenen hielten diese »harte Tour« für das einzig Richtige: »Anni, das ist wie Pflaster-Abziehen. Im ersten Moment tut es weh, aber dann ist es überstanden.«

Tante Christa war schon durch den Wald wieder davongeeilt, denn sie wollte den nächsten Bus zurück kriegen. »Gewöhnt euch erst mal aneinander! Wir sehen uns am Sonntag in der Kirche!«

»Ach, Kind, wer wird denn so bitterlich weinen!«

Die Bauersleute, bei denen meine Mutter ein Zimmer bezogen hatte, gaben sich wirklich alle Mühe mit mir. »Schau nur, wir haben Marillenknödel für dich gemacht!«

Auch dieses herbe alte Ehepaar sprach mit einem tief bayrischen Akzent, und der alte Mann wirkte bedrohlich mit seiner Mistgabel. Mit seiner Jauche im Schubkarren stiefelte er zwischen dem Stall und der Scheune hin und her, gefolgt von einem struppigen Hund, der mich in einer Tour böse ankläffte. »Ach, der Toni, der tut nix, der ist nur keine Kinder gewohnt!«

Und ich war diese Leute nicht gewohnt! Sosehr sich Frau Thaler, wie ich die Bäuerin nennen sollte, auch um mich bemühte: Ich konnte nicht aufhören zu weinen. Die Sehnsucht nach meinen geliebten Großeltern brachte mich fast um. Was sollte ich hier, in diesem abgelegenen einsamen Haus am Ende der Welt, im Schatten zwischen zwei Waldstücken gelegen? Alles war fremd für mich, die Sprache, die Leute, die hügelige Landschaft, die schroffen Berge, das Essen, und erst recht das karge Zimmer unter dem Dach, in dem ich mit der fremden Frau, die meine Mutter war, ein Bett teilen sollte!

»Ich will zu meiner Oma«, heulte ich, den Kopf auf die Tischplatte gelegt. Die Bauersleute Thaler hatten extra die blumige Plastiktischdecke aufgelegt, die zurzeit jede Küche schmückte! Es roch so fremd, so modrig nach altem Holz und vergorenen Pflaumen, und nach Hund! Fliegen surrten in der Stube herum und blieben an einem widerlichen Klebeband, das von der Lampe baumelte, hängen. Tote Fliegen lagen auf der Fensterbank, manche strampelten noch mit den Beinen. Genauso fühlte ich mich, wie eine der Fliegen, die gegen die Fensterscheibe geflogen waren und nur noch rauswollten!

Die Frau, die meine Mutter war, rang verzweifelt die Hände. »Wir müssen sie daran gewöhnen, es hat sonst keinen Zweck!«

»Komm, Kind, du musst doch was essen!« Am Abend hatte man mir deftige Knödel mit Sauerkraut und Schweinsbraten vorgesetzt, etwas, das ich gar nicht kannte. Und der Mann, den die Frau Vater nannte, tätschelte mir auf dem Scheitel herum: »Bis du heiratest, ist es wieder gut!«

Aber das konnte ich mir einfach nicht vorstellen. Jeden Abend weinte ich bittere Tränen im Bett meiner ratlosen, blassen und traurigen Mutter, bis ich vor Erschöpfung einschlief.

Ich fieberte dem nächsten Sonntag entgegen, denn da, so hatten mir die Erwachsenen versprochen, durfte ich in der Kirche meine Großeltern sehen.

Berbling, altes Schulhaus, 18. September 1950

»So, Anni, nun reiß dich zusammen und steh schön grade. Gib dem Lehrer die Hand und mach einen Knicks! Rede nicht, wenn du nicht gefragt wirst, und vor allen Dingen fang nicht wieder an zu heulen. Was sollen denn die Leute denken.« Wie der Zwiebel-kirchturm durch zweimaliges Schlagen verkündete, war es halb acht, und meine Mutter drückte entschlossen auf die Klingel, die durch das noch leere Schulhaus gellte. Sichtlich nervös zog sie an meinem Faltenrock, der mir schon ein bisschen zu kurz war, und strich mir mit Spucke auf den Fingern die Haare glatt. Wir waren schon am frühen Morgen bei Dunkelheit durch den Wald hinun-ter nach Berbling gelaufen, wo ich ab heute zur Schule gehen soll-te. Die letzte Woche war wieder trüb und trist gewesen, denn mei-ne Mutter hatte sofort nach der Kirche darauf bestanden, dass wir zwei wieder »nach Hause« fuhren, damit ich mich an sie gewöhn-te. Ich wusste, wenn das Vaterunser zu Ende war, dann war auch die Messe bald zu Ende, und dann würde ich sie wieder eine Wo-che lang nicht sehen.

Wir gingen alle zusammen zur Kommunion und sahen einan-der aus verweinten Augen an. Dann kam noch der Segen und das Schlusslied, und dann gingen die bayrischen Bürger wieder nach Hause. Und meine Mutter zog mich den Berg hinauf.

Die Großeltern hatten mir wieder weinend nachgewinkt.

Und nun war der erste Montag nach den großen Ferien, und der »Ernst des Lebens« sollte für mich anfangen. Was war das denn bis jetzt gewesen, wenn nicht der Ernst des Lebens?

Schritte näherten sich, und die Tür wurde geöffnet. Ein älterer Mann mit Bart schaute uns freundlich an. »Grüß Gott, Frau Pfeif-fer, nehme ich an?«

»Guten Tag, Herr Lehrer.«

»Ich bin der Herr Buchmann, und du musst die Anni sein?«

Seine Hand war angenehm warm und weich, als er mich in das Schulhaus zog. »Nun wollen wir doch mal sehen, Anni, was du schon kannst. Deine Mama sagt, du bist in Jugoslawien schon zur Schule gegangen?«

Ich nickte nur schüchtern.

»Dann lies mir doch mal vor, was hier steht …« Er schlug ein Lesebuch auf, in dem bunte Bilder prangten. Ein Bauer fuhr mit einem Traktor über ein Feld, und mehrere Buben schaufelten mit dem Spaten herum, einer hatte einen Rechen, ein Strohhaufen war aufgetürmt, und im Hintergrund stand eine Frau mit einem Besen.

»Das hier ist für das vierte Schuljahr. Ich nehme an, das fünfte wäre noch etwas verfrüht für dich?«

Hilflos starrte ich auf die Schrift. Ich konnte nicht lesen!

»Sie kann nicht lesen, Herr Lehrer.« Meine Mutter starrte verlegen auf ihre Schuhe. »Sie war in einem Lager, wissen Sie …« Die Lehrersfrau war hereingekommen und hatte schon einiges mitgehört. Sie strich mir mitfühlend über den Kopf.

»Und wo sind Sie untergekommen?«

»Bei den Thalers.«

»Ah, bei den Thalers oben hinter dem Waldstück, das ist aber doch sehr einsam?«

»Es geht eben nicht anders …«

»Das Wichtigste ist, dass Sie sich wieder aneinander gewöhnen, auch wenn es wehtut.«

Da waren sich wohl alle Erwachsenen einig, und ich wurde überhaupt nicht gefragt.

Und während die Erwachsenen sich leise über mich unterhielten, starrte ich auf das Lesebuch. Tausend schwarze Buchstaben, alle viel zu klein, und davon viel zu viele, tanzten vor meinen Augen! Das würde ich nie schaffen! Schon wieder schossen mir die Tränen ein. Ich schämte mich so! Ich fühlte mich so einsam und verlassen, so ausgeliefert und blamiert! Ich wollte zu meinen Großeltern! Warum hatten die mir denn nicht das Lesen und Schreiben beigebracht? Weil sie noch Sütterlin-Schrift schrieben?

Die Frau des Lehrers, eine mollige Grauhaarige mit Dutt, strich mir immer noch über den Kopf.

»Du, Anni, wir haben hier schon ein paar Aussiedler-Familien im Dorf, und ob du es glaubst oder nicht, alle diese Kinder konnten am Anfang nicht lesen, und jetzt können sie es!«

Sie strahlte mich aufmunternd an. »Du lernst es auch, willst du?«

»Aber die anderen Kinder lachen mich aus!« Ich erinnerte mich an die Schulkinder im Bus, wie sie sich über mein Aussehen, meine Sprache und meine Kleidung lustig gemacht hatten.

»Das tun sie nicht, denn dann kriegen sie es mit mir zu tun!« Herr Buchmann lächelte mich gütig an. »Ich mache dir einen Vorschlag, Anni. Wir stecken dich in die dritte Klasse, das sind weder die I-Männchen, die noch gar nichts können, aber auch nicht die Fünftklässler, in deren Alter du bist. Der goldene Mittelweg wird der richtige für dich sein. In der dritten Klasse sind ein paar ganz besonders nette Kinder, die sich um dich kümmern werden. Und außerdem geben meine Frau und ich dir hier nachmittags privat Nachhilfe, bis du den Stand der Klasse erreicht hast. Hm? Was meinst du?«

Meine Mutter nickte beschämt. »Was wird das kosten, Herr Lehrer?«

»Nichts, Frau Pfeiffer. Für Sie natürlich nichts!«

So freundlich hatte noch nie ein fremder Erwachsener mit mir gesprochen. So einfühlsam und geduldig war noch keiner mit mir gewesen, und ich fasste Vertrauen zu dem Lehrerehepaar. Die Vorstellung, in dieser gemütlichen Stube nachmittags lernen zu dürfen, erweckte Hoffnung in mir. Hier fühlte ich mich geborgener als bei meiner Mutter.

Dennoch war der Neuanfang in der Schule eine weitere Hürde in meinem jungen Leben! Noch immer schlief ich jeden Abend weinend ein und sehnte mich unendlich nach meinen Großeltern. Und nun musste ich auch noch um sechs Uhr früh aufstehen, durch den noch dunklen Wald laufen, gegen kurz nach sieben auf die anderen Kinder treffen und um Viertel vor acht im Klassenzimmer sitzen, mit lauter Achtjährigen! Meine Mutter hatte mir von ihrem ersten hart verdienten Geld die nötigen Schulsachen gekauft. Hefte, Stifte und Bücher, dazu auch noch den Turnanzug, den man in der passenden Farbe je Schuljahr haben musste! All das hatte ich noch nie besessen, und es fühlte sich fremd und nicht zu mir passend an. Der Schulranzen war von Onkel Hans und wurde auf dem Rücken getragen.

Herr Buchmann, mein Klassenlehrer, stellte sich mit mir vor die ganze Klasse und legte mir die Hand auf die Schulter: »Hört mal alle her, Kinder. Das ist die Anni Pfeiffer, sie ist schon elf Jahre alt, und da, wo sie herkommt, hat sie bisher nicht Lesen und Schreiben gelernt. Aber nicht, weil sie dumm ist, sondern weil sie dort eingesperrt war, in einem Lager und in einem Heim!«

Das Blut pulsierte mir in den Adern. Etwa vierzig Kinder starrten mich an, ihre Gesichter verschwammen vor meinen Augen. Rechts saßen die Mädchen in harten Holzbänken, die Hände verschränkt, links die Jungen. An der hinteren Wand hingen zwei Landkarten, ein alter großer Ofen stand an der Wand, versehen mit einem langen Ofenrohr, das in der Decke verschwand. Die Kinder hatten alle Hausschuhe an; die nassen und oft schmutzigen Schuhe wurden draußen im Gang ausgezogen, wo auch die Mäntel und Überzugs-Hosen hingen. Die Kinder kamen oft zu Fuß über Land oder durch den Wald, andere benutzten den Postbus. Die Mädchen hatten warme Kleider mit weißem Krägelchen an, die Jungen hatten Seitenscheitel und trugen Jacken über ihren Hemden. Man sah, dass ihre Eltern viel Wert darauf legten, dass sie gut gekleidet waren. Meine Mutter hatte mir etwas genäht. Der Lehrer hatte immer noch seine warme Hand auf meiner Schulter liegen, während er weitersprach.

»Anni hatte keine Eltern und musste viel Hunger leiden. Wer es also wagen sollte, sie auch nur ein einziges Mal auszulachen, den lege ich hier eigenhändig über das Pult und verdresche ihm oder ihr den Hintern. Und zwar mit diesem Holzlineal hier!«

Mir pochte das Herz zum Halse heraus. Hatte ich sie nun alle zu Feinden?

Doch das Gegenteil war der Fall! Sofort streckten sich hilfreiche Hände nach mir aus: »Komm, setz dich zu uns, Anni, wir rücken zusammen!« Als ich mich auf den frei gewordenen Platz auf der dunklen Holzbank setzte, spürte ich, dass er schon ganz warm war. Diese Wärme, mit der ich in der Klasse empfangen wurde, werde ich nie vergessen.

»Anni, willst du die Hälfte von meiner Jause?«

Ich hatte keine Ahnung, was eine Jause war, aber das Butterbrot mit Schinken, das mir entgegengestreckt wurde, sah fantastisch aus und schmeckte auch so!

»Wir üben heute das Lesen auf Seite fünf. Wer möchte der Anni vorlesen?«

Sofort schnellten sämtliche Finger in die Höhe. Mit einem rührenden Eifer lasen die Kinder mir ihre Passagen vor, den Finger immer dicht unter dem jeweiligen Wort, und wenn die Aussprache allzu bayrisch wurde, ermahnte der Lehrer sie liebevoll: »Und jetzt noch mal auf Deutsch, für die Anni.«

So wurden wir bald die besten Freunde, und schon bald konnte ich die ersten Zeilen lesen, die ersten Wörter schreiben und die ersten »Päckchen« rechnen. Jeder bemühte sich darum, mir etwas Besonderes beizubringen. Nach dem Unterricht durfte ich bei Lehrer Buchmann und seiner Frau mit am Tisch essen, und dann gingen wir den Unterrichtsstoff noch einmal durch.

»Sie begreift schnell«, freute sich die Lehrersfrau, der ich beim Abwaschen behilflich war. »Um die Anni müssen wir uns gar keine Sorgen machen, in einem halben Jahr kann sie in die nächste Klasse aufsteigen!«

Und so war es auch. Obwohl ich morgens immer noch mit Bauchschmerzen aufstand und vor Aufregung nichts frühstücken konnte, taute ich im Unterricht mehr und mehr auf, fühlte mich nachmittags bei dem Lehrerehepaar geborgen und fing erst wieder an zu weinen, als ich den schweren Rückweg zurück in das Haus meiner Mutter antrat. Mit ihr konnte ich einfach nicht warm werden. Sosehr ich mich bemühte und hoffte, sie würde mich einmal anlächeln oder in den Arm nehmen: Sie tat es nie.

Kolbermoor, Handelsschule »Alpenland«, Juli 1953

»Pfeiffer, du lernst es nie!«

Durch zähen Fleiß und die Hilfe lieber Menschen hatte ich innerhalb von drei Jahren das Schulpensum von acht Volksschuljahren geschafft. Meine Zeugnisse waren durchweg gut gewesen. Nur Zweier und Einser, und bei Betragen stand: »Sehr gute und fleißige Schülerin, die Gutes verspricht! Bitte Stoff der 7. Klasse im Rechnen wiederholen, sonst sehr zu loben!« Und nachdem ich auch die 8. Klasse mit Gut geschafft hatte, hatte meine Mutter für mich entschieden, dass die Handelsschule zu absolvieren sei. Mit Englisch und Buchhaltung, Schreibmaschine und Steno! Denn ich wollte unbedingt bei meiner Freundin Gerlinde bleiben.

Die Aufnahmeprüfung hatte ich sogar geschafft, und nun saß ich hier mit meinen vierzehn Jahren zwischen lauter jungen Damen und Herren, die zu Höherem berufen waren als zu einer Lehre oder der Mitarbeit auf dem Bauernhof. Die höhere Handelsschule!

Eifrig bemüht, dem schwierigen Stoff zu folgen, schrieb ich gerade in meiner sorgfältigen Schönschrift die neuen Vokabeln von der Tafel ab, als plötzlich der Englischlehrer, Herr Schneider, mir mein Klassenarbeitsheft heftig auf die Schulbank klatschte. Ich schrak zusammen und erstarrte.

»Pfeiffer, du lernst es nie! Dritte Person Singular mit einem s am Ende! *He, she, it sleepsssss,* aber das tust du offenbar!« Er erwartete ein beifälliges Lachen von den anderen, doch das blieb aus. Mir schoss die Röte ins Gesicht, und das Blut pulsierte mir in den Schläfen. Vor der ganzen Klasse stellte der Englischlehrer mich auf diese Weise bloß! Ich konnte nicht antworten, ein riesiger Kloß hatte sich in meinem Hals gebildet.

»Steh gefälligst auf, wenn ich mit dir rede, Fräulein Pfeiffer! Konjugiere mir *to sleep!*«

Meine Beine waren zu Pudding geworden, so tief schämte ich mich. Ich wollte im Fußboden versinken. »*I sleep, you sleep, he, she, it sleep …*«, stotterte ich vor mich hin.

»Sie kapiert es nicht, sie kapiert es einfach nicht! Fräulein Pfeiffer, was suchst du eigentlich auf dieser Schule? Warum gehst du nicht Kühe melken?«

»Schreien Sie nicht so mit der Anni rum, Herr Schneider!« Plötzlich war die Gerlinde aufgesprungen, meine beste Freundin noch aus Volksschulzeiten, und schrie dem Lehrer ins Gesicht: »Die Anni ist nur drei Jahre zur Schule gegangen, und nicht acht, wie wir anderen alle!«

»Ha«, brüllte der Lehrer Schneider und schlug mit der flachen Hand auf das Pult, an dem wir saßen. »Wer soll denn so einen Blödsinn glauben! Niemand schafft nach nur drei Jahren Schule hier die Aufnahmeprüfung!«

»Die Anni hat sie aber geschafft«, brüllte Gerlinde zurück. Ich bewunderte ihren Mut! Nie im Leben hätte ich mich getraut, meinen Lehrer anzuschreien, so richtig Aug in Auge, Zahn um Zahn!

»Sie hat fünf Klassen übersprungen, und die Aufnahmeprüfung hat sie auch geschafft!«

»Mein liebes Fräulein Holzner!« Herr Schneider wurde deutlich höflicher, aber gleichzeitig blieb beißender Zynismus in seinem Tonfall. »Ich denke, diese Behauptung lässt sich beim Direktor Bayer klären. Kein Schüler hat jemals nach drei Jahren Volksschule diese Handelsschule betreten. So, und jetzt konjugieren Sie mir *to sleep* … das Fräulein Pfeiffer kann ja weiterschlafen.«

Mein Herz sank mir vollständig in die Hose. Ich musste zum Direktor? Ich hatte doch nichts Böses getan! Nur das mit dem Englisch fiel mir halt noch schwer, na gut, und Buchhaltung, Steno, Schreibmaschine …

»Fräulein Pfeiffer.« Der Direktor schaute mich gütig an und faltete die Hände. »Wie ich höre, hat es in Ihrer Klasse Unstimmigkeiten gegeben?«

Leider fing ich sofort an zu weinen. Mein Selbstbewusstsein hatte die Größe einer Erbse, denn niemand stärkte mich zu Hause, mit niemandem konnte ich reden, und meine Mutter war nach wie vor gefühlskalt und verschlossen. Wenn meine Noten nicht stimmten, war sie nur umso trauriger und redete tagelang nicht mit mir.

»Wie ich vom Kollegen Schneider hörte, haben Sie nur drei Jahre lang die Volksschule besucht?«

Ich nickte unter Tränen und knautschte unter dem Tisch mein Taschentuch zu einem Knäuel zusammen. »Wir waren im Lager, meine Großeltern und ich, und ich habe erst mit elf Jahren schreiben gelernt …«

»Wie wollen Sie denn, liebes Kind, ein Haus bauen, wenn das Fundament fehlt? Das fällt Ihnen doch nach einer gewissen Zeit zusammen!«

Schluchzend zuckte ich mit den Schultern. Ich fühlte mich so erbärmlich schlecht, so unzulänglich und dumm!

»Wir haben Ihre Mutter angerufen, die sitzt da draußen, holen Sie sie rein! Wir müssen eine Entscheidung treffen!«

Mit Grauen stellte ich fest, dass meine Mutter mit verweinten Augen draußen auf einer Bank saß, während meine Mitschüler tuschelnd an ihr vorbeigingen und sich kichernd in die Rippen stießen! Sie sah halt immer noch so ANDERS aus!

Mit einem Riesenstein im Magen lief ich hinaus, um sie zu holen. Sie hätte sich alleine nicht in das große Schulgebäude gewagt.

»Mama …«

»Kind, was mach ich nur mit dir …« Mit unendlich traurigen, enttäuschten Augen sah sie mich an.

Ich wollte im Boden versinken. »Du sollst zum Direktor kommen …«

Schweigend gingen wir wieder rein. Der Direktor war eigentlich weniger böse auf mich als auf meine Mutter.

»Wie können Sie denn ein Kind, das nur drei Jahre Volksschule hinter sich hat, in die höhere Handelsschule stecken! Wissen Sie denn nicht, was hier den Schülern abverlangt wird?«

Meine Mutter starrte nur zu Boden und zuckte mit den Schultern.

»Haben Sie sich denn gar nicht vorher informiert?«

»Sie wollte es unbedingt …« Meine Mutter kramte in ihrer Tasche nach einem Taschentuch.

»Sie wollte dahin, wo ihre Schulfreundin Gerlinde auch ist.«

»Aber wir sind doch kein Kindergarten!«

Der Direktor sprang auf und durchmaß mit großen Schritten den Raum.

»Sie können doch nicht ein Haus ohne Fundament bauen«, bemühte der Direktor ein zweites Mal seinen Vergleich. »Das Mädchen ist ja komplett überfordert! Sie hätten sich Beratung einholen müssen, Frau Pfeiffer!«

Mein Herz raste. Der Direktor schimpfte mit meiner Mutter,

nicht mit mir! »Hätte das Mädchen nur noch ein Schuljahr in der Mittelschule absolviert, wo es die Grundlagen von Englisch und Mathe gelernt hätte, hätte sie das hier spielend geschafft!«

Jetzt weinte meine Mutter genau wie ich. »Fliegt sie jetzt von der Schule? Sie hat sich doch so bemüht …« Wir heulten beide, ohne einander anzusehen. Meine Mutter schämte sich offensichtlich für mich. Und ich fühlte mich als komplette Versagerin.

»Ihre Tochter hat eine schreckliche Kindheit hinter sich, Frau Pfeiffer. Heim, Lager, Gewalt und keine Mutter. Wie können Sie von ihr verlangen, dass sie in drei Jahren den Stoff von acht Jahren nachholt, und sie, als wäre nichts geschehen, hier in die höhere Handelsschule setzen?«

»Aber sie wollte bei ihren Freundinnen bleiben …«

»Hören Sie, Frau Pfeiffer. Ich mache Ihnen und Ihrer Tochter ein Angebot.« Der Direktor wendete sich seufzend ab und öffnete das Fenster. »Wir lassen die Anni dieses Schuljahr fertig machen, aber ohne Noten. Sie darf als Gastschülerin teilnehmen, wird aber nicht beurteilt. Und nach diesem Schuljahr sehen Sie weiter. Überlegen Sie in Zukunft gut, wie Sie Ihr Kind fördern wollen. Verbleiben wir so?«

Unter Tränen nickten wir und verließen wie geprügelte Hunde das Büro des Direktors. Auf dem ganzen Rückweg sprach meine Mutter kein Wort mit mir.

Berbling, November 1953

»Aber liebe Frau Pfeiffer, warum haben Sie denn nicht früher Rücksprache mit mir gehalten?«

In ihrer Not war meine Mutter eines Tages mit mir »Versagerin« in das Schulhaus Berbling gegangen, um bei meinem ehemaligen Volksschullehrer Buchmann Rat einzuholen.

»Ihre Tochter hat fünf Schuljahre übersprungen, und natürlich ist sie mit guten Noten von der Volksschule abgegangen, aber sie gleich in die höhere Handelsschule zu schicken ... «

»Jetzt kommt doch erst mal hinein in die gute Stube.« Die Frau des Lehrers, bei dem ich bis zuletzt nachmittags Nachhilfe bekommen hatte, zog uns in ihr gemütliches Wohnzimmer. Bei Kakao und Pfefferkuchen berichteten wir weinend von unserem Dilemma, und ich war einfach nur froh, dass wenigstens wieder jemand mit mir sprach!

Auch die Volksschullehrer tadelten meine Mutter sanft mahnend: »Sie haben dem Kind doch wirklich schon genug zugemutet!«

»Und wohnt ihr denn immer noch da oben hinter dem Wald? Wie kommt das Kind denn morgens nach Kolbermoor?«

»Da muss sie halt noch früher aufstehen.« Meine Mutter war das sibirische Arbeitslager gewohnt und sah gar nicht ein, wieso eine Vierzehnjährige nicht um halb sechs allein durch den dunklen Wald zur Bushaltestelle hinunterlaufen sollte. »Mit uns ist man auch nicht zimperlich umgegangen.«

Die Buchmanns sahen einander bedeutungsvoll an.

»Aber wovon leben Sie denn, reicht denn Ihre Witwenrente?«

»Nein, aber bei den Thalers verdiene ich mir durch Garten- und Küchenarbeit etwas dazu.«

Endlich interessierte sich mal jemand für uns. Die Thalers waren liebe nette Leute, aber sie hatten inzwischen den Sommer über sogar Feriengäste, und dann mussten wir sogar noch enger zusammenrücken.

Meine Mutter zuckte nur stumm mit den Schultern.

»Und wann kommt sie mal zur Ruhe? Sie kommt doch jetzt auch in die Pubertät ... «

Besorgte Augenpaare ruhten auf mir. Mutter blickte verschämt zu Boden. Wohin kam ich? War Pubertät noch weiter weg als Kolbermoor?

»Hören Sie, Frau Pfeiffer, wir hätten Ihnen ein Angebot zu machen.«

Das Lehrerehepaar wechselte einen vielsagenden Blick.

»Hier im Schulhaus wären zwei Räume frei.«

»Die Hausmeisterwohnung«, beeilte sich die Frau zu sagen. »Im Souterrain.«

Ich schluckte. Das hörte sich aber piekfein an. Würden wir etwa hier wohnen dürfen?

»Das können wir uns nicht leisten.« Mutter blickte stur zu Boden.

»Wenn Sie handwerklich begabt sind, sehe ich keine Probleme!« Der gütige Lehrer stand auf und holte seine alte Schreibmaschine hervor.

»Schau, Anni, eines Tages kannst du damit auch umgehen. – Schreib, Resi!«

Und er diktierte seiner Frau folgenden Vertrag:

VERTRAG (ABSCHRIFT)

Aufgrund der Einweisung in zwei Räume des Schulhauses B E R B L I N G (1 Küche und 1 Zimmer) übernimmt Frau Pfeiffer folgende Verpflichtungen:

1. Reinigung des Schulsaales mit Gang und Abortanlagen.
   Der Schulsaal ist wöchentlich am Samstag zu wischen und jeweils auch mittwochs zu kehren. Der Schulsaal ist nur auf Anweisung der Gemeindeverwaltung zu ölen.

2. Der Schulsaal ist in den Wintermonaten auf Anweisung des Lehrers zu heizen. Das Brennmaterial wird von der Gemeinde geliefert und darf ausschließlich für den Schulraum Verwendung finden.

3. Aufgrund oben genannter Verpflichtungen erhält Frau Pfeiffer freies Wohnrecht. Auch
wird Frau Pfeiffer ein Anteil des Gemüse-
und Schulgartens kostenlos zur Verfügung
gestellt.

Beleuchtung und Heizung der Wohnung gehen zu-
lasten der Schule.

Sollten sich in irgendeiner Weise Änderungen
oder Schwierigkeiten ergeben, erklärt sich
Frau Pfeiffer bereit, die Wohnung zu räumen
und eine von der Gemeinde zugewiesene Wohnung
zu beziehen.

Berbling, den 14.11.1953
gezeichnet Buchmann

AMALIE

Berbling, Pfingsten 1954

Frau Pfeiffer, kommen Sie doch auch noch mit ins Gemeindehaus!« Der katholische Pfarrer stand in der Kirchentür und
verabschiedete uns nach der feierlichen Sonntagsmesse, indem er
jedem die Hand gab und die Kinder mit einem Kreuzzeichen auf
der Stirn segnete. Er segnete auch die Autos, die auf dem Parkplatz standen, denn heute war Pfingsten, und der Heilige Geist
war über uns gekommen! Meiner Anni strich er wohlwollend
über den Kopf. »Groß bist du geworden, Mädchen! Gehe hin in
Frieden. Geht es euch gut?«

»Danke, Herr Pfarrer. Seit wir im Schulhaus wohnen, deutlich
besser.«

»Wir haben heute ein Treffen der Vertriebenen und Aussiedler
aus dem Banat! Sie sind beide herzlich eingeladen!«

Ich wusste nicht so recht, ob ich hingehen sollte. Der Sonntag
war der einzige Tag, an dem es in der Schule nicht vor Kinderge-
schrei und Gerenne nur so summte und brummte wie in einem
Bienenstock, und an dem nicht alle naslang jemand an die Tür
klopfte: »Frau Pfeiffer, der Ofen heizt nicht richtig«, und: »Frau
Pfeiffer, jemand hat den Tafelschwamm geklaut!« Ich sehnte
mich nach einem Mittagsschlaf. Aber meine Anni ließ mich sowieso nicht zur Ruhe kommen. Sie war wie ein junges Fohlen,
hüpfte überall neugierig herum, fasste alles an, plauderte ohne
Ende und sehnte sich nach Aufmerksamkeit. Ich wollte sie so
gerne lieb haben, aber ich konnte es ihr einfach nicht zeigen. Die
Angst, dieses Kind erneut zu verlieren, schnürte mir dermaßen
die Kehle zu, dass ich die Liebe erst gar nicht zuließ. Außerdem

wollte sie immer noch zu ihren Großeltern, wie ein bockiges Zicklein.

»Oh Mama, bitte lass uns da hingehen, da gibt es bestimmt Kuchen …«

Sie hatte wirklich einen gesunden Appetit. Wie alle Nachkriegskinder war sie regelrecht ausgehungert nach Süßigkeiten, und mit ihren fast fünfzehn Jahren ordentlich in die Höhe geschossen.

»Na meinetwegen, Anni, aber wir bleiben nicht lange!«

»Wie schön, Frau Pfeiffer!« Der Pfarrer nickte uns freundlich zu. »Den Weg ins Gemeindehaus kennen Sie ja!«

Schüchtern ging ich in meinem selbst genähten grauen Sonntagskostüm hinüber in den Gemeindesaal, während Anni wie ein junges Fohlen neben mir hersprang. »Darf ich auch eine Limonade trinken, wenn es eine gibt?«

»Aber nur, wenn sie nichts kostet, Anni.«

An der Tür des Gemeindesaales prallte ich zurück: Da saßen bestimmt hundert Leute an langen Tischreihen, tranken Kaffee und aßen Streuselkuchen, und sie hatten traditionelle Frühlingskränze an langen Stangen aufgestellt, wie damals bei uns im Banat auf dem Tanzboden. Aber sie waren alle so gekleidet wie ich.

Kinder liefen in Banater Trachten herum, alte und junge Menschen unterhielten sich, es brodelte wie in einem Bienenkorb.

»Mama! Hier sind noch zwei Plätze frei!«

Längst hatte meine Anni die Lage gepeilt und ihre Strickjacke über zwei leere Stühle geworfen.

Wir quetschten uns mitten zwischen die lärmende Menge, und Anni griff beherzt zu dem Tablett mit den aufgestapelten Streuselkuchenstücken. Selbst mein warnender Blick aus Adleraugen wurde von ihr ignoriert. Mit vollen Backen kaute sie genüsslich und strahlte fröhlich in die Menge, und bevor ich ihr auch nur auf die Finger hauen konnte, hatte sie sich schon ein zweites Stück genommen.

»Kostet doch nichts, Mama!«

»Gesunden Appetit hat Ihr Fräulein Tochter.«

Ein hagerer Mann um die vierzig, der mir gegenübersaß, hatte mich angesprochen. Er war ausgemergelt und hatte die übliche graue Gesichtsfarbe derer, die nach langer Gefangenschaft endlich freigekommen waren. In derselben Sekunde war mir bewusst, dass es sich um einen Leidensgenossen handeln musste.

»Klaus Kuglitsch mein Name.« Er reichte mir über den Tisch hinweg seine knochige Hand.

»Amalie Pfeiffer. Und das ist meine Tochter… Anni! Halt dich bitte zurück!«

»Seien Sie doch froh, dass Sie noch eine Tochter haben!«

»Bitte?«

»Ich habe auch eine Tochter in dem Alter, aber sie lebt in Jugoslawien …«

Oh Gott, schoss es mir durch den Kopf. Dasselbe hätte meiner Anni auch passieren können, wenn nicht die Schwiegermutter sie aus dem Heim gerettet hätte. Sie wäre heute in serbischen Händen.

Der Mann und ich kamen ins Gespräch.

Und nachdem Anni inzwischen mit den anderen Kindern »die Reise nach Jerusalem« spielte, rückte der Schmale auf Annis frei gewordenen Stuhl, neben mich.

»Ich war über zehn Jahre in russischer Kriegsgefangenschaft.« Er nannte mir den Ort im tiefsten Sibirien, an dem er ebenfalls in einem Bergwerk arbeiten musste. »Wir waren zu dritt in einer Holzkoje, mussten unter Tage leben, über zehn Jahre habe ich das Tageslicht nicht gesehen …« Mir wurde übel, und gleichzeitig fühlte ich mich zu diesem Mann hingezogen. Denn er war einer von uns.

»Wir mussten die gebrauchten Arbeitsklamotten von den anderen anziehen, wenn die von der Schicht kamen. Dasselbe galt für unsere Schlaf- und Unterwäsche. Alle acht Stunden mussten wir tauschen. Am Ende hatten wir nur noch stinkende Lumpen am Leib.« Ihm standen die Tränen in den Augen, und er sog manisch an einem Glimmstängel. Ich musste husten, litt ich doch nach wie vor unter meinem Lungenproblem, wollte und konnte mich aber auch nicht von diesem Mann abwenden.

»Und als endlich, nach zehn Jahren Gefangenschaft, dieses Martyrium vorbei war, kamen wir zurück nach Jugoslawien, wir wenigen, die wir noch lebten.«

Ich nickte. Ja, das alles konnte ich mir bildlich vorstellen. Ich konnte es sogar körperlich nachempfinden. »Beim Roten Kreuz suchte ich nach meiner Familie …«

Es war das alte Lied. Schweigend hörte ich ihm zu. Seine Lippen zitterten unentwegt, während er die Tabakkrümel mit dem Finger zusammenschob, um bloß keinen einzigen zu verlieren. Kurz darauf drehte er sich erneut mit ebenso zitternden Fingern eine neue Kippe.

»Und die fand ich schließlich auch. Meine Frau war noch am Leben, meine Tochter auch …«

»Aber?« Ahnungsvoll starrte ich ihn an.

»Sie hatte inzwischen einen Serben geheiratet.« Er starrte auf die Tischplatte, auf der zwischen Tabak- und Kuchenkrümeln die Stubenfliegen emsig herumkrabbelten.

»Einen unserer Peiniger! Meine Tochter sprach nur noch Serbisch und war schon voller kommunistischem Gedankengut.« Seine Augen standen in Tränen.

»Aber was hat Ihre Frau gesagt? Warum hat sie den Mann geheiratet?«

»Ach«, er machte eine wegwischende Handbewegung. »Sie meinte, nach so vielen Jahren ohne Lebenszeichen hätte sie wohl annehmen dürfen, ich sei tot. Sie lebten übrigens fröhlich auf meinem ehemaligen Bauernhof, den sie mir weggenommen hatten.«

Betroffen starrte ich in meinen schwarzen Kaffee, der längst kalt geworden war.

Schließlich sagte ich: »Bei mir war es umgekehrt. Mein Mann, mit dem ich in Gedanken jeden Tag gesprochen hatte, war schon seit fünf Jahren tot, als ich aus der Gefangenschaft kam.«

Und plötzlich hob er seinen Blick und schaute mir geradewegs in die Augen.

»Und das Kind?«

»Habe ich nach sechs Jahren wiedergesehen.«

»Konntet ihr noch zusammenfinden?« Seine Stimme nahm einen warmen Unterton an.

Jetzt standen meine Augen in Tränen. »Wir arbeiten daran.«

Plötzlich stand der Mann auf und reichte mir seinen Arm. »Darf ich bitten?«

Ich hatte gar nicht gemerkt, dass bereits die Tanzmusik eingesetzt hatte, die unsere Banater Lieder von früher spielte. Nach alter Landessitte tanzten die Menschen die volkstümlichen Tänze unter den Blumenstöcken. Ich entdeckte auch meine Schwiegereltern in ihren Reihen!

Natürlich saß Anni an ihre Großmutter geschmiegt und leckte genüsslich ein Eis.

Klaus Kuglitsch führte mich etwas steif über den Tanzboden, und ich kam mir immer noch wie eine Verräterin vor. Was sollte ich mit diesem traurigen Skelett?

Aber seine Augen verrieten mir so viel über sein Leid, seine Einsamkeit und Trauer, dass ich mich umso seelenverwandter mit ihm fühlte.

Er erwähnte beim knochigen Tanz, dass er noch keine Bleibe gefunden hatte, und dass er eine Arbeit suchte, bei der er sich ein wenig nützlich machen konnte. Nur war es schwer, beides zu finden. Er sei nämlich handwerklich recht begabt, in unserer gemeinsamen Heimat, dem Banat, sei er neben seiner Landwirtschaft auch als Handwerker bekannt gewesen. Aber er hätte keinen Menschen mehr auf der Welt.

ANNA

Berbling, Sommer 1954

Mein Schuljahr als Gastschülerin in Kolbermoor lag längst eine ganze Weile zurück, und es gab für mich keine Chance auf dieser Berufsschule mehr. Meine Gerlinde vermisste ich besonders! Sie hatte die Ausbildung weitermachen dürfen, ich aber nicht. Wieder einmal hatte niemand einen Plan für mich. So hielt ich mich mehr oder weniger frustriert in der winzigen Wohnung im Schulhaus in Berbling auf und versuchte, meiner Mutter zur Hand zu gehen. Doch da war ich gar nicht mehr erwünscht.

»Aber niemand will ein Flüchtlingsmädchen ohne Schulabschluss!«

»Hören Sie zu, Amalie, ich habe im Wochenblatt gelesen, dass das Kinderheim in Altofing bei Bad Feilnbach eine Kindergartenhelferin sucht. Gegen freie Kost und Logis.« Der Vorschlag kam von Herrn Görig, der im Jugendamt arbeitete und den meine Mutter um Rat bat.

Und so wurde ich, ohne gefragt zu werden, in dieses Kinderheim verfrachtet, acht Kilometer von Berbling entfernt. Hundert Berliner Nachkriegskinder waren hier zur Sommerfrische untergebracht, vom Kleinkind bis zu Kindern in meinem Alter. Sie sollten sich erholen, und ich sollte arbeiten.

Und ich war das Mädchen für alles: Küchendienst, Abwaschen, Kinder anziehen, füttern, spielen, spazieren gehen, ins Bett bringen, aufräumen, putzen, Wäsche machen. Es war ein Knochenjob von zehn Stunden pro Tag, mit einem freien Tag alle zwei Wochen. Ich war die Jüngste der vier Kindergärtnerinnen, die alle zufällig Anni hießen. Mich nannten sie die Anneliese.

Jeden Abend, wenn ich die Tür von diesem kleinen Zimmer unter dem Dach im zweiten Stock öffnete, rollten mir die Tränen über das Gesicht. Sie hatten mich abgeschoben! Ich hatte solche Sehnsucht nach meinen Großeltern! Warum durfte ich denn nicht bei ihnen wohnen? Ich hätte jede Arbeit gemacht. Auch die hier im Kinderheim, aber abends fürchtete ich mich. Nach sechs Wochen fuhren die Kinder wieder nach Berlin.

Ein kleines Fenster stand offen, unten floss ein kleiner Wildbach durch eine Schlucht; der Anblick hätte eigentlich als romantisch empfunden werden müssen. Doch mein einziger Wunsch war, aus dem Fenster zu springen, um mir das Leben zu nehmen!

Aus dem Originalbrief der fünfzehnjährigen Anni an ihre Mutter, September 1954:

(»Frau Lind, den Brief fand ich zehn Tage später im Papierkorb meiner Mutter, ich habe ihn gebügelt, bitte schicken Sie ihn mir zurück!«)

Liebe Mama!

Oh mein Gott, bin ich müde und tun mir die Füße weh, aber es geht mir gut und gefällt mir auch sehr gut. Arbeit habe ich natürlich genug mit über hundert Kindern, aber trotzdem bin ich schon so weit, dass ich manchmal mit einer Gruppe von über vierzig Kindern hantiere und spazieren gehen darf. Vorgestern waren wir auf dem Farrenpoint, ein hoher Berg, und nur Schwester Anni und ich mit über 70 Kindern sind da raufgeklettert. Da hat ein Mädchen einen Buben gestoßen, und er fiel vier Meter tief hinab in eine Schlucht! Er hat zwei schwere Löcher im Kopf und den Fuß gebrochen. Wir holten von einer Alm eine Tragbahre, und ich und vier unserer stärksten Buben trugen den blutüberströmten Knaben hinunter ins Tal. Alle anderen waren schon seit einer Stunde wieder im Heim. Der Arzt kam auch gerade an, als wir ihn brachten. Er wurde gleich ins Krankenhaus Rosenheim überliefert. Ja, so sind die Sachen bei uns, liebe Mama. Ich habe jeden Tag von sechs Uhr früh bis abends um halb neun zu tun. Trotzdem ist es schön, wir schlafen zu viert in einem Zimmer, die anderen drei sind in der Küche, da kannst du dir diese Gaudi vorstellen! Es sind vier Kindergärtnerinnen hier und ich. Und alle vier von uns heißen Anni! Also ich bin für die Kinder die Annelies. Ich hab sie schon so verwöhnt, dass acht von niemand anderem als von mir gefüttert werden wollen.

Heute musste ich bügeln, da weinten viele von den Kleinen, weil ich nicht mit spazieren gehen durfte. Ich habe heute 87 Schlafanzüge gebügelt, natürlich schnell. Aber das macht nichts, liebe Mama, ich tu das gerne, schon für die Kinder. Nun, lange könnte ich das nicht tun, ich wache in der Nacht oft drei- bis viermal auf, ich habe Krämpfe in Händen und Füßen, weil ich so friere. Liebe Mama, ich brauche einen Morgenrock, Waschlappen, ein Hühneraugenpflaster.

Was schreiben meine Großeltern? Was ist in Berbling alles passiert? Ich habe nur alle vierzehn Tage einen Tag frei, aber das geht schon für ein Jahr, dann ist das Schlimmste vorbei.

Ach Gott, ich kann nicht mehr, die Füße schmerzen mir furchtbar, die Hände schrecklich und der Rücken, nicht zum Aushalten! Es ist auch zehn, ich muss jetzt wirklich schlafen. Verzeih mir meine schlechte Schrift, liebe Mama. Gute Nacht, liebe Mama. Die anderen rumpelten schon über die Treppe. Es grüßt dich dein Kind. Ach, ich kann nicht mehr. Bitte Antwort, liebe Mama. Du kannst so zufrieden sein, ich hab nämlich viel und bald geschrieben.

Altofing, Spätherbst 1954

Jeden Abend stand ich am Dachfenster und überlegte, ob ich in die Tiefe springen sollte.

Aber wäre ich dann auch wirklich tot? Oder wären die anderen dann nicht wieder nur alle böse auf mich? Sollte ich mein Fahrrad nehmen und nach Berbling fahren, zu meinen Großeltern? Seit vier Jahren lebten wir jetzt voneinander getrennt; inzwischen hatten Onkel Hans und Tante Christa in Mitterham ein Haus gekauft, wo auch die Großeltern wohnten, und ich wurde weiter abgeschoben. Ein eigenes Kind hatten Onkel Hans und Tante Christa nicht mehr bekommen. Warum wollten sie nicht mich? Ich wurde auch nicht abgeholt, wie die anderen Annis, deren Eltern mit ihrem VW Käfer regelmäßig vor dem Heim standen, ihnen Leckereien und warme Kleider brachten, oder die älteste Anni, deren Freund mit einem Motorroller vorfuhr. Ich war die einsame Anni, die Anneliese, die keinen Menschen hatte und niemandem zu fehlen schien.

An den Wochenenden, wenn die anderen Annis weg waren, kamen mir die schrecklichsten Gedanken, und ich weinte pausenlos. Eines Samstags, es war bereits zehn Uhr abends, hockte ich allein in der Dachkammer und hatte wieder schreckliches Heimweh. Kinder waren gerade keine im Heim, ich war ganz alleine in dem großen alten Gebäude, es knackte und knarrte überall im Gebälk. Meine Mama hatte auf meinen Brief nicht geantwortet, und auch von den Großeltern hörte ich nichts! Ihnen war ja gesagt worden, sie sollten mich in Ruhe lassen, damit ich lernte, alleine zurechtzukommen. Entweder ich sprang jetzt in die Tiefe oder ... es zerriss mir das Herz. Das konnte ich ihnen doch nicht antun! Selbstmord war ja schließlich auch eine Todsünde!

Obwohl es kalt und dunkel war, pirschte ich die knarrenden Holzstiegen hinab und schlich mich in den Schuppen, wo mein altes Fahrrad stand. Ich wusste eigentlich gar nicht, wohin ich fahren sollte, nur weg von hier, weg von diesem gruseligen leeren kalten Kinderheim!

Verzweifelt trat ich in die Pedale, nur bekleidet mit meiner Bluse, der Strickjacke und dem üblichen Faltenrock, aus dem ich schon herausgewachsen war. Über die stockdunkle einsame Landstraße radelte ich, so schnell ich konnte, es war inzwischen Ende November, und es nieselte aus unheimlichen Nebelschwaden, die über den nassen Wiesen aufstiegen wie Geister. Es war ein steiniger Weg, Angst und Tränen meine einzigen Begleiter. Wenn ich hinfiel und mich verletzte, würde mich keiner finden! Immer wieder kämpfte ich mit den sperrigen Reifen auf dem holprigen Weg und radelte in tiefe Schlaglöcher, die ich im Dunkeln nicht sehen konnte. Nach Stunden, es mochte inzwischen ein Uhr nachts gewesen sein, kam ich frierend und zitternd vor dem dunklen Schulhaus in Berbling an.

Die Hausmeisterwohnung war ebenfalls nicht beleuchtet, wahrscheinlich schliefen Mama und Herr Kuglitsch schon! Ich nahm all meinen Mut zusammen und klopfte leise an das Fenster. Doch nichts tat sich. Waren sie überhaupt zu Hause? Nach mehrmaligem Klopfen mit eisigen Fingern tat sich immer noch nichts! Ließen sie mich mit Absicht hier draußen stehen, im Regen, im Nebel? War ich ihnen so wenig wert?

Verzweifelt ließ ich mich auf eine nasse Bank sinken, die im Schulhof unter einer Kastanie stand. Um mich herum lagen feuchte Blätterhaufen, und bei jeder Windböe fegten mir stachelige Kastanien um den Kopf, die auf dem Boden aufplatzten. Es war so unheimlich wie der Walpurgis-Tanz.

Drei Stunden lang saß ich wohl zitternd und weinend auf der Bank im Schulgarten, als ich plötzlich verhaltene Stimmen und Gelächter hörte. Meine Mutter kam mit Herrn Kuglitsch von einer Tanzveranstaltung heim.

Bevor sie jetzt ins Haus gehen und mich übersehen würden, rappelte ich mich mit eingefrorenen Gliedmaßen auf. »Hallo Mama«, rief ich schüchtern in den Nebel hinein.

Meine Mutter gefror zu einer Salzsäule.

»Mama ... bitte erschrick nicht, ich wollte dich nur mal sehen, ich war ganz allein im Kinderheim, es war so unheimlich, ich hab mich so gefürchtet, Mama, ich möchte nicht mehr leben ...« Ein Kinderherz schrie vor Verzweiflung.

»Wir sprechen morgen.«

Ohne ein Gespräch mit mir zu führen, ohne mich in den Arm zu nehmen: Sie ließ mich links liegen. Ich hatte wieder mal versagt.

Am nächsten Morgen sprachen sie und Herr Kuglitsch kein Wort mit mir. Schweigend und mit abweisendem Gesicht hockten sie in der winzigen Küche und rührten in ihrem Instantkaffee, ohne mir auch nur einen Blick zu schenken. So wie ich war, ich hatte in meinen nassen Kleidern geschlafen, setzte ich mich auf mein Fahrrad und fuhr die knapp zwei Kilometer nach Mitterham, zu meinen Großeltern. Dort weinte ich mich aus:

»Ich kann da oben auf dem Berg von Altofing so weit weg ohne Familie nicht mehr leben!«

»Ach Anni-Kind, wir können dich so gut verstehen ...« Die Oma hatte mich in den Arm genommen, und der Opa rührte mir eigenhändig einen warmen Kakao zusammen. Innerlich löste sich in mir ein eiserner Knoten. Wenigstens Opa und Oma hatten mich noch lieb. Ich würde immer ihre kleine Anni bleiben, auch wenn ich inzwischen weibliche Formen hatte.

»Ach, Oma und Opa, kann ich nicht einfach hier bei euch bleiben?«

Zwischen meine beiden geliebten Großeltern auf die hölzerne

Küchenbank geschmiegt, bekam ich zum ersten Mal seit Langem wieder Luft zum Atmen.

»Du weißt doch, Anni-Kind, dass deine Mutter das nicht möchte.«

»Aber sie kümmert sich doch gar nicht um mich!«

Plötzlich stand Tante Christa in der Tür, die mit Onkel Hans in der Kirche gewesen war.

»Ach, wir haben Besuch?«

»Ja, ich hoffe, sie darf wenigstens ein paar Stunden bleiben?« Oma sah ihre Schwiegertochter flehentlich an.

»Warum heult sie denn schon wieder?«

»Könnt ihr das denn gar nicht verstehen? Sie fühlt sich einsam und hat Heimweh!«

»Was glaubt ihr denn, wie WIR uns gefühlt haben in Sibirien!« Plötzlich verhärtete sich Tante Christas Gesicht. »Wir haben ALLE schlimme Zeiten hinter uns, und kein Hahn hat nach uns gekräht. Sie soll sich endlich mal zusammenreißen! Sie hat doch alles, was sie braucht!«

Auch Onkel Hans, der den Wagen in die Garage gefahren hatte, blies nun in dasselbe Horn.

»Anni, du bist doch kein Kind mehr! Es kann doch nicht sein, dass du uns seit fünf Jahren die Ohren vollheulst! Irgendwas muss jeder junge Mensch aus seinem Leben machen, und da kann dir niemand bei helfen.«

Die Großeltern tätschelten mir unauffällig die Hände, aber die Generation meiner Mutter hatte einfach kein Verständnis für mich. Viel zu verhärtet waren sie alle innerlich.

»Mach doch eine Metzgerlehre«, schlug Onkel Hans vor. Er war ja im Banat früher Metzger gewesen und hatte das Gasthaus meiner Großeltern beliefert.

»Ja, das würde gut zu dir passen«, befand auch Tante Christa. »Du bist groß und kräftig, und gerne gut essen tust du auch.«

Und während die Großeltern noch versuchten, mir ein bisschen Wärme und Trost zu geben, hatte Tante Christa bereits bei meiner Mutter im Schulhaus angerufen.

Und die ging gleich am nächsten Tag, einem Montag, um Punkt acht mit mir ins Arbeitsamt.

Bad Aibling, Winter 1954

»Na, Kind? Gefällt es dir nicht bei uns?«

Frau Käspratzinger, die Metzgermeisterin, stand neben mir an der Verkaufstheke und hieb mit ihrem Beil auf blutigen Fleischstücken herum. »Nein, nicht die Fleischwurst so dick schneiden, das habe ich dir doch schon erklärt, schau, so …« Sie drängte mich von der Schneidemaschine weg und stellte den Apparat auf die dünnste Scheibenstärke ein: »So, das muss hauchdünn sein, da muss man Zeitung durch lesen können!«

»Ja, Frau Käspratzinger.« Seit sechs Uhr früh stand ich nun wie jeden Tag hinter der Fleischtheke der Dorfmetzgerei und versuchte, die Kunden zu ihrer Zufriedenheit zu bedienen. Als Erstes hatte ich begriffen, dass auf Sauberkeit akribisch zu achten war, denn das Gesundheitsamt schickte regelmäßig Mitarbeiter zu Stichproben in den Laden. Nirgends durfte ein Fettrand oder ein Wurstzipfel herumliegen, und es war auch meine Aufgabe, die Fliegen vom Fleisch zu vertreiben. Hinten in der Wurstküche stand der Bruder der beiden ledigen Schwestern Käspratzinger in einer Gummischürze mit Gummistiefeln mitten in der gekachelten Landschaft aus Schlachtbänken und spritzte mit einem Wasserschlauch die Blutlachen von den Fliesen. Es wurde schon seit dem frühen Morgen das Fleisch zu Wurst verarbeitet, mehrere Maschinen drehten sich mechanisch quietschend, und sosehr mir auch Onkel Hans und Tante Christa von diesem goldenen Handwerk vorgeschwärmt

246

hatten, so sehr ekelte ich mich vor den blutigen Fleischklumpen, die in einer Wurstmaschine zu grobem Hackfleisch oder, noch widerlicher, zu breiigen Würsten verarbeitet wurden.

Auch hier an diesem Arbeitsplatz schlief ich wieder in einer winzigen Dachkammer, diesmal mit Ausblick auf die Glonn, einen schmalen Wildbach, und wieder überlegte ich jede Nacht, ob ich springen sollte.

Denn nun waren meine Nächte nicht nur durch Einsamkeit und Kälte, sondern auch durch das grauenvolle Quieken und die Todesschreie der armen Schweine getrübt, die allesamt unter meinem Fenster geschlachtet wurden. Der Metzgermeister und seine grobschlächtigen Gesellen verrichteten dort ihre grausame Arbeit. Gegen Mitternacht fuhr regelmäßig ein Lastwagen rückwärts in den engen Hof, über dem mein Zimmerchen lag, und in dem Moment, wo lautstark die Türen geöffnet wurden, quollen mir die Todesschreie der armen Tiere in die Ohren, die genau spürten, was man mit ihnen vorhatte.

Dann wurden sie oft rüde aus dem Wagen gezerrt und in das Schlachthaus getrieben, das unter meinem Zimmer lag. Auch wenn die Burschen die Türen schlossen, hörte ich doch das jämmerliche Quieken der armen Tiere, und traumatische Erinnerungen, die tief in meinem Unterbewusstsein schlummerten, kamen mir vor Augen. Auch Menschen waren so aus ihren Häusern getrieben worden, an den Haaren gepackt, gezerrt, geschlagen, auf Lastwagen getrieben oder gleich vor meinen Kinderaugen zu Tode geprügelt worden. Die Schreie der Menschen damals ähnelten so sehr denen der Tiere hier unten, dass ich mir verzweifelt die Hände auf die Ohren presste.

»Man hört dich immer schluchzen, da oben in deiner Kammer.« Frau Käspratzinger drückte mir den Wischeimer und den Schrubber in die Hand. »Geht es dir nicht gut, Kind? Hier, wisch das Blut und das Fett weg, bevor jemand reintritt.«

Nein, mir ging es nicht gut. Ich war genauso einsam wie dort oben am Berg im Kinderheim, nur dass jetzt noch die widerliche Arbeit mit dem Fleisch dazukam, und ich keine Kinder mehr hatte, die mir doch auf ihre Weise ihre Liebe und Wertschätzung gezeigt hatten.

»Ich würde so gerne abends nach Hause gehen«, schniefte ich in mein Wischwasser hinein. »Dort oben in der Kammer kann ich bei dem Geschrei nicht schlafen!«

»Von mir aus kannst du gerne nach Hause gehen, Kind. Aber da musst du deine Mutter fragen.« Frau Käspratzinger begrüßte auf ihre derb bayrische Art eine Kundin, die gerade unter Glockengebimmel hereingekommen war.

»Grüß Gott, Frau Kratzer, wir hätten heute a ganz a frisch's Gselcht's, und ganz a frischen Leberkaas, derfs a bissl mehr sein?«

Ja, und genau das schöne frische Geselchte hatte ich heute Nacht noch schreien hören!

»Und warum weint das Lehrmädel?« Frau Kratzer sah mich besorgt an. »Hats' an Liebeskummer?«

»Ja, mei, sie ist halt hier so unglücklich im Metzgereigeschäft!«

So kamen wir ins Gespräch mit der netten Frau Kratzer.

»Also Anni, ich hab in der Stadt ein Wollgeschäft, hättest nicht Lust, bei mir als Lehrmädel anzufangen?«

Und wie ich die hatte! Wollknäuel schreien nicht, zappeln nicht, stinken nicht und waren nie lebendig!

»Ja, vielen Dank, Frau Kratzer! Darf ich denn, Frau Käspratzinger?« Innerlich hüpfte ich fast vor Freude!

»Von mir aus derfst des scho, mein Kind, aber du musst deine Mutter fragen, denn bei der Frau Kratzer wohnen kannst du nicht!«

Sofort erstarb alle Freude im Keim. Die Mutter wollte mich ja auf keinen Fall bei sich zu Hause haben!

So eilte ich nach meinem Dienst aufgeregt zu den Großeltern

in Mitterham: »Bitte, Oma und Opa, ich flehe euch an, darf ich bei euch wohnen?«

»Da musst du deine Mutter fragen, Kind.«

»Aber ihr wisst doch, sie kümmert sich doch gar nicht um mich!«

Ein Wort gab das andere, schon wieder heulte ich Rotz und Wasser, und die Großeltern sahen mich sorgenvoll an. »Kind, von unserer Seite aus darfst du gerne, frag Onkel Hans …«

Onkel Hans kam gerade aus der Autowerkstatt und wischte sich seine öligen Hände an einem schmutzigen Tuch ab. »Von mir aus«, brummte er nur. »Wenn ihr eure zwei kleinen Zimmerchen mit Anni teilen wollt, ist das eure Sache.«

»Also gut, Kind, wir rücken zusammen.« Die Oma nahm mich liebevoll in die Arme. »Gell, wir haben schon auf viel engerem Raum zusammengelebt.«

Der Opa nickte unter Tränen. Die Erinnerungen an diese fürchterlichen Jahre ließen ihn nie mehr los. »Kind, du bist bei uns immer herzlich willkommen. Du hast uns die letzten vier Jahre schrecklich gefehlt.«

Das war doch ein Wort! Gestärkt von so viel Zuspruch, setzte ich mich auf mein Rad und strampelte nach Berbling zum Schulhaus. Erhitzt und energiegeladen stürmte ich hinein, in die kleine Hausmeisterwohnung, wo Mutter gerade mit Herrn Kuglitsch beim Essen saß.

»Grüß Gott, allerseits, entschuldigt die Störung, aber ich will euch nur mitteilen, dass ich ab sofort meine Lehrstelle gewechselt habe und jetzt bei Frau Kratzer im Wollgeschäft meine Lehre mache.« Schnaufend ließ ich meine Tasche fallen. »Und das Zweite ist, dass ich ab sofort bei den Großeltern wohne.«

Beide starrten mich sprachlos an. Schließlich ergriff Herr Kuglitsch das Wort: »Das ist doch ein Fall fürs Jugendamt! Die braucht doch einen Vormund!«

Und bevor ich überhaupt antworten konnte, war meine Mutter aufgesprungen, riss mich am Arm und zerrte mich hinunter in den Ort, direkt zum Jugendamt.

Hier saß der besagte Herr Görig am Schreibtisch, der ja meiner Mama den Vorschlag mit dem Kinderheim und dass ich dort wohnen sollte, unterbreitet hatte.

»Was glaubst du denn, wer du bist, junge Dame? Dir muss ich wohl mal ordentlich die Leviten lesen! Deine letzte Tracht Prügel ist wohl schon lange her, was?«

Diesen Mann hatte ich noch nie gesehen, und er mich auch nicht. Aber das waren seine Begrüßungsworte. Er schlug mit der flachen Hand auf den Tisch: »Deiner armen Mutter immer nur Ärger machen, das kannst du! Aber mal eine Schule oder eine Lehrstelle durchhalten und fertig machen, das kannst du nicht! Ja, sag mal, schämst du dich nicht? Deiner Mutter machst du seit Jahren nur Kummer … warum bist du denn so unfolgsam und tust nicht, was man dir sagt? Und auf einmal will die junge Dame selbst bestimmen, wo es langgeht?«

Meine Mutter verteidigte mich kein bisschen. Sie war es ja gewohnt, Autoritäten blind zu folgen. Im Gegenteil, sie fing gleich wieder an zu weinen und jammerte, dass ich schwer erziehbar sei und immer nur meinen Kopf durchsetzen wolle.

Diese Demütigung traf mich bis ins Innerste meiner Seele. Mir fehlten einfach die Worte, aber niemand fragte mich nach meiner Meinung.

»Frau Pfeiffer, unterschreiben Sie mir hier, dass ich in Zukunft der Vormund für Ihre Tochter bin.« Der Mann vom Jugendamt meinte, das sei reine Routine. »Wir machen das hier üblicherweise für Kinder, die ihre Väter im Krieg verloren haben. Sie brauchen eine starke Hand.«

Warum konnte der Opa denn nicht mein Vormund sein? Oder meinetwegen Onkel Hans?!

Ohne mit der Wimper zu zucken, unterschrieb meine Mutter diese Vormundschaft. Der Mann kannte mich gerade seit zehn Minuten, und ich hatte noch kein Wort gesagt. Nie würde ich ihr diesen Verrat verzeihen, niemals.

»Also meinetwegen darfst du die Lehrstelle bei Frau Kratzer annehmen«, brummte mein neuer Vormund. »Das ist eine anständige Frau, die führt den Laden mit ihren beiden Schwestern. Da kommst du nicht auf dumme Gedanken. Und wenn du bei der Frau nicht wohnen kannst und bei deiner Mutter auch nicht, mein Gott, so sei es, dann geh halt wieder zu deinen Großeltern.«

Innerlich ballte ich die Faust vor heimlich aufkommendem Triumphgefühl. Na bitte, ich hatte es doch geschafft! Endlich durfte ich wieder zu den Menschen, die mir zuhörten, die mich liebten und die mich bei sich haben wollten.

»Aber eines ist klar, junges Fräulein.« Herr Görig klappte die Akte mit der Unterschrift zu.

»Jeden Montag um Punkt acht meldest du dich persönlich bei mir. Ab jetzt werden hier andere Saiten aufgezogen.«

Diese Demütigung nahm ich hin, Hauptsache, ich durfte wieder bei meinen Großeltern wohnen!

Bei Opa und Oma in Mitterham durfte ich im Schlafzimmer auf der Couch schlafen, an ihrem Fußende. Ich war inzwischen fünfzehn Jahre alt, aber ich war selig.

Bei Frau Kratzer im Wollgeschäft fand ich dann auch mein kleines berufliches Glück: Ich durfte mit der Knittax-Strickmaschine lernen, mit dem Bohnerbesen den Boden glänzend schrubben und schließlich auch die Strickwaren verkaufen.

Die drei Schwestern, die den Laden leiteten, hatten mich gleich ins Herz geschlossen. Sie hießen Frau Mucki, Frau Muschi und Frau Kratzer. Für ein Wollgeschäft doch sehr passende Namen! Und ich war wieder die Anni. Ohne Liese.

Meine Großeltern hatten jeden Abend ein offenes Ohr für mich, und ich freute mich, ihnen aus meinem aufregenden Berufsleben erzählen zu können. Natürlich brachte ich Wollreste und Strickmuster mit, und Großmutter und ich entdeckten unsere neue gemeinsame Leidenschaft: das Stricken! Während der Opa nicht müde wurde, uns von dem schönen Banat zu erzählen, saßen wir Frauen strickend dabei und ließen uns von seinen Erinnerungen zum Träumen verleiten. Nie hat mein Großvater aufgehört, vom Banat zu schwärmen, und er las uns immer wieder neue Gedichte von seinem verlorenen Paradies vor. Er verfasste aber auch Gedichte über unsere Hölle in Rudolfsgnad, es war wohl seine Art, damit fertigzuwerden. Während meine Mutter und meine Großmutter über das Erlebte eher schwiegen, machte der Großvater seinem Herzen oft auf diese Weise Luft.

Letzte Heimatgedanken aus Lazarfeld

Vater und Sohn mussten ins Feld hinaus,
verlassen blieben die Lieben zu Haus.
Keiner dachte an so ein trauriges Los,
wie es das Schicksal mit uns beschloss.
Plötzlich begann ein wildes Morden,
gequält, geschändet von wilden Horden.
Tag und Nacht in Angst und Schmerz,
wie blutet doch jeder Mutter das Herz!
Dann ein Gerücht, wie Raunen im Wind:
Es wurde genommen der Mutter das Kind!
Selbst vor Säuglingen machten die Mörder nicht halt,
als das Menschenrecht plötzlich nicht mehr galt.
Junge Frauen wurden verschleppt, ostwärts weit,
vielen wurde der Transport zur höllischen Ewigkeit.
Den Kleinen, die nach der Mutter fragten,

konnte man nur weinend die Wahrheit sagen.
Wir wurden vertrieben aus unserem Heim,
fremde Menschen zogen dort ein.
Hab und Gut wurde uns gewaltsam entrissen,
und alles, was deutsch war, ins Lager geschmissen.
Auf schmutzigem Stroh mussten wir uns betten,
und niemand konnte sich davor noch retten.
In Reih und Glied am Boden, wie Vieh.
Zu essen und Kleidung gab es fast nie.
Elend und krank sollten wir verrecken.
Niemals vergisst man solch Hunger und Schrecken.
Die Lazarfelder, die noch lebten,
die jede Nacht in Lebensgefahr schwebten,
verloren nie ihr Gottvertrauen!
Man kann doch nur auf Gott noch bauen!
Nach solch verdammter Höll' auf Erden
muss es doch wieder Frühling werden!

Das prägte mich für mein Leben, er ließ mich nie meine Wurzeln vergessen. So saßen wir oft eng beisammen, ich zeichnete sorgfältig um jeden seiner unter Tränen verfassten Reime Blumenranken, um ihm zu zeigen, wie sehr ich ihn liebte und schätzte.

Und der Opa, mein Held, fuhr schließlich mit dem Fahrrad zu Herrn Görig ins Jugendamt und las ihm die Leviten. »Wenn unsere Anni eines nicht ist, dann schwer erziehbar! Merken Sie sich das, Sie Dilettant!«

Bad Aibling, Februar 1957

»Und jetzt wohnst du wieder bei deiner Mutter?« Meine Freundin Doris, mit der ich alltags gemeinsam Akkordarbeit in der

Bootsfirma Klepper-Faltboot leistete, saugte sparsam am Strohhalm ihrer Cola, während ihre Augen die Tanzfläche absuchten.
Ein zweites Getränk würden wir uns von unserem hart erarbeite-
ten Geld nicht leisten können. Tagsüber leisteten wir Akkordarbeit. Wir gingen inzwischen auf die achtzehn zu und genossen
einen Karnevals-Tanzabend im Kurhaus. Mit unseren bauschigen
Taftröcken, den Seidenstrumpfhosen und den Pumps mit Absatz
kamen wir uns ungeheuer erwachsen vor. Wir waren mit dem
Fahrrad gekommen und freuten uns unbändig auf Musik und
Unterhaltung.

»Ja, es geht jetzt wieder besser.« Ich musste sie anschreien, denn
das Kurhausorchester hatte wieder eingesetzt. »Meine Großeltern
haben immer wieder gesagt, ein Kind gehört doch zu seiner Mutter, und du kannst doch froh sein, dass du noch eine Mutter hast.«

Doris konnte das wahrscheinlich nicht verstehen, denn sie war
ganz behütet auf einem Bauernhof in Rosenheim aufgewachsen
und hatte immer eine Mutter gehabt. Hörte sie mir überhaupt zu?
»Sie hat gesagt, um elf muss ich wieder daheim sein, aber das ist
doch schon …«

Auch mein neugieriger Blick glitt angelegentlich auf die Tanzfläche, hinter der ein junger Mann mit einem umwerfenden Lächeln in einer Lederjacke mit richtigen Jeans und weißem Hemd
stand, im Takt mitswingte und zu uns herüberschaute. Bestimmt
meinte er Doris! Flirteten die etwa miteinander, während ich mit
ihr sprach?

»Außerdem hat Mamas Freund, Herr Kuglitsch, sich jetzt ein
eigenes Zimmer gemietet, und ich darf wieder bei Mama im
Schulhaus schlafen …«

Weiter kam ich nicht. Ein merkwürdiges Ziehen in meiner Ma-
gengegend ließ mich verstummen. Der gut aussehende junge
Mann kam zu uns herüber, er würde jetzt Doris auffordern, und
dann konnte ich auch mit der Wand reden. Schon klopfte die mir

bekannte Demütigung an mein Innerstes. Ich war wieder einmal Luft, wurde stehen gelassen, niemand hörte mir zu.

»Darf ich bitten?«

Vor meinen Augen flirrte das Discolicht, das von einem schicken, sich drehenden runden Ding von der Decke flackerte.

»Meinte der … mich?«

»Nun geh schon!« Doris stieß mich von hinten in den Rücken. »Sonst nehme ich ihn!«

Mit wackeligen Beinen stand ich auf, nahm seine Hand, die er mir ritterlich reichte, und ließ mich von ihm auf die Tanzfläche ziehen. Er war etwas größer als ich, dunkelhaarig, und seine dunklen Augen blitzten mich übermütig an. »Ich habe dich schon die ganze Zeit beobachtet, wollte nur abwarten, ob ich eine Chance bei dir habe!«

Eine Chance?, hämmerte es mit dem Rhythmus des Tanzorchesters im Takt. Er? Bei mir?

Innerlich musste ich mir ein übermütiges Jauchzen verbeißen. Plötzlich schwebte ich bestimmt zwei Meter über dem Boden! Wir tanzten so wunderbar zusammen, als hätten wir nie etwas anderes gemacht!

»Du bist eine wunderbare Tänzerin«, kam es ganz dicht an meinem Ohr. »Wo hast du das gelernt?«

Ich?, wollte ich auflachen. Tanzen? Wunderbar? Gelernt? Ja, wo, vielleicht im Lager?!

Stattdessen strahlte ich ihn überglücklich an. Ja, er führte wie ein Gott, da konnte man ja gar nichts verkehrt machen! In seinen kräftigen Armen flog ich nur so über die Tanzfläche, alles drehte sich, mein bauschiger Rock flog mir um die Knie, und aus den Augenwinkeln konnte ich Doris' bewunderndes Lächeln sehen. Oder war da ein Fünkchen Neid dabei?

Ich konnte es nicht fassen! Ich, das Aschenputtel, hatte meinen Prinzen gefunden?

»Was machst du so?«, war seine erste Frage, nachdem er mich mit roten Wangen keuchend an die Bar gezogen und mir eine Cola spendiert hatte. Schon das zweite preislich überteuerte Getränk an diesem Abend! So fühlte sich Luxus an!

»Ich arbeite in der Klepper-Faltbootwerft.«

»Aber das ist ja harte Männerarbeit! Stellen die da so hübsche Mädels wie dich ein?«

»Allerdings!« Mit stolzgeschwellter Brust plauderte ich los, in reinstem Bayrisch: »Ja mai, ich hefte mit meiner Arbeitskollegin Doris mit der Hand beide Teile, also Verdecke und gummierte Unterboden, verkehrt zusammen, siehst du, so … halt mal …«

Heftig gestikulierend machte ich ihm das vor, dafür brauchte ich beide Arme und ganz viel Platz. Geistesgegenwärtig brachte er mein Colaglas in Sicherheit.

»Maßgerecht wird das Gerüst herausgezogen und beide Teile mit der Nähmaschine zusammengenäht. Das Bootsverdeck wird umgedreht, und dann wird das Gerüst in das Verdeck mit dem Gummiboden eingeschoben, es muss nämlich maßgerecht aufgebaut werden, verstehst mi? Und wenn das gut passt, dann schleppen wir das Boot umgedreht auf den Schultern zur nächsten Abteilung …«

Mit offenem Mund hörte der junge Mann mir zu. »Du kannst ja richtig zupacken!«

»Ja, klar, du etwa nicht?«

Ich wollte vor Glück vergehen! Das war das erste Mal in meinem Leben, dass jemand mich wahrnahm, mir zuhörte und mich offensichtlich anziehend fand! Abgesehen von meinen Großeltern, natürlich.

»Doch, das werde ich dir beweisen!« Und schon hatte er mich wieder auf die Tanzfläche gezogen, denn die Musik hatte wieder eingesetzt.

»Rocky Tocky Baby!«, sang ich laut und übermütig mit, und wieder tanzten wir so flott und leicht dahin, als hätten wir nie etwas anderes getan.

»Ist musikverrückt!« Er schwenkte mich übermütig herum, zog mich am Arm, wickelte mich ein und wieder aus, und ich flog an seiner Hand wie ein Gummiband und fühlte mich leicht wie eine Feder. So glitten wir über die Tanzfläche, er und ich, die pure Seligkeit, und ich strahlte und lachte und war so glücklich wie noch nie im Leben. Die große Wanduhr im Kurhaus zeigt zwanzig vor elf. Verdammt, schon so spät!

Plötzlich wurde ich unruhig. Wo war nur Doris, ich sah sie nicht mehr? Auf keinen Fall durfte ich später als um dreiundzwanzig Uhr nach Hause kommen! Meine Mutter hatte es mir ausdrücklich nur unter der Bedingung erlaubt, dass ich mit Doris hinfuhr und auch zurückkam! Sie würde um Punkt elf vor dem Schulhaus stehen. Sonst ginge das Theater mit dem Jugendamt wieder los!

»Ich muss nach Hause!« Plötzlich wurde ich ganz kleinlaut. »Ich kann meine Freundin nicht finden!« Panisch fing ich an, sie zu suchen, doch sie war nirgends zu sehen. Doris hatte es ja auch nicht eilig, sie durfte bleiben, solange sie wollte.

»Wenn ich nicht pünktlich zu Hause bin, darf ich nie wieder tanzen gehen!«

»Dann bringe ich dich eben nach Hause.«

Seit meiner schrecklichen Zeit im Kinderheim, als ich an den Wochenenden oft ganz allein in diesem riesigen leeren Haus mit den quietschenden Türen und der knarrenden Stiege hatte ausharren müssen, konnte ich keinen Schritt mehr allein im Dunkeln gehen.

»Wo wohnst du denn?« Schon hatte mein Tänzer seinen Motorradhelm unter der Garderobe hervorgeangelt und reichte ihn mir.

»In Berbling …« Nein. Das konnte ich nicht tun. Nicht mit dem Motorrad. Mein Herz machte einen dumpfen Satz. Das war ja so was von verwegen und unkatholisch! Im Vaterunser kam das Wort Motorrad nicht vor, nur Schuld.

»Das passt ja gut, denn ich wohne in Willing. Meine Eltern haben dort vor zwei Jahren einen Bauernhof gekauft. Übrigens, ich heiße Hans.«

»Ich bin Anni …«

Völlig verblüfft und verknallt bis über beide Ohren ließ ich mir von ihm in den Mantel helfen.

Draußen angekommen, bockte er ganz cool sein schwarzes Motorrad auf. »Steig auf.«

»Ich kann nicht, das geht nicht, meine Mutter…« Inzwischen zitterte ich vor Kälte und vor Angst. Da würde ich ihn ja anfassen müssen! Und die Beine auseinandernehmen! Das ging einfach nicht!

»Na gut, Anni, dann halte dich einfach an meiner Schulter fest, ich fahre ganz langsam, und du rollst mit dem Fahrrad nebenher.«

Und so machten wir es!

Es war ein unbeschreibliches Glücksgefühl, wie ich da mit wehenden Haaren und fliegenden Röcken neben ihm herglitt, durch die Kälte und Dunkelheit, über die einsame Landstraße!

Warum guckte denn jetzt kein Schwein? Ich fühlte mich, als könnte ich fliegen!

»Na, das klappt doch!« Lachend drehte er mir das Gesicht zu. »Du gefällst mir, Anni! Tanzen kannst, anpacken kannst, radeln kannst, lachen kannst …«

Jauchzen konnte ich auch! Ich flog nur so dahin!

Meine Mutter stand schon an der Straße unter der Laterne und wartete auf mich. Es war Punkt elf, als wir um die Ecke knatterten.

»Mach's gut, Anni, bis nächsten Samstag!« Hans strahlte mich an, wendete und gab Gas.

Meine Mutter riss mich am Mantelkragen.

»Wer war das?«

»Hans im Glück war das.«

»Ich gebe dir gleich Hans im Glück!« Sie machte eine Handbewegung, als wollte sie mir eine knallen. »Wie heißt der weiter, wo kommt der her?«

Ich konnte gar nicht antworten, so schnell prasselten die Fragen auf mich ein.

Hans kann tanzen, und Hans ist lieb, großzügig und freundlich, wollte ich sie anschreien, aber ich traute mich natürlich nicht. Seit wir wieder zu zweit in dem einen kleinen Zimmer im Schulhaus wohnten, versuchten wir ja beide, uns ein wenig anzunähern und ein Mutter-Tochter-Verhältnis aufzubauen, wie mein Großvater uns das eindringlich geraten hatte.

»Eines Tages sind wir nicht mehr auf dieser Welt, Anni, und dann brauchst du deine Mutter. Und glaub mir, Kind: Sie braucht dich!«

Wie recht er damit noch haben sollte!

Aber als schockverliebte Siebzehnjährige wollte ich in diesem Moment nichts anderes als mit meinen Gefühlen alleine sein.

Ich huschte in unsere Wohnung, und Minuten später lag ich schon im Bett, der Himmel hing voller Geigen, obwohl die Stube eng und muffig war und meine Mutter übellaunig in ihre Hälfte des Bettes stieg. »Glaub ja nicht, dass der verliebt in dich ist«, murmelte sie, als sie die Decke über ihre Ohren zog und sich mit Schwung von mir wegdrehte. »Wir sind Flüchtlinge, die will keiner haben. Wenn der ein Bauernsohn ist, dann will der nur das eine.«

Was meinte sie denn, was war denn das, das *eine?* »Meinst du heiraten?« Hoffnungsvoll spähte ich in das Dunkel des kleinen Zimmers.

»Der meint es nicht ernst mit dir. Ein Flüchtlingsmädchen ist nichts wert. Du bist nichts, du hast nichts, und du kannst nichts.«

Diese erneute Demütigung traf mich mitten ins Herz.

»Und liebst du ihn denn, Anni?«

»Ja, Großmutter, ich liebe ihn von ganzem Herzen!«

»Aber er ist ein Bauernsohn, und du bist ein Flüchtlingsmädchen ...«

Der Wortlaut war derselbe, nur der Tonfall war anders als bei meiner Mutter. Liebevoll und mitfühlend sah mich meine Großmutter an. Wir saßen in ihrer winzigen Wohnstube, sie mit ihrer Strickarbeit, und ich malte wieder bunte Ranken um eines von Großvaters Gedichten. Er wurde nicht müde, in seiner gestochenen Sütterlin-Schrift die Schönheit des Banat zu besingen oder auch das Grauen von Rudolfsgnad in Reime zu fassen, und ich wollte ihm mit meinen Verzierungen die Ehre erweisen, aber irgendwas in meinem Bauch stimmte nicht.

»Was ist denn, Liebes, ist dir nicht gut?« Besorgt ruhten Großmutters Augen auf mir.

»Ich weiß nicht, mir ist in letzter Zeit immer so übel, besonders morgens, wenn ich zur Frühschicht gehe ...«

Längst hatte ich mir angewöhnt, schon vor der offiziellen Arbeitszeit bei Klepper-Boot mit dem Arbeiten anzufangen, oft schon um vier Uhr früh, denn Überstunden wurden doppelt bezahlt, und die Großeltern hatten mir doch zum achtzehnten Geburtstag einen Bausparvertrag geschenkt!

»Kind, du sollst eines Tages wieder ein eigenes Zuhause haben«, hatten sie gesagt, als sie mir das schmale Sparbuch über den Tisch zugeschoben hatten. »Wir haben es mit Fleiß geschafft, und auch du wirst es mit Fleiß schaffen! Du hast das Zeug dazu.«

Meine Mutter hatte nur gelacht und gesagt: »Was willst du mit einem Haus, wenn du nichts hast, was du hineinstellen kannst?«

Aber es war schon immer mein Traum gewesen, eines Tages ein eigenes Zuhause zu haben, und deshalb schob ich Überstunden und stand schon um vier Uhr früh an der Werkbank. Ich wollte meinen Großeltern beweisen, dass ich ihrer würdig war.

Wenn mir nur nicht immer so übel gewesen wäre …

»Kind, du wirst doch nicht etwa schwanger sein?« Die Oma ließ ihr Strickzeug sinken und sah mir tief in die Augen.

»Keine Ahnung …?«

Niemand hatte mich je aufgeklärt! Ja, Hans im Glück und ich, wir hatten uns regelmäßig zum Tanzen getroffen, seit fast einem Jahr holte er mich jeden Samstag mit seinem Motorrad ab und brachte mich um Punkt elf wieder ins Schulhaus zurück, und wenn meine Mutter nicht zu Hause war, weil sie ihrerseits mit Herrn Kuglitsch unterwegs war, dann war er noch ein Weilchen bei mir geblieben.

»Kind, hast du mit ihm …?«

Ich konnte nicht antworten. Dieses Thema war so tabu, dass selbst die Oma das Wort nicht aussprechen konnte. Zum Glück war der Opa nicht zu Hause, wir wären wohl vor Scham gestorben.

So nickte ich nur stumm, und dicke Tränen liefen mir über die immer noch runden Wangen.

»Aber hat dir denn deine Mutter nicht …«

»Ähm … nein …?!«

Und die lieben Großeltern hatten es mir auch nicht gesagt! Sie hatten sich nur stummfreundlich mit mir gefreut, dass ich einen so netten jungen Mann kennengelernt hatte, der mich regelmäßig zum Tanzen ausführte. Das Kind sollte doch endlich auch einmal Spaß haben!

Mit Tränen in den Augen nahm mich meine Oma in den Arm. »Oh, mein liebes Kind, du bist ja noch so jung …«

»Was soll ich denn jetzt machen?«, heulte ich verstört.

»Kind, wir müssen zum Arzt gehen.« Schon holte Oma ihr schwarzes Kopftuch hervor, ohne das sie auch hier nicht aus dem

Haus ging, schrieb dem Opa einen Zettel und ging Hand in Hand mit mir zu ihrem Hausarzt, Dr. Gschwendler.

Stundenlang saßen wir mit anderen sorgenvoll blickenden Menschen dicht gedrängt im Wartezimmer, bevor wir an der Reihe waren. Wir hatten ja keinen Termin!

»Ja, junges Fräulein, das sieht mir ganz nach einem dritten bis vierten Monat aus!«

Der Doktor im weißen Kittel tastete auf meinem Bauch herum. »Soweit ich das beurteilen kann, ist aber alles in Ordnung.« Dann beugte er sich mit seinem Hörrohr zu mir herunter, und ich konnte die Haarbüschel in seinen Ohren sehen, während er das kalte Ding auf meinem Leib hin und her schob: »Die Herztöne sind gleichmäßig.«

Wie betäubt gingen die Oma und ich wieder nach Hause und sagten kein Wort. Diesen Schock mussten wir beide erst mal verdauen.

Der Opa erwartete uns bereits; er hatte den Zettel gelesen: »Bin mit Anni beim Arzt«, und konnte wohl schon eins und eins zusammenzählen.

»Weiß denn Hans im Glück schon von seinem Glück?«

Kleinlaut schüttelte ich den Kopf.

»Kennst du die Eltern von ihm, warst du schon mal bei ihnen zu Hause?«

»Nein. Ich weiß nur, dass er sechs Geschwister hat, fünf Schwestern und einen Bruder.«

»Die Probleme holen uns wieder ein …« Der Großvater blickte traurig ins Leere. »Du bist ein armes Einzelkind, Anni. Solche Bauernsöhne holen sich reiche Bauerntöchter zum Einheiraten, verstehst du? Geld soll bei Geld bleiben.«

»Ich will ja auch gar nicht heiraten, ich bin doch noch viel zu jung …«

»Auch mit Onkel Hans und Tante Christa können wir darüber

nicht sprechen.« Der Großvater rührte gedankenverloren in seinem Tee. »Die waren von Anfang an gegen diese Verbindung, und zwar genau aus diesem Grund! Nun wirst du ein lediges Kind haben, Anni, aber wir helfen dir. Wir stehen zu dir, egal wie die Leute im Dorf über dich reden.«

»Ich kann der Mama nicht unter die Augen treten ...« Zitternd vor Angst und mit bebendem Kinn schaute ich sie an. »Darf ich mit dem Baby wieder bei euch wohnen?«

»Mein liebes Kind.« Der Großvater nahm meine Hand, wie schon so oft in meinem bisherigen Leben, und sie fühlte sich warm und sicher an. »Wenn die Mama dich rausschmeißt, dann hast du unser Wort. Aber zuerst musst du die Mama fragen.«

Der Weg zurück nach Berbling ins Schulhaus war fürchterlich. Welche Schande, welche Schmach! Ich fühlte mich wie zwanzig Kilo schwerer, als ich den Weg entlangging, dabei waren es zu diesem Zeitpunkt höchstens zwei.

Tagelang hatte ich nicht den Mut, mit meiner Mama zu sprechen, denn ihr Blick war wie immer verschlossen und traurig. Mein Herz machte manchmal ganz staksige Sprünge, wie bei einem Reh, das Anlauf nimmt und sich nicht traut, und ich hatte schon den Mund geöffnet, um es ihr zu beichten, aber unter ihren strengen Augen machte ich ihn schnell wieder zu.

Anni, bring es hinter dich, das ist wie Pflaster-Abziehen. Wo hatte ich das schon mal gehört?

»Mama, ich muss dir was sagen«, begann ich leise, als sie mir gerade in der Küche den Rücken zudrehte. Mit ihrem Rücken zu sprechen war einfacher, der hatte keine traurigen Augen. Sie schälte Kartoffeln, und an ihren spitzen Schultern unter der grauen Kittelschürze konnte ich sehen, wie sie augenblicklich starrer wurde.

»Ich bekomme ein Kind, und ich bin schon im vierten Monat.«

Klirrend ließ sie das Messer fallen, und ich duckte mich schon in Erwartung des Schlimmsten.

Sie glitt auf den freien Küchenstuhl, stützte sich mit der Hand am Tisch ab und starrte ins Leere.

»Warum sagst du nichts, Mama?«

»Weil ich es schon ahnte.«

Endlich schaute sie mich an, und unsere Augen füllten sich gleichzeitig mit Tränen.

»Ach Anni, musste das denn jetzt auch noch sein?«

Doch statt zu schimpfen, breitete sie die Arme aus! Zum ersten Mal, seit ich mich erinnern konnte, zog sie mich in ihre Arme, und ich sank erleichtert hinein.

»Wir werden das schon schaffen, Kind, und wenn es sein muss, auch allein. Wenn der liebe Gott will, wird es ein Junge ...« Sie wischte sich plötzlich brüsk über die Augen.

»Was denn, Mama?«

»Ach nichts.«

Wallfahrtskirche Birkenstein, 27. September 1958

»Und so frage ich Sie, Anna Pfeiffer, wollen Sie den hier anwesenden Herrn Hans Eckardt zum Manne nehmen, ihn lieben und ehren, in guten und in schlechten Zeiten die Treue halten, in Krankheit und Gesundheit, bis dass der Tod euch scheidet, so antworten Sie mit ›Ja, mit Gottes Hilfe‹.«

»Ja! Freilich!«

Ich strahlte meinen geliebten Hans an, und bevor die Orgel einsetzen konnte mit »Großer Gott, wir loben dich«, war ein feines Krähen aus den hinteren Holzbänken zu vernehmen: Der kleine Fritz, sechs Wochen alt, meldete sich auch zu Wort!

Meine Mutter Amalie hielt ihn in den Armen, ein kleines Bündel selbst gestrickter Seligkeit!

Als wir unter brausenden Orgelklängen zur kleinen Wallfahrtskirche hinausschritten, fing ich die Blicke meiner geliebten Großeltern auf, die in schwarzer Tracht in ihrer Holzbank saßen. Beiden liefen die Glücks- und Rührungstränen über das Gesicht.

Auf der anderen Seite des Ganges saß meine neue Schwiegerfamilie; die Eckardts, alle fein gemacht, in bayrischer Tracht. Ihre Großfamilie füllte zwei Reihen: fünf Schwestern und ein Bruder namens Sepp.

Die Schwiegerfamilie hatte mich, als ich bereits im achten Monat war, schließlich herzlich aufgenommen. Es war eine lustige, lebhafte und fleißige Familie, in der ich mich sehr wohlfühlte. »Die Anni kann anpacken«, war wohl mein erstes Prädikat gewesen.

Am Arm meines frischgebackenen Ehemannes schwebte ich strahlend aus der Kapelle hinaus in den farbenfrohen Spätsommertag. Mein Brautkleid ähnelte meinem Kommunionskleid von damals: weiße zarte Spitze bis hin zu den Knöcheln, ein langer schwingender Taftrock mit seidigem Überwurf, ein hochgeschlossener Stehkragen, weißer Kranz und weißer Schleier. In den Händen hielt ich überglücklich meinen Brautstrauß, bestehend aus weißen Rosen. Ich war sicher die schönste Braut, auf jeden Fall aber die glücklichste, die diese Kapelle je betreten hatte. Und dass ich schon ein Kind hatte, nahm mir hier niemand übel: Die Jungfrau Maria hatte ja schließlich auch schon eines, als sie Josef heiratete.

Draußen bejubelten uns die Dorfkinder, und nach altem Brauch warfen wir übermütig kleine Münzen und Bonbons in die Menge. Mein ganz großer Auftritt! Zum Hochzeitsfoto gesellte sich dann auch die frischgebackene Oma, meine Mutter, im selbst genähten dunklen Kostüm und mit dem kleinen Fritz im Arm zu uns, und auf einmal durchströmte mich ein ungeheures Glücksgefühl: Wir waren eine richtige kleine Familie. Und wie lieb sie zu Fritz war. Als wollte sie ihn nie wieder loslassen!

Mein Onkel Hans und seine Frau Christa ließen es sich nicht nehmen, das junge Glück in einem schwarzen, blank gewienerten Mercedes zum Café Staber zu fahren, wo nach dem üblichen Kaffee und Kuchen bei Schnapserl und Bier getanzt und gefeiert wurde.

Im Arm meines lustigen und attraktiven Bräutigams schwebte ich freudestrahlend über die Tanzfläche, während mein allerliebster dunkeläugiger Bub von Arm zu Arm gereicht und abgebusselt wurde. Im Krankenhaus von Bad Aibling hatte ich ihn – damals noch unehelich, aber dieser Zustand war ja bald behoben worden – unter einem Kruzifix zur Welt gebracht.

Nach einigen Bedenken, wie wir das alles hinkriegen wollten, hielten doch alle zusammen, und jeder steuerte eine Kleinigkeit zu unserer Aussteuer bei. Hans und ich lebten das erste Jahr zusammen bei meiner Mutter mit Klein Fritz in der Zweizimmerwohnung im Schulhaus.

Wir bekamen das Schlafzimmer, und Mutter schlief in der Küche auf dem ausrangierten Sofa. Herr Kuglitsch hatte sich anderweitig orientiert. Sie arbeitete nach wie vor als Hausmeisterin in dieser Schule, und während ich tagsüber in meiner Bootsfabrik schuftete, um unseren Bausparvertrag weiter zu bedienen, schlummerte Klein Fritz bei ihr im Kinderwagen. Mein Hans im Glück war Maurer und arbeitete ebenfalls hart, sodass wir nach einem Jahr bereits ein Zimmer auf dem Bauernhof in Willing beziehen konnten. Eine der Schwestern hatte geheiratet und war ausgezogen, und dieses Zimmer konnten wir haben.

»Jetzt haben wir doch wieder eine Schwester«, freuten sich die jungen Schwägerinnen, die bis auf eine alle noch im Haus bei ihren Eltern wohnten. Sie nahmen mich so herzlich in ihrer Mitte auf, als hätte ich schon immer dazugehört.

Endlich hatte ich eine große Familie, und was für eine! Auf dem Bauernhof ging es immer lebhaft und lustig zu, und wir hatten viel Spaß. So etwas kannte ich nicht, und ich genoss diese ersten Ehejahre in vollen Zügen. Mein kleiner Fritz blieb immer öfter bei meiner Mutter, sie wollte ihn einfach nicht hergeben. Sie hing mit einer Affenliebe an ihm, die ich nicht verstand. Fast war ich manchmal ein bisschen neidisch auf mein eigenes Kind.

Im Jahr 1962 würde mein Bausparvertrag fällig, den ich mithilfe meiner Großeltern bereits angelegt hatte, als ich noch in die Lehre ging. Mein gesamtes Lehrgeld hatte ich Woche für Woche einbezahlt, und meine Großeltern hatten sich ihren Teil vom Munde abgespart. Pfennigweise trugen wir das Geld jeden Freitag zur Sparkasse und zahlten die Münzen ein.

Bereits als junges Mädchen hatte ich davon geträumt, einmal ein eigenes Haus zu besitzen, aus dem mich nie wieder jemand vertreiben konnte.

Das imponierte meinen Schwiegereltern, und nachdem das Geld bald ausbezahlt werden sollte, schlugen sie eines Abends launig vor: »Wisst ihr was, Kinder, wir stellen euch ein Baugrundstück auf unserem Grund zur Verfügung, wir lassen es umwidmen, was haltet ihr davon?«

Das Grundstück war ein Traum! Unverbaubare Wiesen, soweit das Auge reichte, und im Hintergrund die wunderschönen schneebedeckten Berge, die ich schon lange nicht mehr als bedrohlich empfand. Hier war nun meine Heimat, und ich liebte sie schon lange.

Ich klatschte in die Hände vor Glück. »Meint ihr das ernst?«

Mein Schwiegervater lachte über das ganze Gesicht. »Ja, freilich«, rief er immer wieder derb bayrisch aus. »Wir wollen doch unser Enkelkind in der Nähe haben.«

Wie meine Mutter auch! Was doch so ein kleiner Erdenbürger so alles kittet, dachte ich oft, wenn ich meinen kleinen Fritz nach der Arbeit in Berbling abholen wollte und meine Mutter so gar nicht von ihm lassen konnte.

»Geh, Anni, du hast doch in Willing so viel zu tun, so lass ihn mir halt übers Wochenende!«

Nicht zu glauben, dass mein kleiner Sohn das Herz meiner Mutter so zu erweichen vermochte. Fühlte ich mich vor einigen Jahren noch auf das Bitterste von ihr abgeschoben, so schien sie jetzt alles nachzuholen, was sie an mir versäumt hatte. Vielleicht hatte ihr verhärtetes Mutterherz auch einfach so lange gebraucht, um wieder aufzutauen, nach der sibirischen Kälte in den Untiefen des schrecklichen Kohlebergwerks. Und außerdem war Herr Kuglitsch nicht mehr da. Da brauchte meine Mutter sicher wieder ein Lebewesen, das sie hegen und pflegen konnte.

Willing, 1962

Als 1962 mein Bausparvertrag frei wurde, bekamen wir meine angesparten achttausend Deutsche Mark mit einem Kredit über weitere zwölftausend Mark ausgezahlt, und mein Hans als gelernter Maurer fing sofort mit Feuereifer an zu bauen. Seine Kollegen und Freunde, denen er selbst bereits beim Hausbau zur Seite gestanden hatte, halfen mit Freuden. Auch sein Bruder Sepp beteiligte sich tatkräftig; das war Ehrensache. Ich selbst schuftete bei der Bootsfirma von früh bis abends, dann eilte ich nach Willing auf die Baustelle und legte selber noch mit Hand an. Der Fleiß, der uns Donauschwaben immer nachgesagt wurde, brach sich auch in mir Bahn: Endlich durfte ich an meinem eigenen Glück arbeiten, an der Zukunft meiner kleinen Familie.

Unter dem jahrelangen Bauen und Ausbauen unseres großen Hauses in Willing habe ich wohl letztlich die Babyzeit meines kleinen Fritz versäumt, was ich später noch von ganzem Herzen bereuen sollte. Er blieb bis zu seiner Einschulung bei der Großmutter im Schulhaus. Als wenn sich ein magischer Kreis schließen wollte, so verlor ich meinen kleinen Buben über lange Zeit an seine Großmutter Amalie. Und in ihr schloss sich schließlich auch ein Kreis.

Willing, 1966

Mein Hans im Glück war meine ganz große Liebe. Ich wusste sofort, es gab weder vor noch nach ihm einen Mann in meinem Herzen! Seine Attraktivität, seinen Charme und sein hilfsbereites freundliches Wesen musste ich allerdings mit vielen teilen.

Natürlich hatte sich inzwischen der Alltag eingestellt, und die tägliche harte Arbeit ließ uns nicht viel Zeit für romantische Gefühle. Hans im Glück fuhr schon frühmorgens auf den Bau, das konnte oft weit weg von zu Hause sein, und arbeitete hart. Wenn er nach Hause kam, konnte er es nicht lassen und werkelte noch an unserem eigenen Haus weiter, obwohl wir schon längst eingezogen waren: hier noch ein Anbau, dort noch ein Wintergarten und über der Garage noch eine kleine Wohnung für meine Mutter. Seit einem Jahr wohnte sie nun schon bei uns, und ihre zwei eigenen Zimmer brauchte sie dringend. Tagsüber kümmerte sie sich um meinen kleinen Fritz, der nun auch schon ins dritte Schuljahr ging. Um unsere Schulden abzuarbeiten, machte ich ebenfalls Überstunden, wo ich nur konnte! Ich arbeitete inzwischen bei der Firma Zirger in Bruckmühl und stellte Jacken und Pullover im Akkord her. Da kam mir meine damalige Lehre im Wollgeschäft bei den drei Damen Kratzer, Mucki und Muschi sehr gelegen, denn ich konnte perfekt und rasend schnell mit der Strickmaschine umgehen. Der Verdienst für diese Akkordarbeit war oft besser als der meines Mannes auf dem Bau.

Abends stand zusätzlich zu Hause Heimarbeit an. Die Firma Siemens in München vergab Kabelbäume zum Binden für das Fernmeldeamt, und so saß ich, nachdem Fritz im Bett und meine Mama in ihrer Wohnung über den Garagen war, noch oft bis Mitternacht vor meinem Kabelgewirr, das ich auf dem Wohnzimmertisch ausgebreitet hatte, und verwob geschickt und routiniert die Drähte, klemmte sie ab und verpackte die fertigen Produkte wieder.

Morgens früh stapelten sich die Kisten vor unserer Haustür, die ein Fahrer dann abholte.

Viel Zeit für ein Privatleben blieb uns tatsächlich nicht, aber dennoch war ich eines Tages wieder schwanger!

»Hoffentlich wird es ein Mädchen«, brummte Hans im Glück, als er von seinen Vaterfreuden erfuhr.

Sein Draht zu Fritz war nämlich nicht so herzlich, wie wir uns das gewünscht hätten. Er war eben ein Oma-Kind, wie ich! Nichts konnte der kleine Kerl ihm recht machen, wenn er weinte, hieß es gleich, er sei zu verweichlicht, wenn er vom Fahrrad fiel, schimpfte Hans, wie ungeschickt er sei. »Mit acht Jahren habe ich schon viel mehr gekonnt als du«, hörte ich Hans den kleinen Fritz schimpfen, und mir wurde ganz weh ums Mutterherz. »Was Fritzchen nicht lernt, lernt Fritz nimmermehr!«

Das war die bayrisch derbe Art, die ja bereits in seiner Familie geherrscht hatte. »Bei sieben Geschwistern wurde eben auch nicht lange rumgezärtelt! Wenn sich einer wehgetan hat, rannte er auch nicht gleich heulend zur Mama!«

Vielleicht würde mein Hans weicher werden, wenn ein kleines Töchterchen ihn eines Tages um den Finger wickeln würde? Ich hoffte es so sehr! Auch meine Mama freute sich riesig auf ein weiteres Enkelkind. »Hauptsache, gesund, Anni, den Rest entscheidet der Herrgott!«

Inzwischen waren meine Großeltern schon gebrechlich, aber das Leuchten in ihren Augen würde ich nie vergessen, als ich ihnen voller Stolz mitteilte, dass sie wieder Urgroßeltern werden würden!

»Dann tritt aber etwas kürzer, Anni, das kann man ja gar nicht mehr mit ansehen, wie du tagtäglich schuftest!«

Besorgt ließen sie ihren Blick auf mir ruhen. »Andere werdende Mütter gönnen sich auch mal etwas frische Luft oder ein Stündchen im Liegestuhl!«

Das Wort Liegestuhl konnte ich noch nicht einmal buchstabieren!

»Ach, ihr Lieben, wie könnte ich herumliegen und Däumchen drehen!« Liebevoll strich ich den alten Leutchen über die eingefallenen Wangen. »Ich weiß, ich habe euch auch in letzter Zeit schmählich vernachlässigt.« Dabei überfiel mich ein schrecklich schlechtes Gewissen: Sie sahen kränklich aus, alle beide. Inzwischen gingen sie ja beide auf die achtzig Jahre zu, und ich hatte mich viel zu wenig um die beiden gekümmert. Das taten ja Onkel Hans und Tante Christa, bei denen sie immer noch wohnten, auf ihre raue, aber doch herzliche Weise.

»Ich verspreche, wenn erst mein Töchterchen auf der Welt ist, werde ich kürzertreten. Dann komme ich euch mit dem Kinderwagen ganz oft besuchen.«

»Ach Anni, das wäre allzu schön. Lange Zeit haben wir nicht mehr auf dieser Welt!«

»Wie könnt ihr das sagen?« Ich nahm sie beide ganz fest in den Arm. »Wartet nur, bis die kleine Anna auf der Welt ist. Ihr wollt sie doch noch aufwachsen sehen!«

»Woher weißt du denn, dass es ein Mädchen wird?«

»Ich fühle es.« Strahlend legte ich die Hände auf meinen schon recht prallen Bauch. »Sie ist viel ruhiger als der Fritz. Viel sanfter.

271

Ich spüre sie kaum. Als wüsste sie, dass sie ihre hart arbeitende Mami nicht auch noch strapazieren darf.«

»Anni, versprich uns, dass du zum Arzt gehst!« Der Opa drehte mich mit dem Gesicht zum Tageslicht und legte zwei Hände unter mein Kinn. Und plötzlich fühlte ich mich wieder so geborgen wie damals, als sie immer für mich da waren und sich um mich sorgten. »Du siehst nämlich gar nicht gut aus, Kind. Du arbeitest zu viel. Nimmst du genug Vitamine ein? Hast du genug Schlaf?«

Weder das eine noch das andere war der Fall. »Der Hans will halt immer noch mehr anbauen am Haus, und als ich letztens sagte, jetzt ist es aber genug, da sagte er; jetzt bauen wir noch eine Doppelhaushälfte.«

»Wann warst du das letzte Mal bei der Vorsorge?«

»Vorsorge?« Mir entfuhr ein erstauntes Lachen. »Wann hätte ich denn Zeit für so etwas?«

»Anni, versprich es uns. Sonst bringe ich dich selbst hin.« Die Oma blickte mich streng an.

Ja, sie war es gewesen, die vor neun Jahren mit mir zu ihrem Hausarzt gegangen war. Aber jetzt war ich doch erwachsen!

Dennoch ging ich gleich nach der Arbeit am nächsten Tag zum Gynäkologen und ließ die Heimarbeit Heimarbeit sein. Tatsächlich fühlte ich mich schon länger nicht mehr wohl in meiner Haut.

»Frau Eckardt, das sieht nicht gut aus.« Der Gynäkologe drückte mit besorgtem Gesichtsausdruck auf meinem Bauch herum. »Am liebsten würde ich Sie zum Ultraschall ins Krankenhaus nach Rosenheim schicken.«

»Ultraschall?« Das hörte sich ja schrecklich umständlich an! »Ach, Herr Doktor, da verliere ich ja noch einen ganzen Arbeitstag!«

»Frau Eckardt, dann muss ich wohl ein ernstes Wort mit Ihnen sprechen!« Der Arzt kritzelte etwas auf eine Dateikarte. »Sie bleiben mir jetzt die nächsten Wochen strikt im Bett liegen, verstanden? Und zum Ultraschall gehen Sie mir auf jeden Fall!«

Die strenge Art des Arztes hatte mich tatsächlich eingeschüchtert. In meiner Pullover- und Jacken-Fabrik war ich nun krankgeschrieben, und die Heimarbeit verrichtete ich, so gut es ging, im Liegen. Hans im Glück war umso mehr getrieben von dem Ehrgeiz, auch noch ein zweites Haus an das erste zu bauen, und jeden Abend drehte sich im Garten die Zementmaschine, während die Kollegen und Freunde sich gegenseitig rauchend die Ziegelsteine heraufreichten. Natürlich musste ich für die Männer Schnittchen machen und Bier kalt stellen. Aber sonst hielt ich mich an die Regeln des Arztes, so gut das mit Schulkind, Mutter und Maurermann möglich war.

»Hans, mir geht es ganz und gar nicht gut …« Es war mitten in der Nacht, als ich ihn panisch weckte. »Es ist ein furchtbares Ziehen in meinem Bauch, und mir ist gerade das Wasser abgegangen …«

»Aber du bist doch noch gar nicht so weit!«

»Nein, erst im sechsten Monat!«

Hans knipste die Nachttischlampe an und blinzelte mich verschlafen an.

»Um sechs muss ich auf dem Bau sein!«

»Es tut mir ja auch so leid, aber die Schmerzen sind gar so arg!«

»Ja, mei, wenn es sich gar nicht vermeiden lässt …« Hans sprang schon in seine Hosen und geleitete mich nach draußen zum Auto. »Dann fahre ich dich halt in die Notaufnahme nach Rosenheim.«

»Ach Gott, ich will euch doch allen keinen Ärger machen …« Mit schmerzverzerrtem Gesicht ließ ich mich von ihm ins Auto bugsieren. Es war Hans' ganzer Stolz; ein orangefarbener BMW, mit dem er an den Wochenenden Rennen fuhr.

»Vorsicht, leg eine Decke unter, dein schönes Auto …«

In meinem Bett war auch eine Menge Blut. Ich schämte mich schrecklich, war ich doch sonst eine so penible Hausfrau!

»Lass alles so, ich beziehe das frisch, wenn ich wiederkomme … und sag meiner Mutter nichts, und dem Fritz auch nicht. Macht bloß nicht so ein Bohei um mich, es wird schon alles gut gehen …«

So fuhren wir durch die laue Sommernacht in diesem Juli 1966, und ich hielt mir den Bauch vor Krämpfen.

Hans lieferte mich bei der Notaufnahme ab, und eine Schwester mit gestärktem Häubchen schnappte sich einen Rollstuhl und schob mich behutsam auf die gynäkologische Station.

Hier lag ich einige Stunden im Vierbettzimmer mit anderen frischgebackenen Müttern, wir machten noch nicht mal Licht, denn es war ja immer noch mitten in der Nacht.

»Bleiben Sie ruhig liegen, morgen früh schaut der Arzt nach Ihnen!« Und ich wagte es nicht, meine Stimme zu erheben, um die anderen schlafenden Frauen nicht zu wecken.

Die Schmerzen kamen und gingen, im Minutentakt ebbten sie wieder ab, um dann wie eine mächtige Welle von hinten über mich zu stürzen und meine Eingeweide zu zerfetzen. Das waren doch Wehen …? Mein Rücken zog sich zusammen, verhärtete sich, der Schmerz weitete sich aus bis in den Unterleib, es zog und zerrte an meinem Inneren, ich konnte es nicht mehr halten … Hilfe … Hatte ich nun doch laut geschrien? Ich wollte doch tapfer sein!

Doch plötzlich geschah es: Mit einer fürchterlichen Wehe musste ich pressen, ob ich wollte oder nicht! Es war ein menschlicher Reflex, gegen den ich mich nicht zur Wehr setzen konnte.

»Hilfe! Schwester!«

Eine Patientin hatte den Notschalter gedrückt, eine andere machte Licht.

»Oje, ach du lieber Gott …«

»Hallo, Hilfe, Notfall!«

Ein junger Arzt eilte schließlich herbei und nabelte die Bescherung ab.

Es war ein Mädchen! Winzig, aber ich sah, dass es sich bewegte! Eine Schwester assistierte ihm, nahm mit geübten Griffen das winzige Baby und eilte damit davon.

Stöhnend sank ich in die Kissen zurück und starrte an die Decke.

Es war eine Frühgeburt, aber das Kind lebte! Diese winzigen Fingerchen! Ganz apathisch von diesem Schock und den Schmerzen, die dieses kleine Wesen in meinem Leib verursacht hatte, ließ ich alles andere über mich ergehen. Das Bett wurde neu bezogen, eine Schwester reinigte mich, die anderen jungen Mütter bekamen ihr Frühstück, die Babys wurden zum Stillen hineingebracht, später bekamen sie Besuch … viele Stimmen, Blumen, Fotoapparate, stolze Väter … immer wieder dämmerte ich ein, denn sie hatten mir wohl etwas zur Beruhigung gegeben. Sie würden sich doch gut um mein Töchterchen kümmern?

Wann würden sie mir endlich mein kleines Mädchen bringen? Oder durfte ich vielleicht zum Brutkasten gehen? Ich konnte bestimmt bald aufstehen! Wann würde Hans kommen? Sie hatten ihn doch sicher längst informiert?

Nach Stunden, die Besuchszeit war längst vorbei, das Abendbrot bereits abgeräumt, kam eine katholische Ordensschwester ins Zimmer, um mit uns das Abendgebet zu sprechen.

»Vater unser, der du bist im Himmel …« Ich wartete geduldig.

»Entschuldigung, Schwester …?«

»Ja, bitte?«

»Wo haben Sie denn mein Kind hingebracht?«

Die Schwester hielt mit dem Beten inne. »Da müsste ich einmal nachfragen, ich bin von der Seelsorge, nicht vom medizinischen Dienst.«

Geduldig wartete ich ab, bis sie auch noch mit dem segensreichen Rosenkranz fertig war.

»Nun wünsche ich allen eine gute Nacht.«

»Schwester?«

»Ach ja. Ich frage nach.«

Ahnungsvoll sank ich in mein Kissen zurück und starrte an die Decke. Es hatte sich bewegt!

Es hatte gezittert und gezuckt! Ich wollte das winzige Wesen doch beruhigen und streicheln und weinte jämmerlich. Das Kind tat mir unsäglich leid, vielleicht war es versehrt?

Aber es lebte! Und selbst wenn es tot wäre, sie hätten es mir doch noch einmal gebracht … Ich hätte es doch noch einmal in den Arm nehmen, halten, ansehen dürfen …?

Die Tür öffnete sich leise wieder, die Schwester huschte herein. Mit gefalteten Händen stand sie an meinem Bett, wie der Todesengel persönlich.

»Es hat nicht mehr gelebt.«

»Aber es hat sich bewegt …«

»Es war tot, Frau Eckardt.«

»Aber wo ist meine Anna? Ich möchte sie noch mal sehen …«

»Sie haben sie schon weggebracht.«

»Aber wohin …?« Bekam meine kleine Tochter noch nicht einmal ein Begräbnis? Durfte ich nicht von ihr Abschied nehmen? Wurde sie nicht mehr getauft?

»Sie war nicht lebensfähig.« Die Nonne wollte mich trösten: »Sie hat so gezuckt und gebibbert, als hätte sie zu große Angst vor dem Leben! Es ist sicher besser so.«

Erst jetzt fiel mir auf, dass mein Baby genauso bibberte wie ich als Kleinkind in Rudolfsgnad.

Steckte in meinem Kind meine vererbte Urangst, das Entsetzen und mein Trauma?

»Sie wurde … nun ja.«

Entsorgt? Das Wort kam der frommen Frau nicht über die Lippen.

»Erlöst.«

Sie murmelte noch ein paar Segenssprüche, und dann eilte sie wieder davon.

Ich war allein in meinem Schmerz, meiner Fassungslosigkeit, meiner abgrundtiefen Trauer.

Ich lag da wie erstarrt, konnte mich nicht mehr bewegen, reagierte nicht mehr auf Ansprache. Vielleicht habe ich geschrien, ich weiß es nicht mehr. Ich war buchstäblich von Sinnen. Ich sah den Arzt mit einer Spritze an mir herumhantieren, und plötzlich war alles schwarz.

Rosenheim, zwei Tage später, Juli 1966

»Kind! Da bist du ja endlich wieder!« Meine Mutter tätschelte mir auf den Wangen herum.

»Mama! So mach doch die Augen auf!« Fritz war auch hier?

Mühsam öffnete ich die Augen und blinzelte in das grelle Licht. Wo war ich? Was war geschehen?

»Zwei Tage warst du weg, Anni! Wir haben uns schon solche Sorgen gemacht!«

»Weg …? Was ist passiert …?« Plötzlich krochen die entsetzlichen Erinnerungen wie giftige Insekten von hinten aus der Schwärze des seligen Vergessens hervor und umklammerten mit spitzen Krallen meine Eingeweide. Wie riesige schwarze Spinnen schossen sie ihren giftigen Stachel in mein Gehirn. Ich hatte mein kleines Mädchen verloren! Der Schmerz überwältigte mich, und die Tränen schossen hervor. Meine kleine Anna war tot!

»Aber sie hat noch gelebt, ich habe gesehen, wie sie sich bewegt hat …«, stammelte ich unter Tränen. »Sie haben sie mir einfach weggenommen! Ich durfte sie nicht mehr sehen!«

»Ach Kind, so weine doch nicht, das Leben geht doch weiter …«, versuchte meine Mama, mich zu trösten. »Wir haben doch schon Schlimmeres überstanden, Anni. Du hast Verantwortung, du darfst dich nicht so gehen lassen!«

»Mein Kind«, stieß ich verzweifelt aus. »Mein Kind, es lebt nicht mehr!«

»Du hast einen gesunden Sohn.«

Durch Tränen hindurch sah ich meinen achtjährigen Fritz, der verlegen auf der Bettkante saß: »Mama! Du hast doch ein Kind! Du hast doch mich!« Sein Schulranzen stand auf dem Tisch.

Sie hatte ihn direkt aus der Schule abgeholt und zu mir gebracht. Der Schulranzen war ein Mahnmal des Alltags. Das Leben musste weitergehen.

»Du musst dich zusammenreißen, Anni. Dein Junge braucht dich.« Meine Mama tätschelte mir verlegen die Hand. »Und dein Mann braucht dich auch. Wir schaffen das, Anni.«

Als Mama und Fritz weg waren, hob sich ein Arm aus einem anderen Bett und griff zur Schlaufe. Eine Wöchnerin zog sich hoch, und ich sah, dass sie ein frisch geborenes Baby neben sich im Gitterbettchen liegen hatte. Eines, das lebte.

»Anni, bist du das?«

»Gerlinde?!«

»Ja, ist das denn die Möglichkeit?!« Meine ehemalige beste Schulfreundin aus der Alpenschule Kolbermoor, die mich vor dem Englischlehrer Schneider verteidigt hatte, war inzwischen auch hier eingeliefert und offensichtlich Mutter geworden!

»Anni, ich habe jetzt mit angehört, was dir widerfahren ist, das tut mir unendlich leid!«

Beide mussten wir weinen. Wir waren beide zu schwach, unser Bett zu verlassen, aber dass der Zufall uns in dasselbe Zimmer verlegt hatte, gab mir ein bisschen Kraft.

»Ist das dein erstes Kind, Gerlinde?«

»Mein erster Sohn. Der Phillip. Aber ich habe schon Zwillinge, die heißen Christel und Elfriede, die sind schon anderthalb!«

»Du liebe Güte …« Heimlich beneidete ich sie, aber natürlich gönnte ich ihr den Kindersegen von ehrlichem Herzen.

»Dann warst du aber ganz umsonst auf der höheren Handelsschule Kolbermoor?«

»Du wirst lachen, Anni. Kaum war ich damit fertig, lernte ich bei einem Berufspraktikum während der Sommerferien oben auf einer Bergalm den Rudi kennen. Es war Liebe auf den ersten Blick …« Sie stützte den Arm auf, um mich besser sehen zu können. »Der Rudi ist ein Bergfex, den kriegt man nicht runter von seiner Alm. Also bin ich zu ihm raufgezogen, und jetzt haben wir schon drei kleine Kinder …« Sie lächelte unter Tränen. »Dass ausgerechnet du so ein Pech haben musst, Anni …«

So erzählten wir uns gegenseitig im Flüsterton unsere bisherige Lebensgeschichte, denn die anderen frischgebackenen Muttis wollten schlafen.

»Du, Anni, ich kenne dich als unfassbar lieb und hilfsbereit. Würdest du mir die Freude machen und Patin werden für meine Zwillinge?«

»Ja, sind die denn noch gar nicht getauft?«

»Na, wir kommen da oben zu nichts auf unserer Bergalm. Weißt, wir sind oft monatelang eingeschneit. Aber jetzt zusammen mit dem Phillip, da täte sich der ganze Aufwand schon lohnen.«

Mein Herz weitete sich vor Freude, dieser starken und stolzen Frau, die mich damals verteidigt hatte, nun helfen zu können. Zwei Mädchen als Patenkinder! Das konnte ich meiner Gerlinde nur unter Freudentränen zusagen. Das war meine Hoffnung. Ich hatte doch Menschen, die mich brauchten, ich war nicht allein.

Bald wurde ich aus dem Krankenhaus entlassen, aber ich erholte mich sehr langsam.

So ein Schicksal trägt man ein ganzes Leben mit sich.

Willing, ein paar Wochen später, 1966

»Anni, kimm omoi her.« Mein Mann Hans stand mit seinem Bruder Sepp bis zu den Knien im Mörtel und hämmerte an seinen Ziegelsteinen herum. Die beiden Männer hatten ganz ernst die Köpfe zusammengesteckt.

»Soll ich euch ein Bier bringen?« In meinen Gummistiefeln balancierte ich über die Bretter der ewigen Baustelle, den Wäschekorb im Arm.

»Ja, später dann. Anni, du machst doch jetzt keine Heimarbeit mehr.«

»Nein.« Geschäftig nahm ich die Wäsche von der Leine, die im Herbstwind vor sich hinflatterte.

»Und du hättest doch so gern a kloans Dirndl.«

»Ja …?« Mit Schwung stellte ich den Wäschekorb auf den Gartentisch. Wie sehr hätte ich mir gewünscht, jetzt meine eigenen kleinen rosa Babystrampler falten zu dürfen!

»Es ist so, Anni …« Sepp, mein Schwager, schob seine Mütze in den Nacken und wischte sich den Schweiß von der Stirn. »Meine Frau, die Miranda, die kommt mit der Kleinen nicht mehr zurecht.«

Ahnungsvoll sah ich zu meinem Mann hinüber. Wie oft hatten wir uns bereits Sorgen um diese Familie gemacht! »Der Sepp meint, ob du wohl die kleine Nadine in Pflege nehmen möchtest. Die Miranda muss nachts arbeiten und tagsüber schlafen, die packt das nicht mit dem Kind. Und der Sepp will es auch nicht wirklich.«

Mir wurde ganz warm ums Herz. Oh wie gern wollte ich dieses süße Mädchen unter meine Fittiche nehmen!

»Aber gibt es die Miranda denn überhaupt her?«

»Die legt es dir eigenhändig vor die Tür! Sie hat das Kind total vernachlässigt und es sogar geschüttelt!«

Oh Gott, wie entsetzlich! »Ja, natürlich nehme ich die Nadine!«

Eilig band ich mir die Schürze ab und warf sie auf den Wäschekorb. »Wo ist die Kleine?«

»Meine Mutter hat sie derweil. Wir haben gedacht, dass du die Richtige für sie bist.«

Mit einer Mischung aus Entsetzen und unbändiger Freude rannte ich hinüber zu meiner Schwiegermutter, wo der Kinderwagen mit der drei Monate alten Nadine im Garten stand.

»Ist sie da drin? Darf ich sie wirklich haben?«

»Ach Anni, wir sind dir so dankbar, wenn du sie nimmst.« Meine Schwiegermutter schob die Mullwindel beiseite, die über dem Kinderwagen hing, um das Kind vor neugierigen Blicken zu schützen. »Schau dir das an, Anni.« Vorsichtig öffnete sie den kleinen Schlafsack und drehte das Kind hin und her.

»Aber sie hat ja blaue Flecken am ganzen Körper!« Fassungslos schlug ich die Hände vor dem Mund zusammen. »Wie kann eine Mutter ihr eigenes Baby schlagen?«

»Ja, das ist eine solche Schande … wir haben es lange versucht zu verheimlichen.« Meine Schwiegermutter nahm behutsam das Kind aus dem Korbwagen und drückte es mir in die Arme. »Die Frau ist ganz und gar unberechenbar, wir haben den Sepp immer vor ihr gewarnt, sie hat uns noch nie gefallen, und jetzt hat der arme Junge den Schlamassel, denn sie ist ja schon wieder schwanger, und der Sepp weiß nicht, ob es von ihm ist.«

Ach du liebe Güte! Wie ungerecht konnte das Schicksal denn sein! Diese unberechenbare Frau, die sich beruflich mit anderen Männern herumtrieb, war schon wieder schwanger?

»Schwiegermutter, ich nehme Nadine und werde sie wie mein eigenes Kind lieben und beschützen, wenn es sein muss, auch vor dieser Frau! Und das zweite Kind soll sie mir auch gleich geben.«

Tief betroffen wiegte ich das arme, viel zu blasse und unterernährte Baby in den Armen. Es wimmerte und zuckte im Schlaf.

»Du musst dem Jugendamt Meldung machen, Anni.«

»Ja, das werde ich tun, verlass dich drauf.«

Die Schwiegermutter drückte mir dankbar den Arm. »Auf dich kann man sich immer verlassen, Anni, im Gegensatz zu meiner anderen Schwiegertochter. Ich kann dir nur ein herzliches Vergelt's Gott sagen.«

»Schwiegermutter, ich hatte bei euch die schönsten Jahre meines Lebens. Bei euch habe ich gelernt, was es bedeutet, eine Familie zu haben und zusammenzuhalten. Selbstverständlich übernehme ich Nadine.«

Während ich mit dem Korbwagen wieder zurück zu unserem Haus stiefelte, ausgestattet mit Windeln, Fläschchen und Pflegeutensilien, nahm ich aus den Augenwinkeln wahr, dass die Männer, Hans und Sepp, bereits wieder auf der Baustelle herumwerkelten. Das Hämmern und Klopfen war wohl ihre Art, das Familiendrama zu verarbeiten. Sie stürzten sich in Arbeit und kehrten den Dreck buchstäblich unter den Teppich, und ein Kind war Frauensache.

Gleich am nächsten Tag ging ich zum Jugendamt und bat einen gewissen Herrn Kutschera, einen grobschlächtigen Mann in Trachtenjoppe, doch ein Auge auf Miranda zu werfen.

»Die ist schon wieder schwanger«, konnte ich mich nicht bremsen zu petzen. Aber das nächste Kind würde es wohl auch nicht besser haben.

»Wir behalten die Frau im Auge«, versprach der Mann vom Jugendamt.

Meine Großeltern freuten sich sehr, als ich, wie versprochen, nun immer öfter mit dem Kinderwagen zu Besuch kam und mit ihnen meine kleinen Runden drehte. Sie waren beide nicht mehr sehr gut zu Fuß, und auch ich musste mich ja noch von meiner Fehlgeburt erholen.

Dass es gar nicht mein Kind war, sondern das meiner ungeliebten Schwägerin, wurde nicht mehr weiter erwähnt. Es war ein kleines unschuldiges Mädchen, das Schutz und Liebe brauchte, und beides sollte es im Überfluss bekommen.

»Wir sind so froh für dich, Anni, dass du es jetzt ein wenig ruhiger angehen lässt.« Arm in Arm schlenderten wir über die holprigen Feldwege, die Oma schob stolz den Kinderwagen mit einem Kind, mit dem sie überhaupt nicht verwandt war. »Die viele Arbeit hat dich ja zu einem Strich in der Landschaft werden lassen!«

»Ja, du hast recht, liebste Großmutter.« Wir ließen uns auf einer Bank nieder, die am Rande des Feldes unter einem Herrgottswinkel stand, und genossen den weiten Ausblick bis hin zum Wendelstein und den anderen Bergen, die sich in der Abendsonne bereits rötlich färbten.

»Ich weiß auch nicht, warum Hans und ich uns dermaßen in die Arbeit gestürzt haben, statt dieses schöne Leben zu genießen.«

»Zahlt der Hans eigentlich in eine Rentenkasse ein?«, Großmutter sah mich von der Seite an.

»Wie kommst du jetzt darauf?«

»Na, Kind, ich will dich nur beschützen. Du zahlst ja brav in die Rentenkasse ein, und dein Hans ist selbstständig als Maurer unterwegs, nicht dass er eines Tages ohne Rente dasteht.«

»Ach Großmutter, ich habe ihn schon darauf hingewiesen, und weißt du, was er gesagt hat?«

»Na?«

»Das hättest du wohl gern, dass du eines Tages die lustige Witwe machst mit meiner Rente!«

Ich schämte mich ein bisschen, meiner geliebten Großmutter von dieser enttäuschenden Reaktion zu berichten.

»Ach, Kind.« Sie nahm meine Hand. »Aber glücklich seid ihr schon?«

»Ja, natürlich. Sehr glücklich. Wir haben doch so ein schönes großes Haus.«

»Na, dann ist es ja gut. – Schau doch nur, dieser Abendfrieden ...« Großmutter seufzte einmal tief durch. »Wir haben unsere schönsten Jahre in Gefangenschaft verbracht. Du solltest nie vergessen, dass das höchste Gut die Freiheit ist, und nicht das Streben nach Besitz!«

Bad Aibling, Sommer 1970

»Anni, komm schnell!« Meine Mutter stand ganz aufgelöst auf ihrem Balkon unseres Hauses, das immer noch eine Baustelle war. Seit etlichen Jahren werkelte mein Mann mit seinen Freunden daran herum, doch gerade war er noch auf einer anderen Baustelle unterwegs. Vor unserer Einfahrt stand der mir bekannte VW Käfer meiner Schwägerin Miranda, und ich ahnte nichts Gutes.

Wie jeden Nachmittag kam ich von der Arbeit nach Hause, wo ich wieder Pullover und Jacken im Akkord hergestellt hatte. Inzwischen hatte ich einen Führerschein und ein eigenes Auto, einen NSU Prinz, auf den ich wahnsinnig stolz war. So konnte ich auf dem Rückweg von der Fabrik schnell noch meine Einkäufe erledigen, bevor ich die Kinder von meiner Mutter holte. Sie passte mir auf den noch elfjährigen Fritz und die vierjährige Nadine auf, die unser ganzer Sonnenschein und Herzensschatz geworden war.

»Was ist passiert?« Hastig stieg ich aus und ließ die Einkäufe unbeachtet im Kofferraum.

Vor der Haustür stand Miranda, wütete und schimpfte mit meiner Mutter.

»Mach die Tür auf! Sonst schlage ich sie ein!« Sie trommelte mit den Fäusten gegen unsere Haustür.

»Aber Miranda, so beruhige dich doch!«

»Ich will die Nadine zurück!«

Mein Herz setzte auf einen Schlag aus. Miranda hatte inzwischen eine zweite kleine Tochter, gerade eineinhalb Jahre alt, Manuela, und diese hockte ganz schief und verwahrlost auf der Rückbank ihres VW Käfers. Auch sie hatte Kratzspuren im Gesicht, oder war es ein eitriger Ausschlag? Das Kind sah jedenfalls nicht gut aus. Fast hatte ich die Hoffnung, sie würde es mir auch noch bringen wollen, und ich hätte die kleine Manuela mit offenen Armen genommen, doch das Gegenteil war der Fall.

»Gebt mir sofort mein Kind heraus, oder ich hole den Wagenheber raus!« Miranda hämmerte gegen die Haustür.

»Schwägerin, warum bist du denn so wütend auf mich?«

»Du hast mir das Jugendamt auf den Hals geschickt!«

»Miranda, so beruhige dich doch!« Ich wollte ihr die Hand geben, aber sie schlug nach mir. »Die Nadine ist mein Kind! Ihr habt sie mir damals einfach weggenommen!«

»Aber das stimmt doch so nicht, dein Mann Sepp hat sie uns gegeben, weil du nachts arbeiten musstest und tagsüber schlafen und weil du das Kind geschlagen hast und schon wieder schwanger warst ... «

»Das ist vier Jahre her«, kreischte Miranda so laut, dass sich die Fenster der Nachbarn öffneten. »Ich bin schon lange wieder in einer Gaststätte Bedienerin, und ich will mein Kind! Das muss mir zu Hause mit der Manuela helfen!«

Bei dem ganzen Geschrei und der Aggression fing nun auch das Kleinkind auf dem Rücksitz an zu schreien. Ich wollte die Autotür öffnen, aber Miranda hatte sie abgeschlossen. Sie hatte noch nicht mal einen Kindersitz! Mein Blick fiel auf ihren dicken Bauch. War sie etwa schon wieder schwanger? Oder war das der Alkohol? Ein buschiges Maskottchen baumelte am Rückspiegel, es war irgendwas Unanständiges, was ich nicht identifizieren konnte.

Oben auf dem Balkon sah ich meinen Fritz, wie er sich ängstlich an den Gitterstäben duckte, und die kleine Nadine, die sich hinter meiner Mutter versteckte.

»Jetzt komm erst mal rein, Miranda.« So ruhig wie möglich schloss ich die Haustür auf. »Ich mache uns einen Kaffee, und dann reden wir in Ruhe. Bitte hol die Kleine aus dem Auto, ich kümmere mich um sie.«

Doch Miranda rempelte mich zur Seite, stöckelte auf ihren hochhackigen Stiefeln die Treppe hinauf in das Reich meiner Mutter, zerrte die kleine Nadine von ihr weg und riss sie hinter sich her durchs Treppenhaus zur Tür. Das alles in weniger als dreißig Sekunden.

»Tante Anniiii ...«, schrie das Kind und streckte die Ärmchen nach mir aus. Oben stand fassungslos meine Mutter, den Fritz an sich gepresst. Und draußen der Käfer mit der Kleinen, die inzwischen aus Leibeskräften schrie. Man hörte sie in dem verschlossenen Wagen verzweifelt brüllen, und sah das buschige Etwas, das am Rückspiegel baumelte.

»Was willst du denn jetzt auf einmal mit dem Kind?« Ich versuchte, ihr den Ausgang zu versperren, aber sie drängte mich harsch zur Seite. »Ich werde mich vom Sepp scheiden lassen, und mit euch ganzer Bagage will ich nichts mehr zu tun haben! Du hast mir das Jugendamt auf den Hals gehetzt!«

»Hör doch, Miranda, wir sind eine Familie, wir schauen aufeinander, und wir helfen einander aus ...«

»Geh mir aus dem Weg!«

Damit riss sie die Autotür auf, warf die vierjährige Nadine auf den Rücksitz zu ihrer kleinen Schwester und klappte die Lehne des Beifahrersitzes wieder um. So konnte die Kleine, die sich aus Leibeskräften wehrte, nicht entkommen. Ich sah leere Flaschen im Fußraum herumrollen und den offen stehenden Aschenbecher überquellen. An den Zigarettenkippen klebte ihr knallroter Lippenstift. Wutentbrannt sprang sie in ihr verdrecktes Auto, knallte die Tür zu und gab Gas.

Das Geschrei beider Kinder hallte mir noch lange in den Ohren.

»Na, dann hast du jetzt endlich ausreichend Zeit für den Automobilclub!«

Mein Hans, der abends endlich von seiner Baustelle kam, nahm meinen Gefühlsausbruch gelassen hin. »Es wird Zeit, dass die sich selber wieder um ihre Fratzn kümmert! Dem Sepp hat sie ja nur Hörner aufgesetzt!«

»Aber die Kinder können doch nichts dafür! Wie können die denn ihre Streitigkeiten buchstäblich auf dem Rücken der Kleinen ausfechten«, jammerte ich. »Die arme kleine Nadine!« Mein Herz zog sich vor Schmerz zusammen, wenn ich daran dachte, wie sehr sie die Arme nach mir ausgestreckt hatte. Die Kleine kannte ihre Mutter doch gar nicht mehr!

Gott, wie sich doch die Schicksale in unserer Familie ähnelten!

»Das geht uns überhaupt nichts mehr an.«

Und sosehr ich auch weinte und jammerte, mein Hans im Glück dachte gar nicht daran, sich in die Familienangelegenheiten seines Bruders einzumischen.

»Sepp hat die asoziale Schlampe geheiratet, und er muss auch mit ihr klarkommen.«

»Aber sie schlägt und misshandelt die Kinder«, weinte ich, während ich noch die Söckchen und Kleidchen von Nadine einsammelte und in einen Sack stopfte. »Die Frau ist nicht zurechnungsfähig!«

»Der Sepp ist ein Idiot, aber es ist sein Problem.« Das war alles, was mein Hans dazu zu sagen hatte. »Wir haben sie nicht adoptiert, und du hast keinerlei Recht auf sie.«

Das stimmte. Ich hatte keinerlei Recht auf Nadine. Und die Brüder redeten kein Wort mehr miteinander.

Um mich von meinem Elend abzulenken, und auch weil mich meine Mutter und die Großeltern milde gemahnt hatten, mein Eheleben wieder etwas aufzufrischen, ließ ich mich darauf ein und trat dem Automobilclub AMC Bad Aibling bei. Ich war eine gute Autofahrerin, und die Ausflüge mit den anderen netten Mitgliedern des Clubs machten uns beiden großen Spaß. Orientierungsfahrten durch die herrlichen Alpen, Slalom und Geschicklichkeitsfahren, das lenkte mich nicht nur von meinem erneuten Kummer ab, sondern peppte unser Eheleben auch tatsächlich wieder auf. Der Club organisierte Ausflüge und Übernachtungen in den schönsten Hotels, und das konnten wir uns nun auch endlich leisten. Wir schlossen so manche Freundschaften, die über viele Jahre halten sollten.

Das war definitiv meine schönste Zeit, und ich liebte Hans im Glück über alles.

Manchmal fragte ich ihn, ob er nicht für sein Alter vorsorgen und mal langsam etwas in die Sozialversicherungskasse einzahlen wolle.

»Ach, du bist so eine Spielverderberin!«, kam es dann von meinem Gatten, der sich große Mühe gab, vor den anderen als gestandener Mann dazustehen. »In die Rente einzahlen, das ist doch was für Spießer! Ich habe mir das alles selbst erarbeitet, und ich will auch später etwas davon haben! Los, Anni, sei doch mal ein bisschen locker und nimm die Kurven des Lebens schnittiger!«

Inzwischen durfte ich nämlich auch in dem rasanten BMW fahren und blühte wieder auf.

So verbrachten wir ein paar schöne Jahre, vielleicht die glücklichsten unserer ganzen Ehe, zwischen Arbeiten, Schuften, Hetzen und Familienalltag mit Kindern und Großeltern.

In die Rentenkasse zahlte nicht Hans, dafür aber ich umso fleißiger ein. Und es würde ja in der Familie bleiben. Denn Hans und ich, das passte, da war ich mir ganz sicher. Auch wenn er sicherlich mal hier und da nach anderen Frauen schaute und nach dem dritten Gläschen auch mal seinen Charme spielen ließ: Ich gönnte es ihm. Er war und blieb meine große Liebe, ich habe nie im Leben einen anderen auch nur angesehen.

Ich konnte es gar nicht glauben, dass das Leben so schön sein konnte, wenn ich leicht und frei in unserem flotten orangen BMW Cabrio mit fliegenden Haaren über die Serpentinenstraßen dahinbretterte und gekonnt die Kurven nahm. Die Aussicht auf die im Tal liegende Landschaft und die schneebedeckten Berge war atemberaubend, und die Luft roch nach Freiheit, Lebensfreude und Auspuffgasen. Und die fröhlichen Leute in den anderen Autos winkten und lachten.

Willing, 15. November 1971

»Frau Eckardt, hier spricht Alfons Lederer, der Tennislehrer Ihres Sohnes!«

Ich war gerade noch rechtzeitig ins Haus geeilt, weil ich schon von draußen das Telefon hatte klingeln hören.

»Ja?« Ahnungsvoll fasste ich mir an den Hals. »Hat er was angestellt?«

Es war sechzehn Uhr, und ich kam gerade von der Arbeit nach Hause. Die Einkäufe lagen noch im Kofferraum meines NSU Prinz.

»Er hat sich beim Tennisspielen den Arm gebrochen.«

»Ach du Schreck.« Ich sank auf den Stuhl beim Telefon und riss mir das Halstuch ab. »Wie konnte das passieren?«

»Wie das so ist, wenn Jungs sich allzu wild benehmen. Machen Sie sich keine Sorgen, Frau Eckardt, er ist zum Gipsen ins Krankenhaus Bad Aibling gebracht worden, und dort wäre er jetzt zum Abholen.«

»Na gut.« Seufzend stand ich auf. »Danke für Ihren Anruf, Herr Lederer, und schönes Wochenende.«

Jede Mutter eines Sohnes muss mal ihren Sprössling mit gebrochenem Arm oder Bein aus dem Krankenhaus abholen, ging es mir durch den Kopf, während ich kopfschüttelnd zurück in den Ort fuhr. Sonst ist er ja eigentlich eher vorsichtig und zurückhaltend, der Bub.

Sehr zum Missfallen seines Vaters übrigens, der ihn immer wieder tadelte, was für ein Weichei er sei, dass er sich gar nichts traute, weder im Freibad vom Fünfmeterbrett springen wollte noch auf dem Wendelstein die schwarze Piste runterbrettern mit seinen Skiern.

Ich selbst hatte inzwischen auch das Skifahren gelernt, es machte mir auch riesigen Spaß, aber ich war eher ebenso vorsichtig und fuhr eher verhalten wie mein Fritz.

Er saß schon mit eingegipstem Arm im Wartezimmer der Unfallstation, als ich kam.

Kläglich blickte er mir entgegen, die Augen verweint.

»Ja, mei, Fritz, warst du recht wild, dass der Arm gebrochen ist?«

Ich nahm ihn vorsichtig in den Arm, ließ mir die Papiere geben und führte ihn zum Auto.

»Nein, Mama, ich habe gar nichts gemacht!« Eingegipst bis zur Schulter, quälte er sich langsam auf den Beifahrersitz. Machte er nur Theater, brauchte er Aufmerksamkeit? Hans hätte gesagt, reiß dich zusammen, ein richtiger Junge muss auch einmal etwas wagen!

»Das verstehe ich nicht. Wie kann man sich beim Tennisspielen den Arm brechen, wenn man gar nichts macht?« Bestimmt hatte er sich gerauft, oder jemand hatte ihn mit dem Tennisschläger geschlagen …

Halb amüsiert, halb besorgt schaute ich meinen Sprössling von der Seite an. Und plötzlich erstarrte ich. Aus einem Lebensmittelgeschäft an der Ecke kam gerade eine fremde Frau. Und sie hatte Nadine an der Hand! Ganz verschüchtert und verstört sah das Kind mich aus tief verzweifelten Augen an. Ich kurbelte die Scheibe runter und winkte.

»Nadine!«

»Tante Anni!«

»Komm weiter, Kind, du sollst nicht mit der fremden Frau sprechen!«

Die kleine Nadine hob schützend die Arme über den Kopf, so als würde sie erwarten, jeden Moment geschlagen zu werden.

»Mama! Hörst du mir überhaupt zu?!« Fritz stöhnte auf dem Beifahrersitz vor Schmerzen.

»Oh, entschuldige, Fritz, ich war nur gerade abgelenkt …«

Verwirrt ließ ich den Motor an und fuhr langsam vom Parkplatz. Jetzt brauchte Fritz meine volle Aufmerksamkeit! Aber Nadine … wer war diese fremde Frau?

»Ich hatte nur einen kleinen Tennisball in der Hand und habe ihn einfach nur hochgeworfen, noch nicht mal mit viel Schwung, da hat es in meinem Arm Krach gemacht, und schon war der Arm ab. Es hat so arg wehgetan, Mama, dass ich nur noch schreien konnte.«

»Aber der Arm ist doch nicht ab …?« Noch einmal schaute ich mich nach der Frau mit dem verängstigten kleinen Mädchen um, aber die war schon verschwunden.

So fuhr ich weiter, während in meinem Kopf die Gedanken durcheinanderflogen wie Lottokugeln in ihrem Glaszylinder. Wer war die Frau, die Nadine bei sich hatte?

Ich setzte den Blinker und bog in unseren beschaulichen Weg nach Hause ein.

»Nein, Mama, nicht ab, aber gebrochen!«

Ja, das stimmte, wie ich den Krankenakten entnahm. Glatte Fraktur, drei Monate ruhigstellen, keinen Sport, bitte bei Schmerzen wieder vorstellig werden.

Ich wusste nicht, was ich sagen sollte. Auf keinen Fall wollte ich in das gleiche Horn stoßen wie mein Mann, der das Ganze als Lächerlichkeit abtat und meinen kleinen Fritz als ungeschickt und tölpelhaft darstellte.

So verabreichte ich meinem Sohn eine Schmerztablette und brachte ihn vorsichtig zu Bett.

»Bis du heiratest, ist es wieder gut …« Ich strich ihm liebevoll über die Stirn, auf der der kalte Schweiß stand. »Mach dir keine Sorgen, Fritz. Fast jeder Junge bricht sich mal den Arm.«

Von der Wirkung der starken Schmerztablette schlief er auch gleich ein.

Ich schlich mich ins Bett und überlegte, ob ich meinem Mann von der seltsamen Begegnung mit Nadine und der fremden Frau vor dem Lebensmittelgeschäft erzählen sollte. Doch dieser schnarchte bereits, und er wollte von dem Thema sowieso nichts mehr hören.

Kurz darauf stand mein Sohn Fritz wimmernd an meinem Bett und rüttelte mich am Arm. Dabei hatte ich bis jetzt kein Auge zugetan!

»Mama, ich halt's nicht mehr aus, ich habe furchtbare Schmerzen.«

»Stell dich nicht so an, sei doch mal ein Mann«, brummte mein Hans im Schlaf und warf sich unwillig auf die andere Seite. »Ich muss morgen früh raus!«

»Komm, Fritz.« Ich gab ihm noch eine Schmerztablette. »Versuch zu schlafen, mein Schatz.«

»Ich kann nicht, Mama, das brennt wie Feuer!« Bitterlich weinend saß der Junge auf seinem Bettrand. Aus Angst, Hans zu stören, verbrachte ich den Rest der Nacht bei Fritz im Kinderzimmer, las ihm vor und strich ihm den kalten Schweiß von der Stirn. Irgendetwas stimmte da nicht! Vielleicht war der Gips nicht richtig angebracht und schnitt in die Haut des armen Kerls.

Um acht Uhr früh stand ich schon mit dem Jungen vor der Praxis des Orthopäden Dr. Bruns in Bad Aibling.

»Frau Eckardt, lassen Sie den Jungen hier und seien Sie doch so nett, holen Sie die Röntgenaufnahmen aus dem Krankenhaus ab, ja?«

»Alles wird gut, Fritz!« Ich drückte meinem Sohn noch einen Kuss auf die Stirn und überließ ihn dem netten Personal. Obwohl das Wartezimmer voll war, wurde mein Fritz gleich auf eine Liege gelegt. Noch immer ging mir Nadine durch den Kopf. Sie hatte so erbärmlich hilflos gewirkt, so verstört. Aber jetzt ging es um meinen Sohn Fritz!

Als ich eine Stunde später mit den Röntgenaufnahmen wiederkam, wurde ich ins Wartezimmer geschickt. Nichts tat sich! Wo war mein Fritz, und warum sprach niemand mit mir? Eine weitere Stunde verging. So ein Blick auf eine Röntgenaufnahme konnte doch nicht so lange dauern?

Schließlich fasste ich mir ein Herz, klopfte an die Sprechzimmertür und trat ein.

Mein Fritz lag immer noch auf derselben Liege und schlief. Sie hatten ihm wohl eine heftige Schmerzspritze gegeben.

Der Arzt telefonierte und winkte mich heran. »Ja, dann machen wir das so, Herr Kollege. Sofortiger Transport in die Poliklinik in München. Ja, schicken Sie die Rettung, schnell.«

Ahnungsvoll sank ich auf den Stuhl vor seinem Schreibtisch. War etwa von meinem Fritz die Rede? Oder war jemand anderes von einem Dach gefallen? In diesem Moment betete ich darum!

»Frau Eckardt, ich hätte Sie jetzt geholt. Es sieht leider nicht gut aus. Ihr Sohn hat einen sehr großen Tumor im Oberarm. Der Gips hat die Schmerzen verursacht, er hat gegen den Tumor gedrückt! Die Muskeln sind auch schon angegriffen, es ist höchste Zeit.«

In meinen Ohren rauschte das Blut. Tumor. Tumor. Tumor.

»Höchste Zeit für was?!«

»Der Tumor muss sofort rausoperiert werden. Er könnte bösartig sein.«

Eine Welle heißer und gleichzeitig eiskalter Panik schwappte mit einem Mal über mich und ließ mich stoßartig nach Luft schnappen. Eine unsichtbare Kralle drückte mir die Kehle zu. Nicht mein kleiner Fritz!

»Sie haben ganz richtig gehandelt, dass Sie sofort zu mir gekommen sind!« Der nette Orthopäde schob mir ein Glas Wasser hin. »Diese schlimme Sache konnten sie gestern im Krankenhaus nicht erkennen, dazu sind sie dort nicht ausgerüstet. Aber wir haben schon ein Bett in der Poliklinik München für Ihren Sohn bekommen, und die Sanitäter sind mit der Rettung auch schon unterwegs.«

Mit offenem Mund starrte ich ihn an, das Glas Wasser schwappte über in meinen Händen.

»Bitte beruhigen Sie sich, Frau Eckardt. Ihr Sohn ist bei meinem Studienkollegen Dr. Seidl in guten Händen. Er ist eine Koryphäe auf dem Gebiet der onkologischen Chirurgie.«

Onkologische Chirurgie. Und du hast unseren Sohn ein Weichei genannt, Hans!

Innerlich ballte ich die Fäuste. Wie oft hatte unser Fritz sich unter Schmerzen den Arm gehalten, wenn er einen schweren Zementeimer schleppen oder seinem Vater Ziegelsteine anreichen musste! Und immer hatte er die Zähne zusammengebissen und sich nichts anmerken lassen! Innerlich wollte ich schreien vor Gram und Zorn. Ein Junge durfte keine Schmerzen zeigen, nicht das Gesicht verziehen, keine feuchten Augen bekommen.

»Hallo, Frau Eckardt? Hören Sie mir noch zu? Ich sagte gerade, dass wir vor morgen früh um acht die Unterschrift Ihres Mannes brauchen, denn es könnte schlimmstenfalls zu einer Amputation des rechten Armes kommen …«

»Bitte, was? Amputation?« Ich wollte schreien, brachte aber nur ein Krächzen zustande.

Aus den Augenwinkeln nahm ich wahr, dass draußen vor der

Praxis mit Blaulicht der Krankenwagen vorfuhr. Hatte der Arzt gerade das Wort »Amputation« gesagt?

Zwei kräftige Männer in Rot-Kreuz-Uniformen polterten herein und betteten mit einem routinierten »Auf drei!« meinen ohnmächtigen Sohn auf ihre rollende Liege.

Nach einer Minute war er bereits in den Wagen geschoben worden.

»Wollen Sie mit?« Die schweren Türen klappten zu.

»Ja, natürlich!« Ich schnappte meine Handtasche und eilte hinterher.

»Wir müssen erst zu meinem Mann fahren, ich weiß nicht, auf welcher Baustelle er heute ist, aber zu Hause liegt sein Arbeitsplan, das finden wir raus ...«

»Gute Frau, wir fahren jetzt nirgendwohin, außer in die Poliklinik München, denn das ist unser Auftrag, und zwar schnell.«

Mit einem hastigen Seitenblick auf meinen schlafenden Sohn nickte ich ergeben.

Wenn er erst mal aufwachte, würde er wieder vor Schmerzen schreien!

So raste der Wagen mit Sirene und Blaulicht über die Autobahn, und ich sah mir selbst dabei zu, wie ich neben der Liege auf einem Notbänkchen saß und meinem leichenblassen Kind die gesunde Hand hielt.

Vor der Notaufnahme der Klinik vorgefahren, preschten schon andere Männer heraus und holten im Eilschritt meinen Fritz herein. Ich rannte neben ihm her, hielt seine Hand und redete beruhigend auf ihn ein, als er von der ganzen Hektik erwachte.

»Mama! Bleib bei mir!«

»Ist ja schon gut, mein Junge, ich bin ja hier.«

Hatte ich nicht damals genauso nach meiner Großmutter gerufen, in meiner Not? Und war sie nicht auch wie ein Fels in der Brandung bei mir gewesen, egal, was mit mir geschah?

»Sie müssen jetzt gehen«, beharrte eine Krankenschwester, als ich nach der Besuchszeit immer noch am Bett meines Fritz hockte. Da er inzwischen dreizehn Jahre alt war, hatten sie ihn auf die onkologische Männerstation verlegt, zwischen Prostata und Raucherlunge.

»Mama, ich habe Angst!« Die zaghafte Stimme meines Sohnes ließ mir das Blut in den Adern gefrieren. »Bitte, bleib bei mir!«

»Sie müssen jetzt gehen. Sorgen Sie lieber dafür, dass Sie rechtzeitig die Unterschrift Ihres Mannes bekommen, sonst können wir morgen früh nicht operieren.«

Die derbe Schwester, die den Umgang mit den Männern auf der Station gewohnt war, schob mich freundlich, aber bestimmt aus dem Krankenzimmer.

»Mama! Geh nicht!«, hörte ich mein Kerlchen noch kläglich wimmern. Er war noch nicht mal im Stimmbruch!

Weinend stolperte ich durch die Gänge des großen Krankenhauses. Es roch nach Desinfektionsmitteln, Scheuerpulver und Essensresten. Wie sollte ich denn jetzt nach Hause kommen? Und wie Hans finden?

»Frau Eckardt? Wir haben auf Sie gewartet. Wir bringen Sie nach Hause.«

Die beiden Sanitäter standen rauchend vor der Tür und traten ihre Zigaretten aus, als sie mich kommen sahen. »Wir lassen Sie doch jetzt nicht allein.«

Oh, wie gut taten diese Worte aus den Mündern von zwei fremden jungen Männern, die vielleicht Zivildienstleistende waren! Wie sehr sehnte ich mich danach, solche Worte aus dem Munde meines Mannes zu hören!

Doch der war noch nicht da, als die Sanitäter mich zu Hause absetzten. So fuhr ich schnurstracks zu meinen Großeltern, um mich bei ihnen auszuweinen.

»Der Fritz hat vielleicht Krebs«, schluchzte ich haltlos.

Sofort breiteten sie die Arme aus und geleiteten mich zu dem kleinen Sofa, auf dem ich selbst als Jugendliche geschlafen hatte. »Wir sind da, Anni. Erzähl es uns. Was ist passiert?«

Und so brach es alles aus mir heraus, was seit gestern um diese Zeit auf mich eingeprasselt war. Die Oma legte eine Decke um mich, weil ich so zitterte, und stellte eine heiße Tasse Tee vor mich hin.

»Ich muss doch in die Fabrik, ich habe mich für heute noch nicht mal abgemeldet«, heulte ich völlig überfordert. »Sie werden mir noch kündigen …«

»Nimm dir gleich Urlaub, hier hast du fünfhundert Mark.« Der Opa entnahm einem Holzkästchen oben auf dem Schrank fünf Hundertmarkscheine und steckte sie mir zu.

»Aber das kann ich nicht annehmen …«

»Du musst jeden Tag zu deinem Fritz nach München fahren, er ist doch erst dreizehn Jahre alt!«

Der Opa schlurfte in seinen Pantoffeln zum Telefon, das unten bei Onkel Hans und Tante Christa in der Wohnung hing, und rief bei meinem Arbeitgeber an, um mich für die nächste Woche zu entschuldigen.

»So, Anni, und jetzt gehst du heim zum Hans und holst dir von ihm die Unterschrift. Er ist jetzt bestimmt zu Hause und wundert sich, wo du bleibst. Ihr steht das zusammmen durch, ihr zwei.« Sie drückten mir liebevoll die Hände und standen winkend in der Tür, als ich mich schluchzend auf den Weg machte.

Hans war gar nicht erfreut, mich nicht zu Hause anzutreffen, als er von seiner Baustelle kam.

Niemand hatte Abendessen gemacht, und die Wäsche war auch noch nicht reingeholt worden, obwohl es regnete!

»Was soll denn die ganze Aufregung?«

»Der Fritz liegt in München in der Poliklinik und wird morgen früh als Erstes operiert!«

Schluchzend zog ich meinen Mantel aus und streifte die Schuhe ab. »Er hat einen Tumor im Arm! Du musst unterschreiben, dass uns das Risiko bewusst ist, dass sie ihm vielleicht den rechten Arm abnehmen!« Mit zitternden Fingern zog ich die Krankenpapiere aus der Handtasche und hielt sie ihm hin.

»Ach, der überlebt das schon.«

Sprachlos starrte ich meinen Mann an. War das seine Reaktion? Warf er gar keinen Blick darauf?

»Ist das alles, was du dazu zu sagen hast? Hans, er ist dein einziger Sohn!«

»Ich muss noch mal weg. Wenn ich zurückkomme, reden wir.«

Damit schnappte er sich seine Autoschlüssel und warf die Tür hinter sich zu.

In dieser Nacht schlief ich in Fritz' Kinderzimmer. Ich hatte keine Worte mehr. Meinem Mann hatte ich einen Zettel auf das Kopfkissen gelegt: »Morgen früh um sieben Uhr fahren wir nach München. Gute Nacht.«

Schweigend fuhren wir am nächsten Morgen in die Poliklinik. Um acht Uhr früh betrat ein junger Arzt das Krankenzimmer.

»Guten Morgen, mein Name ist Dr. Seidl. Ich bin der Assistenzarzt des leitenden Oberarztes, und der ist auf einem Kongress, wo wir ihn nicht erreichen können.«

»Ich denke, es ist so dringend?«, knurrte Hans.

Ich hockte an Fritz' Bett und streichelte meinem Jungen die gesunde Hand.

»Allein traue ich mir die Operation nicht zu. Es wäre allzu schlimm, wenn ich Ihrem Sohn den Arm abnehmen müsste. Er ist doch erst dreizehn Jahre alt!«

»Und was heißt das jetzt?« Hans drehte seinen Hut in den Händen.

»Wir stellen Ihren Sohn über das Wochenende ruhig.«

»Und dazu mussten wir jetzt so früh hier antanzen.«

»Hans!«

»Wir werden während der Operation am Montag direkt das Tumormaterial in das Labor der Uniklinik gegenüber bringen lassen, dann haben wir gleich das Ergebnis. Während wir darauf warten, lassen wir Ihren Sohn in Vollnarkose. Das ist nicht optimal, aber möglicherweise das kleinere Übel.«

Mir liefen die Tränen unaufhaltsam über das Gesicht.

»Sollte der Tumor gutartig sein, werden wir vom Hüftknochen und vom Schienbein Knorpel entnehmen und in die Schulter Ihres Sohnes einsetzen, sodass sich dann wieder gesunder Knochen entwickeln kann.«

»Wie lange wird das dauern?« Hans machte sich wohl Sorgen darum, dass sein Sohn ihm dann nicht mehr auf dem Bau würde helfen können.

Der Arzt warf ihm einen irritierten Blick zu. »Haben Sie noch was anderes vor? Nun … die Operation wird sechs bis acht Stunden dauern, der Heilungsprozess im besten Fall sechs bis acht Monate.«

»Danke, Herr Doktor!« Hastig stellte ich mich vor meinen Hans, der schon zu einer Widerrede den Mund aufgemacht hatte. »Bitte tun Sie alles, was menschenmöglich ist!«

»Wir tun unser Bestes. Und jetzt lassen Sie Ihren Sohn schlafen, wir haben ihn sediert. Fahren Sie nach Hause und erholen Sie sich.« Der Blick, den der Arzt meinem Hans zuwarf, sprach Bände. Ich schämte mich für ihn. Wie konnte er derart herzlos sein?

Schweigend fuhren wir nach Hause.

Am Sonntagnachmittag hielt ich es bei meinem schweigenden Ehemann nicht mehr aus. Kein Wort des Trostes, kein Wort der Aufmunterung. Wie konnte er seine Gefühle nur so verbergen? Fritz war doch unser einziges Kind! Es wäre unvorstellbar, wenn ihm etwas zustoßen würde! Wir hatten doch schon unser Töchterchen verloren, und außerdem Nadine!

Nach einem weiteren Abstecher zu meinen Großeltern, die mich aufrichteten und trösteten, fuhr ich erneut in die Klinik nach München. Lieber saß ich am Bett meines Sohnes, als dass ich zu Hause verrückt wurde!

Mein Fritz war bei Bewusstsein und lächelte schwach, als er mich kommen sah.

»Mami!«

»Mami, Mami«, äfften die nicht gerade angenehm riechenden Männer ihn nach. »Halt mein Händchen, Mami!«

»Hört mal zu, ihr Burschen«, wurde ich nun energisch. »Mein Fritz ist dreizehn, und sie nehmen ihm vielleicht morgen den Arm ab. Würde es euch was ausmachen, ein bisschen nett zu ihm zu sein?«

»Oh, tut mir leid, Kleiner. Ich bin der Peter. Mir haben sie das Raucherbein abgenommen, ich kann noch nicht mal pinkeln gehen, aber vielleicht könntest du mir behilflich sein und mich zum Klo geleiten?«

Der Ton hier war rau, aber herzlich. Sie meinten es nicht böse, genau wie mein Hans es nicht böse meinte. Ein Mann in Bayern der Sechzigerjahre zu sein, bedeutete eben, keinerlei Schwächen zu zeigen. Man hatte im Krieg und danach so viel erleiden und mit ansehen müssen, dass jegliche Gefühle als Schwäche ausgelegt wurden. So hatten wir alle gelernt, die Zähne zusammenzubeißen und schweigend unsere Schmerzen, Ängste und Sorgen zu ertragen. Gesund war das sicher nicht für die Seele …

Ich besorgte in der Kantine noch eine Runde Getränke für alle, damit mein Fritz einen guten Stand bei ihnen hatte, und dann überließ ich meinen Jungen seinem Schicksal.

»Morgen früh bin ich da, Fritz. Du schaffst das, ich hab dich lieb!«

Am Montag früh um sechs fuhr ich nach München. Die Sanitäter hatten mir einen guten Tipp gegeben: »In Ramersdorf ist ein großer kostenloser Parkplatz, und gegenüber befindet sich ein Taxistand. Fahren Sie mit dem Taxi in die Klinik, dann stehen Sie nicht im Stau, und Ihre Nerven werden Sie noch brauchen!«

Jetzt dankte ich ihnen im Stillen dafür. Mit zitternden Knien und furchtbar aufgeregt eilte ich um acht Uhr früh panisch durch die Gänge und konnte kaum klar denken. Wo war denn jetzt der OP? Und wo sollte ich warten, wo war der Aufwachraum?

Vor meinen Augen tanzten schwarze Punkte, und ich drehte mich ein paarmal ratlos im Kreis. Überall Schilder, verschlossene Türen, dieser schreckliche Geruch nach Chloroform, stumm hin und her eilende Menschen in grüner Vermummung … hatten sie meinen Fritz schon in den OP gebracht? Mein armer Junge, ich wollte ihm doch noch sagen, dass ich da bin! Ich hatte es ihm versprochen! Innerlich litt ich Höllenqualen! Das Gefühl, als Kind einsam seinem Schicksal überlassen worden zu sein, überrollte mich in schockartigen Wellen. Ich konnte gar nicht klar denken … Onkologische Chirurgie, Zutritt strengstens verboten! Also wohin?

Ausgemergelte Gestalten ohne Haare und mit starrem Blick aus schwarz umrandeten Augen schlichen gespenstisch über den Gang, manche an einem Tropf, andere saßen im Rollstuhl und starrten mich hohl an. Schon wieder wähnte ich mich in der Hölle …

Plötzlich öffnete sich die Tür zum OP, und eine Schwester eilte mir entgegen.

»Guten Morgen, Frau Eckardt! Ich bin Schwester Margret, und ich werde mich heute ein wenig um Sie kümmern. Sie kommen aus Bad Aibling und haben sicher noch nicht mal Kaffee getrunken. Wir gehen in den Aufenthaltsraum und schauen, was es alles gibt.«

Dankbar stolperte ich hinter ihr her. Nach drei schlaflosen Nächten und ohne nennenswerte Nahrungsaufnahme in den letzten drei Tagen erschien sie mir wie ein Engel.

Mein Hans war heute Morgen einfach auf seine Baustelle gefahren, wie immer.

Wer schickt mir dieses überirdische Wesen, ging es mir durch den Kopf, als die nette Schwester Margret mit einem Tablett an den Tisch kam, auf dem zwei frische Brötchen, zwei Tassen Kaffee und ein Tütchen Orangensaft standen. »Stärken Sie sich erst einmal.«

»Aber ist das alles für mich?«

»Ja, Sie werden Kraft brauchen, die OP dauert sicher bis zum frühen Nachmittag.«

Lächelnd schüttete sie mir Zucker in den Kaffee. »Heute zählen wir mal keine Kalorien.«

Und obwohl die Schwester immer wieder auf die Station eilte, kam sie doch regelmäßig bei mir in der Kantine vorbei und fragte nach meinem Wohlergehen.

Sie konnte ja nicht ahnen, dass es nicht nur normale Muttersorgen waren, die mich erdrückten, sondern dass meine eigenen Urängste und meine dunkelsten Kindheitserinnerungen an meiner Seele zerrten wie hinterhältige Raubtiere. Ich war immer kurz vor dem Kollaps, und wieder musste ich ganz allein mit dieser Qual fertigwerden. Mein Ehemann hatte mich einfach im Stich gelassen!

»So, Frau Eckardt, jetzt messen wir erst mal Ihren Blutdruck.« Die mitfühlende Schwester pumpte an meinem Arm herum und ließ das Messgerät dann wieder herunterfahren. »Oje, Frau Eckardt, der ist ganz unten, Sie fallen mir ja gleich um. Kommen Sie mit ins Schwesternzimmer, da können Sie sich etwas hinlegen.« Sie reichte mir den Arm, eine Geste, die ich so dringend brauchte! Dankbar ließ ich mich von ihr bemuttern. Die Uhr an der Wand tickte so unbarmherzig langsam, der große Zeiger wollte sich kaum bewegen.

Endlich war es drei Uhr am Nachmittag, und mir schwirrte der Kopf. Noch immer kein Lebenszeichen von meinem Fritz, noch immer gingen die Türen zum Operationssaal nicht auf.

»Jetzt gehe ich aber mal nachschauen …« Die Schwester hatte per Piepser eine Nachricht in ihrer Kitteltasche erhalten, ich hatte es genau gehört. Sie war selbst inzwischen ziemlich aufgeregt und hastete den langen Gang hinauf, wo sich die automatischen Türen hinter ihr schlossen. Ich hatte sie mit meiner Panik bestimmt angesteckt …

Oh bitte, lieber Gott, lass alles gut gegangen sein, flehte ich mit zusammengepressten Fäusten vor meinen Lippen. Wie in Trance lief ich ihr entgegen. Bitte nimm mir meinen Jungen nicht, und lass ihm seinen Arm …

Da glitten die Türen automatisch wieder auf. Die Schwester flog mir entgegen, umarmte mich und drehte mich im Kreis.

»Frau Eckardt, der Tumor ist gutartig!«

Sie brach gleichzeitig mit mir in Tränen aus. »Gott sei Dank, er ist gutartig! Sie haben eben das Ergebnis aus dem Labor bekommen!«

»Danke«, schluchzte ich. »Danke, danke!« Mehr konnte ich nicht von mir geben. Nur immer wieder: »Danke!«

Noch weitere vier Stunden dauerte die Operation, doch die kamen mir jetzt nicht mehr lange vor. Unendlich erleichtert und glücklich saß ich in der Krankenhauskapelle und schickte ein Dankgebet nach dem anderen gen Himmel.

Dann durfte ich zu Fritz ins Zimmer.

Noch immer ohne Besinnung, lag er da an Schläuchen und Kanülen, in mehrere Beutel unter seinem Bett tropfte Blut und Urin, und seine rechte Körperhälfte war komplett verbunden.

Aber er lebte! Und sein Arm war gerettet!

Voller Rührung nahm ich zur Kenntnis, dass die anderen Zimmergenossen selbst Tränen in den Augen hatten und aus Rücksicht auf meinen Fritz nur flüsterten.

Täglich besuchte ich meinen Sohn nach der Arbeit, und nach vier Wochen durfte er bereits nach Hause.

Bad Aibling, 1976

»Vierzehn Jahre, Anni. Vierzehn ganze Jahre.«

Hans und Fritz standen stolz vor dem inzwischen dritten Anbau unseres Hauses und prosteten mir mit ihren Bierflaschen zu.

»Das soll es aber jetzt gewesen sein.«

Ein prächtiges mehrstöckiges Doppelhaus mit Wintergarten, Terrasse, mehreren Garagen, großem Garten und einer schmucken Einfahrt war entstanden. Zwei Einliegerwohnungen, eine für meine Mutter und eine zum Vermieten und Aufbessern unserer späteren Rente, so war der Plan. Denn Hans hatte ja keine Rente zu erwarten. Unser Sohn hatte trotz der schweren OP vor fast fünf Jahren regelmäßig nach seiner Arbeit zu Hause mitgearbeitet. Auf ein Lob von seinem Vater hatte er vergebens gehofft.

»Mir wurde auch nichts geschenkt!«, war das Einzige, was Hans dazu zu sagen hatte.

Aber nun konnten Vater und Sohn ihr gemeinsames Werk betrachten, und meine Großeltern schenkten uns ein schmiedeeisernes Hufeisen, in das die Jahreszahlen »1962–1976« eingeprägt waren.

»Das soll euch immer Glück bringen in eurem wunderbaren Heim.«

Sie selbst waren inzwischen sehr gebrechlich geworden, mit Mitte achtzig, aber sie waren immer für mich da und meine einzige Stütze.

»Wir sind so stolz auf dich, Anni.« Zitternd tätschelte mein Großvater mir die Hand. Ich hatte ihn in den Liegestuhl im Garten verfrachtet, von wo aus er nicht nur das prächtige weiß verputzte Haus, sondern auch die herrliche Aussicht auf die Berge genießen konnte. Den Wendelstein und den Hohen Asten, beide bereits mit ersten Schneehäubchen auf der Spitze.

»Weißt du noch, wie wir mit dir gemeinsam bei der Sparkasse Bad Aibling den Bausparvertrag abgeschlossen haben? Da warst du kaum achtzehn und schon so vernünftig! Und nun hast du dir durch deinen ungeheuren Fleiß etwas so Prachtvolles geschaffen, das mit unserem Anwesen im Banat locker mithalten kann.«

Nie hatte der Großvater aufgehört, vom Banat zu schwärmen, und auch jetzt standen ihm wieder die Tränen in den Augen.

»Ach, Lazarfeld …«

Ich nahm seine alte knochige Hand in meine. Seine Sehnsucht nach der Heimat war gut nachvollziehbar.

»Meine Wiege, die einst in Lazarfeld stand, dort unten im Banater Land. Bis große dunkle Schatten kamen, dem Mädchen Anna die Wurzeln nahmen.«

»Ach Großvater, das ist aber traurig …« Ich wischte mir hastig über die Augen. Dabei wollten wir doch eigentlich heute Richtfest feiern!

Aber mein Großvater hatte es sich zur Aufgabe gemacht, immer wieder neue Gedichte über seine verlorene Heimat zu verfassen. Das war seine Art, dieses schreckliche Schicksal zu verarbeiten. Denn kein Psychologe weit und breit nahm sich unserer traumatisierten Seelen an. Jeder musste mit seinem Schicksal selbst fertigwerden. Ich hatte mir eine neue Heimat schaffen können, die Großeltern aber nicht. Sie lebten in ihrer Erinnerung.

»Es geht noch weiter, Anni. Hol deine Mutter, sie soll es auch hören.«

Was meinen Hans dazu veranlasste, sich mit seiner Bierflasche in die Garage zu verziehen.

»Komm, Fritz, wir Männer müssen das ewige Geraunze nicht hören.«

Geraunze? Das war das Lebensgebäude meiner Großeltern, und sie würden für immer auf dessen Trümmern sitzen!

Mit gebrochener Stimme las mein Großvater weiter vor:

»Vorbei, zerstört war alles im Nu,
warum, Lazarfeld, ließest du das zu?
Auf, ihr Schwaben, schert euch fort
nach Rudolfsgnad, den Leidensort.
Kein Name, kein Kreuz, kein Blümlein ist dort!
Den vielen namenlosen Toten
wurde ein Massengrab geboten!
Entrechtet, Hab und Gut genommen,
warum nur musste alles so kommen?
Warum sind deine Menschen von dir verbannt,
mussten gehen ins unbekannte Land?
Silberstreifen mein Haar durchzieh'n,
meine Gedanken öfter zu dir flieh'n.
Sag mir, ob die Kirche noch steht,
derselbe Wind durch die Gasse weht.
War unser Haus einst schön und fein,
Lazarfeld, wie magst du heute wohl sein?
Sollt ich dich jetzt erstmals seh'n,
die Wege der Ahnen bedächtig geh'n?
Das Herz sagt Ja, der Verstand sagt Nein.
Zu groß waren alle Angst und Pein.
Im deutschen Lande sind wir wieder daheim,
wir gehören hierher, sind nicht mehr allein.
Die neue Heimat ist groß und mächtig,

die Straßen sind breit, die Häuser prächtig.
Ein neuer Ort, ob groß, ob klein…
Lazarfeld wird es niemals mehr sein.
Schon morgen oder in fernen Tagen
wird niemand mehr nach Lazarfeld fragen.
Erst wenn der Letzte macht die Augen zu,
erst dann hat Lazarfeld seine Ruh.«

»Ach Großvater, das ist so furchtbar traurig …« Meine Augen hatten sich mit Tränen gefüllt.

Fritz kam aus der Garage hervor, wieder einmal hatte sein Vater ihm eine verbale Kränkung verpasst, und er gesellte sich lieber zu uns.

»Denkt ihr eigentlich manchmal daran, noch einmal in die Heimat zu fahren? Es gibt doch jetzt organisierte Busreisen für Vertriebene!« Er sah zwischen Oma, Opa, meiner Mutter und mir hin und her. »Wenn ihr wollt, fahre ich euch auch mit meinem Auto hin!«

»Das ist rührend, Junge, wirklich. Aber wir wollen Lazarfeld so in Erinnerung behalten, wie es einmal war.«

»Aber eines möchte ich dir versprechen, Großvater.« Einer plötzlichen Eingebung folgend, hob ich den Kopf.

»Du schreibst so wunderschöne Gedichte, und du, Großmutter, wirst nie müde, mir von der Vergangenheit zu erzählen. Selbst du, Mama, hast ja inzwischen einiges über Sibirien erzählt. Eines Tages werde ich ein Buch über unser Schicksal schreiben.«

Die Großeltern und Mama sahen mich groß an. »Wirklich, Anni?«

»Ja, ich gebe euch hiermit mein Versprechen. Eines Tages, wenn ich etwas mehr Zeit habe, werde ich unsere Geschichte aufschreiben, und vielleicht werde ich jemanden finden, der sie veröffentlicht.«

»Das musst du unbedingt tun, Anni.« Die Oma nickte bedächtig. »Die Geschichte der Lazarfelder darf nie in Vergessenheit geraten.«

»Unser Schicksal gleicht dem von einer halben Million anderer Banater Menschen.«

»Hast du dir schon einen Titel dafür überlegt?«

»Nein. Was könnte für so eine grauenvolle Geschichte der passende Titel sein?«

»Das letzte Versprechen.« Der Opa schaute zum Himmel hinauf, wo sich die dicken Wolken ballten. »Wir haben unseres gehalten und du wirst deines halten.«

»Weißt du noch, Anni, wo wir gehaust haben, wie arm wir waren, wie nahe am Hungertod?«

Die Oma wackelte mit dem Kopf. Sie hatte inzwischen starke Diabetes und einen Tremor, beginnenden Parkinson. »Von deinem ersten Lehrgeld hast du dir das erspart, Anni!« Sie zeigte mit zitterndem Finger auf unser großes schönes Haus. »Du kannst wirklich stolz auf dich sein, Kind.«

»Das bin ich auch. Aber natürlich auch auf meinen Mann und meinen Sohn!«

»Der sprichwörtliche donauschwäbische Fleiß steckt auch euch in den Knochen!«

Tatsächlich hatte ich in den letzten fünf Jahren wieder voll im Akkord in der Firma Zirger gearbeitet. Die Technik war fortgeschritten, Siemens hatte auf Maschinen umgestellt, und ich musste so manche Umschulung mitmachen, bevor ich wieder auf dem neuesten Stand war. Aber ich hatte nie aufgegeben und immer weiter gearbeitet, um unsere immer neuen Bau-Schulden abbezahlen zu können.

Mein Sohn Fritz hatte inzwischen seinen Wahlberuf Automechaniker erlernt, in einer großen Autofirma in Rosenheim.

»Geh, Fritz, wo du eben noch angeboten hast, uns in den Banat zu fahren, könntest du mich stattdessen noch gschwind zur Alm hinauffahren, zur Gerlinde und meinen Patenkindern?«

Während all der Jahre, in denen wir so hart am Hausbau geschuftet hatten, hatte ich doch immer meinen Mann und meinen Sohn dazu gebracht, stets mit Lebensmitteln und kiloweise Obst zu der Alm hinaufzufahren, was im Winter bei hohem Schnee sehr beschwerlich war. So pflegte ich die Freundschaft zu Gerlinde und ihren Kindern, besonders zu ihren beiden ältesten Töchtern, den wunderhübschen Zwillingen Christel und Elfriede.

Eine von ihnen, Christel, lebt übrigens heute in Kanada, und die andere, Elfriede, hat 2014 der Schriftstellerin Hera Lind zum ersten Mal meine Geschichte geschickt. So habe ich das Versprechen eingehalten, das ich meinem Großvater damals gegeben habe. Ich verfüge ja bis heute nicht über Internet und habe alle meine Notizen und Berichte mit der Hand geschrieben.

Meine anderen Glücksmomente in diesen relativ unbeschwerten Jahren waren unsere wunderschönen Ausflüge beim Autosport. Orientierung, Slalom und Geschicklichkeits-Turniere führten Hans und mich über die Alpen, bis nach Italien und an den Gardasee.

Beim ADAC Bad Aibling und dem ACV München heimste ich durch meine Siege mehrere Pokale und Preise ein. Stolz stand ich im selbst genähten Dirndl mit einem riesigen Blumenstrauß als einzige Frau strahlend zwischen den Männern.

Bruckmühl, Firma Zirger, 1976

»Guten Morgen, Anni. Na, willst du einen neuen Rekord aufstellen?«

Der Chef, Herr Zirger, beugte sich über meine Schulter und beobachtete das Rattern meiner Nähmaschine. Mit rasender

Geschwindigkeit ließen meine routinierten Finger Pullover und Jackenärmel unter der surrenden Nadel hindurchgleiten, und ein Teil nach dem anderen glitt über das Fließband zur nächsten Näherin, wo es auf einen Haufen plumpste. Diese kam mit meinem Tempo kaum nach.

»Danke, Chef. Ich würde heute bitte eine Stunde früher gehen, aber ich arbeite mein Pensum in sieben Stunden ab und mache dafür keine Pause.«

»Schneide dir nicht den Finger ab, Anni, ich brauche dich noch. Du bist meine beste Kraft.«

Der Chef drückte mir kurz die Schulter und ging weiter. Es war erst sechs Uhr früh, aber ich funktionierte schon wieder wie ein Uhrwerk und machte die üblichen Doppelschichten.

»Warum musst du heute früher weg, Anni?« Meine Kollegin Lisi schaute mich fragend über ihre Brillenränder an. »Ich schaff dein Tempo nicht, stell deine Maschine langsamer ein!«

»Ach, nur die übliche Routineuntersuchung beim Frauenarzt. Du weißt schon. Krebsvorsorge.«

»Bah«, machte die Lisi. »Dös is grauslig.«

»Ja, schee is des ned«, gab ich im breitesten Bayrisch zurück. »Wie sie bei der Mammografie die Brüste einquetschen.«

»Das ist schon arg«, mischte sich jetzt eine weitere Näherin ein. Wir waren ein eingeschworenes Team, und trotz unserer konzentrierten Arbeit und dem Rattern der Maschinen konnten wir dabei über Frauenthemen ratschen. »Die quetschen sie wie Pfannkuchen.«

»Hals- und Beinbruch, Anni, wird scho schiefgehen«, riefen meine Kolleginnen, als ich mich eine Stunde vor Dienstschluss eilig davonmachte. »Bis morgen!«

»Ist ja nur Routine. Muss halt sein, gell!«

Schnell machte ich mich im Waschraum noch etwas frisch und eilte zu meinem letztmöglichen Achtzehn-Uhr-Termin nach Bad

Aibling. Wie immer war es nicht gerade angenehm, aber was sein musste, musste halt sein.

»Denken Sie an was Schönes«, munterte mich die Technische Assistentin auf, die das Gerät bediente. Und ich dachte an unsere wunderschönen Reisen mit dem Automobilverein. In sechzehn Bundesländer waren wir gefahren, und hatten so manche feucht-fröhliche Nacht mit unseren Freunden verbracht.

»Das war es schon, danke, Frau Eckardt, Sie können sich wieder anziehen!«

»Na dann, vergelt's Gott und schönen Abend!«

Erleichtert ging ich nach Hause, kümmerte mich um Haus und Garten, bereitete das Abendessen für meinen Mann, meinen Sohn und meine Mutter vor und ratterte weiter wie ein Uhrwerk vor mich hin. Um die Großeltern musste ich mich auch noch dringend kümmern …

»Na, wie war es gestern?« Meine Kolleginnen schauten kaum auf, während wir schon wieder Massenware produzierten.

»Was soll gestern gewesen sein?«

»Na, deine Dings, deine Vorsorge-Untersuchung?«

»Ach, die habe ich schon vergessen.« Ratter, ratter, ratter. »Wird wohl alles passen.«

Nach fünf Tagen lag der Befund im Briefkasten. Ich hielt den Brief in den Händen, drehte ihn hin und her und legte ihn zur Seite.

Ach was, nicht jetzt. Es war höchste Zeit zu kochen, meine Männer würden in Kürze heimkommen, und dann hatten sie Hunger bis unter die Arme. Meiner Mutter musste ich noch die Wäsche hinaufbringen, und die Bügelwäsche lag auch noch herum.

Ratter, ratter, ratter. Ich funktionierte weiter wie ein Uhrwerk. Wird schon nichts sein.

Im Eifer des Gefechts vergaß ich den Brief und ließ mich weiter von der Zeit auffressen.

»Gute Nacht, Anni, mach nicht mehr so lang!«

Mein Hans hatte sich bereits in das Schlafzimmer zurückgezogen, wo er neuerdings auch einen Fernseher hatte. So konnte er seinen Fußball und ich meine Romanzen unten im Wohnzimmer sehen. Als der Film aus war, fiel mein Blick wieder auf den Brief.

Ich starrte ihn eine Weile an wie ein lästiges Insekt. Am liebsten hätte ich ihn ungelesen in den Müll geworfen. Aber schließlich gab ich mir einen Ruck und öffnete ihn. Das ist wie Pflaster-Abziehen, Anni …

Ich las ihn einmal, zweimal und ein drittes Mal, und mein Herz blieb stehen.

»… Unterleibskrebs im Anfangsstadium … bösartiges Karzinom … bitte kommen Sie zur Besprechung … dringender Handlungsbedarf …«

Ich dachte, der Boden täte sich unter meinen Füßen auf.

»Krebs«, las ich immer wieder. Krebs, Krebs, Krebs. Das konnte doch gar nicht sein!

Ich hatte doch keinerlei Schmerzen oder Symptome! Mir stockte der Atem, das Blut rauschte mir in den Ohren, und der Boden unter meinen Füßen tat sich auf.

Ach, was! Angewidert schleuderte ich den Brief von mir. Ich gehe zu keiner Besprechung! Was gibt es denn da zu besprechen! Es kann mir doch keiner helfen! Habe ich nicht schon genug mitgemacht?

Seit meiner Fehlgeburt hatte noch einige Operationen am Unterleib über mich ergehen lassen müssen, darüber sprach man einfach nicht! Ich litt seitdem sehr darunter, dass ich kein Kind mehr bekommen konnte. Ein Kind, das ich mir so sehr gewünscht hatte.

Die Frauenklinik? Danke, nein! Ich wollte da nicht wieder hin! Das Einzige, was da nett gewesen war, war meine Begegnung mit

Gerlinde. Und dass ich jetzt zwei so wonnige Patenkinder hatte, meine Zwillinge. Aber würden die mir helfen können? Gerlinde hatte da oben auf ihrer Bergalm ja noch nicht mal Telefon!

Mein Mann Hans war der Letzte, dem ich damit in den Ohren liegen konnte. Und natürlich auch meiner Mutter nicht.

Mein Sohn wäre komplett damit überfordert, und meine armen kranken Großeltern konnten mir nun auch nicht mehr helfen.

Ich hatte einfach niemanden, keinen einzigen Menschen, dem ich mich in meiner Not und Angst anvertrauen konnte.

Nach einer schlaflosen Nacht an der Seite meines arglos schnarchenden Mannes schleppte ich mich morgens früh zur Arbeit in die Fabrik und setzte mich an meine Nähmaschine.

»Na, Anni, so schweigsam heute?«

»Ach, lasst mich, ich habe nur Kopfschmerzen.«

»Ja, der Föhn, gell? Wenn der über den Alpen hängt …«

Um zehn Uhr in der Pause fasste ich mir ein Herz und ging in das Büro des Chefs, zu Herrn Zirger. Dem konnte man immer mit seinen Sorgen und Nöten kommen, der war wie ein Vater zu uns.

»Servus, Anni, na, wo drückt denn der Schuh?«

Herr Zirger wies mir freundlich lächelnd einen Stuhl zu.

Zitternd sank ich darauf und reichte ihm wortlos den Brief, den ich in der Kitteltasche trug.

»Ja, mei, Anni …« Der Chef überflog den Brief und sah mich ernst an. »Du musst auf jeden Fall zum Arzt gehen, ich geb dir gleich frei.«

»Naa, Chef, i mag ned, ich kann doch jetzt nicht noch auf einen Schlag Krebs haben!«

»Anni? Soll ich erst mit Wattebäuscherl werfen?«

»Aber Chef, ich habe doch keine Schmerzen, bestimmt ist das ein Irrtum und sie haben mich verwechselt …«

»Das werden wir gleich haben.« Und bevor ich überhaupt noch

313

einmal widersprechen konnte, wählte der Chef die Nummer, die oben auf dem Arztbrief stand.

»Ja, es geht um die Frau Anna Eckardt ... ja, die bräuchte heute bei Ihnen ganz dringend einen Termin ... ja, sechzehn Uhr geht. Passt. Sie kommt. Danke.« Mit Nachdruck legte er den Hörer auf.

»Mama? Warum isst du denn nichts?«

Mein Sohn Fritz hatte wenigstens bemerkt, dass ich nur mit glasigem Blick in meinem Essen herumstocherte, während mein Mann Hans bereits ein Fußballspiel im Fernsehen verfolgte.

»Ah geh, die depperten Bayern, verlieren gegen Dortmund!«

»Mama ...?«

»Ach, nichts, Fritz, ich habe nur so viel Arbeit.«

Hastig stand ich auf und räumte das Geschirr zusammen. Er sollte meine Tränen nicht sehen. Mir schwirrte der Kopf. Heute Nachmittag in der Praxis hatte der Arzt über eine Stunde lang mit mir meine Einweisung ins Krankenhaus Kolbermoor besprochen, wo er Belegbetten hatte. Es war Mittwoch, und schon am nächsten Montag sollte ich operiert werden.

»Es ist bösartig, Frau Eckardt, da beißt die Maus keinen Faden ab. Je eher, desto besser. Es werden noch schwere Zeiten durch Chemo und Bestrahlung auf Sie zukommen ...«

Und ich ließ mir nichts anmerken. Drei Arbeitstage würde ich noch in der Fabrik arbeiten. Ich hatte beschlossen, niemandem etwas zu sagen, kein Sterbenswörtchen.

Zu meinem Chef, Herrn Zirger, sagte ich nur beiläufig, dass alles in Ordnung sei.

Innerlich sträubte ich mich dermaßen gegen das Krankenhaus Kolbermoor, dass ich mir einbildete, ich würde es nicht mehr lebend verlassen.

Meine Traumata aus der Kindheit kamen wieder hervor und ergossen sich aus dem Unterbewussten in mein Angstzentrum.

Niemand hatte sich je um meine Ängste gekümmert, ich hatte weder Zeit noch überhaupt nur die Idee, mich jemals einem Psychotherapeuten oder Psychologen anzuvertrauen. Meine Urängste lagen alle noch da, sie waren nur notdürftig verscharrt wie all die Toten in Rudolfsgnad. Nein, ich wollte nicht ins Unbekannte, nein, ich hatte Angst vor fremden Menschen, nein, ich wollte mich nicht aufschneiden lassen, ich wollte nicht ausgeliefert sein, nicht die Kontrolle verlieren …

Die Panikattacken rollten in heißkalten Wellen über mich, während ich nach außen hin versuchte, ganz ruhig zu bleiben und routiniert meine Arbeit zu verrichten.

»Ist auch wirklich alles in Ordnung, Anni?« Der Chef kam heute öfter als sonst an meinem Arbeitsplatz vorbei.

»Ja, Chef. Alles in Ordnung. Es ist nix.«

»Na, dann ist es ja gut.« Mit verschränkten Händen auf dem Rücken ging er weiter auf seinem üblichen Kontrollgang. Aber er hatte mich im Auge. Das spürte ich genau.

Die meterhohen Angstwellen rollten immer heftiger über mich, mir brach der kalte Schweiß aus, meine Hände begannen zu zittern.

»Autsch!« Verdammt! Jetzt hatte ich mich doch gestochen! Reflexartig zog ich den Finger weg und steckte ihn in den Mund. Es schmeckte nach Blut.

»Anni!«

»Ach, verdammt!«

»Stell die Maschine ab und geh zum Arzt. Du schaffst das, du bist ein starkes Mädchen.«

Wie aus dem Boden geschossen stand der Chef hinter mir.

»Ja, Chef.«

Zitternd stand ich auf, nahm meine Handtasche und rannte weinend in die Garderobe. War ich ein starkes Mädchen? Ich war ein traumatisiertes Mädchen! Nie hatte sich jemand meiner tief verletzten Seele angenommen, außer meinen Großeltern. Alles hatte ich immer nur mit harter Arbeit kompensiert. Hatte ich deshalb jetzt Krebs? Wehrte sich mein Körper gegen meine innerlich so verhärtete Seele? Ich hatte es doch nicht gelernt, lieb und rücksichtsvoll mit mir selbst zu sein.

Weinend und völlig kraftlos saß ich in der Garderobe, unfähig, eine Entscheidung zu treffen.

Es war Freitag um kurz vor fünf. Gleich war Wochenende. Am Montag früh um acht sollte die OP sein. Und ich würde einfach nicht hingehen!

Plötzlich öffnete sich die Tür, und der Chef stand vor mir.

»Anni, du bist ja immer noch hier! Ich kenne dich jetzt seit zwanzig Jahren. Mir kannst du nichts vormachen. Du tust jetzt, was getan werden muss, ist das klar? Kennst du denn niemandem, dem du vertrauen kannst?«

Bad Aibling, August 1976

Wie von der Tarantel gestochen lief ich zur Praxis von Dr. Knerr. Ihn kannte ich von meinen mehrmaligen Aufenthalten in der Klinik in Rosenheim, nach der Fehlgeburt und den anderen Operationen.

Mit plötzlicher Entschlossenheit klingelte ich an der Praxistür.

»Ja, bitte?«, ertönte es durch die Sprechanlage. Eine Frauenstimme.

»Bitte, ich möchte einen Krebstest machen!«

Der Summer wurde betätigt, die Tür sprang auf. An der Rezeption der Praxis saß eine junge Frau, im Begriff, Feierabend zu machen. Sie zog sich gerade mithilfe eines Handspiegels die Augenbrauen nach und prüfte ihr Make-up. Sie wirkte wie ertappt, als ich eintrat, und fuhr ärgerlich auf ihrem Drehstuhl zu mir herum.

»Haben Sie einen Termin?«

»Nein.«

»Können Sie nicht am Montag früh wiederkommen? Wir öffnen um acht.«

Da liege ich schon unter dem Messer, schoss es mir durch den Kopf. Oder ich sitze in der Fabrik und stecke den Kopf in den Sand. Nein, das geht nicht, weil Herr Zirger mir im Nacken sitzt.

»Nein. Bitte. Es ist dringend. Bitte machen Sie eine Ausnahme …« Mein Herz raste, meine Hände waren schweißnass, und ein dicker Kloß in meinem Hals schwoll auf die Größe eines Tennisballs an. Ich rang schon nach Luft, weil eine Panikattacke sich in mir aufbaute …

Kopfschüttelnd rief die Sprechstundenhilfe den Arzt an, der im selben Haus auch seine Privaträume hatte. »Hier ist eine Frau, die lässt sich nicht abschütteln … wie heißen Sie?«

»Eckardt. Anna Eckardt.«

»Er kommt noch mal runter.«

»Oh. Gott sei Dank.«

»Aber das übernimmt die Kasse jetzt nicht …«

»Nein, nein, den zahle ich jetzt direkt in bar.« Mit zitternden Händen legte ich die sechzig Mark hin, die dieser Krebstest außerhalb der Sprechstunden kostete.

Der Arzt nahm mir Blut ab und legte das Röhrchen beiseite. »Frau Eckardt, so schnell kriegen wir kein Ergebnis mehr. Warten Sie den Montag ab, kommen Sie zu mir in die Klinik.«

»Aber dann ist es zu spät …« Jetzt brach ich doch noch in Tränen aus, so fertig war ich mit den Nerven! »Ich soll in Kolbermoor unters Messer, aber da kenne ich doch keinen …«

Der Arzt wollte eigentlich gerade segeln gehen, wie ich an seinem schönen dunkelblauen Pullover mit dem Logo »Chiemsee« erkennen konnte.

»Frau Eckardt, ich verspreche Ihnen, dass ich mich als Erstes am Montag um Sie kümmern werde. Wenn Sie sich mit dem

Krankenhaus Kolbermoor so unwohl fühlen, dann kommen Sie zu mir nach Rosenheim. Und vielleicht ist ja auch gar nichts.«

Er stand auf und tätschelte mir die Schulter. »Und jetzt gehen Sie nach Hause und ruhen sich aus.«

Der Termin in Rosenheim machte mich ruhiger. »Und vielleicht ist ja auch nichts.« An diesen Satz klammerte ich mich wie ein Kleinkind an den Rockzipfel seiner Mutter. In der Hoffnung, dass alles nur ein böser Traum war, fuhr ich am Montag früh statt zur Arbeit ins Krankenhaus, wo Dr. Knerr mich bereits um acht Uhr früh erwartete.

»Frau Eckardt, ich muss Ihnen leider klar und deutlich sagen, dass bei diesem Test auch nichts anderes herauskommen wird. Wir machen jetzt noch mal das volle Programm, von Ultraschall bis Mammografie, obwohl ich ja hier alle Röntgenbefunde schon vorliegen habe …«

Und dennoch klammerte ich mich an die Hoffnung, dass diesmal der Befund klarstellen würde, dass es sich um etwas Gutartiges handelte. Es musste doch einmal gut für mich ausgehen, und nicht immer nur für die anderen.

Während der nächsten zehn Tage sprach ich mit keinem Menschen darüber. Alles machte ich mit mir alleine aus. Wem hätte ich mich anvertrauen können? Meine Großeltern wollte ich damit nicht belasten, sie waren nun selbst schon sehr gebrechlich. Meine Mutter würde auch keinerlei Gefühle für mich aufbringen, mein Mann würde sich eher belästigt fühlen, und mein Sohn Fritz konnte mit solchen Frauendingen überhaupt nichts anfangen.

Meine Freundin Gerlinde war zu weit weg oben auf ihrer Alm und hatte selbst alle Hände voll zu tun.

Nun kamen Tage, die unerträglich waren. Ich erlebte diesen Schwebezustand zwischen törichter Hoffnung und Todesangst wie in Trance und funktionierte nur noch.

Und dann kam der Anruf aus Rosenheim: »Bitte kommen Sie zur Befundbesprechung.«

Ich weiß gar nicht mehr, wie ich dorthin gekommen bin; ich sehe mich noch in der Ambulanz sitzen, und Dr. Knerr sah mich ernst und bestimmt an: »Frau Eckardt, wir können es nicht schönreden, es ist Krebs. Bevor er streut, machen wir so schnell wie möglich einen OP-Termin aus, und zwar lieber gestern als heute.«

»Aber …«

»Und bitte nicht morgen oder gar übermorgen. Sie sind sich jetzt einmal selbst am wichtigsten. Haben Sie mich verstanden?«

Bad Aibling, 11. September 1976

Als ich vom Krankenhaus nach Hause kam, war es, als geriete ich in einen Albtraum. Da saß weinend mein Großvater vor der Terrassentür auf der Bank.

»Was ist los, Großvater?« Ich half ihm auf die Beine und führte ihn ins Wohnzimmer.

»Die Großmutter ist nach einem Zuckerschock ins Koma gefallen!«

Der Himmel brach über mir zusammen. Mit meinem gebrechlichen Großvater fuhr ich auf der Stelle zu ihr ins Krankenhaus.

»Hallo Großmutter, wir sind da!« Weinend sank ich an ihr Bett und hielt ihr die zuckenden Hände. »Ich bin hier, Großmutter, du bist nicht allein!«

Die leblose alte Frau lag in einem Krankenzimmer mit sechs Patientinnen in einem Bett in der Ecke hinter einem Vorhang. Der Tod hatte schon seine Hände nach ihr ausgestreckt; ihr Gesicht war wächsern, die Augen lagen in schwarzen Höhlen, ihre Mimik war schon völlig entstellt, man hatte ihr das Gebiss herausgenommen. Ihre knöchernen Hände lagen wirr und wehrlos auf ihrer dünnen Zudecke, zuckten und suchten offenbar verzweifelt nach Erlösung. Immer wieder griff ich nach diesen Händen, aber sie wollten sich nicht mehr halten lassen. »Großmutter, ich bin hier! Ich lasse dich nicht allein!«

Doch sie hörte mich nicht mehr. Immer wieder versuchten diese Hände, etwas glatt zu streichen, etwas auszubügeln, etwas zu ordnen und zu schlichten. Es waren dieselben Hände, die mich als kleines Mädchen gehalten hatten, als die Partisanen mich meiner Mutter aus den Armen rissen. Es waren dieselben Hände, die mich getröstet hatten, die mir zu essen gegeben und mich gewärmt hatten. Ich sah diese Hände, wie sie blutend und rissig über den Schotter des Bahngleises krochen, um den Zug zu erreichen, in den die Partisanen mich als Sechsjährige geworfen hatten. Ich sah diese Hände noch einmal am vergitterten Fenster des rumänischen Kinderheims, in dem ich hätte verhungern sollen. Diese Hände hatten mir Essen zugesteckt, diese Hände hatten am Stacheldraht für mich die Erde aufgelockert, damit ich mich mit den anderen beiden kleinen Mädchen hindurchgraben konnte. Diese Hände hatten mir das Leben gerettet. Diese Hände hatten mich immer wieder aufgefangen, als ich mich von meiner Mutter zurückgewiesen fühlte, sie hatten mir immer wieder die Tür geöffnet. Sie hatten mir über den Kopf gestrichen, als ich die Schule nicht schaffte, sie hatten mir Geld zugesteckt, als ich in Nöten war, sie hatten mir den Bausparvertrag hingelegt. Diese Hände waren für mich der Segen des Himmels gewesen. Immer und immer wieder.

Tränenblind starrte ich darauf, schickte Stoßgebete zum Himmel, dass der Herrgott meine geliebte Großmutter bald von ihren Qualen erlösen möge.

Ich konnte mich doch jetzt nicht operieren lassen! Die Großmutter brauchte mich, und der Großvater auch!

An diesem verregneten Novembertag saß ich mit meinem weinenden Großvater im Auto, um ihn nach Hause zu fahren. »Ich werde dich jeden Tag ins Krankenhaus fahren, Großvater. Wir lassen die Großmutter nicht allein. Ich bin für euch da, wie ihr für mich da wart, das verspreche ich euch.«

Und wenn ich selber dabei draufgehe, dachte ich schon fast abgeklärt. Ich bin nicht wichtig.

Die Nebelschwaden standen tief und feucht in den Wiesen, und der Sturm zerrte die letzten Blätter von den Bäumen, und ich sah mich selbst, wie der Sturm des Lebens mir die letzte Lebensenergie aus den Adern saugte. Was, wenn der Krebs schon gestreut hatte? Viel zu lange hatte ich damit gewartet! Ich musste doch für Fritz und Mutter weiterleben …

»Da stehen zwei Mädchen am Straßenrand!«

Automatisch trat ich auf die Bremse. Was war denn das? Bei dem Wetter?

Schon von Weitem sah ich die beiden in dünnen T-Shirts und Sandalen im strömenden Regen stehen und winken.

»Das sind ja die Kinder von Miranda und Sepp! Um Gottes willen, was ist passiert?«

Ich hielt an und sprang hinaus. »Nadine, Manuela!«

Zuletzt hatte ich die kleine Nadine gesehen, als sie mit der fremden Frau aus dem Lebensmittelgeschäft gekommen war, und Manuela als Anderthalbjährige auf dem Rücksitz ihrer Mutter. Jetzt waren sie zehn und acht!

»Ihr holt euch ja den Tod, was macht ihr hier, wo ist eure Mama?«

»Tante Anni, du musst uns mitnehmen, die Mama ist abgehauen!« Schlotternd und frierend stammelten die Mädchen allerlei zusammenhangloses Zeug. »Sie ist mit unseren beiden kleinen Schwestern zu einem anderen Mann gezogen!« Sie weinten und zitterten. Waren sie etwa in diesem Aufzug vom Nachbardorf, wo Miranda in einer runtergekommenen Kaschemme arbeitete und die Kinder sich selbst überließ, bis zu dieser Landstraße gelaufen? Und was war das für eine entsetzliche Beule auf Nadines Stirn? Als wäre sie gegen eine Tischkante geflogen …

Sofort klappte ich meinen Sitz um und ließ die beiden einsteigen. Ich riss mir die Jacke vom Leib und wickelte die beiden, so gut es ging, darin ein. »Wohin ist eure Mama denn abgehauen?«

»Sie hat die Christine und Sabine mitgenommen und hat uns angeschrien, wir Bastarde sollten doch sehen, wie wir zu dir kommen!«

Ich drehte die Heizung auf Hochtouren und gab Gas.

Im Rückspiegel sah ich die Augen von Nadine und wusste sofort, sie hatte Entsetzliches mitgemacht. Damals, als Miranda uns das Kind weggerissen hatte, hatte die Kleine geschrien und geweint und ihre Ärmchen nach mir ausgestreckt, aber Miranda hatte darauf bestanden, dass das Kind ihr helfen müsse mit der kleinen Manuela. Eine damals Vierjährige sollte auf die Anderthalbjährige aufpassen, während Miranda arbeiten ging! Später hatte sie Nadine offensichtlich in die Obhut dieser fremden Frau gegeben, die mit ihr aus dem Lebensmittelladen kam. Inzwischen hatte Miranda vier kleine Mädchen! Wir hatten damals den Kontakt zu Hans' Bruder Sepp und seiner Frau abgebrochen, zu tief saß der Schmerz. Ich hatte doch selbst ein kleines Mädchen verloren, und sie hatte mir auch noch Nadine entrissen. Obwohl wir ahnten, dass diese verrückte Frau die kleinen Mädchen misshandelte, wollte ich damals Abstand gewinnen.

Sie hatte mir Prügel angedroht, wenn ich noch einmal das Jugendamt einschalten würde. Wir hatten uns nicht mehr eingemischt – welche Schande!

»Großvater, jetzt fahren wir erst zu mir nach Hause, ist das in Ordnung für dich?«

Mein Großvater reagierte gar nicht. Er hatte gerade seine Frau womöglich zum letzten Mal lebend gesehen! Wie viel Leid hatten die beiden miteinander geteilt, und wie sollte er ohne sie weiterleben? Ich konnte seinen Schmerz nur erahnen.

Zu Hause angekommen, sah ich meinen Mann in der Garage herumwerkeln. Er hantierte wieder mal an seinem geliebten Auto herum, die Motorhaube stand offen. Noch immer hatte ich ihm nichts von meinem Krebs gesagt, und nun kam ich mit zwei neuen Katastrophen an: Großvater und die Mädchen! Mit starkem Herzklopfen stieg ich aus dem Auto. Jetzt würde sich zeigen, wie es mit seinem Versprechen vor dem Traualtar stand: In guten und in schlechten Zeiten.

»Schau mal, Hans, wen ich dir hier bringe!« Naiv und gutgläubig, wie ich war, hoffte ich auf ein bisschen Unterstützung, auf Hilfe, moralisch wie praktisch.

Hans hielt die Zange in der Hand und wischte sich das Motoröl am Blaumann ab.

»Was schleppst du denn nun schon wieder für eine Bagage an? Ich habe jetzt wirklich keine Zeit.«

»Nein, sieh doch mal, es sind deine Nichten, Nadine und Manuela.« Unwillig spähte er zum hinteren Autofenster hinein, wo die beiden armen Wesen vor sich hin zitterten.

»Was wollen die denn hier? Und außerdem sind das nicht meine Nichten.«

»Die standen am Straßenrand, ohne Mantel und Schuhe, ihre Mutter ist abgehauen.«

Er kratzte sich am Hinterkopf. »Na ja, dann hast du ja deine Kinder. Von mir aus kannst du die Mädchen behalten, aber nur bis zu meinem Geldbeutel.«

Er wendete sich wieder seiner Motorhaube zu.

Fassungslos lief ich ins Haus, verfrachtete Großvater auf das Sofa und die beiden völlig ausgekühlten Mädchen in die heiße Badewanne. Oh Gott, welch ein Grauen, als ich ihnen die dünnen durchnässten Fetzen auszog! Sie waren über und über mit blauen Flecken und Striemen übersät. Dazu waren sie unterernährt und völlig unterkühlt. Ich konnte kein Wort sagen, die Tränen liefen mir ununterbrochen aus den Augen, das war alles zu viel für mich.

»Mama«, schrie ich durch das Treppenhaus nach oben. »Mama, komm runter und sieh dir das an!« Besonders Nadine war auf das Schändlichste misshandelt worden.

Auch meine Mutter schlug die Hände über dem Kopf zusammen. »Oh Gott, Kind, was haben sie mit dir gemacht!« Ganz fahl im Gesicht, gebückt und traurig stand das kleine Wesen vor mir, als ich sie aus der Wanne hob. Ich wickelte sie schnell in ein großes, flauschiges Handtuch und traute mich gar nicht, sie trocken zu rubbeln, weil ihr ganzer Körper voller Blutergüsse war.

»Was ist das für eine entsetzliche Beule auf der Stirn?«

»Die Mama hat mich ins Gesicht geschlagen mit ihrem Stöckelschuh!«

»Oh Gott, das müssen wir der Polizei melden.«

»Und dann kommt das Jugendamt …«

»Oh bitte, Tante Anni, gib mich nicht mehr weg«, flehte das bibbernde Kind in meinen Armen.

Plötzlich hatte auch meine Mutter Tränen in den Augen. »Nein, kleine Nadine, wir geben dich und Manuela nicht mehr weg.«

Ich konnte das Kind mit einem Kamm nicht frisieren, der Kopf war voller Beulen.

»Ich musste der Mama immer mit den anderen drei Mädchen helfen, und wenn ich was nicht konnte, hat sie mich an den Haaren gezogen und die Treppe hinuntergetreten …«

So knieten wir da im Badezimmer, weinend und fassungslos, jede ein misshandeltes kleines Mädchen im Arm, als plötzlich die Tür aufflog und mein ahnungsloser Fritz in seinen Bundeswehrklamotten mit Stiefeln und Parka auf der Matte stand.

Er hatte einen riesigen Wäschesack dabei, den er mir gleich vor die Waschmaschine kippen wollte, wie jedes Wochenende.

»Was ist denn hier los? Ach du Scheiße, was haben sie denn mit denen gemacht?«

Sofort sah auch mein Sohn, dass die Kinder misshandelt worden waren.

Er warf seinen Wäschesack von sich und ging auf die Knie: »Mama, ich helfe dir, wir müssen die Kinder hierbehalten, egal, was der Papa dazu sagt.«

Das fand ich so rührend, dass ich in Tränen ausbrach. Ich musste doch ins Krankenhaus, ich sollte doch operiert werden! Und die Oma lag im Sterben!

»Mama, wir sind zu dritt, wir halten gegen den Papa zusammen.« Und zu den Kindern sagte er: »Weint nicht mehr, habt keine Angst. Wir haben Platz, und wir regeln das.«

Ich war so unendlich stolz auf meinen Fritz, der keine überflüssigen Worte machte, sondern gleich an der Lösung arbeitete. Während er bereits die Betten überzog, schlich ich hinunter ins Wohnzimmer, rief im Krankenhaus Rosenheim an und sagte meine bevorstehende Operation ab.

»Frau Eckardt, Sie müssen wissen, was Sie tun, aber ausdrücklich gegen meinen ärztlichen Rat!«

Ich versuchte, dem Arzt zu erklären, was sich gerade bei uns zugetragen hatte, doch der sah die Dringlichkeit meiner Operation im Vordergrund.

»Können Sie die Mädchen nicht bei Verwandten unterbringen?«

Nein, das konnte ich nicht! Sie durften jetzt nicht abgeschoben werden.

Traumatische Urängste krochen erneut in mir hoch, ich sah mich selbst als kleines Mädchen in diesem entsetzlichen Kinderheim vor mich hinvegetieren, ich spürte diese Angst, von zu Hause fortgerissen und von meiner Mutter verlassen worden zu sein, so schmerzhaft und deutlich, dass ich keinen anderen Gedanken hatte: Jetzt muss ich genau das tun, was damals meine Großmutter für mich getan hat! Sie verlässt gerade diese Welt, und das, was sie mir noch mit auf den Weg gibt, ist glasklar zu erkennen: Jetzt darf ich nicht an mich denken, sondern nur an die beiden hilflosen kleinen Mädchen, die Fürchterliches durchgemacht haben. Ihr Urvertrauen in mich darf auf keinen Fall zerstört werden!

Nach wie vor hatte ich weder meiner Mutter noch meinem Mann, noch meinem Sohn von meinem Krebs erzählt. So vergingen wieder einige Wochen, in denen ich versuchte, den kleinen Mädchen ein Heim zu geben und den Alltag mit ihnen zu meistern.

»Liebes, in welche Schule gehst du denn?«

»In die dritte Klasse Sonderschule.«

»Und du, Manuela?«

»Ich gehe in die erste Klasse Volksschule im Dorf. Die Nadine ist ganz traurig, weil sie im Dorf niemanden zum Spielen hat! Die lachen sie immer aus und sagen, sie ist deppert, weil sie auf die Hilfsschule geht!«

Dabei war das Kind ganz und gar nicht deppert, sondern nur schwer verstört! Nie hatte ihre Mutter mit ihr Hausaufgaben gemacht, geschweige denn sie gefördert, sie musste schon mit vier Jahren Hausarbeiten erledigen und auf ihre kleinen Schwestern aufpassen, während Miranda sich nachts als Barfrau verdingte.

So eine Ungerechtigkeit konnte doch nicht auf dem Rücken des Mädchens ausgetragen werden!

Ich versuchte alles, um sie in die Volksschule zurückzubekommen, wohin sie hätte zu Fuß gehen können. Die Schule war ganz in unserer Nähe, während die Sonderschule zwanzig Kilometer entfernt lag. Doch die Lehrer gaben mir kein grünes Licht. Auch der Schularzt, zu dem ich Nadine brachte, sah keine Möglichkeit für eine Rückführung auf eine Regelschule.

»Sie kann dem Lernstoff nicht folgen, sie kann sich nicht konzentrieren, sie braucht mindestens dreimal in der Woche psychologische Betreuung.«

»Dann werde ich sie dahin fahren. Ich gebe meinen Job in der Fabrik auf. Und das letzte Wort zum Thema Rückführung in eine Regelschule ist noch nicht gesprochen!«

Weihnachten stand vor der Tür, und sie sollten es schön haben. Wir bastelten einen Adventskranz und sangen zusammen Weihnachtslieder. Ihre matten Augen bekamen wieder ein wenig Glanz, als sie in den Kerzenschein blickten. Wir backten zusammen Plätzchen. Ich kümmerte mich um die Schule und ihre Hausaufgaben. Auch Fritz, der am Wochenende von der Bundeswehr nach Hause kam, kümmerte sich rührend um die beiden Mädchen und behandelte sie fast wie kleine Schwestern. Meine Mutter ging mir ebenfalls sehr zur Hand. Nur mein Mann Hans blieb immer öfter von zu Hause weg; angeblich hatte er auf verschiedenen Baustellen zu tun, aber es wurde auch abends immer später.

Irgendwann blieb er auch über Nacht weg. Ich lag allein in meinem Bett und konnte nicht schlafen: Was tat er, wo war er, hatte er eine andere Frau kennengelernt? Warum ließ er mich so im Stich, in dieser schweren Zeit, da ich ihn so dringend brauchte?

Und dann trugen wir drei Tage nach Weihnachten auch noch meine geliebte Großmutter zu Grabe. Jeden Tag hatte ich sie noch gemeinsam mit meinem Großvater besucht, dann mussten wir endgültig von ihr Abschied nehmen. Und Großvater würde ihr nur wenige Wochen später folgen.

»Mama, ich muss dir etwas sagen.«

Ich hatte mir ein Herz gefasst und war zu meiner Mutter nach oben gegangen, in ihre Wohnung über den Garagen. Hans glänzte immer mehr durch Abwesenheit, und Fritz war bei der Bundeswehr.

»Was ist los, Anni, du bist ja ganz bleich im Gesicht?«

Meine Mutter war inzwischen knapp sechzig Jahre alt, wirkte aber wie Mitte siebzig.

»Mama, ich bin sehr krank. Ich muss zu einer Operation ins Krankenhaus Rosenheim, es lässt sich nicht mehr länger aufschieben.« Mein Mund war so ausgedörrt, dass ich kaum sprechen konnte.

Meine Mutter wurde kreidebleich, ihre Finger zitterten so heftig, dass sie die Zeitschrift nicht mehr halten konnte, in der sie gerade geblättert hatte. Es war kurz nach acht am Abend, die Kinder gerade im Bett.

»Kind, das kannst du mir nicht antun …« Die Zeitschrift glitt zu Boden.

»Mama, frag nicht, was ich habe.« Ich sank vor ihr auf die Knie und umfasste ihre Hände: »Mama, schaffst du das mit den Kindern für zwei, drei Monate?«

Mit aufgerissenen Augen starrte sie mich an. »Wie soll ich Nadine zu ihrer Therapie bringen …«

»Es geht nicht anders, Mama. Nach der Operation muss ich mich einer Chemotherapie unterziehen.«

Meine Mutter konnte nicht sprechen. Sie starrte mich minutenlang an, und ich sah ihre Gehirnzellen arbeiten.

»Mama, bitte lass mich jetzt nicht im Stich«, flehte ich sie unter Tränen an. »Ich will Nadine und Manuela behalten …«

Und plötzlich löste sich ein Knoten in ihr. Sie sah sich selbst in Lazarfeld mit ihrem Bündel auf dem Rücken in der Reihe stehen,

wie Partisanen mich ihr aus den Armen rissen und mit dem Gewehrkolben aus der Stadt trieben, und mich als Fünfjährige, die
schreiend die Arme nach ihr ausstreckte und nach ihr schrie. Ich
konnte den Film in ihren Augen abspielen sehen.

Ihr Blick war so voller Schmerz und Liebe, dass es schon wehtat.

»Kind, ich lass dich nicht im Stich … und wenn ich mit dem
Taxi zur Therapie fahre. Dafür reicht meine Rente noch.«

»Wir schaffen das, Mama, wir halten zusammen …«

Und nun weinten wir beide, Arm in Arm, dort oben in ihrer
Kammer, und hielten uns in den Armen. Unten schliefen die Kinder, die uns ihre kleinen zerstörten Herzen anvertraut hatten.

»Der Fritz kommt jedes Wochenende und kümmert sich, er
kann auch die Einkäufe mit dem Auto übernehmen, er erledigt
alles, was unter der Woche liegen bleibt …«

»Ja, Kind. Es ist gut. Wir schaffen das.« Meine Mutter hielt
mich auf Armeslänge von sich ab: »Komm du mir einfach nur
gesund wieder nach Hause. Du bist stark, Anni. Alles wird gut.«

Ich drückte sie fest an mich, meine Mama, und weinte in ihren
Armen.

»Danke, Mama.« Und ich sagte nur immer wieder: »Danke,
Mama. Danke, dass es dich gibt.«

Rosenheim, Städtisches Krankenhaus, 19. März 1977

»Guten Morgen, meine Damen! Chefvisite! Wie geht es uns denn
heute?«

Draußen kämpften sich bereits die ersten Frühlingsknospen
durch die letzten Schneeflecken unter meinem Fenster, und bald
würden die Forsythien in meinem Garten blühen.

Wie jeden Samstag um neun Uhr früh rauschten die frisch

gestärkten Weißkittel herein, und wir vier Frauen auf der Krebsstation zupften uns noch schnell das Nachthemd zurecht. Meine Bettnachbarin Elke sprühte sich sogar heimlich noch etwas Kölnischwasser in den Ausschnitt.

Dr. Knerr, der mich operiert hatte, ging von Bett zu Bett, gefolgt von seinem Stab junger Ärztinnen und Ärzte, die sich an jedem Fußende mithilfe eines Klemmbrettes Notizen machten. Hier und da wurde etwas geplaudert, und zu den jeweiligen Untersuchungen zog die Oberärztin immer diskret einen Vorhang zu.

»Na, und wie geht es Ihnen, Frau Eckardt?«

Nun betrat die Delegation mein kleines Reich.

»Herr Doktor, die Anni brauchen Sie gar nicht zu fragen, die sagt ja sowieso immer ›Gut‹!«

Elke, deren Kölnischwasser-Wolke noch durch meinen Vorhang waberte, wollte wohl einen Scherz machen.

Aber sie hatte ja recht. Ich beteuerte seit Wochen, dass es mir gut ginge, denn ich wollte so schnell wie möglich heim.

»Herr Doktor, wann werde ich entlassen? Es warten zu Hause drei Kinder und meine alte Mutter auf mich!«

»Frau Eckardt, ich kenne Sie inzwischen gut genug, um zu wissen, dass Sie unbedingt noch Ruhe brauchen. Sie denken immer zuletzt an sich, und die Konsequenz haben Sie doch zu spüren bekommen!« Streng blickte der Chefarzt mich an, und sein Kollegenstab im Hintergrund blickte betreten zu Boden.

»Wir sind noch nicht fertig mit Ihrer Chemotherapie, und auch wenn Sie alles tapfer und ohne zu murren über sich ergehen lassen, so gehen wir doch diesmal auf Nummer sicher.«

Damit tätschelte der Arzt mir die Wange, zog den Vorhang wieder auf und wehte von dannen. Ja, so war das damals.

Seit drei Monaten lag ich nun in dieser Klinik, und alle kümmerten sich rührend um mich.

Endlich konnte ich innerlich aufatmen, den ganzen Stress

hinter mir lassen, und trotz der Schmerzen nach der Unter-
leibs-OP und der Nebenwirkungen von der damals noch sehr
heftigen Chemotherapie ließ ich es zu, einfach nur hier zu liegen.
Die Krankenschwestern brachten dreimal täglich das Essen auf
einem grauen Tablett, und ansonsten plauderten und lachten wir
Frauen, lasen, lösten Kreuzworträtsel oder bekamen Besuch.

Mein Mann Hans besuchte mich einmal in der Woche, mittwochs gegen Abend. Über meine Krankheit sprachen wir kein
Wort. Wir taten so, als hätte es sie nie gegeben.

Immer brachte Hans mir kleine Zettel von den Mädchen mit.
Zeichnungen, kleine Liebesbriefe. Unser Haus, gemalt mit Bunt-
stiften. Kleine Vögelchen, die in den Zweigen sitzen. Unsere Berge, die Aussicht vom Fenster aus. Blümchen, Ranken, die Sonne.

»Tante Anni, uns geht es gut!«

»Tante Anni, wir warten auf dich!«, geschrieben von krakeliger
Kinderhand.

Auch meine Mutter schrieb mir Zettel: »Es ist alles in Ordnung.
Werde nur gesund. Wir warten so auf dich. Komm bald nach
Hause.«

Das gab mir Kraft.

Siebzehn kleine Zettel konnte ich Mitte Mai 1977 mit nach
Hause nehmen.

Siebzehn Wochen war ich in der Klinik gewesen und hatte
sechzehn harte Chemos über mich ergehen lassen, damals noch
im »Bunker«. Sehr geschwächt verließ ich die Klinik, aber es war
alles gut gegangen.

Bad Aibling, Jugendamt, 18. Mai 1977

»Von mir aus kannst du die Mädchen behalten, aber nur bis zu
meinem Geldbeutel.« Dieser Ausspruch meines Mannes saß mir

hart im Genick. Bis jetzt hatte ich alle Ausgaben für Nadine und Manuela von meinem eigenen Geld bestritten.

Als ich wieder etwas zu Kräften gekommen war, wagte ich den Gang zum Jugendamt.

Herr Kutschera, den ich vor etlichen Jahren schon einmal aufgesucht hatte, war für das Pflegegeld zuständig. »Erinnern Sie sich noch an mich? Ich hatte Sie damals gebeten, bei meiner Schwägerin Miranda nach dem Rechten zu sehen. Da ist jahrelang nichts geschehen!«

»Grüß Gott, Frau Eckardt, ich habe hier die Unterlagen ...« Der grobschlächtige Mann in der grauen Trachtenjoppe fuhr auf seinem Drehstuhl ächzend nach hinten, wo er die Akte aus einem Regal angelte. Vor ihm stand ein Teller mit einem Leberwurstbrot und eine Thermoskanne mit Kaffee.

Mir zog sich der Magen zusammen, als ich das roch. Noch immer konnte ich nach der Chemo nicht viel bei mir behalten.

»Sie kümmern sich also nun um die beiden? Also Sie sind mit den Mädchen verwandt?«

»Nein, eigentlich nicht. Sie sind die Töchter des Bruders meines Mannes.« Falls sie es überhaupt sind, dachte ich still in mich hinein.

»Also sind Sie die angeheiratete Tante.«

»Ja.« Was sollte denn das jetzt? Tatsache war, dass ich bis jetzt keinen Pfennig Pflegegeld gesehen hatte, und das seit fast einem Dreivierteljahr. Deswegen war ich ja hier.

»Das fällt unter den Paragrafen verwandt oder verschwägert.« Der Beamte biss herzhaft in sein Brot, und der Geruch nach grober Leberwurst bewirkte, dass sich mir fast der Magen umdrehte.

»Da können wir Ihnen kein Pflegegeld erstatten.«

»Aber das Kindergeld!« Ich wedelte mir mit der Akte Luft zu. »Meine Schwägerin bekommt doch Kindergeld für die beiden! Das steht doch seit Herbst letzten Jahres mir zu!«

Herr Kutschera murmelte sich etwas in den Bart, in dem inzwischen auch ein paar Krümel hingen, und hängte sich ans Telefon.

»Darf ich inzwischen das Fenster öffnen?«

»Ja, tun Sie sich keinen Zwang an.« Er knurrte sich was von Menopause und Hitzewallungen und seine Oide hätte das auch in den Bart.

Nachdem er sein Gespräch und sein zweites Frühstück beendet hatte, zündete er sich eine Zigarette an. »Also, Frau Eckardt. Das Kindergeld hat Ihre Schwägerin bekommen und bereits ausgegeben, das können wir jetzt nicht mehr zurückzaubern.«

»Aber …«

»Aber wir sind ja keine Unmenschen. Gell, Frau Eckardt. Ab dem 1. Mai bekommen Sie rückwirkend …« Er rechnete etwas mit einem Taschenrechner aus, wobei er seine dicken Finger kaum auf die richtigen Tasten bekam, »… hundertfünfzig Mark Pflegegeld plus …«, er tippte wieder wichtig auf seinem Rechner herum, »… hundertzwanzig Mark Kindergeld.«

»Pro Kind.«

»Nein. Für beide zusammen.« Er sah mich an mit einem Ausdruck im Gesicht wie ein großer Hund, der doch artig Platz gemacht hat. Frauchen, was willst du denn noch von mir!

»Na gut, ich bin einverstanden.«

Ich reichte dem Mann die Hand, die fast in seiner riesigen Pranke verschwand, und machte mich auf den Heimweg. Teilsieg. Immerhin. Zu mehr hatte ich noch nicht die Kraft.

Zu Hause wartete eine Menge Arbeit mit Nadine auf mich. Nach wie vor ging sie in die Sonderschule, zu der sie morgens mit dem Bus fahren musste. Weil sie in diesem Schulbus von anderen Kindern gehänselt wurde, nahm ich es auf mich und fuhr sie mit dem Auto. War ich nicht selbst damals im Schulbus von den Kindern gehänselt worden? Ich wusste doch, wie weh das tat! Eine Außenseiterin zu sein, nicht dazuzugehören, als asozial zu gelten, das hatte ich alles am eigenen Leibe erlebt. Zum Glück gab es heute Psychologen, die sich solcher Kinderherzen annahmen. Die einfühlsame Kinderpsychologin tat ihr gut. Nach und nach erfuhr ich, was der armen Nadine über Jahre ihrer frühen Kindheit widerfahren war. Sie war von ihrer Mutter geschlagen worden, getreten, an den Haaren gegen die Wand geschleudert. Die körperlichen Misshandlungen wurden nach und nach von einem Kinderarzt attestiert, aber was war mit den seelischen Verletzungen?

Nadine sprach jahrelang nicht darüber.

Im Mai 1978 gingen die beiden Mädchen in unserer Gemeinde zur heiligen Erstkommunion. Überglücklich hatte ich zwei identische Kommunionskleider für sie geschneidert, von dem mir zugesprochenen Pflegegeld. An der Nähmaschine war ich schließlich Meisterin! Und wieder blendete sich meine Erinnerung ein, als ich die beiden hübschen, schüchternen Mädchen in ihren weißen Kleidern, den Kränzchen und Kerzen da am Altar unserer Dorfkirche stehen sah: Ich sah mich selbst am Altar der zerstörten Kirche in Jugoslawien stehen, in dem Kleid, das mir damals meine Mutter geschickt hatte. Die Enkelin der Bauersfrau am Waldrand, die sie damals aufgenommen hatte, Frau Thaler, hieß auch Amalie. Und deren Kommunionskleid hing damals im Schrank, nur einmal getragen. Meine Mutter hatte es mir schicken dürfen. Es war der glücklichste Tag in meinem bisherigen Leben gewesen.

»Selig, die zum Tisch des Herrn geladen sind.« Die Worte des Priesters rissen mich aus meiner Erinnerung. Nun war der große Augenblick für die Mädchen gekommen.

»Der Leib des Herrn.«

»Amen.« Ein wenig schüchtern nahmen sie die Hostie entgegen.

Und während an den Kirchenwänden die anderen Väter und Mütter sich drängten, um Videos und Fotos von diesem Augenblick zu machen, kam mir plötzlich ein Gedanke.

Ich werde auch ein Foto von den beiden machen. Und das

werde ich an den Kultusminister schicken. Wenn niemand meiner Nadine helfen will, um zurück in die Grundschule und damit in die Normalität zu kommen, wende ich mich eben an die höchste Instanz. Noch am selben Abend, als die Mädchen glücklich und erschöpft in ihren Betten lagen, schrieb ich:

Sehr geehrter Herr Kultusminister Maier,

meine Pflegetochter Nadine hat Schlimmstes mitgemacht ...

Der Stift flog nur so über das linierte Briefpapier. Ich schilderte ihre Misshandlungen und Vernachlässigungen, die Verwahrlosung durch ihre Mutter und die Konsequenz, dass sie nun schon seit vier Jahren die Sonderschule besuchen musste, während ihre jüngere Schwester Manuela spielend die Volksschule schaffte.

Dabei gleichen sie einander wie ein Ei dem anderen – das entsprechende Foto habe ich beigelegt, sehen Sie selbst, Herr Minister!
Nach einfühlsamer Psychotherapie und Hilfe meinerseits – ich habe meine Arbeit gekündigt und kümmere mich täglich liebevoll um das Mädchen – bin ich überzeugt, dass sie das Zeug und die Intelligenz hat, wie alle anderen Kinder auch in die hiesige Dorfschule zu gehen. Bitte ermöglichen Sie dem Kind die Integration in die Dorfgemeinschaft und eine hoffnungsvolle Zukunft.

Mit hochachtungsvollen Grüßen einer Pflegemutter in Not!
Ihre Anni Eckardt

Kurz vor Schuljahresende 1978 bekam ich die Antwort vom Kultusministerium, Bayrisches Staatsministerium für Unterricht.

Sehr geehrte Frau Eckardt,

nach eingehender Überprüfung der rechtlichen und pädago-
gischen Voraussetzungen für eine Rückführung Ihrer Nichte
an die Regelschule durch das staatliche Schulamt wird Ihre
Pflegetochter mit Beginn des nächsten Schuljahres probeweise
in die Volksschule Bad Aibling aufgenommen. Auf Anraten des
zuständigen Schularztes und Direktors wird sie zurückgestuft,
sodass sie in die Klasse ihrer Schwester Manuela kommen
kann.
Wir hoffen, Ihnen damit eine Freude zu bereiten und dem
Mädchen den Weg in eine bessere Zukunft zu ebnen. Bei Fra-
gen und Wünschen wenden Sie sich jederzeit wieder an uns.

Mit freundlichen Grüßen
Der Kultusminister.

Na also. Teilsieg Nummer zwei.

Bad Aibling, Sommer 1979

»Mama, ich komme morgen aus dem Urlaub zurück.«

»Ach wie schön, mein Junge, hast du dich gut erholt in Spanien?« Aufgeregt stand ich am Telefon, mit Blick auf unsere
wunderschönen Berge, die in der Sommersonne flirrten, und
machte meiner Mutter Zeichen, dass es Fritz war, der angerufen
hatte.

»Wer?« Sie machte sich an den Kletterrosen zu schaffen.

»Fritz, Mama. Dein Enkelsohn! Er kommt morgen aus Spanien
zurück!«

»Ach so.«

Manchmal hatte ich das Gefühl, dass meine Mutter innerlich abwesend war. Sie war inzwischen merklich gealtert und zog sich immer öfter in ihre Erinnerungen zurück.

»Vorsicht mit der Rosenschere, Mama. Lass mich das machen …«

»Mama, warum ich anrufe: Darf ich jemanden mitbringen?« Fritz klang ganz aufgedreht!

»Eine Spanierin …?«, versuchte ich einen Scherz.

»Nein«, er lachte verlegen. »Mama, so halb hast du aber ins Schwarze getroffen. Also nicht ins Schwarze, sondern ins Blonde. Es ist eine junge Schwedin!«

Oh! Mein Fritz hatte sich verliebt! Wenn das kein Grund zur Freude war.

»Aber ja, mein Großer, bring sie mit! Wie heißt sie denn?«

»Lotta.«

»Junge, das ist ja großartig! Ach, was für eine wundervolle Überraschung!«

Gott, wie süß! Hatte ich doch vor Kurzem noch mit Nadine und Manuela sämtliche Astrid-Lindgren-Bücher verschlungen. Vielleicht war sie die groß gewordene Lotta aus der Krachmacherstraße!

Mithilfe meiner Pflegetöchter, die inzwischen dreizehn und bald elf waren, brachte ich das ganze Haus auf Hochglanz und richtete Fritz' Zimmer für das junge Glück her. Auch meine Mutter lächelte erwartungsvoll, als das junge Paar am nächsten Tag mit dem Motorrad vorfuhr.

»Mama, darf ich dir Lotta vorstellen?!«

Das zauberhafte Wesen, das da vom Rücksitz stieg, den Helm abnahm und seine blonden langen Locken schüttelte, flog mir gleich in die Arme!

»Ihr Sohn hat mir schon so viel von Ihnen erzählt!« Ein Paar hellblaue Augen strahlten mich an.

»Hoffentlich nur Gutes! Sei willkommen in unserer Familie, Lotta!«

»Er hat nur von Ihnen geschwärmt! – Und ihr müsst Nadine und Manuela sein, seine beiden kleinen Schwestern?« Sie umarmte auch die Mädchen, die ganz sprachlos waren vor Glück. So viel erfrischende Herzlichkeit in unserem bescheidenen Heim! Auch meine Mutter wurde von dem frischen Sommerwind angesteckt, den Lotta aus Schweden in unser Haus brachte. Ach nein, sie kamen ja aus Spanien. Wie Fritz mir gestand, hatten sie sich im Urlaub kennengelernt, natürlich beim Tanzen. Sie war für ihn die Liebe auf den ersten Blick, und sie hatten sich bereits verlobt. Er wollte sie nie wieder hergeben!

Wir verlebten glückliche Tage mit dem jungen Paar, und mein Herz weitete sich vor Freude, wenn ich meinen schockverliebten Fritz sah. Mit einem seltsamen Glanz in den Augen schaute er seine Lotta an, und ich spürte wieder die unbändige Liebe, die ich damals für meinen Hans empfunden hatte. Ja, so verliebt war ich auch mal in Hans gewesen! Damals, als er mich mit dem Motorrad vom Kurhaus Bad Aibling in jener Februarnacht nach Hause gefahren hatte, als ich mich im Dunkeln fürchtete. Hans, der sechs Jahre älter war als ich, den ich als meinen Beschützer ansah, und den ich vom ersten Moment an bedingungslos geliebt hatte.

Und jetzt war es Fritz, der mit stolzer Miene das Motorrad aus der Garage holte und seine Lotta auf den Rücksitz nahm!

»Ich muss ihr doch unsere wunderschöne Umgebung zeigen!«

Knatternd brausten die beiden davon, und unter ihrem Helm wehten die blonden Locken hervor.

»Gott, was für ein schönes Paar«, seufzte ich ergeben hinter ihnen her. »Wie ich ihnen ihr Glück gönne!«

Mein Hans hingegen glänzte immer öfter durch Abwesenheit. Wir hatten inzwischen eine Hütte im Wald gekauft, weil Hans als Forstarbeiter tätig war. Angeblich konnte er dort besser das Wild beobachten, das in aller Herrgottsfrühe auf den Wiesen graste. Welches Wild dort in Wirklichkeit bei ihm graste, wollte ich lieber gar nicht wissen.

Für meinen Hans hatte ich alles getan, was ihm passte: Für ihn hatte ich noch das Skifahren gelernt und war unzählige Male mit ihm auf den steilen Pisten herumgefahren, oft unter Todesangst, die einfach tief in mir steckte.

Auch auf den Wendelstein war ich mit ihm oft gestiegen, zu der kleinen Waldkapelle, die dort oben auf den Felsen hing wie ein Adlerhorst. Immer hatte ich meine Angst überwunden, um vor Hans keine Schwäche zu zeigen.

Dann hatte ich das rasante Autofahren erlernt und war mit ihm dem Automobilclub beigetreten, und ich hatte über etliche Jahre hinweg geholfen, unser Haus zu bauen, immer wieder umzubauen und anzubauen, ja, und schließlich hatte ich seine beiden Nichten aufgenommen. Und das alles, um ihm meine Liebe zu beweisen.

»Tante Anni, warum schaust du so traurig?«

»Ach, nichts, meine Lieben, ich war nur in Gedanken. Was machen wir heute mit dem schönen Ferientag?«

»Oh, Tante Anni, bitte lass uns zum Chiemsee fahren, zuerst auf die Herreninsel, und dann auf die Fraueninsel, und dann ins Schwimmbad!«

Und das taten wir dann auch. Meine beiden Mädchen lenkten mich ab, sie brauchten mich, und sie waren so dankbar.

Gegen Nachmittag stießen auch meine beiden Turteltäubchen wieder zu uns, die mit dem Motorrad bis nach Salzburg gefahren waren: »Was habt ihr es schön hier, Mama Anni! Das ist ja wirklich ein Paradies!« Da Nadine und Manuela mich Tante Anni nannten und Fritz natürlich Mama, hatte Lotta sich für diese Mischung entschieden, und ich fand es einfach nur entzückend. Mama Anni!

Lotta schälte sich aus ihrer Motorradkluft und stand in einem geblümten Bikini da. Ich versuchte, ihren wunderschönen Körper mit den Augen meines Sohnes zu sehen. Wie glücklich musste er sein, und wie sehr gönnte ich ihm das!

Die beiden sprangen mit Anlauf jauchzend ins Wasser, die beiden Mädchen hinterher.

Ich streckte mich auf der Wolldecke aus und sah ihnen lächelnd nach. Das Leben konnte so schön sein!

Bad Aibling, Weihnachten 1985

»Ach Gerlinde, ihr könnt doch hier übernachten!«

Dieses Jahr wollten wir Weihnachten richtig groß feiern, mit all meinen Lieben. Und das waren meine beiden Mädchen Nadine und Manuela, mein Mann Hans, meine Mutter natürlich und, weil Gerlinde dieses Jahr Weihnachten mit ihren zwei älteren Töchtern allein war, auch sie. Dazu erwarteten wir Fritz und Lotta mit ihren Eltern aus Schweden. Sie mussten jeden Moment ankommen. Das Haus war zum Bersten voll, und ich war in meinem Element. Gerlinde hatte mir noch geholfen, den Tisch feierlich zu decken, den Baum zu schmücken und den Karpfen vorzubereiten. Sie und meine Patenkinder Elfriede und Christel.

»Ach, das kann ich dir doch nicht auch noch zumuten.« Meine beste Freundin aus Schulzeiten legte gerade letzte Hand an den Weihnachtsbaum. »Nein, wir werden uns wieder auf unsere Berghütte begeben.«

»Aber nicht doch, bei diesen Schneeverwehungen!« Ich legte meinen Arm um sie. »Wir haben genug Platz! Ich freu mich so, wenn ihr bleibt!«

»Ach Anni, das ist sehr lieb von dir.« Gerlinde hängte die letzte goldene Kugel an den Weihnachtsbaum. »Aber du machst dir viel

340

zu viel Arbeit, Anni. Immer denkst du nur an die anderen und immer zuletzt an dich!«

»Ihr übernachtet hier und basta. Das fehlte noch, dass ihr mitten in der Nacht durch die Dunkelheit da rauffahren müsst! Dein Mann wird es verschmerzen … – Ah, schau mal, wer da kommt!« Ich hatte schon das Auto vorfahren hören, und mein Herz klopfte vor Mutterliebe und Stolz.

Strahlend betraten Fritz und seine Lotta das Wohnzimmer. »Dürfen wir schon gucken?«

»Eigentlich nicht, aber ihr seid ja schon groß.« Herzlich umarmte und küsste ich die beiden, die inzwischen zusammen in Stockholm lebten. »Danke, dass ihr euch die weite Autofahrt angetan habt … kennst du schon Lotta, Gerlinde? Meine wundervolle schwedische Schwiegertochter …« Oh Gott, war das aufregend! Auf einmal waren sie alle da, alle Menschen, die ich liebte! Draußen hantierten noch Lottas Eltern Gunnar und Anika am Kofferraum, aber Hans, mein Mann, war ihnen schon entgegengegangen. So genoss ich diesen Moment des innigen Wiedersehens.

»Lotta, du siehst noch schöner aus als letztes Mal … was ist es? Gibt es ein süßes Geheimnis?« Lotta legte lachend den Finger auf die Lippen, und ich meine Hand auf ihren hellblauen Strickpulli.

Fritz errötete vor Freude. Dass Lotta und ich uns so gut verstanden, war für ihn überlebenswichtig. Denn leider war der Draht zu seinem Vater Hans immer dünner geworden; Hans hatte ihn regelrecht vergrault. Immer gab es nur Kritik und Lieblosigkeiten, auch nachdem Fritz sich eine Wohnung im zweiten Stock ausgebaut hatte. Mit so viel Fleiß und so viel Mühe, abends nach seiner Arbeit! Doch nichts konnte Fritz seinem Vater gut genug machen, und so war er zu seiner Lotta nach Stockholm gezogen. Mir hatte das sehr wehgetan, denn ich hing so sehr an meinem einzigen Kind, aber ich verstand meinen Fritz, der von Lottas Familie wie ein eigener Sohn aufgenommen worden war.

Im letzten Sommer waren Nadine, Manuela und ich sogar für ein paar Wochen in Schweden zu Gast gewesen, und ich konnte nur feststellen, dass es eine wunderbare, gastfreundliche und herzliche Familie war, mit der Fritz da lebte.

Und nun waren sie alle bei mir zu Gast! Mit großem Hallo und beladen mit Geschenken, betraten jetzt auch Fritz' Schwiegereltern Anika und Gunnar das Wohnzimmer, und ich stellte alle einander vor, während mir der scherzhafte Gedanke kam, dass jetzt nicht auch noch ein Elch hinter ihnen auftauchen möge.

»Das ist meine beste Freundin Gerlinde, wir haben zusammen die Schulbank in Kolbermoor gedrückt …«

»Das sind die besten Schwiegereltern der Welt, sie haben uns im Sommer für vier Wochen in ihrem Haus in Stockholm aufgenommen und uns ganz Schweden zu Füßen gelegt …«

Ein Händeschütteln und Plaudern und Lachen begann, und mir wurde innerlich ganz warm.

»Das ist meine Mutter Amalie, sie lebt oben bei uns in der Einliegerwohnung … komm, Mutter, komm und sag Hallo!« Ich streckte die Hand nach ihr aus. Sie war in letzter Zeit schon etwas wackelig auf den Beinen.

Nach den ersten Gläschen Begrüßungsschnaps war die Stimmung sehr aufgelockert, und ich beeilte mich, mithilfe von Gerlinde den Karpfen aus dem Ofen zu holen.

Den großen Tisch im Esszimmer hatte ich liebevoll gedeckt und mir sogar überlegt, wer neben wem sitzen sollte. Die Kinder hatten Platzkärtchen angefertigt. Denn es sollte ein heiteres Fest werden, und es war ein bisschen schwierig, Hans unterzubringen. So hatten wir entschieden, dass er, als Herr des Hauses, am Kopfende sitzen sollte. Vielleicht würde er sogar eine Rede halten? Hahaha, kleiner Scherz.

»So, Kinder, es geht los!«

Nachdem sich alle in den Gästezimmern frisch gemacht und

feierlich angezogen hatten, läutete ich erwartungsvoll das Glöckchen.

»Frohe Weihnachten, ihr Lieben!«

»Frohe Weihnachten. Danke für die Einladung.«

Die Sektgläser klangen, vom Kirchturm her läutete es feierlich zur Messe.

Manuela und Nadine gaben zweistimmig mit der Blockflöte »Stille Nacht« zum Besten, und ich wechselte einen stummen Blick mit meiner Mutter Amalie, die sicher an das Gleiche dachte wie ich: Weihnachten 44, unser letztes gemeinsames Weihnachtslied, bevor die Partisanen an die Tür hämmerten und mir meine Mutter für sechs Jahre entrissen …

Beide hatten wir feuchte Augen, als unsere Blicke sich trafen. Aber ich war auch ein bisschen stolz. Schau nur, Mutter, was aus dem kleinen Flüchtlingsmädchen geworden ist, das nur drei Jahre die Schule besucht hat …

»Autsch! F, Nadine, f!«

»Wieso! Du hast h gespielt statt b!«

Die rührend schiefen Töne rissen uns aus unseren wehmütigen Erinnerungen.

Die Schweden stimmten nun auch noch ein Weihnachtslied an: »Jul, Jul, stralande Jul« …

Das klang wirklich wunderschön, und mir standen die Tränen in den Augen. Stumm drückte ich meiner Mutter die Hand. Siehst du, alles ist gut geworden.

»So, meine Lieben, jetzt aber bitte zu Tisch.«

Mit geschäftigem Stühlerücken nahmen meine Gäste Platz. Hans saß bereits vom ersten Moment an am Kopfende und starrte vor sich hin, ließ alle Glückwünsche und Weihnachtslieder stoisch über sich ergehen, als gehörte er gar nicht dazu. Wie sehr hätte ich mir gewünscht, dass er eine Flasche Wein aufgemacht oder unsere Gäste nach ihren Getränkewünschen gefragt hätte. Doch er verhielt sich eher so, als seien das alles lästige Eindringlinge, und man sah ihm an, dass er bemüht war, diesen Abend irgendwie hinter sich zu bringen. Die Mädchen gingen mir sehr zur Hand, auch Lotta, Fritz, Gerlinde und meine Patenkinder benahmen sich nicht wie Fremde. Der Einzige, der sich wie Besuch benahm, war Hans.

Immer wieder warf ich einen Blick in die lebhafte Runde, am meisten freute mich, wie Fritz und Lotta einander anstrahlten, im Schein des Lichterglanzes schienen sie noch mehr zu leuchten als die anderen, und unter dem Tisch hielten sie sich heimlich an der Hand.

»Liebe Eltern, liebe Schwiegereltern, liebe Freunde, liebe Kinder ...« Fritz stand auf, räusperte sich und klopfte an sein Glas. Seine Mundwinkel zitterten, und er wechselte einen bedeutungsvollen Blick mit seiner Lotta, die wie zufällig ihre Hände auf ihren Bauch gelegt hatte. Wir haben heute ein besonderes Geschenk für euch ...«

Oh! Mein Herz setzte aus! War es etwa das, was ich die ganze Zeit schon ahnte?

Gerlinde stieß mich mit dem Ellbogen an: »Na, Oma ...«

»Wir können euch heute die freudige Mitteilung überbringen, dass wir im Juni Nachwuchs erwarten...«

Weiter kam er nicht. Ein Jubeln und Klatschen schwoll an, wir sprangen alle von unseren Plätzen auf und drängelten uns um die werdenden Eltern, um sie zu küssen und zu umarmen.

Die schwedischen Eltern waren genauso überrascht wie wir. »Und da sitzt ihr zwölf Stunden mit uns im Auto und sagt uns nichts? Wie habt ihr das nur geschafft?«

»Wir wollten, dass es Oma Anni gleichzeitig mit euch erfährt!«

»Ach, deswegen war dir die ganze Zeit schlecht, Lotta! Du musstest ja ständig spucken!«

Ihr schwedischer Akzent war ganz hinreißend, sie bemühten

sich beide, Deutsch zu sprechen. Wir wiederum mussten unser Bayrisch etwas zügeln.

»Oh, herzlichen Glückwunsch, ahnt ihr denn schon, was es wird?« Unauffällig schob ich Lottas Sektglas zur Seite und stellte ihr ein Glas Wasser hin.

»Hauptsache, gesund!«

»Ach, ich freue mich ja so mit euch ...«

»Kindersegen ist doch das Schönste ... Ich habe sechs Kinder Kinder in sieben Jahren bekommen«, trumpfte Gerlinde auf. Im allgemeinen Getümmel nahm wohl niemand so recht wahr, dass Hans völlig teilnahmslos an seinem Tischende saß und in sein Bierglas starrte.

»Hans! Freust du dich denn gar nicht?« Ich zupfte an seinem Ärmel.

Widerwillig wischte er meine Hand von seinem Arm. Diese Kränkung überspielte ich, indem ich begann, den Tisch abzuräumen.

»Na dann, ihr Lieben, ich schlage vor, jetzt geht's zur Bescherung!«

»Was ist denn mit Hans los?« Gerlinde trug gerade einen Stapel Teller zur Küchentür herein, während ich, über die Spülmaschine gebeugt, versuchte, meine aufsteigenden Tränen zu unterdrücken. »Freut er sich denn gar nicht?«

»Ach, er kann es nur nicht so zeigen ...« Ich tupfte mir die Augen mit einem Küchenhandtuch.

»Ach Anni, ich erinnere mich noch daran, wie du so verliebt in ihn warst ...« Sie ließ die Teller in die Schüssel mit dem Wasser gleiten und nahm mich in die Arme. »Komm omoi her, du.« Sie drückte mich fest. Inzwischen kamen auch die Mädchen mit Geschirr, Gläsern und Besteck herein, stellten es nur schnell neben die Spüle und verschwanden diskret wieder. »Der Onkel Hans ist mal wieder zwida ...«

»Bist du denn noch glücklich mit ihm?« Sie hielt mich auf Armeslänge von sich ab.

Ich presste die Lippen aufeinander und schluckte einen riesigen Kloß herunter. »Ich weiß nicht, was ich falsch gemacht habe … ich liebe ihn doch!«

»Du warst immer viel zu gutmütig und hast immer zurückgesteckt, *das* hast du falsch gemacht, wenn du mich fragst!«

Gerlinde lebte mit Mann und sechs Kindern auf ihrer Berghütte oben auf einer Alm, und sie hatte sich von Anfang an nichts gefallen lassen. »Du hast immer versucht, ihm alles recht zu machen!« Sie putzte mir mit dem Küchenhandtuch die Tränen ab und drückte mich auf den Küchenstuhl. »Hier. Nimm erst mal ein Glaserl.« Energisch schenkte sie mir Kräuterschnaps ein. »Das Skifahren hast du für ihn gelernt, den Zirkus mit dem Automobilclub hast du für ihn mitgemacht …«

»Aber das hat mir doch auch Spaß gemacht!«

»Das Haus hast du mitgebaut, über so viele Jahre hinweg hast du auf einer Baustelle gewohnt …«

»Aber wir wollten es uns doch nur schön machen …«

»Und was ist jetzt?«

Gerlinde sah mich streng an. »Jetzt veranstaltet dein Hans regelmäßig Partys in seiner Holzhütte im Wald, und da sind nicht nur Männer dabei …«

»Was?«

Mir blieb der Mund offen stehen. »Woher weißt du das?«

»Ach Anni, das pfeifen die Spatzen von den Dächern! Warum lässt du dich nicht scheiden?«

Ich stieß ein bitteres Lachen aus. »Nach bald dreißig Jahren Ehe?«

»Na, du musst es wissen, Anni. Aber ich würde den hochkant rausschmeißen aus meiner Hütte.«

»Kommt ihr jetzt endlich? Wir warten mit der Bescherung!«

Manuela und Nadine steckten ihre Köpfe zur Tür herein. »Wir können es nicht mehr abwarten!«

»Natürlich. Wir kommen.« Tapfer rappelte ich mich auf, legte meine Hand dankbar auf Gerlindes Arm, zog mir den Küchenkittel aus und warf ihn über die Stuhllehne. Heute war Weihnachten. Heute dachte ich nicht an so etwas Hässliches wie Scheidung!

Drinnen im Wohnzimmer hatte man es sich inzwischen gemütlich gemacht.

Fritz hatte eine CD mit Weihnachtsliedern in die Stereoanlage geschoben, Lotta thronte auf dem Sofa, die Hände auf dem noch schlanken Bauch, umringt von den Mädchen, die sie mit neugierigen Fragen bestürmten. Die Schweden-Eltern unterhielten sich angeregt mit meiner Mutter. Hans saß breitbeinig auf seinem üblichen Fernsehsessel und hatte den Fernseher angemacht. Es fehlte nur, dass er die Beine auf den Glastisch gelegt hätte wie sonst immer. Er schaute nichts Bestimmtes, er zappte einfach mit der Fernbedienung hin und her.

»Alle da? Na dann kann es ja jetzt losgehen …« Fritz läutete noch einmal das Glöckchen, und alle verstummten feierlich. Nur Hans reagierte nicht, er zappte weiter die Programme durch.

»Mach bitte aus, es ist doch Weihnachten«, raunte ich ihm mahnend zu. »Wir machen jetzt Bescherung, die Mädchen halten es nicht mehr aus!« Was machte das denn für einen Eindruck vor unseren Gästen? Konnte er sich nicht ein bisschen zusammenreißen?

»Lieber Vater.« Fritz nahm ein liebevoll eingepacktes Päckchen und reichte es seinem Vater.

Lotta stand auf und stellte sich neben Fritz. Er legte seinen Arm um sie. »Außer unserer Überraschung haben wir natürlich auch noch ein anderes Weihnachtsgeschenk für dich. Wir wünschen dir frohe Weihnachten.« Arm in Arm standen sie da, die jungen Leute, und sehnten sich danach, dass Hans ihnen einen Moment

Aufmerksamkeit schenken würde. Hoffnungsvoll blickten sie ihn an. Diesen Ausdruck hatte ich so oft in Fritz' Gesicht gesehen, und mir zog sich das Herz zusammen.

»Hans. Machst du jetzt bitte den Fernseher aus?«

»Geh, schleicht's euch!« Hans pfefferte die Fernbedienung in eine Ecke, sprang auf und polterte aus dem Zimmer.

Wir standen alle sprachlos da. Keiner sagte ein Wort. Die Päckchen lagen unter dem Baum. Die Augen der Kinder füllten sich mit Tränen. Fritz ließ sein Päckchen fallen, die Blockflöten rollten vom Tisch.

Plötzlich fing meine Mutter an zu schluchzen. Die Erinnerung an ein anderes Weihnachten, das abrupt durch Hass und Gewalt beendet wurde, überwältigte sie. Ich sank neben sie auf das Sofa und legte meinen Arm um sie.

Die jungen Mädchen, Nadine und Manuela, weinten gleich mit. »Und wir haben uns so auf Weihnachten gefreut!« Damit stürmten auch sie heulend aus dem Raum und polterten die Treppe hinauf in ihre Zimmer, wo sie frustriert die Türen hinter sich zuknallten.

Meine Mutter schleppte sich weinend die Treppe hinauf in den zweiten Stock.

Fritz und Lotta beratschlagten leise mit den Schwiegereltern auf Schwedisch. Ich konnte nur ahnen, welchen Entschluss sie fassten.

»Nein, nein, macht euch keine Mühe, wir gehen ins Hotel.«

»Ich fahre euch.«

»Ich komme mit.«

So schnell konnte ich gar nicht schauen, da hatten sie schon ihre Koffer aus den oberen Zimmern geholt und waren in ihr Auto gestiegen.

»Danke für das gute Essen, Anni! Wir telefonieren!« Eine flüchtige Umarmung, ein mitleidiger Blick, das war alles, was mir von diesem Weihnachtsfest blieb.

Fassungslos stand ich an der geöffneten Haustür, der schneidende Wind fuhr mir ins Gesicht.

Sie waren von so weit hergekommen, sie hatten sich alle solche Mühe gegeben, sie hatten eine so wundervolle Nachricht gebracht, wie konnte Hans uns das nur auf diese Weise zerstören?

Gerlinde packte mich am Arm. »Und wenn es fünfzig Jahre Ehe wären oder hundert. Mit so einem Scheusal würde ich keinen Tag länger verheiratet bleiben.«

Sie drehte sich zu ihren Töchtern um, die ratlos im Flur standen: »Christel, Elfriede, packt's zamm. Wir fahren 'nauf in unsere Hütten. Der Papa und die Buben warten.«

Im Schockzustand sank ich allein an den großen Esstisch, der noch mit meiner Weihnachtsdekoration festlich geschmückt war, und auf dem halb ausgetrunkene Gläser standen. Ich saß da wie gelähmt.

Hans, was ist in dich gefahren, bist du dir eigentlich bewusst, was du angerichtet hast?

Warum, Hans, warum? Ich hatte nicht die Kraft, ihn zur Rede zu stellen, wie eingefroren saß ich da und sah meine Tränen auf die silbernen Serviettenringe fallen. Das habe ich nicht verdient, Hans. Nicht nach allem, was ich für dich getan habe.

Und plötzlich hörte ich die Haustür zufallen und kurz darauf die Reifen quietschen.

Hans kam acht Tage nicht nach Hause. Meine Mutter, die Mädchen und ich verbrachten wie versteinert die Silvesternacht. Wir hatten keine Worte für das, was geschehen war. Die Schweden fuhren schon am ersten Weihnachtstag wieder nach Stockholm zurück.

Fritz sprach vier Jahre lang nicht mehr mit uns.

»Mama Anni, bist du das?« Das Telefon klingelte mitten in der Nacht, um kurz vor zwei.

»Ja, Lotta, grüß dich, sag mal, weinst du? Ist alles gut mit dem Kleinen?« Ich setzte mich im Bett auf und stellte den Wecker ab, der sowieso in ein paar Minuten klingeln würde. Seit Nadine sich entschlossen hatte, noch eine Ausbildung zur Konditorin in Bad Feilnbach zu machen, fuhr ich sie jede Nacht um drei dorthin.

»Mama Anni, du musst jetzt ganz stark sein!« Ihr schwedischer Akzent vermischte sich mit heftigem Schluchzen. »Ja, dem kleinen Valentin geht es gut, aber Fritz hatte einen schlimmen Unfall! Wir sind in Spanien!«

»Um Gottes willen!« Ich fasste mir ans Herz, und alles Blut schien in dieser Sekunde aus meinem Körper zu weichen. »Der Fritz mit dem Motorrad?«

»Ja, das ist es ja!« Lotta schluchzte so heftig, dass sie kaum weitersprechen konnte.

»Er war mit seinem Motorrad in Málaga unterwegs und ist dort auf einer Bergstraße auf Rollsplitt gekommen. Natürlich war er mit hundertzwanzig Sachen unterwegs und hat sich in die Kurve gelegt, dabei ist er zehn Meter über die Brüstung geflogen und an einen Eisenmast geknallt!« Lotta schluchzte bitterlich. Soweit ich verstand, war sie im Hotel und versuchte, die Situation in den Griff zu bekommen. Der Unfall war schon vorgestern gewesen.

Meine Welt ging unter. Mein einziger geliebter Fritz! Der inzwischen Vater eines kleinen Sohnes war!

»Lebt er?«

»Soviel ich verstanden habe, lebt er noch, aber es geht um Leben und Tod! Sie wollen ihm im Krankenhaus in Málaga beide Beine amputieren! Ich soll das unterschreiben, aber Mama Anni, das musst du verhindern! Du musst was tun!«

Vor meinen Augen tanzten schrille Kreise, das ganze Schlafzimmer drehte sich um mich.

Hans war für mich nicht mehr zu sprechen und meistens sowieso nicht zu Hause, so auch diese Nacht nicht. Wohin sollte ich mich in meiner Panik wenden?

»Was können wir tun, Lotta?«

»Du musst unbedingt versuchen, ihn nach Deutschland zu holen, Mama Anni! Denn dort ist er ja krankenversichert! Seine Unterlagen sind aber alle in Schweden!«

Lotta war völlig durcheinander.

Während ich noch versuchte, einen klaren Gedanken zu fassen, öffnete sich die Schlafzimmertür. »Fährst du mich, Tante Anni?«

Nadine stand bereits geschniegelt und gestriegelt in ihrer Arbeitskleidung vor mir.

Sie hatte bei ihrer Ausbildungsstelle zwar ein Zimmer gehabt, sich aber nachts so gefürchtet und unter Einsamkeit gelitten, dass ich sie zurück nach Hause geholt hatte. Wer, wenn nicht ich, kannte diese innere Not? Selbstverständlich fuhr ich sie jede Nacht die dreißig Kilometer zu ihrem Arbeitsplatz! Aber nicht heute!

»Oh Gott, Kind, hier, ruf dir ein Taxi …«

»Was ist passiert?«

»Der Fritz!«, brach es aus mir heraus. »Er schwebt zwischen Leben und Tod! Oh Gott, wie krieg ich den Fritz nach Deutschland?«

Ausgerechnet Nadine war nicht die Richtige, die mir in dieser Situation hätte helfen können. Und Manuela war gerade in den letzten Klausuren vor ihrem Abitur.

Geschockt, aber pflichtbewusst machte sich Nadine mit einem Taxi auf nach Bad Feilnbach, um pünktlich in ihrer Arbeitsstelle zu sein, während ich mir die Finger wund telefonierte.

In meiner ersten Not rief ich meine beste Freundin Gerlinde

an, die zum Glück inzwischen Telefon oben auf ihrer Almhütte hatte.

»Der Fritz schwebt in Lebensgefahr! Sie wollen ihm in Spanien beide Beine amputieren. Oh Gott, ich werde fast wahnsinnig! Wir müssen das verhindern und ihn nach Deutschland holen! Aber wie?«

Gerlinde trommelte sofort ihren Mann und ihre erwachsenen Kinder aus dem Bett. »Warte, ich gebe dir den Phillip, der hat doch seinen Zivildienst in der Unfallklinik Murnau verrichtet ...« Was für ein unfassbares Glück!

Phillip wusste die Durchwahl des Chefarztes der Unfallklinik. Fünf Minuten später hatte ich ihn persönlich am Telefon. Unter Tränen und ganz verrückt vor Angst um meinen Sohn schilderte ich dem Mann, was passiert war.

»Ich habe es gerade erst erfahren, aber es ist schon vorgestern passiert, am Mittwoch ...«

»Gute Frau, bitte der Reihe nach, ich verstehe Sie so schlecht, wenn Sie so weinen! Beruhigen Sie sich erst einmal!«

Ich riss mich zusammen und fing noch einmal von vorne an. Spanien, Unfall, Rollsplitt, zehn Meter weit geflogen, Eisenstange. Krankenhaus Málaga. Amputation beider Beine, Schwiegertochter soll das unterschreiben, kann nicht! Mein einziger Sohn! Wir brauchen eine zweite Meinung! Bitte helfen Sie uns!

»Als Erstes brauchen Sie ein Bett in der Unfallklinik Murnau, da muss ich sehen, was ich für Sie organisieren kann.«

»Oh danke, Herr Doktor, bitte tun Sie alles Menschenmögliche ...«

»Und Ihr Sohn muss so schnell wie möglich hergebracht werden!«

»Wie kann ich das von hier aus organisieren?«

»Ich unterrichte den Flug-Dienst in Bonn vom Roten Kreuz, bleiben Sie in der Nähe des Telefons!«

Ja, natürlich! Was sollte ich denn sonst machen? Stundenlang hockte ich mit panischem Herzklopfen auf der Bettkante, telefonierte mit Freunden und Bekannten, betete und weinte. Draußen dämmerte es schon, als der Chefarzt endlich wieder anrief.

»Hören Sie zu, Frau Eckardt. Ich habe jetzt mit dem Flug-Dienst vom Roten Kreuz in Bonn gesprochen, die sind bereit, Ihren Sohn von Málaga zu holen, aber das kostet einundzwanzigtausend Mark. Ist Ihr Sohn dementsprechend krankenversichert?!«

»Ich weiß es nicht, keine Ahnung ... Er lebt ja schon seit Jahren mit Frau und Kind in Stockholm ...« Fieberhaft suchte ich in den Aktenordnern in seinem Zimmer, das er nach dem schrecklichen Weihnachtsfest nie wieder betreten hatte. Ich war furchtbar fahrig und konnte die Unterlagen seiner Krankenversicherung nicht finden. Offenbar hatte er diese Dinge mit nach Stockholm genommen.

Wieder rief ich verzweifelt bei Gerlinde an, doch da ging niemand mehr ans Telefon. Es war inzwischen sieben Uhr früh, und Manuela erschien mit fragendem Gesicht in der Küche.

»Gibt es kein Frühstück? Ich habe heute meine Zulassungsprüfung in Spanisch!«

»Oh Kind, du kannst Spanisch, bitte sprich doch mit dem Arzt in Málaga ...«

Unter Tränen der Verzweiflung brodelte aus mir heraus, was passiert war. Manuela liebte Fritz wie einen großen Bruder. Und obwohl Manuela mitten im Abitur steckte, nahm sie mich an der Hand und drückte mich auf die Küchenbank. »Tante Anni, jetzt mache ich dir erst mal einen Tee, und dann sehen wir weiter. – Ich weiß nicht, ob ich den Arzt in Málaga verstehe, aber ich versuche es, ja?«

»Oh Gott, Kind, ja, bitte mach das!«

Ich klammerte mich an meine Teetasse, deren Hitze ich überhaupt nicht spürte, und lauschte Manuela, die in leicht bayrisch gefärbtem Spanisch mit einer Krankenschwester in Málaga telefonierte. Sie ließ sich mit dem zuständigen Arzt verbinden, gab unsere Adresse und unsere Nummer durch und blieb die ganze Zeit über ruhig und sachlich. Ich bewunderte sie in diesem Moment grenzenlos. Ich konnte vor Tränen und Panik selbst kaum sprechen.

»Tante Anni, er ist nicht bei Bewusstsein. Der Arzt sagt, sie nehmen ihm mit Sicherheit beide Beine ab, da ist nichts mehr zu machen. Sie müssen sein Leben retten.«

»Hast du ihn auch ganz sicher richtig verstanden?«

»Nein, Tante Anni, der redete so schnell wie ein Maschinengewehr!«

»Bitte ruf noch mal in Murnau an, die müssen das verhindern!« Ich biss mir auf die Fäuste, um nicht durchzudrehen. Ich lief gegen die Wände vor Angst! Das Leben von Fritz hing am seidenen Faden und lag vielleicht in meinen Händen!

Manuela sprach mit dem Chefarzt in Murnau, der Himmel und Hölle in Bewegung gesetzt hatte, um ein freies Bett zu organisieren.

»Ein Bett haben sie jetzt für Fritz, und wenn du die Verantwortung übernimmst, kann er mit der nächsten Maschine von Málaga nach München und von dort mit dem Hubschrauber abgeholt werden. Sie müssen ja einen Arzt und dementsprechende medizinische Ausrüstung mitschicken!«

»Ja, sag ihnen, sie sollen das machen!«

Ich rang nach Luft. Einundzwanzigtausend Mark!

»Sag ihnen, sie sollen ihn reisefertig machen!«

»Tante Anni, ich muss jetzt wirklich los, es ist die letzte wichtige Klausur vor dem Abi, sonst werde ich nicht zur Prüfung zugelassen!«

»Ja, mein Kind. Danke für deine Hilfe.«

Händeringend rannte ich in der Wohnung auf und ab. Die schwere Wanduhr tickte.

Halb acht! Noch war niemand im Büro! Was sollte ich tun? Jede

Sekunde zählte! Verzweifelt drehte ich mich im Kreis, die Fäuste vor dem Mund. Als Erstes Mutter wecken und ihr alles schonend beibringen … oder doch erst einmal ins Bad gehen?

Das Telefon schrillte. Ich zuckte zusammen und biss mir auf die Fäuste. Lieber Gott, lass ihn nicht tot sein, bitte … Mit schweißnassen Händen nahm ich den Hörer ab.

Es war der Chefarzt aus Murnau. »Frau Eckardt, wir haben den Flugdienst vom Roten Kreuz losgeschickt, wir können nicht warten, ob die Krankenkasse das übernimmt. Der Flugarzt steht in Kontakt mit dem Krankenhaus in Spanien. Wenn er nicht geholt wird, hat er keine Überlebenschance.«

»Ja, holen Sie ihn, ich übernehme alle Kosten!« Mein Herz polterte wie ein Presslufthammer.

Wo war denn Hans, warum konnte ich ihn nicht erreichen? Er musste doch jetzt helfen!

»Gut, Frau Eckardt. Aber dazu brauchen wir von Ihnen eine Unterschrift. Sie übernehmen die Verantwortung, falls Ihr Sohn im Hubschrauber sterben sollte.«

Oh Gott, mir wurde schwindelig. Wollte ich die Verantwortung dafür wirklich übernehmen?

»Oder von Ihrem Mann, wenn Ihnen das lieber ist!«

»Nein, das ist mir nicht lieber.«

Das kam mir doch alles so erschreckend bekannt vor! Damals, als Fritz den Tumor im Arm hatte, wollten sie auch eine Unterschrift, falls er bei der Operation sterben würde. Damals war alles gut gegangen, mit einer Portion Gottvertrauen und natürlich Vertrauen in die Kunst der Ärzte. Zögern war keine Option mehr. Jede Sekunde zählte.

»Ich übernehme allein die Verantwortung.«

»Dann schicke ich Ihnen jetzt per Fax ein Formular, das unterschreiben Sie mir und faxen es schnellstmöglich an die Klinik zurück …«

»Herr Doktor, ich habe kein Fax! Wo soll ich hinkommen, ich unterschreibe es, nur fliegen Sie endlich los!«

»Nach Murnau am besten! Schnell!«

Würde ich überhaupt Auto fahren können? Mein Blutdruck war gefühlt auf zweihundert, und mir zitterten dermaßen die Hände und Beine, dass ich kurz vor dem Hyperventilieren war.

In diesem Moment klingelte es an der Haustür.

Es war Gerlinde. Sie hatte sich sofort aus ihrer Almhütte auf den Weg gemacht, um mir beizustehen. Weinend fiel ich ihr in die Arme.

»Gerlinde, dich schickt der Himmel. Die brauchen die Unterschrift! Sonst fliegen die nicht los. Es geht um Sekunden!«

Inzwischen war Mutter von dem ganzen Lärm aufgewacht und stand verwirrt und ratlos wie ein Gespenst oben an der Treppe. »Was ist passiert … ist was mit Fritz?«

»Später, Mutter, später!«

Im Laufschritt eilten wir zu Gerlindes Wagen, und die fuhr mich auf dem schnellsten Wege nach Murnau in die Unfallklinik.

»Frau Eckardt, schnell, hier entlang …« Eine Schwester stand schon im Eingangsbereich, und ich hastete panisch hinter ihr her ins Chefsekretariat. Alles um mich herum drehte sich von oben nach unten, wie in einer wilden Achterbahn, und ich hatte jedes Gefühl von Orientierung verloren.

»Hier entlang, Frau Eckardt, hier rein … machen Sie schnell …«

Ohne das Formular durchzulesen, leistete ich mit fliegenden Fingern die Unterschrift.

»Dann geht es jetzt los.« Der Arzt raffte die Papiere an sich und riss sein Telefon aus der Kitteltasche. Ich war überglücklich, dass mein Sohn geholt werden würde! Ich sah nur noch weiße Kittel rennen, Türen auf- und zugehen, hörte Gesprächsfetzen aus dem Nebenraum.

Der Arzt gab telefonisch das Okay für den Hubschrauber. »Ja, sie übernimmt die Kosten persönlich! Wird sofort bei der Ankunft in bar gezahlt!« Mein Herz machte einen dumpfen Schlag. Woher sollte ich denn jetzt dieses Geld nehmen? Noch immer waren wir wegen des Hauses hoch verschuldet, und ich machte Abend für Abend Heimarbeit!

Plötzlich merkte ich, wie mich meine Kräfte verließen. Meine Beine knickten ein. Automatisch klammerte ich mich an die Schreibtischkante. Die Wände kamen auf mich zu. Vor meinen Augen tanzten Sterne, und ein imaginärer Schraubstock zog von innen meine Schläfen zusammen.

»Anni, du brauchst jetzt einen Kaffee.« Gerlinde wollte mich schon in die Cafeteria ziehen, doch ich konnte keinen Schritt mehr gehen.

»Ich muss zur Bank …«

Eine Schwester kam eilends herbei und maß mir den Blutdruck. »Der ist komplett im Keller. Kaffee ist gut für Sie!«

»Du musst alles versuchen, dass die Kasse das übernimmt!«

»Ich habe noch nicht mal seine Daten!«

»Ruf in Stockholm an, vielleicht kommen die Schwiegereltern an seine Unterlagen!«

Wir schleppten uns zu einer Telefonzelle im Eingangsbereich, und nachdem es inzwischen zehn Uhr morgens war, wagte ich es, bei Anika und Gunnar anzurufen.

Diese waren schon von Lotta informiert worden.

»Wir haben schon nachgeschaut, leider finden wir keine Akten, er hat die Schubladen in seinem Arbeitszimmer abgeschlossen!«

Es war doch zum Wahnsinnigwerden!

»Wie geht es Lotta und Valentin?«

»Sie ist mit dem Jungen in psychologischer Betreuung! Lotta hat Fritz gesehen, sie ist zusammengebrochen!«

Jetzt weinten auch Lottas Eltern. »Wir fliegen so schnell wie möglich nach Spanien und kümmern uns um die beiden.«

»Gut. Und ich kümmere mich um Fritz.«

Es war unser erstes Gespräch nach dem verpatzten Weihnachten, und irgendwie lag Kühle zwischen uns. Was war denn auch anderes zu erwarten?

»Passt mir auf den kleinen Valentin auf ...«, stammelte ich flehentlich, aber da hatten sie schon aufgelegt.

»Komm, Anni. Während wir auf den Hubschrauber warten, telefonierst du mit der Krankenkasse. Die müssen das übernehmen. Ich bin bei dir.«

Wie in Trance ließ ich mich von Gerlinde fortziehen. Der Arzt brachte mir die entsprechenden Unterlagen, die ich nicht in der Lage war zu lesen. So viele Formulare, so viele Fragen!

»Geben Sie her, Herr Doktor, ich mache das.« Gerlinde füllte nach bestem Wissen und Gewissen die Unterlagen aus. Gelegentlich stellte sie mir eine Frage.

Stoisch ließ ich alles über mich ergehen. Währenddessen telefonierte der Arzt mit der Krankenkasse und schilderte die Dringlichkeit des Transportes. Mehrfach hörte ich das Stichwort »Amputation« und dass es »um Leben und Tod« gehe! Ich starrte einfach nur ins Leere und versuchte, nicht ohnmächtig zu werden, während mein Herz mir zum Hals hämmerte, als wäre ich einen Marathon gelaufen. Ich rang nach Luft, und jemand verabreichte mir Tropfen, langsam ging meine Panik in Ruhe und Apathie über. Nach vier endlosen Stunden war es geschafft: Die Kasse würde die Flugkosten übernehmen.

Wie in Trance nahm ich die Entwicklungen wahr, ohne Emotionen. Es war einfach zu viel für mich.

Nach weiteren Stunden bangen Wartens kam der Arzt mit schlechten Nachrichten: »Frau Eckardt, wir haben jetzt die Ankunftszeit Ihres Sohnes erfahren. Er kommt erst morgen früh. Es gab Komplikationen, er war nicht transportfähig, gehen Sie nach Hause und schlafen Sie eine Nacht drüber.«

Wieder sank mein Herz mit einem dumpfen Aufschlag ins Nichts.

»Nein, wie könnte ich ...«

»Denk doch an Nadine und Manuela!« Gerlinde nahm mich sanft in die Arme. »Die Mädchen brauchen dich, Anni! Und deine Mama will auch wissen, was los ist!«

»Kümmert sich denn der Vater des Patienten nicht um seinen Sohn?« Der Arzt stand stirnrunzelnd an der Fensterbank und studierte die Akten. »Überlässt er Sie denn ganz allein Ihrem Schicksal?«

Ich konnte nur schluchzend nicken. Der Mann, den ich einmal über alles geliebt hatte, hatte einfach den Hörer aufgelegt, als ich ihm die schreckliche Mitteilung über Fritz' Zustand gemacht hatte.

»Komm, Anni.« Gerlinde zog mich mit sich fort.

Doch ich weigerte mich, das Krankenhausgelände zu verlassen. Gerlinde versprach mir, zu Hause nach Mama und den Mädchen zu schauen, und ich setzte mich weinend in meinen Wagen und starrte in den trüben Himmel hinauf. Wie könnte ich jetzt nach Hause fahren, wenn mein Fritz zwischen Leben und Tod irgendwo da oben in der Luft hing?

Die ganze Nacht, während ich unter einer Wolldecke im Auto saß, hämmerten die schrecklichsten Visionen auf mich ein: Fritz tot. Fritz ohne Beine. Fritz sein Leben lang im Rollstuhl. Fritz ein Krüppel. Egal, was weiter geschah: Wir würden jetzt über Monate, wenn nicht sogar Jahre, von Arzt zu Arzt, von Klinik zu Klinik, von Reha zu Reha gehen. Lieber Gott, das will ich alles auf mich nehmen, wenn du nur meinen Fritz am Leben lässt ... Die Sekunden wurden zu Stunden. Zwischendurch versank ich einfach im Nichts. Eine kalte neblige Nacht zog quälend langsam an mir vorbei, und die Uhr im Auto tickte stoisch, als wollte sich der große Zeiger niemals mehr weiterbewegen. Ich weiche nicht, Fritz. Ich bin hier.

Am nächsten Morgen stand ich schon um fünf Uhr früh in Murnau auf dem Parkplatz neben meinem Auto und starrte in den Himmel. Fritz, ich stehe hier. Ich bin da. Obwohl er nicht bei Bewusstsein war, glaubte ich ganz fest an die Kraft der mütterlichen Energie. Du musst leben, Fritz, du musst tapfer sein, du wirst es schaffen. Ich stehe hier und weiche nicht vom Fleck. Genau wie einst meine geliebte Großmutter. Du kannst dich auf mich verlassen.

Es war ein nebliger, kalter Morgen, und ich zog den Mantelkragen enger um meine Schultern. Ich sandte so manches Stoßgebet gen Himmel. Was hatte der Himmelvater mir schon aufgebürdet, und was hatte ich Böses getan, dass er mir auch diese Prüfung noch auferlegte …

Schließlich durchbrach das Brummen des Hubschraubers die eisige Stille. Fritz, da kommst du! Es knatterte und krachte, die kalte Luft wirbelte nasse Blätter auf. Ich starrte in den grauen Himmel hinauf. Lieber Gott, bitte bringe mir meinen Sohn lebend zurück. Auf dem Dach der Murnauer Unfallklinik landete der Hubschrauber mit Getöse, die Propeller durchschnitten die Kälte wie Sägen, klapperten, wurden langsamer, kamen schließlich zum Stillstand.

Eine Luke öffnete sich, und im aufgewirbelten Wind der Propeller eilten mehrere Schwestern und Ärzte mit einer Trage herbei. Ihre Kittel flogen. Innerhalb einer halben Minute hatten sie meinen Fritz aus dem Hubschrauber geholt! Lebte er? Mein Herz klopfte wie wild. Ich starrte hinauf, doch die Gruppe war bereits im Inneren der Klinik verschwunden, der Hubschrauber hob mit kreischendem Lärm wieder ab.

So, Anni. Du bleibst jetzt hier. Du gehst nicht rein. Du wirst ihnen nicht lästig. Du übst dich in Geduld. Setz dich wieder ins Auto, Anni.

Um elf Uhr vormittags fasste ich mir ein Herz und eilte hinein.

»Mein Sohn ist hier … sie haben heute früh um sechs meinen Fritz gebracht …«

»Frau Eckardt, wir können Ihnen noch gar nichts sagen, er wird im Schockraum behandelt.«

»Bitte! Ich will nur wissen, ob er noch lebt.«

Bange Stunden zogen sich wie flüssiges Blei. Zitternd saß ich im Wartezimmer, wie damals, als man ihm den Tumor aus dem Arm entfernte, und in meinen Ohren hämmerte das Blut. Mir war so schlecht, alles drehte sich vor meinen Augen, mein Magen hing mir in den Knien. Türen knallten, eilende Schritte auf dem Linoleum näherten sich. Ich starrte der Gestalt entgegen, die mir nun Kunde über den Zustand meines Sohnes bringen würde.

»Frau Eckardt, er lebt. Er wird für die OP vorbereitet. Das Ärzteteam ist schon vor Ort.« Die gutmütige Schwester von gestern erlöste mich von meinen Grübeleien. »Es wird sehr lange dauern, bitte gehen Sie in die Kantine und essen etwas. Ich werde regelmäßig nach Ihnen schauen.«

Und so verbrachte ich den ganzen Tag in dieser Cafeteria und zwang mich, ein Käsebrötchen zu essen. Das Alleinsein mit dieser Angst war unerträglich. Ständig schaute ich hoffnungsvoll zur Tür, ob Hans nicht doch auftauchen würde, aber es waren immer andere Leute. Fremde besuchten ihre Lieben, waren füreinander da. Keiner interessierte sich für meinen Zustand.

Gerlinde rief zwischendurch an und ließ ausrichten, sie könne heute leider nicht weg von ihrer Bergalm. Eine Kuh hatte gekalbt. Aber es tat so gut zu wissen, dass ein Mensch wenigstens an mich dachte! Mama, Manuela und Nadine drückten zu Hause die Daumen, etwas anderes konnten sie nicht tun.

Als ich wieder etwas zu Kräften gekommen war, schleppte ich mich zu der Telefonzelle unten im Eingangsbereich und rief in Spanien an, wo Lotta und Valentin ebenfalls unter Schock standen und auf eine erlösende Nachricht von mir warteten.

»Lotta, er wird gerade operiert! Er hat den Transport überlebt, aber er ist seit dem Unfall nicht mehr bei Bewusstsein.«

»Mama Anni, wir warten jetzt auf meine Eltern! Wenn wir einigermaßen reisefähig sind, dürfen wir kommen?«

»Ja, natürlich, Kind, jederzeit! Dann hole ich euch in München vom Flughafen ab! Aber verschont den kleinen Valentin, ihr könnt hier eh nichts machen!«

»Danke, Mama Anni, dass du vor Ort bist!« Lotta war dermaßen außer sich, dass sie vor Weinen kaum sprechen konnte.

Ich musste das schaffen, ich musste stark bleiben! Mein Herz raste jedes Mal von Neuem los, wenn sich mir eine Schwester näherte. Todesnachricht? Oder die Nachricht, dass er seine Beine verloren hatte? Mein Gott, wie unerträglich! Warum dauerte das denn so lange? Immer wieder kam die Schwester, maß mir den Blutdruck und flößte mir Tee und Tropfen ein. Und Hans? Warum kam er nicht? Ließ ihn das Schicksal seines Sohnes denn wirklich ganz kalt? Immer wieder sank ich auf den Stuhl am Fenster und starrte in den Nebel hinaus. Doch auf dem Parkplatz kamen immer wieder fremde Autos an, und fremde Menschen stiegen ein und aus. Längst war es dunkel geworden. Ich war mit meinen Ängsten allein.

Würde man Fritz gerade beide Beine abnehmen? Wie würde er das verkraften? Wer würde es ihm sagen? Wie würde sein Leben weitergehen? Würde Lotta noch zu ihm stehen, wenn er im Rollstuhl enden würde? Mein lebenslustiger, reiselustiger Fritz!

Draußen wurde es bereits finstere Nacht, ein schrecklich zäher dumpfer Märztag neigte sich dem Ende zu, und kein Hans war erschienen. Mein Herz war so verletzt, als hätte er es zertreten.

In dumpfer Traurigkeit gefangen, nahm ich kaum wahr, dass sich endlich ein Pfleger einfand. »Frau Eckardt, er wird jetzt auf die Intensivstation gefahren. Wollen Sie ihn einen Moment sehen?« Es war dreiundzwanzig Uhr.

»Ja, natürlich …« Mit weichen Knien stolperte ich hinter dem Pfleger her, über lange Gänge, bis zu dem Bereich, wo »Betreten verboten« stand. Die Wände kamen auf mich zu, ich hangelte mich an den dort stehenden leeren Betten entlang, von denen ich mir einbildete, in jedem von ihnen läge ein Toter.

»Wie geht es ihm?«

»Das werden Ihnen die Ärzte sagen …«

Wieder hämmerten Erinnerungen auf mich ein. Mein Herz raste, mein Mund war wie ausgedörrt. Die automatischen Türen öffneten sich, und mein Fritz wurde auf einer Trage herausgeschoben. Sein regungsloser Körper lag an Kanülen und Schläuchen, die von geschäftigen Schwestern getragen wurden, unter einem grünen Tuch. Mein Blick saugte sich am Fußende fest. Plötzlich wurde mir schwarz vor Augen, und wie aus weiter Ferne hörte ich meinen eigenen Kopf auf dem Fußboden aufschlagen. Ab dem Moment weiß ich nichts mehr.

Murnau, in derselben Nacht, 9. März 1990

»Frau Eckardt! Hallo …?« Energisches Klopfen auf meine Wangen weckte mich aus der Schwärze des Vergessens. Eine Stimme versuchte, zu mir durchzudringen. Ich lag in einem Bett. Eine Notbeleuchtung spendete schummriges Licht. War ich in einem Krankenzimmer? Was war passiert? Warum war ich ohnmächtig geworden?

»Kommen Sie zu sich, Frau Eckardt! Ihrem Sohn geht es gut!«

Jemand maß meinen Blutdruck, geschäftig, schnell und routiniert.

Langsam dämmerte mir, was passiert war. Ich war in Ohnmacht gefallen!

Ich wollte doch für ihn da sein, Tag und Nacht!

»Kann ich ihn sehen?« Mit letzter Kraft wollte ich mich aufrichten, doch alles drehte sich um mich her. Oh Gott, und was war mit Lotta und Valentin? Ich hatte doch versprochen, sie anzurufen, sobald die OP überstanden war! Lotta war bestimmt schon wahnsinnig vor Angst.

»Nein, Frau Eckardt, es ist mitten in der Nacht, aber Sie können ihn morgen sehen. Schlafen Sie weiter, es sind noch andere Patientinnen im Raum ...« Die routinierten Hände drückten mich sanft auf das Kissen zurück. »Hier, trinken Sie das. Davon werden Sie wunderbar schlafen.«

»Seine Beine ...?«

»Es ist alles gut.«

»Aber Lotta und Valentin, ich muss doch ...«

»Wir kümmern uns.«

Dankbar trank ich einen warmen Tee, der mit Beruhigungstropfen angereichert war.

»Wir wollten Ihnen nur die gute Nachricht bringen, dass Ihr Sohn stabil ist und nicht mehr in Lebensgefahr schwebt. Wir konnten beide Beine retten. Gute Nacht!«

Nach einem sturzbachartigen Tränenguss, den ich möglichst geräuschlos über mich kommen ließ, um die anderen nicht zu wecken, gelang es mir tatsächlich, noch einmal tief einzuschlafen. Was für ein erlösender Schlaf.

Gegen drei Uhr nachmittags wurde ich erneut geweckt. Ich hatte geschlafen wie ein Stein.

Und fühlte mich gleich wieder furchtbar schlecht. Ich hatte schlappgemacht! Und Hans hatte nicht nach seinem Sohn gefragt. Ich wusste nicht, was mich mehr beschämte.

»Frau Eckardt, jetzt frühstücken Sie erst einmal, und wenn Sie sich etwas frisch gemacht haben, dürfen Sie Ihren Sohn sehen.«

»Ich muss mit Spanien telefonieren ...«

»Ihre Schwiegertochter haben wir schon unterrichtet. Die Eltern aus Schweden sind gut angekommen in Spanien, dem kleinen Valentin geht es gut, machen Sie sich keine Sorgen.«

Oh Gott, was waren das für wunderbare Menschen! Erleichtert sank ich noch einmal zurück, bevor ich das stärkende Frühstück zu mir nahm.

»Kann ich jetzt …?«

»Ja, Frau Eckardt, Sie können Ihren Sohn kurz sehen. Er liegt im künstlichen Koma auf der Intensivstation.« Mit bleiernen Gliedmaßen wankte ich hinter der Schwester her. Vor der Intensivstation musste ich mir grüne Schutzkleidung anziehen, die Hände desinfizieren und mir einen Mundschutz umbinden lassen.

»Bitte, Frau Eckardt, aber nur kurz.«

Und da lag er, mein Fritz. An Schläuchen und Kanülen an Maschinen, die ihn künstlich am Leben erhielten. Sein Gesicht war kaum zu erkennen vor lauter Blutergüssen und Verbänden.

Aber die Beine waren dran. Um ihn herum lagen andere Patienten, nackt, bäuchlings, unter dünnen Decken. Ein Bild des Jammers, hier hingen lauter Leben an seidenen Fäden. Schwestern und Ärzte eilten vermummt und stumm von einem zum anderen.

»Wann kann ich mit einem Arzt …«

»Warten Sie bitte draußen vor der Intensivstation. Es kann dauern.«

Und wieder saß ich Stunden im Wartebereich, schaute sehnsüchtig zur Tür, in der Hoffnung, dass Fritz' Vater herbeieilen würde, bis sich endlich ein junger, übernächtigter Arzt meiner erbarmte. Und er sprach klare Worte mit mir.

»Frau Eckardt, Sie können gar nichts für Ihren Sohn tun. Es hilft hier niemandem, wenn wir Sie auch noch als Patientin haben. Bitte lassen Sie sich von einem Sanitäter nach Hause fahren und bleiben Sie dort. Wir tun hier unser Bestes.«

»Aber ich muss ihn doch spüren lassen, dass ich da bin!« Es

waren meine traumatischen Erinnerungen aus der Kindheit, die über mich fielen wie eine schwarze Decke. Meine Großmutter war auch für mich da gewesen, sonst hätte ich die Hungerfolter und die Einsamkeit und die Angst damals als Kleinkind in der Fremde nicht überlebt. Alleine das Wissen, dass sie in der Nähe war, hatte mir die Kraft verliehen, das durchzuhalten.

Aber was ahnte schon der junge, gestresste Arzt davon, dessen Pieper in seiner Kitteltasche schon wieder losging. »Frau Eckardt, bitte …« Er zeigte genervt auf den Ausgang.

Ohne dass ich es verhindern konnte, brach ich in Tränen aus. Wenn doch jetzt wenigstens Hans an meiner Seite wäre! Wie konnte ein Vater so gefühllos für die Nöte seines Sohnes sein! Und für die Nöte seiner Frau, die ihn seit Jahrzehnten liebte!

Der Arzt tätschelte mir beruhigend die Hände.

»Frau Eckardt, für die Heilung Ihres Sohnes wird jetzt die Zeit wichtig sein. Die müssen Sie ihm geben.«

»Aber können Sie mir noch sagen, wie die Operation verlaufen ist?« Angstvoll klammerte ich mich an jeden kleinen Strohhalm. Ich musste ja auch Lotta und Valentin sagen, wie es um ihn stand.

»Die Verletzungen sind sehr schwer. Wir tun unser Bestes. Rufen Sie an, wann immer Sie wollen, die Ärzte und Schwestern geben jederzeit Auskunft.«

Und so verließ ich halbwegs getröstet nach zwei Tagen und zwei Nächten das Krankenhaus.

Ich war da gewesen, ich hatte mein Bestes getan! Mehr konnte ich nicht tun, und ich war mir sicher, dass Fritz meine Nähe gespürt und unterbewusst wahrgenommen hatte.

Zu Hause bangte meine Mutter, Nadine und Manuela erwarteten mich ungeduldig.

Der Sohn von Gerlinde, Phillip, bei dessen Geburt ich damals im Zimmer gewesen war, hatte mich nach Hause gefahren. Wie sich die Kreise des Lebens doch schließen.

Auch Onkel Hans und Tante Christa nahmen regen Anteil am Schicksal von Fritz. Nachbarn und Freunde kamen und fragten, was sie für uns tun könnten. Viele saßen einfach mit stummer Anteilnahme bei uns und weinten mit mir, dafür würde ich ihnen immer dankbar sein.

Der Einzige, der sich nicht blicken ließ, war Hans. Das gab mir den Rest. Ich würde mich von ihm scheiden lassen. Nach zweiunddreißig Jahren Ehe.

Doch meine eigenen Interessen mussten warten. Es folgte eine lange Leidenszeit, die uns allen viel Geduld abverlangte. Ab dem 17. März fuhr ich jeden Tag ins Krankenhaus und saß an Fritz' Bett. Immer noch war er im künstlichen Koma, doch die Schwestern ermutigten mich nun, mit ihm zu sprechen.

»Er hört Sie, Frau Eckardt, er spürt, dass Sie da sind, und das braucht er für seinen Genesungsprozess!«

Und so nahm ich zaghaft Fritz' Hand.

»Weißt du noch, Fritz, wie du mit deinem Freund die Würstchen aus dem Kühlschrank geklaut hast? Da warst du zehn oder elf.« Vorsichtig strich ich über seinen Handrücken, in dem Nadeln und Kanülen steckten. Mit meinem bayrischen Akzent redete ich leise auf ihn ein. Sicher spürte er, dass er in der Heimat war. Auch Heimat ist wichtig, um ins Leben zurückzukehren, dessen war ich mir ganz sicher. »Ich hatte zehn Schweinswürschtl beim Metzger gekauft, weil dein Vater abends grillen wollte, mit seinen Kollegen vom Bau. Ja, und als ich nachmittags von der Arbeit in der Fabrik zurückkam, da waren die Würschtl weg!«

Leise gluckend strich ich ihm über die aschfahle, eingefallene Wange, auf der längst Bartstoppeln standen.

»Ich suchte die Würschtl überall, hatte ich sie im Wagen liegen lassen? Da zog schon der Geruch nach Gegrilltem durchs Haus, ich ahnte Schlimmes, ging immer der Nase nach, und da hocktest du mit dem Acki glücklich und stolz auf einer Wolldecke auf der Terrasse. Ihr habts ausgschaut wira zwei Kater, die gerade a Maus verdrückt haben. Und i hab gfragt: ›Jungs, habt ihr etwa die Würschtl ganz alleine gegrillt?‹

›Ja, Mama, und auch schon gegessen!‹

Ihr wart so stolz, dass ihr das geschafft hattet, und fühltet euch wiera zwoa richtige Mannsbuider. Der Papa wollte doch immer, dass du ein richtiges Mannsbuid wirst. Wie konnte ich da schimpfen? Und dann hast du gesagt, Fritz: ›Die Oma hat auch zwei Würschtl bekommen!‹ Na, was musste ich mir das Lachen verbeißen! Dass mei Mama bei solche Scherze mitmacht! Aber dich hat's immer abgöttisch g'liebt, Fritz, bei dir hats nia geschimpft. Ich bin schnurstracks zurück in die Küche, hab schnell eine Gemüsesuppe und Pfannkuchen gemacht, und als der Papa mit seinen Kumpels vom Bau kam, haben sie alles mit Genuss gegessen und nichts vermisst. Ich hatte auch noch ein paar Flaschen Bier dazugestellt.«

So plauderte ich und versuchte, meinem erwachsenen Fritz meine freundlich mütterliche Stimme ins Unterbewusstsein und in sein inneres Kind dringen zu lassen. Denn das innere Kind verlässt uns nie, das hatte ich schon gelernt. Und irgendwann schien es zu helfen.

Am 12. April begann das langsame Aufwachen. Fünf Tage lang versuchte mein Fritz, zurück ins Bewusstsein zu kommen, verzweifelt und wirr, unverständlich murmelte er unzusammenhängendes Zeug, warf den Kopf hin und her, fuchtelte mit den Händen in Panik, erlebte offensichtlich den Unfall noch einmal, versuchte, sich zu schützen, fiel, fiel ins Bodenlose, schrie und stammelte. Es war schrecklich, seine Qualen mit anzusehen.

»Fritz, ich bin doch hier, deine Mama! Du bist zu Hause!«

»Geben Sie ihm Zeit, Frau Eckardt, der Aufwachprozess kann Wochen dauern.«

Am 18. April war er kurzfristig zum ersten Mal ansprechbar.

»Mama!«

»Ja, mein Sohn, willkommen im Leben zurück!« Mir schossen die Tränen ein, und hastig wischte ich sie weg.

»Was ist passiert …? Ich habe solche Schmerzen …«

»Es ist alles gut, Hauptsache, du bist wieder bei uns.«

Es folgte am 24. April die Entfernung der Kniescheibe. Dabei wurde ein Infekt im Bein festgestellt, verursacht durch Krankenhauskeime in Málaga.

Worte wie »Blutvergiftung« und wieder »Amputation« hallten durch mein gemartertes Hirn.

»Frau Eckardt, wir haben leider schlechte Nachrichten. Wir müssen so schnell wie möglich bei Ihrem Sohn einen Test machen.«

»Was denn für ein Test, um Himmels willen?«

»Bei dem ersten Verfahren handelt es sich um einen sogenannten Multiplex-PCR-Test, der direkt vor Ort hier in der Klinik durchgeführt werden kann. Ihrem Sohn wird dazu von der Haut ein Abstrich genommen und binnen weniger als drei Stunden analysiert.«

»So lange werde ich warten.«

»Das können Sie gerne tun. Problematisch wird es, wenn Staphylokokken in den Körper eindringen«, erklärte mir der Arzt, aber ich verstand nicht mal die Hälfte. »Im offenen Bein Ihres Sohnes können sie zu Entzündungen von Wunden, schweren Eiterungen und sogar zu einer Blutvergiftung führen.«

»Oh Gott, was machen wir denn? Helfen Sie ihm doch! Was ist mit Penicillin?«

»Wir können nur abwarten. Staphylokokken sind sehr anpassungsfähig und oftmals antibiotikaresistent.«

»Wie?« Ich schlug die Hände vor den Mund. Ich wusste doch nicht, was das alles bedeutete, hatte keine Nachschlagewerke zur Verfügung, und die Ärzte glaubten wohl, ich verstünde ihr Latein!

»Wir können nur hoffen, dass es nicht der methicillinresistente Staphylococcus aureus, der Krankenhauskeim MRSA ist ...« Das überforderte mein armes geplagtes Hirn komplett, und an diesem Tag kam ich wieder verzweifelt und völlig fertig mit den Nerven aus dem Krankenhaus nach Hause.

Bad Aibling, 25. April 1990

»Lotta und Valentin sind da!« Nadine und Manuela kamen mir schon am Gartenzaun entgegen.

»Bitte, Tante Anni, weine nicht vor ihnen! Sie sind doch selbst ganz verzweifelt!«

Der kleine Valentin spielte und tobte ganz aufgedreht bei uns im Garten herum. Der lange Flug von Spanien und die Aufregung seiner Mutter hatten ihn ganz kirre gemacht.

»Heute hat Fritz unvorstellbare Schmerzen!« Ich rieb mir hastig über die Augen, als meine Schwiegertochter mir verweint entgegenkam. »Die Schmerzen konnten lange nicht gelindert werden, erst gegen Abend ist er ganz erschöpft eingeschlafen ...«

»Mama Anni, ab heute löse ich dich mit den Besuchen ab.«

Lotta überließ mir an diesen Tagen den kleinen Valentin, und ich hatte zwischendurch etwas Zeit und Muße, meinen einzigen Enkel besser kennenzulernen. Meine Mama stand oft oben auf ihrem Balkon und beobachtete mit wehmütigem Gesichtsausdruck, wie ich mit ihm spielte und schmuste. Was für ein süßer, goldiger Kerl!

Sie selbst hatte ja mit Fritz gespielt, als er ungefähr so alt war wie jetzt Valentin. Und ich hatte in der Fabrik im Akkord gearbeitet und abends noch auf dem Bau geschuftet. Und wofür das alles?

Dass mein Mann mich verließ und unser Fritz an Krücken endete?

Unsere Blicke trafen einander oft und tief. Was hatten wir alles erduldet, um eines Tages glücklich zu sein und in Frieden zu leben! Doch das war uns nicht vergönnt.

Nachdem Lotta endlich bei ihm war, schien es Fritz etwas besser zu gehen.

Am 12. Mai entschlossen sich die Ärzte zur nächsten OP.

Und so zog sich diese schmerzhafte Odyssee durch unseren Sommer; ausgerechnet jener Sommer, in dem Manuela mit Bravour ihr Abitur bestand!

Wir waren alle unfassbar stolz auf sie, als wir gemeinsam in der Aula ihres Gymnasiums in einer Reihe saßen. Als Zweitbeste ihres Jahrgangs hatte sie bestanden!

Nach diesem turbulenten Sommer trat sie ihren Studienplatz in Jura an und wurde später Rechtsanwältin. Na, Miranda, dachte ich, als ich sie Jahre später in ihrer schwarzen Anwaltsrobe sah. Das hättest du wohl nicht gedacht, als du mir die Mädchen in Sandalen und T-Shirts in jenem Herbst an den Straßenrand gestellt hast.

Nadine hingegen schloss ihre Ausbildung als Konditorin erfolgreich ab. Drei Jahre lang hatte ich sie jede Nacht um drei nach Bad Feilnbach gefahren, weil sie es allein in ihrem Lehrlingszimmer nicht ausgehalten hatte. Aber ich sagte es ja bereits: Wer, wenn nicht ich, hätte ihre Urängste vor dem Verlassenwerden verstehen sollen?

Am 22. Mai durfte Fritz endlich im Rollstuhl in die Reha nach Harthausen. Am 10. September erfolgte die nächste Operation, und wieder gab es eine Infektion, diesmal am Schienbein. So ging es im Rollstuhl über Monate zwischen Operationssaal, Intensivstation und Reha hin und her, und ich wich nicht von seiner Seite. Lotta wohnte mit Valentin die ganze Zeit bei mir, und gemeinsam standen wir diese schwere Zeit durch.

Insgesamt saß mein Fritz vier Jahre im Rollstuhl. Aber gemeinsam haben wir es geschafft.

»So! Du hast also die Scheidung eingereicht?« Hans, der in den letzten Jahren durch Abwesenheit geglänzt und nicht mit mir geredet hatte, polterte eines Nachts betrunken zur Tür herein. »Aber vorher sollst du mich kennenlernen!«

Ich war ganz schlaftrunken die Treppe heruntergekommen, als ich ihn an der Haustür randalieren hörte.

»Hans? Was soll das? Es ist mitten in der Nacht!«

»Das hier ist immer noch mein Haus!« Mit rasender Wut kam er auf mich zu, packte mich mit beiden Händen und stieß mich gegen das Treppengeländer. »Und das wirst du nicht bekommen!«

»Mama!«, schrie ich in höchster Not.

Meine Mutter war inzwischen schon recht dement. Wie ein Geist im Nachthemd erschien sie oben auf ihrem Treppenabsatz und starrte uns an. Aber eigentlich schaute sie durch uns hindurch. Vielleicht sah sie längst verblasste Szenen der Gewalt aus ihrer Erinnerung vor Augen.

Doch da hatte mir Hans schon mehrere Fausthiebe gegen die Brust versetzt.

Ächzend sank ich neben das Treppengeländer auf den Fußboden. Ich bekam keine Luft mehr!

»Hilfe! Mama …«

Meine Mutter starrte nur wie eingefroren auf das Schauspiel, das sich ihr bot: Hans trat noch ein paarmal nach mir, dann stürzte er zur Tür hinaus und fuhr mit quietschenden Reifen davon.

»Mama, so sag doch was …«

Mit toten Augen vor sich hinstarrend, murmelte meine Mutter vor sich hin: »Am 22. Januar 1945 sind wir in dem sibirischen Lager angekommen, es war bitterkalt, man hat uns auf Lastwagen in ein Lager gebracht. Es fehlten Fenster und Licht. Eine stinkende

Höhle aus Schimmel und Rost, Eis und verrottetem Holz. Das sollte nun für fünf Jahre lang unser Zuhause sein!«

»Mama, ich brauche einen Krankenwagen!«

»Den brauchen wir alle, Kind, das kannst du mir glauben. Nun sitzen wir im dunklen Lager und klagen einander die Not. Wir weinten bittere Tränen bei Wasser und einem Stückchen Brot. Von Eltern und Kindern verlassen, Gott, Vater, was geschieht nun mit uns! Wir müssen in der Kohlengrube arbeiten, in drei Schichten.«

Sie war in ihren fürchterlichen Erinnerungen gefangen, und ich musste sehen, dass ich selbst ans Telefon kriechen konnte.

»Im Lager am Mittag um zwei, da war es mit der Ruhe vorbei. Wir müssen täglich in den Schacht, hungrig, dass uns der Magen kracht. Wir sagen einander Auf Wiedersehen, wir müssen schon wieder gehen, wer weiß, ob wir uns lebend wiedersehen. Und mit einem gottergebenen Blick gehen wir schwer bewacht vom Lager fort. Wir müssen täglich in die Grube, tausend Meter unter Tage, dort müssen wir zehn Stunden Kohlen schippen, eine unermesslich schwere Plage. Wir schieben die schweren Kohlenwagen in der Grube hin und her, müssen uns hier schrecklich plagen, diese Arbeit ist furchtbar schwer. Wir sind so kraftlos und erschöpft, so ausgehungert und übermüdet, wir zittern vor Anstrengung und Schmerzen und schneidender Kälte an jedem Glied.«

»Hallo? Gerlinde? Hans hat mich geschlagen! Ich habe die Scheidung eingereicht!«

»Ich schicke dir meine Tochter Elfriede, die bringt dich ins Krankenhaus!«

»Doch kann das hier alles umsonst nicht sein, es wird auch für uns wieder Sonnenschein. Es geht alles vorüber, es geht alles vorbei, zehn Stunden in der Grube, und zehn Stunden frei.«

Meine Mutter hatte ein Gedicht gemacht! Und trug es mir seelenruhig vor, während mir das Blut aus dem Mundwinkel lief.

Ich wusste nicht, wie mir geschah, ich konnte mich kaum bewegen.

Nachdem sich Hans nicht ein einziges Mal bei seinem schwer verletzten Sohn hatte blicken lassen, hatte ich tatsächlich die Scheidung eingereicht. Meine Freundin Gerlinde hatte mir schon lange dazu geraten, und auch andere Freunde und Nachbarn, die seine Gefühllosigkeiten mitbekommen hatten.

Nun hatte ich es gewagt, eine Rechtsanwältin aufzusuchen, und das war seine Reaktion gewesen.

»Mama, ich fahre ins Krankenhaus, kommst du alleine zurecht?«

Doch meine Mutter war wie ein Gespenst wieder in ihrem Schlafzimmer verschwunden, wo sie weiter Gedichte aus ihrer Gefangenschaft rezitierte.

Unterdessen klingelte es schon an der Haustür. Gerlinde hatte mein Patenkind verständigt.

»Tante Anni, wer hat dich denn so zugerichtet?« Elfriede schlug die Hände vor das Gesicht.

»Ja, ist denn der Onkel Hans verrückt?«

»Ich habe fürchterliche Schmerzen im Brustbereich, ich kriege keine Luft mehr …«

»Komm schnell, Tante Anni, ich fahre dich ins Krankenhaus.«

Dort angekommen, stellte der diensthabende Arzt Prellungen und Blutergüsse fest, die eindeutig von häuslicher Gewalt stammten.

»Frau Eckardt, Sie sollten sofort Anzeige gegen Ihren Mann erstatten!«

»Ach, Herr Doktor, das möchte ich nicht! Ich habe ihn doch mal geliebt!«

Einige Tage später saß ich bei meiner Anwältin und zeigte ihr die Fotos und den Arztbericht.

»Ich bin so froh, dass meine Mutter das gar nicht mehr mitbekommt. Sie hat früher große Stücke auf ihren Schwiegersohn gehalten, aber jetzt ist sie in ihrer Welt der Erinnerungen verschwunden.« Die Anwältin hörte mir aufmerksam zu und machte sich Notizen. »Ich habe mir wirklich eine Menge bieten lassen, aber jetzt ist Schluss damit.«

»Ja, das sehe ich auch so.« Mitfühlend sah sie mich an und nickte. »Sie sind die Geduld und Gutmütigkeit in Person, Frau Eckardt. Jede andere hätte viel früher das Handtuch geschmissen. Fast vier gemeinsame Jahrzehnte! Das Haus dürfen Sie nicht hergeben, schließlich haben Sie Ihre pflegebedürftige Mutter darin zu betreuen!«

»Immer habe ich gedacht, es würde doch eines Tages eine Wende eintreten. Dass er sich nicht um unseren Sohn gekümmert hat, als dieser monatelang zwischen Leben und Tod schwebte, das kann ich ihm nicht verzeihen. Aber selbst misshandelt zu werden, das kann ich nicht auch noch hinnehmen, das geht zu weit.«

»Sie müssen jetzt vermeiden, dass er noch einmal gewalttätig wird. Denn die Briefe, die er von mir erhält, werden ihn weiter in Rage bringen.« Und damit listete sie die Forderungen auf, die wir gegen ihn stellten.

»Hat er einen Rentenanspruch? Das ist sehr wichtig für die Scheidungsverhandlungen!«

Die Anwältin sah mich mit hochgezogenen Augenbrauen skeptisch an.

»Nein, ich fürchte, er hat höchstens vierzehn Jahre in die Rentenkasse eingezahlt, ich aber rund vierzig Jahre!«

»Dann sieht es sehr schlecht für Sie aus, Frau Eckardt.« Die Anwältin tippte sich mit ihrem Kugelschreiber unwillig gegen die Finger. »Im Regelfall werden die Rentenansprüche gegeneinander aufgewogen, besonders nach einer so langen Ehe!«

Ich verstand gar nichts mehr. »Ich habe während meiner Akkordarbeit in der Fabrik doppelt so viel verdient wie mein Mann!«

»Ja, das wird er jetzt als Vermögensaufteilung einklagen.«

»Und ich habe drei Kinder großgezogen und meine Mutter gepflegt, während er sich im Waldhaus mit anderen Frauen vergnügt hat!«

»Letztlich zählt, was unter dem Strich als ehelicher Zugewinn anerkannt wird!«

Und so zog sich der Scheidungsprozess unangenehm in die Länge. Immer wenn Hans plötzlich tobend ins Haus platzte, setzte ich mich stumm neben meine Mutter auf das Sofa. Vor ihr hatte er Respekt, da traute er sich nicht, mich tätlich anzugreifen. Und meine Mutter schaute apathisch durch ihn hindurch.

»Du kriegst die Hütten nicht, dass du es nur weißt!« Hans griff wütend nach einem Stuhl und schleuderte ihn durch das Wohnzimmer. »Das kannst du dir abschminken!«

Es fielen noch wesentlich derbere Schimpfworte, die ich nicht wiederholen möchte. Meine arme Mutter saß stumm dabei und starrte ins Nichts.

Und dann kam der Bescheid seines Anwaltes bei meiner Anwältin an. Ich verstand erst gar nicht, was darin stand, so unfassbar waren seine Forderungen.

Immer wieder hatte ich ihn früher ermahnt, selbst in die Rentenkasse einzuzahlen, und seine höhnischen Worte waren gewesen: »Das hättest du wohl gern, dass du eines Tages die lustige Witwe machst mit meiner Rente!«

Und plötzlich war es umgekehrt! Meine Welt drehte sich rückwärts, als die Familienrichterin beim Scheidungstermin kurz und knapp verlas, was bereits entschieden war: »Hiermit wird die Ehe der beiden Eheleute Hans und Anna Eckardt geschieden. Somit geht das gemeinsame Haus in den alleinigen Besitz von Frau Anna Eckardt über. Des Weiteren kommt Frau Anna Eckardt mit fünfhundert Mark monatlich für die nicht vorhandene Rente des Herrn Hans Eckardt auf.«

Damit blieben mir selbst nur vierhundertsechzig Mark Rente!

Weiter verstand ich gar nichts mehr. Das Blut pulsierte mir in den Ohren, der Boden tat sich unter meinen Füßen auf. Ich hatte mein Leben lang gewissenhaft Rente eingezahlt, um mehr als die Hälfte davon monatlich meinem untreuen und lieblosen Ex-Mann auszahlen zu müssen?

Wie in Trance fuhr ich von diesem Scheidungstermin nach Hause. Mutter saß teilnahmslos auf dem Sofa und konnte meinen Schmerz nicht mehr mit mir teilen.

In meiner Verzweiflung rief ich Onkel Hans und Tante Christa an. Beide waren inzwischen Mitte siebzig und besaßen zwei Häuser, ein kleines, altes, welches sie selbst bewohnten, und ein großes, neues, das sie vermietet hatten.

»Onkel Hans, jetzt gehe ich auf die sechzig zu, bin aber völlig mittellos«, heulte ich hilflos ins Telefon. »Ich bin so arm wie eine Kirchenmaus und muss mich hoch verschulden, um Hans auszahlen zu können!« Verzweifelt schilderte ich den beiden alten Herrschaften, wie ungerecht das Scheidungsurteil ausgefallen war. »Ich muss ihn monatlich auszahlen, das schaffe ich doch nie … Es tut mir so leid, dass ich euch damit behellige, aber ich weiß mir keinen Rat!«

Die alten Leutchen hatten aber keine Idee, was man tun könnte, sosehr sie mir auch helfen wollten.

Und nachdem ich nun selbst nur noch vierhundertsechzig Mark Rente bekam, nach vier Jahrzehnten Berufstätigkeit, ging ich abends in ein Gasthaus aushelfen, spülte Geschirr und putzte, und für tagsüber nahm ich wieder Heimarbeit an. Denn ich hatte ja meine demente Mutter in Pflege und konnte sie nicht alleine lassen. Immer wieder büxte sie mir aus und wanderte ziel- und planlos über die Felder. Ich musste dringend die Terrasse einfassen lassen, aber wovon sollte ich diesen Umbau nur bezahlen?

Meinen Sohn Fritz um Hilfe zu bitten, lag mir fern. Er hatte selber in Schweden mit Lotta ein Haus gekauft und musste seine Kredite abbezahlen. Und nach seinem Unfall war er zunächst einmal arbeitslos.

So rackerte ich weiter, ohne mir einen einzigen freien Tag zu gönnen. Mein Rücken drohte zu zerbrechen. Und das war psychosomatisch, wie mein Physiotherapeut mir sagte: Man hatte mir endgültig das Rückgrat gebrochen! Schlafen konnte ich überhaupt nicht mehr: Sollte es das gewesen sein mit meinem Leben? Ich hatte doch immer nur für andere gerackert und geschuftet, nie zuerst an mich gedacht, und nun stand ich vor einem riesigen Schuldenberg.

Mit meinem jämmerlichen Stundenlohn und der halben Rente würde ich diesen zu Lebzeiten nicht mehr abarbeiten können! Mein Fritz würde irgendwann einen Schuldenberg von mir erben. Das hatte ich doch nie und nimmer gewollt!

Ich war gerade eingeschlafen, es war schon gegen Morgen, da klingelte es plötzlich an der Haustür.

Oh Gott, schon halb neun? Hastig lief ich im Nachthemd zum Schlafzimmerfenster, in der Erwartung eines Gerichtsvollziehers, der mir meine Möbel pfänden würde. Schlimmste Albträume hatten mich in einen wirren Abgrund der Selbstzweifel und Grübeleien gerissen.

»Onkel Hans …«

»Anni, zieh dir was an, was liegst du noch im Bett herum?«

»Mir geht es nicht gut … was ist denn los?« Irritiert rieb ich mir die Augen.

»Wir fahren zum Gericht!«

»Ja … aber es ist doch alles schon entschieden?«

»Kind, so vertrau uns doch einmal!«

Keine zehn Minuten später trippelte ich mit Kostüm und Handtasche zum Auto.

»Tante Christa? Was kann ich für euch tun?«

»Das ist doch mal wieder typisch Anni. Was *du* für *uns* tun kannst?« Onkel Hans wendete umständlich in der Einfahrt und rammte fast meinen eigenen Kleinwagen, der da stand. Er war ein miserabler Autofahrer. Meine Nerven lagen blank. »Pass bitte auf, Onkel Hans, da steht der Kinderwagen der Nachbarn! Ach Gott, um die muss ich mich ja auch noch kümmern, die sind ja gerade erst eingezogen, und ich muss noch die Zimmer von Fritz vermieten …«

»Jetzt geht es ausnahmsweise mal nur um dich, Anni.« Tante Christa, die auf dem Beifahrersitz thronte, versperrte mir mit ihrem Hütchen die Sicht. »Wir adoptieren dich.«

»Bitte *was* tut ihr?« Ich stieß fast an die Decke des altmodischen Mercedes, der sich mühsam wie ein Schlachtschiff auf rauer See durch die Straßen kämpfte. »Achtung, Onkel Hans, der Trecker von rechts hat Vorfahrt!«

»Ja, ist ja schon gut, der hat mich doch gesehen …« Wütendes Hupen begleitete uns.

»Wir adoptieren dich, Kind. Das hätten wir schon längst tun sollen.«

»Aber warum habt ihr das nicht vor vierzig Jahren gemacht, als ich so einsam und arm war, dass ich mir am liebsten das Leben genommen hätte?« Plötzlich sah ich mich wieder in der Dachkammer dieses Kinderheims stehen, wo ich kurz davor war, in den Wildbach zu springen. Oder in dieser schrecklichen Metzgerei … wie oft hatte ich gefleht, bei den Großeltern leben zu dürfen, die ja bei Onkel Hans und Tante Christa untergekommen waren!

»Wir wollten dich damals deiner Mutter nicht wegnehmen. Es hätte sie umgebracht.«

Die Tante tätschelte über ihre Schulter meine Hand.

»Aber jetzt ist Amalie dement und kriegt das gar nicht mehr mit, und du brauchst unbedingt das Haus und auch Zeit für sie.« Onkel Hans rammte fast einen rückwärts ausparkenden Wagen vor einem Supermarkt und kam kurz ins Schlingern.

»Schau, Anni, wir haben doch keine eigenen Kinder. Bis jetzt haben wir nie darüber gesprochen, wer mal unsere zwei Häuser erbt. Aber die sollst du natürlich erben.«

Ein undefinierbares Glücksgefühl, gemischt mit Fassungslosigkeit, breitete sich wie Brausepulver in meinem Inneren aus.

Plötzlich wich die Dunkelheit von Sorgen, Existenzängsten und Demütigung einer grenzenlosen Freude. Die Erleichterung legte sich wie ein riesiges sauberes, frisch gestärktes Laken auf die Frühlingswiese der Zukunft. Sollte ich doch noch ein paar schöne Jahre vor mir haben?

Es stimmte, eigentlich kümmerte ich mich seit über vierzig Jahren um die beiden. Durfte ich die Adoption annehmen, in meinem Alter?

»Vorsicht, Onkel Hans, die Frau mit dem Kinderwagen will über den Zebrastreifen …«

Mit einer Vollbremsung kam der ausladende Mercedes in letzter Sekunde zum Stehen, und ich flog fast zwischen den beiden Vordersitzen nach vorn.

Die junge Mutter mit dem Kinderwagen zeigte uns kopfschüttelnd einen Vogel.

»Kind, ich leide seit Jahren auf dem Beifahrersitz Höllenqualen.« Tante Christa klammerte sich an der Halteschlaufe des altmodischen Schlachtschiffes fest. »Irgendwann kriege ich noch einen Herzinfarkt! Onkel Hans ist jetzt bald achtzig und will den Führerschein nicht abgeben.«

»Nein, Onkel Hans, ich sag dir was.« Ich schnellte von meiner Rückbank nach vorn, die noch über keinerlei Sicherheitsgurte verfügte, und legte meine Arme je auf eine Schulter von Onkel und Tante.

»Ich lasse mich von euch adoptieren, aber ab sofort bin ich dann auch eure Tochter. Das heißt, ich fahre euch, wohin ihr wollt, Tag und Nacht, aber bitte, Onkel Hans, gib den Führerschein ab!«

Und so geschah es auch.

Und auch mein schwieriger Fall war bald gelöst. Im Mai wurde der Antrag gestellt, Ende Oktober kam es zur Adoption.

Bad Aibling, 30. Dezember 2000

Zu meinen neuen alten Adoptiveltern »Papa« und »Mama« zu sagen, fiel mir doch gar zu schwer. Wir blieben bei Onkel Hans und Tante Christa. Aber das Gefühl, auf dem Papier ihre Tochter zu sein, war beruhigend. Auch wenn ich selbst schon Großmutter war! Darüber musste ich oft lächelnd den Kopf schütteln. Was wohl die Leute darüber dachten? Aber das sollte mir egal sein.

Seit der Adoption kutschierte ich Onkel und Tante täglich zu ihren Arztterminen, zum Supermarkt und wohin immer sie wollten, und wenn es nur an den Waldrand war, damit sie sich die Beine vertreten konnten. Den alten Mercedes hatten wir verkauft, und statt meinem NSU Prinz fuhr ich nun einen flotten Opel Astra.

»Onkel, geht es dir nicht gut?«

»Ich weiß nicht, Anni, bring mich bitte ins Krankenhaus.«

»Natürlich, wird gemacht.«

Der über achtzigjährige Onkel schwächelte wirklich plötzlich, und ich beruhigte die Tante: »Wenn er stationär aufgenommen wird, bringe ich dich später zu ihm! Kannst du dich bitte so lange um Mutter kümmern? Sie geht mir immer wieder stiften!«

Tante Christa war im Gegensatz zu meiner Mutter Amalie noch

völlig klar im Kopf, und ich musste daran denken, wie die beiden zusammen in Sibirien gewesen waren und immer zusammengehalten hatten. Eine hatte die andere gestützt, moralisch wieder aufgebaut, mit ihr die Sonnenblumenkerne geteilt, gehofft und gebangt, dass ihre Männer noch lebten …

Wie lange war das jetzt her! Schon ein halbes Jahrhundert … und niemand redete mehr darüber!

»Mama! Das ist Tante Christa, deine Schwägerin! Die kümmert sich jetzt um dich, ich fahre nur schnell Onkel Hans ins Krankenhaus!«

Meine Mama starrte in letzter Zeit nur noch ins Leere. Sie war in ihren Erinnerungen gefangen und versuchte, aus ihrer imaginären Gefangenschaft zu entkommen. Oft lief sie in Pantoffeln und im dünnen Nachthemd verzweifelt über die Felder und schien etwas zu suchen. Ihr Kind? Etwa mich …?

»Ach, Onkel Hans, sie wird mit ihrer Vergangenheit nie fertigwerden …«

»Wer von uns wird das schon.« Onkel Hans ließ sich ächzend von mir anschnallen und fasste sich dabei ans Herz. »Wir sind um unsere Jugend und unsere schönsten Jahre gebracht worden, aber keiner will das heute mehr hören. Niemand setzt sich für uns ein. Wir haben alles aus eigener Kraft noch einmal geschafft, und die lächerliche Entschädigung, die man uns damals angeboten hat …« Er fasste sich erneut ans Herz.

»Ach, Onkel Hans …« Ich warf einen besorgten Seitenblick auf ihn. Wir hatten alle unser Päckchen zu tragen, und es gab Tage, an denen die grässliche Vergangenheit mit aller Macht wieder nach oben gespült wurde, aus den tief vergrabenen und verschlossenen Kammern des Unterbewusstseins, wie öliger Müll aus den Tiefen des Ozeans.

»Jetzt werd du erst mal wieder gesund.« Ich bugsierte den Onkel aus dem Auto und übergab ihn der diensthabenden Schwester an der Rezeption des Krankenhauses in Bad Aibling. Inzwischen waren wir hier wohlbekannt. Sie versprach, ihn durchchecken zu lassen.

»Gell, Herr Pfeiffer! Wir kriegen das wieder hin!« Und zu mir gewandt: »Können Sie ihm ein paar Sachen holen?«

»Ja, natürlich. Onkel, was brauchst du? Schlafanzug, Hausschuhe, Rasierzeug …«

Wie ein Duracell-Hase hetzte ich wieder in ihr Haus, zu dem ich längst einen Schlüssel hatte, und sammelte alles zusammen. Nach einer Stunde war ich schon wieder bei ihm. Sie hatten ihn stationär aufgenommen.

»Danke, Kind. Mir geht es schon viel besser. Könntest du gegen zwei die Christa bringen? Dann können wir zusammen ›Rote Rosen‹ sehen, unsere Lieblingsserie.«

»Natürlich, Onkel Hans. Ruh dich aus. Ich komme um Punkt zwei mit Tante Christa wieder.«

Ich kam mir vor wie in dem Märchen mit dem Hasen und dem Igel.

Kaum war ich wieder zu Hause angekommen, klingelte das Telefon. Onkel Hans war dran.

»Onkel Hans, was habe ich vergessen?«

»Anni, eine Bitte. Kannst du mir die Christa schon um zwölf bringen, nicht erst um zwei?«

Also keine roten Rosen. Sondern die »Drehscheibe«.

»Natürlich, Onkel. Wird gemacht. Ich versuche, Mama vorher ins Bett zu kriegen.«

Hastig setzte ich das Kartoffelwasser auf. Kopfschüttelnd eilte ich die Treppen hinauf, um nach Mama zu schauen. Vorher musste ich ja noch Tante Christa nach Hause bringen, damit sie sich umziehen konnte, und irgendwann musste ich etwas kochen, … es war keineswegs so, dass mein Leben ruhiger geworden war in all den Jahren, seit die Kinder ausgezogen waren.

Mama saß oben in ihrem Zimmer im Sessel und starrte ins Leere. Tante Christa hatte ein Fotoalbum aufgeschlagen und blätterte darin. »Schau, Anni, hier bist du 1950 bei deinem ersten Weihnachtsfest mit deiner Mama …« Ja, das Foto kannte ich nur zu gut. Wie zwei Fremde standen wir da unter dem Weihnachtsbaum. Ich lächelte sie an, aber sie lächelte nicht zurück. Ihr Blick war schon damals so versteinert wie heute! Ich sah mich als kleines Mädchen um ihre Gunst buhlen, immer und immer wieder, aber ihre Seele hatte ich doch nie erreicht.

Erschaudernd dachte ich daran, wie Tante Christa mich damals durch den Wald zu ihr gebracht und am Waldrand zu ihr hinübergeschickt hatte: Lauf ihr entgegen, das ist deine Mama! Wie wir dann als völlig Fremde zu zweit in diesem winzigen Zimmer bei Frau Thaler gemeinsam in einem Bett schlafen mussten. Wie niemand mit meiner verstörten und vereinsamten Kinderseele Erbarmen gehabt hatte: Nein, du musst dich an deine Mama gewöhnen. Wir nehmen dich nicht mit nach Hause. Du gehörst zu ihr. Wie die Großeltern still gelitten hatten, über Jahre. Weil Onkel Hans und Tante Christa das so wollten. Und nun hatten sie mich adoptiert, ein halbes Jahrhundert später!

»Ach, Tante Christa, das Telefon klingelt schon wieder.« Ich eilte die Treppe wieder hinunter. Onkel Hans war aber heute wirklich anstrengend!

»Also jetzt doch um zwei?«

»Städtisches Krankenhaus Bad Aibling, Pflegedienst Station drei, Sie haben gerade mit Herrn Pfeiffer gesprochen …«

»Ja, vor fünf Minuten. Er sagte, ich solle seine Frau schon um zwölf bringen, ich versuche gerade, das auf die Reihe zu kriegen …« Gott, warum wollte das Kartoffelwasser denn immer noch nicht kochen?

»Herr Pfeiffer ist soeben verstorben.«

Ich fasste mir ans Herz. »Das kann doch gar nicht sein, er wollte doch noch mit seiner Frau die ›Drehscheibe‹ …«

»Anni?«

Plötzlich stand Tante Christa in der Tür. »Deine Mama schläft jetzt. Können wir dann …«

Ich hatte den Hörer noch in der Hand und ließ ihn langsam sinken. »Tante Christa …« Mein Gesicht muss Bände gesprochen haben.

»Nein, Kind, sag, dass das nicht wahr ist!« Weinend brach meine Tante auf dem Küchenstuhl zusammen.

»Achtundfünfzig Jahre waren wir verheiratet!« Sie schlug die Hände vor das Gesicht und schluchzte bitterlich. »Und davon haben sie uns acht Jahre genommen! Die schönsten Jahre, als wir jung waren! So lange war ich in sibirischer Kriegsgefangenschaft und Hans im Krieg! Acht wertvolle Jahre, die besten Jahre unseres Lebens, in denen wir Kinder bekommen hätten … und nun bin ich ganz allein.«

Ich legte meine Hände auf ihre Schultern. »Nein, Tante Christa. Das bist du nicht. Du hast immer noch mich.«

Das Kartoffelwasser blubberte. Mechanisch schaltete ich den Herd ab.

Im Jahr 2001 verkauften meine Tante und ich das alte Haus, und ich konnte über die Hälfte meiner Schulden abbezahlen. Die fast achtzigjährige Tante kümmerte sich noch immer rührend um meine dreiundachtzigjährige Mama, wenn ich einmal keine Zeit hatte. Sie war vollkommen klar im Kopf.

Von dem Geld, das nun locker geworden war, konnte ich die Terrasse mit Glaswänden einfassen lassen, sodass meine Mutter mir nicht mehr ausbüxen konnte. So entstand ein gemütlicher Wintergarten mit weitem Blick über die verschneiten Berge, den herrlichen Wendelstein.

Gleichzeitig baute mir Fritz, der regelmäßig mit Lotta und Valentin in den Ferien kam, die Doppelgarage um zu einem neuen Reich für Mama. Denn ich hatte inzwischen meine liebe Mühe, sie abends die zwei Treppen hinauf in ihr Zimmer zu bugsieren. Sie war so orientierungslos, dass ich sie rückwärts mit der Schulter Stufe für Stufe nach oben schieben musste wie ein bockiges Tier. Es dauerte manchmal Stunden, bis ich sie im Bett hatte.

»Ach, Junge, kannst du nicht auch noch eine Dusche einbauen?«

Das tat mein Fritz natürlich. Aus der Doppelgarage, die ja nun niemand mehr brauchte, entstand also ein schönes Seniorenzimmer mit bodenlangen Vorhängen, einer Fototapetenwand, auf die sie schauen konnte, einem großen Bett und eigenem Spülstein.

Ich revanchierte mich bei der jungen Familie, indem ich mit meinem Enkel Valentin insgesamt zwölfmal in den Europapark Rust fuhr. Jedes Mal blieben wir drei Tage über Nacht und fuhren mit jedem Karussell und jeder Wasserrutsche, die der Vergnügungspark zu bieten hatte.

Valentin kam zweimal jährlich allein mit dem Flugzeug aus Stockholm, seit er vier Jahre alt gewesen war. Damals hatte sich der schwere Unfall von Fritz ereignet, und der Kleine hatte monatelang bei mir gewohnt. Seitdem waren wir unzertrennlich, ein Herz und eine Seele.

Nun holte ich an Valentin nach, was ich an Fritz alles versäumt hatte. Und ich brachte ihm das Mühlespiel bei.

Nach vier Jahren musste ich meine Mutter allerdings in ein Heim bringen, es ging einfach nicht mehr, die schwer demente alte Dame zu Hause zu pflegen. Sie war nun komplett inkontinent und so verwirrt, dass sie Tag und Nacht nicht mehr unterscheiden konnte. Nachts geisterte sie mir durch das Haus und sprach immer wieder von Sibirien und der schwarzen kalten Grube.

Das erste Heim, in dem ich für sie einen Platz bekam, war grauenhaft. Vier demente Frauen in einem Zimmer dämmerten dort bei entsprechendem Gestank vor sich hin. Unmöglich. Meine Mutter musste sich in die Zeit ihrer Gefangenschaft zurückversetzt gefühlt haben, sie ging mir buchstäblich die Wände hoch. Mit Grauen beobachtete ich einige Tage lang, wie sie sich quälte. Sie aß und trank nichts mehr und suchte nur wie ein halb totes Insekt verzweifelt nach dem Ausgang. Ich besuchte sie jeden Tag, doch sie nahm mich gar nicht mehr wahr.

»Ach, Frau Eckardt, die muss sich an die neue Situation gewöhnen, das geht allen unseren Insassen am Anfang so.« Die Pflegerin auf dem Gang klapperte geschäftig mit den Bettpfannen.

»Insassen?« Ich hörte wohl nicht richtig.

Einer plötzlichen Eingebung folgend, schnappte ich mir einen Rollstuhl, der auf dem muffigen Gang stand, setzte meine orientierungslose Mutter hinein und schob sie auf den Parkplatz.

»Hallo? Was machen Sie da? Der Rollstuhl ist Eigentum des Hauses ...«

Mit Mühe setzte ich meine willenlose Mutter in mein Auto und schob den Rollstuhl zurück in den Flur.

»Hier gefällt es uns nicht, schicken Sie uns die Unterlagen zurück.«

»Aber Frau Eckardt, Sie haben doch schon für Monate im Voraus bezahlt.«

»Für kein Geld der Welt lasse ich meine Mutter in diesem stickigen Loch.«

Ich riss die Autotür auf, ließ mich auf den Fahrersitz fallen, um loszufahren, stellte dann aber fest: »Mama, du hängst ja ganz schief auf deinem Sitz ...«

Und plötzlich hob meine Mutter den Kopf, sah mich an und sagte laut und deutlich: »Das geht schon, Anni, es ist ja nicht weit nach Hause. Fahr los, so schnell du kannst!«

Ich musste weinen und konnte nichts mehr sagen. Ich war sprachlos, dass meine Mutter plötzlich wusste, was geschah!

Nach drei Wochen hatte ich für meine Mutter ein wundervolles Pflegeheim gefunden, in dem sie bis 2010 liebevoll gepflegt wurde.

2008 bekam Tante Christa Krebs und starb noch vor meiner Mutter.

2010 ist meine Mutter im Haus Wittelsbach gestorben.

2011 starb Sepp, der Vater der Kinder Nadine und Manuela. Niemand hatte in den letzten Jahren gewusst, wo er gewohnt hatte. Aus einer Kneipe wurde bei mir angerufen, dass sein Leichnam abgeholt werden soll. Auch einen Platz auf dem Friedhof in Willing sicherte ich ihm. Denn seine Töchter sollten einen Platz zum Trauern haben. Miranda blieb mit den beiden jüngeren Mädchen für immer verschwunden.

Manuela ist inzwischen erfolgreiche Anwältin in München, verheiratet und hat zwei Kinder.

Nadine ist Konditorin und hat einen sehr lieben Sohn, Manuel. Eine Beziehung konnte sie nie eingehen, zu gestört war ihr Urvertrauen in die Liebe eines Menschen. Aber sie lebt in meiner Nähe, und wir sind immer füreinander da.

2011 starb dann auch Hans, mein geschiedener Mann, und nahm meine Rente mit ins Grab. Er hat seine letzte Ruhestätte in Rosenheim gefunden.

Bad Aibling, Mai 2012

»Ach, meine Lieben in Schweden, ihr seid so weit weg, und manchmal fühle ich mich allein und bin traurig, denn auf einmal ist das große Haus so leer ...«

Wieder einmal saß ich an meinem großen Wohnzimmertisch und schrieb mit meiner gestochen akkuraten Kinderschrift, die ich in nur drei Jahren Schule gelernt hatte, an Fritz, Lotta und meinen geliebten Valentin in Stockholm.

»Aber wenn es euch gut geht, geht es auch mir gut! Lieber Valentin, ich freue mich, dass du so gut in der Schule vorankommst und nun auch so sportlich geworden bist …«

Sie hatten wie immer Fotos beigelegt, die ich sorgfältig auf meinem Tisch ausgebreitet hatte. Aus dem einst etwas molligen rothaarigen Jungen war ein durchtrainierter schlanker Teenager geworden. Und Fritz war gesund! Das Motorrad hatte er nie wieder angerührt, dieses Versprechen hatte er Lotta und mir gegenüber gehalten. Er war beruflich wieder erfolgreich, und die Familie wollte in den nächsten Sommerferien wie immer kommen. Aber das war noch lang hin!

Seufzend las ich das Geschriebene erneut durch. Die Zeit wollte nicht vergehen! Die Uhr an der Wand tickte so langsam, und die Räume waren so leer.

Schließlich legte ich noch hundert Euro für Valentin mit in den Umschlag: »Kauf dir die angesagten Fußballschuhe mit den Streifen, Junge!« Dann brachte ich den Brief zum Briefkasten an der Ecke.

Auf dem Rückweg kam mir eine junge Frau mit Kinderwagen entgegen, und das Kind darin schrie wie am Spieß.

»Ach, was hat es denn?« Interessiert lugte ich in den Wagen. Dem kleinen Mädchen, etwa drei Monate alt, liefen keine Tränen über das Gesichtchen, und rot angelaufen war es auch nicht, es schrie einfach nur.

»Johanna ist ein Schreikind …« Die junge Mutter wirkte übernächtigt und gestresst. »Mein Mann ist Arzt, wir haben Johanna von oben bis unten durchchecken lassen, sie hat einfach nichts, sie schreit nur!«

»Ach, Sie Arme.« Wir gingen ein paar Schritte gemeinsam in meine Richtung zurück und unterhielten uns. »Wenn Sie wollen, kann ich ab und zu mal mit Ihrem Kind spazieren gehen!«, bot ich schließlich an.

»Wirklich? Das würden Sie tun?« Der jungen Frau schossen fast die Tränen ein vor Erleichterung. »Wissen Sie, wir haben ja noch zwei Kinder, die sind sechs und vier, und bei uns zu Hause geht es einfach drunter und drüber ...«

Ich streckte ihr die Hand hin. »Anni.«

»Bettina.« Ganz verdutzt schüttelte sie sie. »Darf ich einfach Du sagen?«

»Natürlich.« Ich lachte. »Hier im Dorf sagen wir alle Du.«

»Aber nicht die Zugereisten ...« Jetzt wischte sich die Bettina doch noch ein Tränchen aus dem Augenwinkel. »Wissen Sie ... weißt du, Anni ...« Sie steckte ihr Tempotaschentuch in die Jeanstasche zurück. »Ich habe gerade eine Stelle als Lehrerin angefangen, mein Mann hat hier eine Praxis eröffnet, und als Neue mit nicht-bayrischem Akzent hat man es doch am Anfang sehr schwer ...«

Das konnte ich mir denken. Die sogenannten Zuagreistn wurden oft nicht gerade mit offenen Armen aufgenommen. Aber mein Herz hatte sie bereits gewonnen, die natürliche, hübsche, schlanke Frau mit den hochgesteckten dunkelblonden Haaren und den Sommersprossen.

Das Kind schrie weiterhin wie am Spieß, und wir mussten ebenfalls die Stimmen erheben, um uns überhaupt zu verstehen.

»Bettina, ich habe drei Kinder aufgezogen, und einen ganz lieben Enkel, also wenn du willst, dann gehe ich euch fürs Erste zur Hand.«

»Oh, das wäre fantastisch! Wo wohnst du denn?«

»Hier!« Wir standen bereits vor meinem Haus.

»Oh, wie großartig! Wir wohnen da drüben!« Sie zeigte auf ein Haus in der Nachbarschaft, das gerade erst verkauft und im Erdgeschoss zu einer Arztpraxis umgebaut worden war.

»Ach, ihr seid das!« Ich lachte. »Von dem neuen Herrn Doktor hat man ja schon viel Gutes gehört! Osteopathie! – Rücken, Kopf, Schulter, Halswirbelsäule, genau, was ich brauche!«

»Dann komm doch bald mal in die Praxis! Ich besorge dir einen Termin.« Bettina lächelte gequält, so markerschütternd brüllte ihr Töchterchen dazwischen. »Aber ich komme noch nicht mal dazu, meine Stunden für die Schule vorzubereiten!«

»Dann machst du das jetzt!« Beherzt griff ich nach dem Kinderwagen. »Ich schiebe jetzt mal zwei Stunden mit ihr über die Felder.«

Der Stein, der Bettina vom Herzen fiel, war deutlich zu hören. Ich schaute noch einmal über die Schulter zurück, wie sie leichtfüßig davoneilte und das Gartentörchen zu ihrer Arztvilla öffnete. Zwei Kinder sprangen ihr schon entgegen. Im Garten hing eine Schaukel im Baum. Wie schön.

»Geh, Johanna, wer wird denn so schreien …« Beherzt schuckelte ich mit dem Kinderwagen über die holprigen Feldwege, und schon nach kurzer Zeit war sie still.

»Na, siehst du!« Ich strahlte sie an, und da lächelte dieses bezaubernde Wesen mit braunen Kulleraugen zurück! Das Mündchen verzog sich zahnlos zu einem verlegenen Grinsen, als wollte sie sagen: »Na, dir mache ich ja auch keinen Stress! Du hattest ja schon genug davon in deinem Leben.«

Ich war schockverliebt! Eine unbändige Freude überrollte mich von hinten wie ein warmer Frühlingswind, der gleichzeitig die alten Trauerweiden am Feldrand bauschte, als wollten sie einander etwas erzählen. Flüsternd hoben sich die Zweige, und die Blätter rauschten.

Es ist ja Frühling.
Und der Garten glänzt
vor lauter Licht
Die Zweige zittern zwar
in tiefer Luft, die Stille selber spricht
und unser Garten ist wie ein Altar.

Dieses kurze Gedicht von Rainer Maria Rilke kam mir plötzlich in den Sinn. Dass ich diese Zeilen noch auswendig konnte! Andächtig rezitierte ich sie für die kleine Johanna, die aufmerksam zuzuhören schien und an ihrem Holzspielzeug kaute.

Unter einem Wegkreuz machte ich halt und setzte mich auf eine Bank. Der Himmel wölbte sich hellblau über dem frischen Blätterdach von zartgrünen Birken, die Amseln sangen, und es duftete nach frischem Gras. Auf einmal wich alle Traurigkeit und Einsamkeit von mir. Hatte ich mich noch vor Kurzem im Spätherbst des Lebens gewähnt, so wurde mir bewusst, dass doch wieder Frühling war! Und dass ich vielleicht noch einige gute Jahre vor mir hatte!

»Johanna, dich hat mir der Himmel geschickt!«

Vorsichtig nahm ich das kleine Wesen aus dem Kinderwagen und legte es mir auf den Schoß.

»Ich weiß sogar noch eins …« Vorsichtig zog ich ihr Mützchen zurecht, damit kein Wind an ihre Öhrchen kam.

Frühling lässt sein blaues Band
wieder flattern durch die Lüfte
süße wohlbekannte Düfte
streifen ahnungsvoll das Land …

Plötzlich wurde Johanna puterrot im Gesicht, versteifte sich, drückte und knatterte eine volle Ladung in ihre Windel.

»Süße wohlbekannte Düfte …« Ich hob sie hoch und roch an ihrem Popo.

»Hat denn deine Mama dir keine Ersatzwindel mitgegeben?« Mit der freien Hand suchte ich im Unterbau des Kinderwagens herum, fand aber nur alte Kekse, Eimerchen und Schäufelchen und einen Rucksack mit noch feuchten Schwimmsachen.

»Deine Geschwister und deine Mama brauchen wohl wirklich etwas Unterstützung …«

Doch Johanna fühlte sich offensichtlich sauwohl in ihrer siebenunddreißig Grad warmen, feuchten Umgebung. Selig grinsend hing sie windschief in meinen Armen und ließ sich von mir alle Gedichte ins Ohr flüstern, die mir gerade einfielen.

»Ja, wo wart ihr denn so lange?« Bettina schlug die Hände über dem Kopf zusammen, als ich zwei Stunden später an der Arztvilla läutete. Der Schreck stand ihr ins Gesicht geschrieben.

»Wir waren spazieren! Ich habe doch gesagt, dass ich sie zwei Stunden mitnehme!«

Angstvoll spähte Bettina in den Kinderwagen.

»Aber sie schreit ja gar nicht!«

»Wieso auch? Ich habe ihr lauter Frühlingsgedichte vorgesagt.«

»Ach ...« Sie sah mich an wie eine überirdische Erscheinung. »Magst du reinkommen?«

»Ja, natürlich!«

Durch eine hell und modern eingerichtete Arztpraxis führte sie mich in die angrenzenden Wohnräume. Ein gut aussehender Mann um die vierzig, der gerade vor seinem Computer saß, sprang auf und nahm mich spontan in den Arm.

»Sie müssen Anni sein ... Meine Frau hat schon geglaubt, sie hätte eine Erscheinung gehabt!«

»Und Sie sind der Osteopath?«

»Christian. Für Sie bin ich Christian!«

»Dann derfst auch Du sagen.«

Die Tür öffnete sich, und zwei Kinder von sechs und vier Jahren lugten neugierig um die Ecke.

»Ist das die neue Oma?«

Bettina lachte verlegen und zog die beiden Blondschöpfe hervor. »Das ist Anni, stellt euch mal bitte vor!«

»Nico«, sagte keck der Bub mit der Zahnlücke.

»Nina«, lispelte scheu das blonde Mädel mit den Zöpfchen. Sie war vier und sah fast so aus wie ich damals, auf dem letzten Foto, das es von mir gab.

»Ihr dürft gern Oma Anni zu mir sagen.« Beglückt ließ ich mich von den beiden ins Kinderzimmer ziehen, wo kreatives Chaos herrschte. »Mit was spielt ihr denn gerade?«

Und ehe ich mich meiner Rückenschmerzen und Schulterverspannungen entsinnen konnte, hatten die beiden mich bereits auf ihren Spielteppich gezogen.

Nico zeigte mir stolz seine neue Schultasche und schüttete Stifte, Hefte und Malzeug auf den Boden, während Nina mich am Arm zog: »Spiel mit mir Mensch ärgere dich nicht!«

»Eins nach dem anderen, Kinder!« Ich sah sie bedeutungsvoll an. »Wenn ich mich wirklich nicht ärgern soll, dann räumen wir erst mal auf!«

Und so wurde ich noch ein zweites Mal Oma. Die Familie nahm mich mit freudigen Herzen auf. Wo immer ich konnte, half ich im Haushalt, kümmerte mich um die Kinder, holte Nico von der Schule ab und genoss mit Nina ihre Kindergartenzeit. Die kleine Johanna aber wuchs mir ganz besonders ans Herz. Die Familie dankte es mir mit Liebe und Freundlichkeit. Ich ermöglichte den beiden Eltern, auch mal abends essen zu gehen und die Zweisamkeit zu pflegen. »Denn das haben mein Hans und ich über der ganzen Arbeit leider versäumt!«

Natürlich habe ich Bettina und Christian inzwischen viel aus meinem Leben erzählt, und sie sagen immer, dass sie aus meinen Erfahrungen klug werden wollen. Sie arbeiten beide hart, und ihre drei lebhaften Kinder halten sie auf Trab. Aber sie begehen sicher nicht mehr meine Fehler. Denn die Zeit dreht sich immer weiter, und man kann sie nicht mehr zurückdrehen.

»Eure Ehe ist so ein kostbares Geschenk! Ihr dürft einander nie aus den Augen verlieren!« Und so verbringe ich öfter mit den drei

Rabauken Zeit, entweder in ihrem Haus, oder, wenn sie Lust darauf haben, in meinem.

Denn bei mir gibt es so viel zu stöbern und zu entdecken … da sind ja noch die Spielsachen von Fritz, Nadine und Manuela, und dann die vielen Bilderbücher, Fotoalben und der große Garten …

Ich durfte mit Nico noch einmal die Grundschulzeit durchmachen, vier ganze Jahre durfte ich in Ruhe mit ihm lernen. Wie sehr ich mich jeden Tag auf die Hausaufgaben gefreut habe!

Dann durfte ich die Schulzeit noch einmal in aller Ruhe mit Nina durchleben.

Die Zeit vergeht seitdem rasend schnell. Nur noch selten komme ich dazu, auf den großen Zeiger der Wanduhr zu starren, und fast nie ist es so still im Haus, dass ich die Wanduhr ticken höre. Ich bin zur Ruhe gekommen und habe meinen Frieden gefunden. Ich liebe mein schönes Zuhause. Ich wünsche mir Gesundheit und danke Gott, dass ich noch ein paar schöne Jahre erleben darf.

Das schwarze Tuch um ihren Kopf gebunden,
den Rosenkranz in ihrer Hand,
war eine Insel, wo ich Halt gefunden.
Ich seh sie heut noch, wie sie ihr Kopftuch band.
Sie liebte mich, wir spielten Mühle,
die gute Suppe kochte auf dem Herd,
ich ahnte in Geborgenheit beim Spiele
der Erde schöpferischen Wert.
Ich saß auf ihrem Schoß, voll Übermut, voll Ruhe,
sie gab mir Liebe, bot mir Festigkeit.
Ich schlüpfte gern in ihre alten Schuhe,
sie trugen mich durch meine Kinderzeit.
Abends oft im Schneegestöber
mit der Wetterlampe in der Hand,
kam sie zu uns und saß im Kreise der Familie,

ich seh sie noch, wie sie ihr Kopftuch band.
Sie war mir das, was ich so liebte,
ich tauchte ein in ihre Welt
und sah durch sie die bunten Wiesen,
die Äcker und das grüne Feld.
Ich saß vor ihr und wusste mich geborgen.
Auch wenn das Zeitrad sich jetzt dreht,
so bleibt das Bild aus meinen Kindertagen.
Sie liebte mich bei Spiel und im Gebet.

NACHWORT

Wer traut sich schon, offen über seine seelischen Wunden zu sprechen oder gar zu schreiben? Traumatisierte Menschen haben ein labiles Selbstbewusstsein, und sie fühlen sich ein Leben lang schuldig, minderwertig oder in der Pflicht, ständig etwas Übermenschliches zu leisten. Anna Eckardt hat das Schreiben über ihre Traumata zu ihrer eigenen Therapie gemacht.

Immer und immer wieder schreibt sie neue goldene Notizbücher voll, mit der ihr eigenen wunderschönen Kinderschrift, und immer wieder schmückt sie jede einzelne Seite mit gezeichneten Blumenranken. Immer wieder klebt sie dieselben Fotos zu denselben Texten. Hatte ich anfänglich geglaubt, es handele sich um sehr gut reproduzierte Kopien, so bemerkte ich spätestens nach meinen Besuchen bei ihr zu Hause: Nein, es sind alles Originale.

Dutzende von Tagebüchern holte sie aus einer Ecke hervor: für jeden Menschen ihres Umfelds, ob Sohn, Enkelkind, Nichte, Patenkind, entfernte Verwandte, Freunde, Nachbarn oder eben eines Tages für mich.

Sie erschuf immer wieder neue Kunstwerke, die äußerlich so lieblich anzusehen sind und inhaltlich das nackte Grauen enthalten.

Sie hat ihr Leben sage und schreibe in über zwanzig handgeschriebenen Büchern mit gestochen säuberlicher, feinster Handschrift aufgeschrieben. Für jeden einzelnen Menschen, der ihr heute am Herzen liegt. Es beschämt mich zutiefst, dass diese heitere, liebevolle und mitteilsame Frau über sieben Jahre auf eine Zusage von mir warten musste, weil ich von ihrer Geschichte schlichtweg überfordert war. Die Grausamkeit, die sie als kleines Mädchen erfahren und am eigenen Leibe erleben musste, ist nicht in Worte zu fassen.

Anni Eckardt muss immer wieder, sei es auch nur beim sorgfältigen wiederholten Schreiben ihrer Erinnerungen, an den Tatort zurückkehren, um sich an die Existenz ihrer Vergangenheit zu gewöhnen, die Teil ihres Daseins ist. Sie hat gelernt, mit dem Schmerz zu leben, denn sie hat begriffen, dass sie für die Tat nicht verantwortlich ist. Das Nicht-Schreiben würde für sie bedeuten: seelischer Rückzug, zwischenmenschliche Leere, absolute Beziehungsunfähigkeit. Und das Gegenteil ist sie geworden! Vor mir steht eine heitere, liebevolle, mitteilsame und kontaktfreudige Frau, die es liebt, mit Kindern umzugehen. Ihr eigenes inneres Kind hat sie dabei stets liebevoll an der Hand. Es ist Anna Eckardt gelungen, die Vorgänge chronologisch zu sortieren und aneinanderzureihen, wieder und immer wieder. Und es ist ihr gelungen, sich als vollwertiges Mitglied in der Gesellschaft einen Platz zu verschaffen. Durch wiederholtes Schreiben über das Geschehene hat sie auch ihre Gefühle und Ängste, ihre Misserfolge und ihr oft vergebliches Streben nach Liebe sortieren können. Noch heute weiß Anni, dass sie berechtigte Angst hat. Sie hat panische Angst im Dunkeln, sie hat Angst, alleine draußen zu sein. Sie hat gelernt, sich mit dieser Angst zu identifizieren. Indem sie sich immer und immer wieder die gleiche Situation vor Augen hält, lernt sie, damit umzugehen, zu begreifen, dass diese Situation vorbei ist. So schrecklich sie auch war, aber sie ist vorbei.

Wie schmerzlich die Überlebenden der Vernichtungslager auch danach noch gelitten haben und immer noch leiden, können Unbeteiligte kaum ahnen, da ihnen Vergleiche fehlen, die unter die eigene Haut gehen. Wir können uns nur in Demut vor Anni verneigen.

Deshalb habe ich Anni Eckardt eine Stimme gegeben. Eine Stimme, die mehr Personen erreicht als ihre kleinen goldenen handverzierten Kunstwerke, die sie in ihrer Eckbank hortet. Anni und ihre vielen Mitstreiterinnen und Mitstreiter gegen das Vergessen haben es verdient, eine sehr große Leser*innenschaft zu erreichen.

Sollten Sie, meine lieben Leser*innen, auch eine spannende und außergewöhnliche Lebensgeschichte haben, die Sie gern der Öffentlichkeit mitteilen wollen, so schreiben Sie mir eine E-Mail:

heralind@a1.net

oder besuchen Sie mich in meiner Romanwerkstatt in Salzburg und nehmen Sie an einem Schreibseminar teil.

Begeisterte Leser*innen-Stimmen aus Hera Linds Schreibseminaren:

»Das Seminar war sooo inspirierend, ich danke euch allen! Liebe Grüße aus der Schweiz.« – *Nadine (49)*

Bis jetzt habe ich in Schreibseminaren gelernt, wie man seinen Bleistift spitzt und wie man seinen Stuhl in die richtige Höhe bringt, aber noch nie habe ich so handfeste, praktische, leicht umsetzbare Übungen bekommen wie bei Hera Lind. – *Witha (54)*

»Von mir auch ein riesiges Danke, ich habe mich bei euch, Hera und Engelbert, sehr wohl gefühlt und so ist es mir leichter gefallen, mich in neuen Gefilden auszuprobieren. Alles Liebe und bis hoffentlich bald.« – *Sarah (25)*

»Schreibe gerade mein Manuskript komplett um, weil ich bei Hera kapiert habe, wie man alles noch viel besser machen kann!« – *Toni (69)*

Liebe Leserinnen, liebe Leser,

ich bin tief berührt, dass meine Lebensgeschichte nun als Roman von Hera Lind erscheint. Ein Ozean reicht nicht für meine Tränen. All das Leid, das ganze Generationen zu bewältigen hatten, darf nicht in Vergessenheit geraten: Zu oft wiederholt sich die Geschichte. Wenn dieses Buch auch nur wenigen Menschen die Augen öffnet, bin ich schon dankbar. All dieser Schrecken ist nach wie vor leider sehr aktuell. Ich hoffe, dass mit diesem Roman von Hera Lind das unbeschreibliche Leid ein bisschen näher gebracht wird. Dafür danke ich Hera Lind von Herzen.

Anni Eckardt